SCIENCE FICTION

Herausgegeben
von Wolfgang Jeschke

Von James Tiptree jr. (eig. Alice Sheldon) erschien in der Reihe HEYNE SCIENCE FICTION & FANTASY:

10 000 Lichtjahre von Zuhaus · 06/3462
Beam uns nach Haus · 06/3514
Die Feuerschneise · 06/3749
Warme Welten und andere · 06/3822
Sternenlieder eines alten Primaten · 06/4459
Aus dem Überall und andere seltsame Visionen · 06/4612

in der BIBLIOTHEK DER SCIENCE FICTION LITERATUR:
10 000 Lichtjahre von Zuhaus · 06/65

JAMES TIPTREE JR.

Aus dem Überall und andere seltsame Visionen

Deutsche Erstausgabe

Science Fiction

WILHELM HEYNE VERLAG
MÜNCHEN

HEYNE SCIENCE FICTION & FANTASY
06/4612

Titel der amerikanischen Originalausgabe
OUT OF THE EVERYWHERE
AND OTHER EXTRAORDINARY VISIONS
Deutsche Übersetzung von Birgit Reß-Bohusch,
Ronald M. Hahn und Jürgen Langowski
Das Umschlagbild schuf Klaus Holitzka

Redaktion: Wolfgang Jeschke

Printed in Germany 1989
Umschlaggestaltung: Atelier Ingrid Schütz, München
Satz: Schaber, Wels
Druck und Bindung: Ebner Ulm

ISBN 3-453-03481-3

Inhalt

Für Robert A. Harper,
den Prinzen der Menschen und Heiler,
ohne dessen Gabe,
geduldig Tragik in Farce zu verwandeln,
diese Seiten mit einem Nachruf schließen würden;
und für seine Frau Mimi
für ihre außerordentliche Freundlichkeit
und Hilfe.

Ein sauberer Deal

Es war kein allzugroßer Zufall, daß der Alien, der eines Tages auf der Erde landete, einem guten Jungen in die Hände fiel.

Er faltete hinter dem Haus von Martin Brumbacher Senior gerade den Hitzeschild seiner Landekapsel zusammen, als Marty Junior hinter der verwachsenen Erle hervorkam und ihn bemerkte.

»Hi«, sagte Marty unsicher und betrachtete den gelben Helm des Alien, die khakifarbene Hose an seinen knochigen kleinen Beinen und den Haufen Kleister auf dem Boden. »Wollen Sie ... ah ... das Land vermessen?«

»Como 'sta Usted?« sagte der Alien. *»Grüezi. Mukka hai!«* Er klatschte an seinen Helm. »Ah! Hallo. Tja, das könnte man sagen. Hältst du mal das Ende?«

Er drückte Marty eine Ecke des Hitzeschildes in die Hand und trat zurück, um ihn zu spannen. Er packte ihn mit seinen humanoiden Zähnen und versetzte ihm in der Mitte einen Tritt, damit er einknickte. Der Alien war kaum größer als Marty.

»Sie haben da ja einen Apparat«, sagte Marty, der brav sein Ende festhielt. »Das sieht aus wie 'ne fliegende Untertasse.«

»Schind auch nich' mehr, wasch schie mal waren.« Der Alien nahm die Ecke aus dem Mund und faltete kopfschüttelnd den Schild zusammen. »Keine Qualitätsarbeit mehr.« Er streckte die Hand aus, um Marty das andere Ende abzunehmen.

»Unser Mixer klemmt auch dauernd«, sagte Marty mitfühlend. Er betrachtete die Hand des Alien aus der Nähe, und ihm fielen fast die Augen aus dem Kopf.

Der Alien knüllte den Hitzeschild zu einem Packen zusammen, der sich plötzlich in einen Toroid verwandelte. Er stopfte noch einige Sachen nach und setzte sich darauf. Er keuchte und starrte Marty aus großen braunen Augen an. Sein Schnurrbart hing erschöpft herab. Der Toroid zischte leise. Marty starrte zurück.

»Schön habt ihr's hier«, seufzte der Alien wohlig. »Eine Menge *fremth.* Die da drüben heißen doch Kühe, oder? Ich dachte, die wären eliminiert.«

»Nein, das sind Ayrshires.« Marty mußte ein paarmal schlucken. »Äh ... willkommen auf der Erde. Oder so.«

»Mann, danke!« Der Alien grinste und streckte die Hand aus. Er konnte ziemlich breit grinsen. Marty schüttelte die Hand; sie fühlte sich normal an, nur etwas warm.

»Sie wollen bestimmt den Präsidenten sehen oder so.«

»O Himmel, bloß nicht! Ich bin auf einer Urlaubsreise. Nur keine Formalitäten.« Der Alien musterte Marty nachdenklich. Dann lächelte er erleichtert. »Wie ich sehe, bist du einer der guten Jungs.«

»Was meinen Sie damit?«

»Ich hab dich gerade mit meinem Ethikscanner gecheckt.« Er deutete auf eine blinkende Stelle seines Helms. »Du hast ziemlich gut abgeschnitten. Ehrlich, mutig, aufrichtig, freundlich, alles da. Da habe ich Glück gehabt. Ich meine, viele Leute sind doch Fremden gegenüber nicht sehr aufgeschlossen.« Er zuckte entschuldigend die Achseln. »Ich habe keine geheimen Vernichtungsstrahlen oder so was.«

Das konnte Marty glauben, wenn er ihn ansah. »Yeah. Wenn Sie in Matt's Kneipe oder beim Sheriff gelandet wären, dann hätten Sie Ärger gekriegt.«

Der Alien nickte traurig. Dann lachte er. »Wir haben da ein Sprichwort: Jeder gute Junge kennt mindestens einen anderen guten Jungen. Ich meine, wenn du jemand weißt, der mich akzeptiert, dann würde ich ihn gern kennenlernen, wo ich doch schon mal da bin.«

Marty dachte nach. »Tja, ich glaube, Whelan würde Sie akzeptieren. Ich hab sein Auto am Bach gesehen.

Aber er ist kein wichtiger Mensch, er ist nur Forstaufseher.«

Der Alien blinzelte. »Es steht auch geschrieben, daß die guten Jungs nicht beim *phooplesnatch* gewinnen. Bring mich zu deinem Freund.«

Marty führte den Alien zum Bach hinunter und stellte ihm unterwegs eine Million Fragen über seinen Heimatstern und so weiter. Der Alien beantwortete sie so gut wie möglich; Astronomie war nicht gerade Martys Stärke.

Vor einem Weidetor stand ein schmutziger alter Kombi. Ein genauso schmutziger, zäh aussehender Mann trug etwas vom Bach herauf. Der Alien blieb stehen.

»Whelan! He, Whelan!« Marty kletterte die Böschung hinunter.

Whelan ging unbekümmert weiter. Als er das Auto erreichte, öffnete er die Heckklappe und warf eine Falle, Größe 2, hinein. Dann langte er in den Wagen, zog ein Stück Pfote heraus und warf es ins Gebüsch. »Die Hunde«, sagte er. »Die werden noch alle Viecher umbringen.« Er wischte sich die Hände an der Hose ab und wandte sich an den Alien.

»Was kann ich für Sie tun, Sir? Mein Name ist Whelan.«

»Hallo, Mr. Whelan.« Der Alien lächelte unsicher. »Ich bin … ah … Joe. Joe Smith. Ich komme von weit her. Ich wollte, nun ja, ein paar Leute hier kennenlernen und reden.« Er runzelte die Stirn und klatschte die Hand an den Helm.

»Yeah?«

»Von sehr weit her.« Der Alien klatschte noch einmal vor den Helm. Von der blinkenden Stelle stieg Qualm auf. »*Verdammt!*« sagte er.

»Er ist ein *Außerirdischer!*« sagte Marty.

»Yeah?« Whelan grinste und zog seinen Anglerhut herunter.

»Das bin ich wirklich.« Der Alien musterte Whelans Gesicht, soweit er es unter dem Hut noch sehen konnte.

»Sie verstehen sicher etwas von Anatomie, Mr. Whelan. Vielleicht sollte ich Ihnen zeigen ...«

Er hob seine Hände und faltete drei Extraglieder auseinander. Whelan hörte zu grinsen auf. »Ich hab noch mehr«, sagte der Alien schüchtern und wollte seine Reißverschlüsse öffnen. Er blickte zu Marty. »Wenn wir vielleicht hinter das Auto gehen könnten?«

»He«, sagte Marty empört. Aber sie gingen hinter das Auto, so daß Marty nur noch seinen Rücken sehen konnte.

Als sie zurückkamen, war Whelans Hut wieder in den Nacken geschoben, und er rieb sich den Kopf.

»Hören Sie, das ist zuviel für mich. Sie müssen zum Präsidenten oder so. Ich bring Sie am besten zum Stadthaus.«

»Oh, bitte, nein.« Der Alien faßte seine Hände. »Können wir uns nicht einfach ganz privat unterhalten?«

»Ich hab ihm vom Sheriff erzählt«, sagte Marty.

Whelan nickte, ohne den Blick von dem kleinen Alien zu wenden.

»Worüber wollen Sie denn reden?«

Der Schnurrbart des Alien zitterte. »Es ist alles rein privat, Mr. Whelan, eine fixe Idee von mir. Als ich bemerkte, wie manche Sachen hier laufen — ich meine, Sie scheinen einige Schwierigkeiten zu haben. Das ist natürlich nicht Ihre Schuld, auf keinen Fall!« Er lächelte beruhigend. »Nun, ich dachte, wir schauen mal vorbei und bieten unsere Hilfe an, ganz persönlich und natürlich nur, wenn Sie sie wollen.«

»Wer ist ›wir‹?« fragte Whelan.

»Oh, nur ich selbst und zwei gute Freunde. Wir kamen auf unserer Urlaubsreise zufällig hier vorbei. Das ist rein inoffiziell, Sie können mir glauben.«

»Was für eine Hilfe? Halt den Mund, Marty!«

Der Alien machte eine verlegene Geste. »Ach, es ist nur eine Kleinigkeit. Vielleicht wollen Sie's auch gar nicht.«

»Versuchen Sie's doch!«

»Gern. Aber...« Der Alien blickte Whelan hart an. »Sie verstehen doch, wie gefährlich es sein könnte, etwas völlig Fremdes in ein Ökosystem einzubringen? Die möglichen Konsequenzen?«

Whelan nickte.

»Ich müßte nur einige — nun, intelligente Menschen finden. Wie ich schon zu Marty sagte, gute Jungs eben. Dann könnte ich es Ihnen als Gruppe zeigen. Sie könnten darüber reden und überlegen, ob Sie es wollen.«

»Keine schlechte Idee«, sagte Whelan langsam.

»Er meint, jeder gute Junge kennt einen anderen guten Jungen«, warf Marty ein.

Der Alien nickte eifrig. »Mr. Whelan, wären Sie vielleicht bereit, uns zu einem weiteren vertrauenswürdigen Menschen zu führen? Wissen Sie, ich kann nur ein paar Stunden hierbleiben; unser Fahrzeug ist nur ein Freizeitmodell. Vielleicht kennen Sie jemand, der viele verschiedene Menschen kennt?«

»Nennen Sie mich einfach nur Whelan.« Whelan setzte eine andere Art von Grinsen auf. »Gern, warum nicht?« Er kratzte sich am Kopf. »Jemand, dem ich vertraue und der viele Leute kennt? Tja, meine Frau vielleicht, aber die ist auf der High School. Doc Murrey? Der redet zuviel. Warten Sie. Marion Legersky drüben in der Klinik? Sie kennt einen Haufen Leute, und sie ist verschwiegen.«

»Aber die redet dauernd«, wandte Marty ein.

»Schon, aber sie sagt nichts. Die ist in Ordnung.«

»Oh, vielen Dank!« sagte der Alien. »Fahren wir hiermit?«

Sie suchten sich zwischen den Fischreusen, den Schaufeln, Zangen, Taschenlampen, Decken, Ketten und anderen Dingen im Wagen einen Platz. »Ach, Marty«, sagte Whelan, »weiß dein Pa eigentlich, wo du bist?«

»Ich rufe aus dem Fenster, wenn wir vorbeifahren.«

»Mach das!« Whelan drehte den Motor hoch. Als sie oben auf dem Hügel am Tor der Brumbachers vorbeikamen, schob Marty den Kopf aus dem Fenster und rief. Niemand antwortete.

»Ein schöner Ort«, seufzte der Alien. »Ausgesprochen *fremth.* Es wäre schrecklich, wenn ihr ihn zerstört.«

Whelan grunzte. »Was ist *fremth?*«

»Oh, das ist ein Zustand, der aus den elektromagnetischen Rahmenbedingungen entsteht. Van Allen oder so? Ich hab die Erklärung nicht verstanden. Manche Planeten haben's, manche nicht. Mir gefällt so was.«

Er wackelte mit den schmalen Schultern. Whelan raste um eine Kurve und bog auf die Asphaltstraße ein. Der Alien hielt sich an der Tür fest. »Bewegen Sie sich immer so ... ah ... geschwindig?«

»Manchmal noch viel geschwindiger, nicht wahr, Whelan? Whelan fängt Wilddiebe«, erklärte Marty dem Alien. »Haben Sie den schlimmen von neulich schon gefangen, Whelan?«

»Ach, hör auf!« sagte Whelan. »Übrigens, können Sie mir einen Tip geben, welche Art von Hilfe Sie uns anbieten?«

Der Alien blinzelte schüchtern, als wollte er sagen: Gleich kommt das Christkind. Marty sah, daß er keine Angst mehr hatte. »Was hätten Sie denn gern?«

»O Gott. Wenn ich das wüßte. Das erste wäre vielleicht — gehen Sie ein paar Jahrhunderte in der Zeit zurück und malen Sie ein Feuerzeichen in den Himmel, daß niemand seinen Dreck liegenlassen darf, nachdem er gegessen hat. Und jeder, der mehr als zwei Kinder kriegt, muß sich kastrieren lassen. Und das Erdöl darf nur bei Neumond von Jungfrauen gefördert werden — so was in der Art.«

»Und die Deutschen dürfen den Krieg nicht verlieren«, warf Marty ein. »He, Joe, können Sie das? Können Sie so was?«

Die großen braunen Augen des Alien blickten traurig, und der Schnurrbart sank herab. »Oh, meine lieben Freunde, ich hoffe, ich habe keine falschen Hoffnungen erweckt. Bei Dingen dieser Größenordnung kann ich euch nicht helfen. Ich wünschte, ich könnte es. Zeitreisen ...«

»Ich will nur den Planeten retten, bevor es zu spät ist«, murmelte Whelan. »Man sollte jeder Frau, die einen Naturpelz trägt, die Nase abschneiden.«

»Meine Güte.« Der Alien schluckte nervös. »Ja, das kann ich verstehen. Ich fürchte nur, daß mein Angebot demgegenüber sehr unbedeutend ist.«

Sie bogen um ein Kühlhaus und fuhren die Maple Street hinunter.

»Da wären wir.«

Die Klinik war ein einstöckiger Kasten aus Ziegeln mitten auf einer Wiese. Als sie ausstiegen, ging die Vordertür auf, und ein Mädchen stürzte heraus und zog sich im Laufen ihren Mantel an.

»Marion! He — Miss Legersky!«

»Whelan!« Das Mädchen fuhr herum. »Hallo, Marty! Entschuldigung, aber ich hab eine Verabredung. Paul hat mich zum Spiel in Green Bay eingeladen! Da kommt der Bus, ich muß weg!«

Sie schob den zweiten Arm in den Ärmel. Ihr Notizbuch fiel herunter, und sie hob es im Laufen wieder auf. Der Greyhound war einen Block entfernt vor Matt's Kneipe. Er stieß dicke Qualmwolken aus.

In der Klinik klingelte ein Telefon.

Miss Legersky blieb stehen, als hätte sie ein Pfeil getroffen. Sie machte kehrt.

»Brenda? Wo *steckst* du denn? Sie ist spät dran ...« Sie rannte in die Klinik zurück. Sie nahm den Hörer ab und sagte: »Ja, Mrs. Floyd ... nein, Mrs. Floyd ... ich sag's dem Doktor, sobald er kommt, Mrs. Floyd, auf Wiedersehen — was? O ja, Mrs. Floyd, das will ich ...«

Der Bus lärmte vor der Tür.

»Ja. *Ja doch,* Mrs. Floyd! Auf Wiedersehen!« Sie rannte wieder zur Tür. Der Bus fuhr gerade ab.

Miss Legersky zog langsam den Mantel aus. »Es hätte ja ein Notfall sein können.« Sie seufzte und betrachtete mit hängender Zunge die Besucher. Sie hatte eine wundervolle Haut. »Was wollt ihr überhaupt?«

Es gab ein kurzes Schweigen, dann redeten alle gleichzeitig.

»Was? Was?« Sie sah von einem zum anderen, bis ihr Blick an dem Alien hängenblieb. »*Was?*«

»Zeigen Sie's ihr!« rief Marty und zupfte ihn am Ärmel.

»Ich glaube, Sie sollten es sich mal ansehen, Marion«, sagte Whelan. »Schließlich sind Sie ja Krankenschwester. Die Zähne«, sagte er zum Alien.

Der Alien öffnete den Mund. Sein Kopf war etwas niedriger als ihrer. Marty ging herum und sah zu. Hinter den Schneidezähnen des Alien war ein grüner und schwarzer Zickzack.

»Darf ich das mal anfassen?« fragte Miss Legersky unsicher. »Ich wasche mir auch die Hände.«

»Die Schneidezähne sind künstlich«, sagte der Alien.

Sie hatte plötzlich das Gebiß in der Hand.

»Ihre Temperatur!« rief sie. »Sie verbrennen ja!«

»Nein, das ist normal.« Der Alien schien etwas verlegen. Whelan erzählte ihr von den anderen Dingen. Als der Alien seine Finger aufklappte, begann Mrs. Legersky zu grinsen, etwa in der Art wie ein Hund grinst.

»Ich habe auch ... ah ... ein drittes Auge.« Der Alien tippte sich an die Stirn. »Aber das möchte ich mir für später aufheben. Es tut weh, wenn ich die Klappe abnehme.«

»Ich hab ihn *landen* sehen!« erklärte Marty. »Beinahe jedenfalls. Er hat eine fliegende Untertasse. Sie steht an der Kiesgrube. Nur, daß er sie verkleinert hat.«

Miss Legersky grinste immer breiter. »Sie ... Sie kommen aus dem Weltraum! Ehrlich? *Woher?*«

»Also, ich komme drüben vom Hillihilevio-Komplex. Ich weiß nicht, wie Sie ihn nennen. Da drüben.« Er streckte den Arm aus und grinste. Alle grinsten jetzt.

»Warum? Warum sind Sie hergekommen? Was wissen Sie von uns? He, müssen Sie nicht zum Präsidenten der UNO oder so?«

»Oh, bitte nicht!« Sie begannen gleichzeitig mit der Erklärung.

»Sie wollen einen guten Jungen kennenlernen?« Sie raufte sich die Haare. »Tja, einen Anfang haben Sie ja schon gemacht. Wer noch? O ja, mein alter Chef beim OED, der wäre gut. Aber er ist in Detroit. Wer noch?«

»Vielleicht jemand, zu dem Sie mit Ihren Problemen gehen?« schlug der Alien vor.

»Meine Probleme? Mann. Tja, es gibt drei Familien, die seit Januar keine Milch mehr bekommen. Mrs. Riccardi hat mir Milchpulver für sie gegeben. Aber sie ist etwas seltsam. Probleme ... Whelan, haben Sie gehört, daß der Sheriff Mrs. Kovacs von ihrer Farm vertreiben will? Sie ist einundachtzig und blind! Moment mal! Cleever. Cleever!« Sie nahm den Telefonhörer ab.

»Hoffentlich hat er noch nicht Feierabend gemacht. Er ist der neue Staatsanwalt«, erklärte sie. »Stadthaus? Mary? Ist Cleever da? Sag ihm doch, er soll warten, es ist dringend! Ich komme gleich rüber, okay, Mary?« Sie legte auf. »Mein Gott — Brenda. Wo bleibt sie nur?«

»He«, sagte jemand an der Tür. »Tut mir leid, daß ich so spät komme; mein Nagellack wollte einfach nicht trocknen. Wie läuft's so? — Mach's gut!« fügte Brenda hinzu, als sie an ihr vorbeistürmten und sich in Whelans Auto zwängten.

Whelan setzte zurück, damit sie nicht an der Kneipe vorbei mußten, und bog hinter Ray's Schrotthandel auf die Landstraße ein. Marion plapperte ununterbrochen. »Oh, Mann, ist der echt? Können Sie uns helfen? Können Sie das wirklich?«

»Es ist nur eine Kleinigkeit«, sagte der Alien ergeben. »Vielleicht ist es überhaupt nicht das, was ihr braucht.«

»Was *ich* brauche, das kann ich gar nicht ... Whelan, ist der *echt*?«

»Vielleicht«, sagte Whelan vorsichtig. »Zum Stadthaus, oder?«

»Meine Güte, der *fremth*«, seufzte der Alien. »Kaum zu glauben. Einfach super!«

»*Fremth* ist der Van Allen-Gürtel«, erklärte Marty. »Er mag ihn. He, Joe, wie sieht Ihr Planet aus? Darf ich Sie Joe nennen? Kommen Sie von der Galaktischen Konföderation?«

»Was ist das denn?« fragte der Alien. »O ja, nenne mich Joe.«

»Hallo, Joe, ich bin Marion. Hören Sie, Whelan, die Moellers kriegen keine Lebensmittelmarken mehr. Wenn Sie das nächstemal Fleisch beschlagnahmen, könnten Sie dann ...«

»Sie haben zu viele Kinder«, sagte Whelan. »Außerdem ist es verboten. Na schön.«

Der Kombi rumpelte über die alte Brücke und fuhr an der Hecker-Giodano-Papierfabrik vorbei, dann kamen die Foxy Cabins und die Frigo-Käsefabrik, und schließlich erreichten sie das andere Ende der Stadt. Das Stadthaus hatte einen pizzafarbenen Turm. Whelan stellte den Wagen auf dem Bedienstetenparkplatz hinter einigen verrosteten Schulbussen ab.

»Näher kommen wir nicht dran.« Sie stiegen aus, eilten um die Busse herum und über den Parkplatz und betraten das Stadthaus durch den Hintereingang. Neben den Mülltonnen war eine Tür mit einer Aufschrift: EDGAR CLEEVER JR., STAATSANWALT.

»Cleever!« Marion stürmte an ihnen vorbei und stellte sie vor. Cleever war ein langer, teefarbener Jüngling mit einem gemeinen Gesichtsausdruck. Er sagte »Hallo« und lächelte unbeteiligt.

»O Cleever, Sie werden es nicht glauben, aber Joe kommt aus dem Weltall. Ich meine, er kommt nicht von der Erde. Er will uns *helfen,* ist das nicht wundervoll?«

Cleever beäugte den Alien.

»Ich hab ihn landen sehen«, sagte Marty.

»Er hat es uns gezeigt, Cleever. Ich meine, ich glaube es. Ich glaub's wirklich!«

Cleever schielte zu Whelan. Whelan räusperte sich. »So sieht's aus«, sagte er.

Cleever zog die Augen zusammen und richtete die beiden schwarzen Schlitze auf den Alien. »Kann er nicht reden? Wo ist denn sein interstellarer Translator?«

»Ich hab keinen«, erwiderte der Alien schüchtern. »Das ist nicht nötig.«

»Ah ... ein leichter britischer Akzent«, sagte Cleever. »Wie war doch Ihr Name?«

»Joe Smith«, warf Whelan unbehaglich ein.

»Nun, eigentlich heiße ich *Sorajosojojorghtuhu*«, sagte der Alien. »Joe schien mir aber einfacher. Den Nachnamen hab ich erfunden.«

»Und was wollen Sie? Ich hab keine Zeit für Fasching.« Cleever nahm einige Papiere in die Hand, aber ein Ohr blieb auf den Alien gerichtet.

»Oh.« Der Alien schluckte. »Ich glaube, zuerst muß ich Sie überzeugen, daß ich wirklich von einem anderen Planeten komme.«

»Gute Idee.«

»Nun, kleinere physische Aspekte ...« Der Alien streckte die Hand aus und ließ alles wackeln. »Aber ich glaube, das ist nicht sehr überzeugend.«

»Nein«, sagte Cleever barsch.

»Das habe ich befürchtet.« Der Alien zupfte an seinen Reißverschlüssen. Marty konnte gerade noch schwarze, feuchte Sachen sehen, bevor Whelan ihn fortzog. Marion wich zwei Schritte zurück. Ihr fielen fast die Augen aus dem Kopf.

Cleever sah ihn schweigend an. Er zog ärgerlich die Mundwinkel herab. Er blinzelte zweimal und schüttelte langsam den Kopf.

»Tut mir leid, aber das reicht nicht.«

Der Alien seufzte und zog die Reißverschlüsse zu. Er zupfte an seiner Stirn herum und zuckte leicht zusammen. Ein großes Stück Haut schälte sich ab. Über der Nase war ein klebriger Fleck.

»Das ist aber kein Auge«, sagte Marty empört.

Der Alien hielt einen kleinen Plastikbecher vor seine Stirn. Er beugte den Kopf und hüpfte ein paarmal. Als er sich wieder aufrichtete, konnten es alle sehen.

»Oooh«, schnaufte Marion.

Es war nicht wie die anderen Augen; es sah eher aus, als blickte ein kleines, leuchtendes Tier heraus, das Cleever fixierte. Auch die anderen Augen sahen Cleever an.

Cleever starrte grimmig zurück. Er klopfte dreimal auf den Schreibtisch. Das dritte Auge schwenkte herum und betrachtete sie. Es blinzelte.

Cleever räusperte sich einmal, zweimal. Er streckte eine Hand zum Alien aus. Der Alien nickte und beugte sich über den Schreibtisch. Cleever berührte vorsichtig das Auge. Es zuckte ein wenig. Cleever lehnte sich zurück und atmete hörbar aus. Er machte ein finsteres Gesicht.

»Okay.« Er schüttelte sich. »Okay. — Vorläufig. Aber was jetzt? Was soll das? Kein Ultimatum?«

»Meine Güte, nein«, sagte der Alien. »Aber nein! Nur ein Freundschaftsbesuch. Hören Sie, darf ich das da wieder anlegen? Es ist etwas ...«

»Nur zu! Aber was soll Ihr Freundschaftsbesuch? Die letzten freundlichen Fremden, die herkamen, waren dann doch nicht sehr freundlich.«

»Er sagt, daß er uns etwas schenken will«, sagte Whelan.

»Aha«, schnaubte Cleever.

Der Alien setzte seinen Kopf wieder zusammen.

»Wir«, sagte er gedämpft. »Meine beiden Gefährten und ich kamen zufällig vorbei und sahen, daß hier nicht alles zum Besten steht. Einiges fanden wir sogar beunruhigend. Gefährlich sogar.« Er glättete die Haut. »Sieht das gut aus? Wir hatten auch unsere liebe Not. Aber mir fiel etwas ein — eine Kleinigkeit nur, aber ich dachte, vielleicht hilft es Ihnen, und deshalb kamen wir vorbei, um Sie zu fragen, ob Sie es versuchen wollen.«

»Wieviel?« fragte Cleever.

»O Cleever«, protestierte Marion. »Er will nichts verkaufen — er will nur *helfen.*«

»Genau«, sagte der Alien eifrig. »Wir haben da eine Redensart: Die guten Jungs helfen sich gegenseitig.«

»Die guten Jungs. Was soll das denn heißen? Diese Schwarzweißmalerei gefällt mir nicht.«

»Oh, verzeihen Sie. Das war so eine Redensart. Wie soll ich es Ihnen erklären?« Der Alien kaute an seinem großen Schnurrbart. »Tja, in einer Situation wie der Ihren gibt es Menschen — leider sehr wenige —, die lieber helfen wollen, als nach Ansehen oder Macht oder Reichtum zu streben ...«

»Sie reden immer von Hilfe. Was meinen Sie damit? Jeder glaubt, daß er anderen hilft. Sogar General Custer glaubte es.«

»Gewiß.« Der Alien sah ihn ängstlich an. »Aber ich will den Menschen helfen — Verzeihung —, die den Schmerz der anderen mitempfinden, all den Schmerz und die Verschwendung. Empathie heißt das wohl. Denen, die ihn so real empfinden, daß sie ... nun ja, daß sie versuchen, etwas zu verändern.«

»Wundervoll«, sagte Marion.

»Okay, okay«, grunzte Cleever. »Aber was wollen Sie?«

»Ein bescheidenes Angebot machen, um Ihnen zu helfen.«

»Dann machen Sie's!«

Der Alien sah sich um und zählte. »Ich hatte gehofft, daß es wenigstens noch einer mehr würde ... wegen der Vielfalt ...« Er unterbrach sich schüchtern.

»Er will eine Art Rat«, erklärte Whelan. »Der soll dann entscheiden, ob seine Hilfe nichts durcheinanderbringt.«

»Wen wollen Sie denn? Ralph Nader? Den Sierra Club? Billy Graham? Bella Abzug?«

»Er will einen guten Jungen!« sagte Marty.

Der Alien nickte. »Wenn Sie uns vielleicht zu jemand bringen könnten, der ... nun ja, ein gewisses ethisches Bewußtsein besitzt? Aber bitte keinen Beamten. Jemand, dem Sie ein sehr wichtiges Geheimnis anvertrauen würden.«

»O Mann!« sagte Marion.

»Ethisches Bewußtsein.« Cleever schüttelte langsam den Kopf und starrte den Alien an. »Nun, vielleicht. Vorausgesetzt, daß Sie echt sind, was ich noch sehr bezweifle. Mal sehen. Richter Ball hat meine Prüfung abgenommen, der kennt sich aus. Ich glaube, ich könnte dem Alten vertrauen. Ich möchte sein Gesicht sehen, wenn er ...« Cleever rannte um seinen Schreibtisch herum. Plötzlich blieb er stehen. »Hören Sie, wenn das ein Witz sein soll, dann reiße ich Sie in Stücke. Ist das klar?«

Der Alien stöhnte: »Oh, ich kann Ihnen *versichern* ...«

»Nur eine Warnung.« Er nahm den Hörer ab. »Oh, verdammt, das geht nicht. Er ist in Denver. Nächste Woche?«

»Ich bedaure, es muß schneller gehen. Heute noch. Meine Freunde waren schon sehr nachsichtig.«

»Ich sollte mal mein Gehirn durchpusten lassen«, schnaubte Cleever. »Hören Sie, warum retten Sie nicht woanders die Welt?«

»He!« sagte Marion. »Dr. Lukas. Wie wäre der? Ich war in seinem Seminar, und ich vertraue ihm. Er hat wegen ... naja, Sie wissen schon, beim Gesundheitsministerium gekündigt. Ich hab Ihnen davon erzählt, Cleever.«

»Lukas? Ist er jetzt nicht in irgendeinem wissenschaftlichen Ausschuß?«

»Er ist bei der Staatsuniversität in Pike River. Das sind nur vierzig Meilen.«

»Rufen Sie ihn an!«

»O Gott, das kann ich nicht«, stöhnte sie. Aber nachdem Cleever Lukas' Sekretärin erreicht hatte, gab Marion eine gute Vorstellung. Sie erklärte, sie hätte bei ihm studiert und sei auf etwas wissenschaftlich sehr Bedeutendes gestoßen, und ob er nicht zehn Minuten Zeit für sie hätte? Als die Sekretärin nachgab, hängte Cleever sein »Bin jagen«-Schild an die Tür, und sie rannten hinaus und kletterten in Whelans Wagen und setzten sich zwischen die Köder und die Geräte.

»Warum vertrauen Sie Lukas, Marion?« fragte Cleever, als sie über den Interstate 101 fuhren. Es war ein prächtiger Tag. Der Alien ließ die Hand im Fahrtwind flattern und fragte Marty nach dem Namen der Dinge.

»Oh, keine Ahnung«, sagte Marion lachend. »Das Zucken, glaube ich.«

»Was für ein Zucken?«

»Sie wissen schon — die ganzen schlechten Nachrichten, und nach einer Weile kann man überhaupt nicht mehr reagieren, weil es so schrecklich ist, aber man zuckt dauernd zusammen. Zwanzig Millionen Kinder verhungern irgendwo, und man zuckt zusammen. Alte Leute hocken in stinkenden Heimen, zuck, zuck. Achtzig Milliarden für neue Superbomben, zuck-zuck-zuck. Sie zucken auch zusammen, Cleever, das sehe ich.«

»Ein Chippewa zuckt nicht«, schnappte Clever. Dann sagte er: »Oh, verdammt.«

Hinter ihnen winselte eine Sirene.

»Bloß der nicht. O *nein!*«

Sie hielten am Straßenrand und warteten. Stiefel polterten. Dann schob sich ein khakifarbener Fels vor Whelans Fenster. Der Fels trug ein Abzeichen und einen Pistolengurt.

»Hallo, Leute.«

»Hallo, Sheriff«, sagte Whelan tonlos.

»Ich muß mit dir reden, Junge. Was machst du da für einen Scheiß mit Charlie Orr? Entschuldigen Sie, Miss.« Der Sheriff senkte sein großes Gesicht, bis er sehen konnte, wem die Beine gehörten. Als er es sah, hörte es zu lächeln auf, was sein Aussehen gewaltig verbesserte.

»Orr hatte acht tote Hirsche oder Teile davon im Auto«, erwiderte Whelan.

»Er behauptet, du hättest versucht, ihn mit über hundert Meilen von der Straße zu drängen.«

»Nun, er wollte nicht anhalten. Ich hatte das Blaulicht eingeschaltet. Ich setzte mich hinter ihn und stupste ihn etwas.«

»Gefährdung des Straßenverkehrs. Irgendwann bringst du mit deiner Karre noch mal jemand um.« Der Sheriff starrte ins Auto und musterte die Insassen mit großen blauen Augen. »Du hast Sachen an deinem Auto, die verboten sind, Whelan. Und du willst ein Gesetzeshüter sein? Ich muß dich anzeigen, Junge.«

Whelan schwieg.

»Macht ihr einen Ausflug oder was? Hör mal, du bist doch Brumbachers Junge. Weiß dein Pa, daß du dich mit diesen Leuten rumtreibst?«

»Wir haben Bescheid gesagt«, sagte Marty.

»Yeah? Ich glaub, ich sag ihm noch mal Bescheid. Du da ...« Er machte eine Kopfbewegung zum Alien. »Neu in der Stadt?«

»O ja, Sir! Ganz neu!« Sie spürten, wie der Alien zitterte. »Ich bin nur auf der Durchreise, wirklich!«

»Überleg's dir ja nicht anders. Dein Anwalt?«

»Oh, aber nein, ich ...« Cleever stieß ihn an, und er verstummte.

»Ein schöner Haufen seid ihr«, grunzte der Sheriff. Er zog den Kopf zurück. »Morgen früh kommt ihr alle in mein Büro. Whelan? Klar? Und bring dieses gefährliche Fahrzeug mit.«

»Die Chancen stehen schlecht für Orr«, sagte Whelan.

»Ja, ja.« Der Sheriff kicherte und klatschte die Hand auf das Autodach. In diesem Augenblick mußte der Alien niesen oder so etwas Ähnliches. Ein großer Ring aus lavendelfarbenem Licht zischte durchs Auto und aus dem Fenster hinaus.

Der Sheriff bückte sich sofort wieder.

»Ihr habt Feuerwerkskörper im Auto!«

»O nein! Nein!« riefen alle außer Cleever.

Der Sheriff klatschte noch einmal aufs Dach. »Also gut. Alles aussteigen.« Er riß die Beifahrertür auf.

»Durchsuchungsbefehl?« fragte Cleever.

Der Sheriff schürzte die Lippen und spuckte einen Kaugummi aus.

»Kraft meines Amtes als Sheriff dieses Countys befehle ich Ihnen, einem Gesetzesvertreter bei der Erfüllung seiner dienstlichen Pflichten zu helfen. Ich will den illegalen Besitz von Feuerwerkskörpern überprüfen. Raus!« Er packte Marions Arm.

Cleever richtete sich auf. »Lassen Sie sie los, Claude.«

»Seht mal!« rief der Alien und deutete nach vorn.

Ein Auto brauste vorbei, eine Art flache Schüssel auf breiten, dicken Reifen. Aus dem offenen Dach schauten langhaarige Köpfe.

»Uff!« sagte der Sheriff und ließ Marion los.

Das seltsame Auto hatte sie fast erreicht. Es schleuderte auf dem Kies, daß die Steine prasselten, und wendete mit quietschenden Reifen vor dem Streifenwagen des Sheriffs. *Ping!*

Der Sheriff brüllte etwas und rannte zu seinem Auto. Die Jugendlichen richteten den Wagen aus und rasten die Straße hinunter. Aufs Heck waren große Buchstaben gemalt. Der Streifenwagen wendete und nahm die Verfolgung auf.

Whelan startete den Wagen und fuhr rasch weiter.

»Die hab ich noch nie gesehen«, sagte er. »Was war das? Ein aufgemotzter Käfer?«

»Da stand ›Liebe‹ drauf«, kicherte Marion. »In Purpur. Mann, war der sauer. Hoffentlich erwischt er sie nicht.«

»Nein«, wandte Marty ein. »Da stand ›Claude frißt seine Popel‹.«

»Ich hab's genau gesehen. ›Liebe‹.«

»Nein. Da stand ›Zur Hölle mit den Weißen‹«, sagte Cleever. »Und es war ein grüner 67er Pontiac.«

»Tut mir leid«, sagte der Alien. »Bei so vielen Leuten wird es manchmal unscharf.«

»Was?«

»Meinen Sie damit, daß *Sie* das gemacht haben?« fragte Cleever.

Der Alien lächelte bescheiden. »Nun ja, ich dachte ... ich hoffe, das war richtig so?«

»Oh, das war super! Mann! Haha!« rief Marion.

»Meinen Sie, die waren gar nicht ... die ... He!« Marty fuhr herum und sah den Alien an. »Machen Sie das noch mal! Machen Sie ein paar Monster!«

»Oh, ich bin nicht sehr gut darin. Die Leute müssen etwas ähnliches schon im Kopf haben. Die anderen, meine ich.« Er zupfte an seinem Schnurrbart. »Äh ... Miss Legersky ...«

»Marion.«

»Marion ... ich muß mich entschuldigen. Dieser Anruf — Mrs. ... äh ... Floyd. Das war ich.«

»Was meinen Sie damit? Ich hab sie doch gehört.«

»Nein, nicht wirklich. Es hat niemand angerufen. Ich hab es in Ihrem Kopf gemacht. Es tut mir wirklich leid.«

»Sie meinen, Mrs. Floyd hat gar nicht angerufen? Aber ... aber warum?«

»Ich mußte mir Ihrer sicher sein«, sagte der Alien flehend. »Mein ... mein Gerät funktioniert anscheinend nicht mehr.«

»Sein Ethikscanner«, erklärte Marty. »Er ist in seinem Helm. Ich hab ihn qualmen sehen, Joe.«

»Ja. Schrott ist das. Deshalb dachte ich, ich mache einen Test. Das Schlimmste, was der Betreffende fürchtet. Es tut mir leid.«

»Sie meinen, Sie wollten sehen, ob ich drangehe.« Sie raufte sich die Haare und starrte auf die Werbetafeln von Wonder Breads, die draußen vorbeiflogen. »Cleever, als ich gerade gehen wollte, ich meine, *Paul* hatte mich vorher angerufen — das hat er doch?« Sie sah den Alien an. Der Alien nickte. »Also, Brenda kam zu spät, und dann hat Mrs. Floyd angerufen — aber es war gar nicht Mrs. Floyd. Aber die Stimme und alles ...«

»Es tut mir wirklich leid.« Die großen braunen Augen des Alien glänzten. »Ihr Paarungsritual ...«, sagte er elend.

»O Joe, schon gut.« Sie tätschelte seine Hand. »Das hier hätte ich um keinen Preis in der Welt verpassen wollen. Und Sie versuchen wirklich, uns zu helfen.«

»Ich hoffe, Sie sind nicht enttäuscht.« Er nahm ihre Hand. »Es ist nur eine Kleinigkeit.«

»Sie haben wunderschöne Augen, Joe.« Sie nahm ihn in den Arm. Er strahlte.

»Prüfen«, sagte Cleever. »Ich wüßte nicht, daß Sie das bei mir versucht hätten. Warum nicht? Höflichkeit?«

»Oh, ich hab Sie *angesehen*«, erklärte der Alien schüchtern.

»Das kommt vor«, sagte Cleever mit schmalen Augen. »Vielleicht sollten wir eine Art Test machen. Um zu beginnen, sieht jemand diesen Typ so wie ich? Whelan, könnten Sie uns sagen, wie der Alien aussieht?«

Sie beschrieben den Alien und verglichen ihre Wahrnehmung und stritten, während sie an der Ölverladestation vorbeifuhren und einen Bahnübergang überquerten. Hinter Earl's Trailer Court begann die Brücke nach Pike River.

»O Cleever, seine Ohrläppchen sind wirklich nicht wichtig«, sagte Marion. »Wir können ihn alle sehen. Fahren Sie langsamer, Whelan! Da ist der Campus.«

»Ich weiß nicht«, sagte Cleever düster, als sie unter den Ahornbäumen auf dem Parkplatz hielten. »Ich wünschte, mein Großvater wäre mit seiner Windigo*-Falle hier.« Der Alien schauderte.

»Humanmedizin«, sagte Marion. »Da drüben, der Bau, der wie ein Motel aussieht.«

---

* Menschenfressender Geist der Ojibwa-Mythologie. — *Anm. d. Übers.*

Sie kletterten zwischen den Äxten und Benzinkanistern hindurch nach draußen und wanderten durch die Humanmedizin, bis sie die Tür mit dem Schild T. H. LUKAS, PH.D., M.D. gefunden hatten. Hinter der Tür war ein kleines, eiskaltes Büro.

»Die Klimaanlage«, erklärte die Sekretärin niesend. »Gehen Sie gleich durch.«

»O schön«, erwiderte der Alien. »Das bringt den *fremth* erst richtig zur Geltung.« Er folgte ihnen fröhlich schaudernd in Lukas' Verschlag.

Lukas entpuppte sich als stämmiger kleiner Mann mit toupiertem weißen Haar. Er sah aus wie ein Zirkuspony.

»Übernehmen Sie, Marion«, sagte Cleever.

»O Mann«, sagte Marion und legte los. Als sie gerade »Weltall« sagte, ging die Tür auf, und die Sekretärin kam mit einem gelben Papier herein.

»Entschuldigen Sie.«

Lukas faltete das Blatt auf und begann zu lesen. Beim Lesen wich er langsam zurück, bis er an der Wand stand. Das Papier zitterte etwas, und er wurde bleich.

Marty atmete plötzlich heftig ein, und Whelan legte ihm die Hände auf die Schultern.

»Soll ich antworten?« Die Sekretärin sah auch nicht sehr gut aus.

»Nein ... o doch, natürlich, Miss Timmons. Ah. Lieber Harry, aufrichtige — nein, herzliche Glückwünsche zu Ihrer Ernennung. Sie haben meine volle Unterstützung. Ihr Theo.«

»Doktor Lukas, es ... es tut mir so leid.«

Er machte eine unbestimmte Geste. »Schon gut, Miss Timmons. So was kann eben ... man darf die Hoffnung nicht aufgeben. Der Erwerb von Macht verbessert manchmal ...«

»Ich weiß, was der Erwerb von Macht mit *ihm* tun wird.« Miss Timmons marschierte hinaus.

Lukas lächelte etwas gequält und kehrte zu seinem

Schreibtisch zurück. »Verzeihen Sie — Miss Legersky, oder? Bitte fahren Sie fort!«

Sie hatte gerade zu sprechen begonnen, als der Alien etwas murmelte und zur Tür hinaushuschte. »He«, sagte Cleever und folgte ihm. Marion fuhr fort.

Als sie wieder hereinkamen, war Lukas aufgestanden. »Sie ...« Er starrte den Alien an, schüttelte den weißen Kopf und lächelte müde.

»Das Auge«, sagte Cleever. »Zeigen Sie es ihm!«

»Das ist nicht mehr nötig.« Der Schnurrbart des Alien hatte sich etwas aufgerichtet.

»Ich weiß. Sagen Sie ihm das lieber auch. Sonst schickt sie das Telegramm.«

»O nein.« Der Alien schüttelte den Kopf und zwirbelte seinen Schnurrbart. »Ich bin so versessen auf Elektronik«, gestand er. Dann wurde er ernst. »Doktor Lukas, ich muß mich entschuldigen. Dieses Telegramm existiert nicht.«

»Was?«

»O *Joe!*« rief Marion.

»Ehrlich. Sehen Sie auf Ihren Schreibtisch, suchen Sie es. Es ist nicht da.«

Es war nicht da. Lukas rannte herum und suchte und zog die Augenbrauen immer höher.

»Das war ein Test«, erklärte Cleever. »Er sagt, er macht das Schlimmste, was Sie sich vorstellen können.«

»Nur in Notfällen«, ergänzte der Alien. »Es ist sehr anstrengend. Bitte verzeihen Sie mir.«

»Erstaunlich!« Lukas blinzelte und begann zu lächeln. »Nun! Ja, meine Güte! Das ist aber eine Begabung, Mr. Joe, was? Aber leider kann ich das nicht als ... äh ... Beweis ...«

»Natürlich«, stimmte der Alien zu.

Sie zeigten ihm alles, und Lukas wurde immer erregter. Als der Alien sein Auge freilegte, hatten Lukas' Augenbrauen die Frisur erreicht, und er starrte den Alien mit einem Vergrößerungsglas an.

»Eine Entsprechung zur Zirbeldrüse? Unmöglich, ich kann die Struktur nicht erkennen ... ach, und das ist auch kein Haar ...« Das Auge rollte vergnügt.

»Wir sollten zur Sache kommen«, unterbrach Whelan. »Ich möchte endlich sehen, was er zu bieten hat.«

»Knöpfen Sie sich wieder zu, Joe. Es könnte jemand reinkommen.«

»Soso, soso!« murmelte Lukas immer wieder, während sich der Alien zusammensetzte. »So! Und wen wollen wir zuerst anrufen?«

»Nein, nein, nein!« sagten alle gleichzeitig. Der Alien erklärte, daß es eine rein private Sache sei, die er einer kleinen Gruppe anbieten wolle. Er wählte seine Worte sehr vorsichtig und blickte nervös zu Cleever.

»Leuten, die ... ja, wie soll ich sagen? Die eine gewisse altruistische Ader haben und wenig Interesse an Dominanz oder Unterordnung. Leute, die andere nicht ausbeuten?«

Lukas machte ein verwirrtes Gesicht.

»Ich sehe in Ihrem Bewußtsein den Begriff ›nichtagonistisches Verhalten‹. Oder lieber nicht-machtorientierte Tendenzen?«

»Ah«, erwiderte Lukas. »Sie meinen die guten Jungs!«

Marion kicherte.

»Das ist ja wundervoll! Sie bieten uns Ihre Hilfe an? Meinen Sie das ernst?«

»Es ist nur eine kleinigkeit.« Der Alien suchte in seiner Kleidung herum. »Wirklich nur eine Kleinigkeit. Und nur, wenn Sie ...« Er runzelte die Stirn und suchte weiter.

Lukas sah zur Decke. »Vielleicht eine Hemmung, uns gegenseitig zu zerstören? Wie Lorenz sie — so poetisch und unbegründet — unter Wölfen zu erkennen glaubte? Wir brauchen sie sogar dringender als Wölfe.« Er rieb abwesend eine Tätowierung am Arm. »Ist so etwas möglich?« fragte er drängend. »Können Sie verhindern, daß die Menschen sich gegenseitig zerstören?«

»Und den Planeten«, ergänzte Whelan.

Der Alien machte ein bekümmertes Gesicht. »Doktor Lukas, es tut mir leid. Was Sie vorschlagen, ist in gewisser Weise tatsächlich möglich. Aber es würde soviel erfordern — es wäre ein offizielles Projekt, eine große Organisation, Finanzierung, Ermächtigungen, Koordination, Meinungsumfragen ... Sie verstehen.«

Cleever schnaubte.

»Ja.« Lukas atmete langsam aus. »Ich verstehe.«

»Es tut mir leid um Ihre Familie«, sagte der Alien leise.

Lukas fuhr auf. »Können Sie wirklich Gedanken lesen?«

»Ja, wenn der Gedanke so deutlich ist.«

»Sie können wohl keine Toten wiedererwecken, oder?« Lukas verzog das Gesicht. »Oh, nein. Verzeihen Sie. Aber lassen Sie uns sehen. Was haben Sie für uns?«

Der Alien zog ein kleines zerknittertes Päckchen hervor, das sofort zu einer Tasche mit mehreren Fächern anschwoll.

»Es ist völlig sicher«, sagte der Alien. »Es ist so ...«

Es klopfte an der Tür, und Miss Timmons kam herein.

»Doktor Lukas, darf ich Ihr Telefon benutzen? Meine Leitung ist tot.«

»Oh«, sagte der Alien. »Äh ... Doktor Lukas ...«

»Also Sie waren das«, sagte Cleever. »Sir, vielleicht sollten Sie das Telegramm erwähnen.«

»Natürlich. Miss Timmons, es ist nicht nötig, eine Antwort zu schicken. Ich bin sicher, daß die Nachricht ein ... äh ... ein übler Scherz war.«

»Ein Scherz«, fügte Cleever grimmig hinzu.

»Was für ein schrecklicher, gräßlicher ...«

»Jaja, schon gut.« Lukas lächelte sie an. Sie funkelte die Besucher nacheinander an und stolzierte hinaus.

»Ich sollte es reparieren«, sagte der Alien besorgt.

»Später. Wir können jetzt keine Anrufe gebrauchen.«

»Stimmt. Nun, wie ich schon sagte, das Entscheidende ist die Ermüdung.«

»Ermüdung?« wiederholten sie verständnislos.

»Ja, die Ermüdung der guten Jungs. Wir haben so eine Redensart: Die guten Jungs kriegen immer den Dreck ab.«

»Soweit verstehe ich das«, sagte Whelan.

»Und wir sagen auch, daß die guten Jungs so dumm sind, sich um alles zu kümmern. Sie rackern sich immer ab. Aber sie sind so wenige, und sie werden immer verletzt und stecken Niederlagen ein und kriegen den Dreck ab. Das ist schrecklich anstrengend, und sie werden müde.«

Er sah sich um. Niemand nickte; es war nicht nötig.

»Und so verschleißen sie sich und werden schwach. Sie können nicht weitermachen. Vielleicht sterben sie sogar. Die Gesellschaft leidet darunter, und das Böse und Fehlerhafte triumphiert. Deshalb wollte ich den guten Jungs eine Erfrischung bringen.«

»Drogen«, grunzte Cleever. *»Dope.«*

»O nein!« Der Alien machte ein erschrockenes Gesicht. »Sagen Sie — haben Sie nicht alle manchmal Lust, eine Weile zu verschwinden? Einen geheimen, wunderschönen Ort haben, an dem es nichts Böses und keine Gier gibt, ohne dieses — heißt das nicht ›Affentheater‹? Warten Sie ...« Er blickte Marion an. »Wo es nur Sympathie und Verständnis gibt, und wo Rehe und Antilopen spielen?«

»Oooh«, schnaufte Marion. »Sie meinen so was wie Urlaub?« Ihr Lächeln verblaßte. »Ich war mal im Yellowstone Park. Dreck von vorne bis hinten.«

»Er hat ein Reisebüro.« Cleever bleckte die Zähne.

»Oh, bitte, es ist ein Geschenk! Leider nur ein sehr bescheidenes. Aber wissen Sie«, sagte der Alien ernsthaft, »wir kennen diese Probleme. Wirklich. Wir haben gelernt, daß man erfrischt zurückkehrt, wenn man die Belastung eine Weile vergessen kann. Man ist wie neu! Und man kann weitermachen und erreicht mehr. Man blüht wie ein junger Baum.«

»He, Joe, wo ist es denn?« fragte Marty. »Wie kommen wir hin?«

»Paßt auf!« Der Alien öffnete ein Fach des Bündels. Ein Gegenstand fiel heraus. »Nein, Moment; falsche Kultur.« Er schob ihn zurück und versuchte ein anderes Fach.

»Das sah aus wie ein afrikanischer Kamm«, sagte Marion. Sie starrten neugierig.

»Ich hoffe, es gefällt Ihnen.» Der Alien zog einen glänzenden kleinen Gegenstand hervor.

»Autoschlüssel?«

»Das ist die Tarnung. Unauffällig, weil jeder sie hat. Wenn Sie nun ein Stück zurücktreten würden — gut, gut. Sehen Sie, ich hebe den Schlüssel, so, und tippe darauf. Zwölfmal.«

Er klopfte zwölfmal.

»Oooh! Aaah!«

Mitten im Raum stand eine dünne, leuchtende Blase in der Größe eines Kühlschrankes.

»Das ist das Tor. Wenn Sie nun eintreten wollen ...«

»Moment mal!« sagte Whelan. »Was ist da drin?«

»Im Augenblick nichts. Sehen Sie — es ist leer.« Der Alien betrat die Blase und kam wieder heraus und winkte. »Es synchronisiert zwei Punkte. Sie gehen hier rein und kommen dort raus. Ich hab den technischen Namen vergessen — zeitunabhängiges nulldimensionales — irgendwas. Unsere Transportindustrie stellt sie her.«

»Funktioniert es?« fragte Marty.

»O ja. Es gab schon ewig keine Reklamationen mehr.«

»Ich dachte, Sie wären mit einer fliegenden Untertasse gekommen«, sagte Cleever.

»Oh, natürlich. Ich brauchte ja keine *dauerhafte* Verbindung; man baut ja auch nicht gleich einen Highway, wenn man nur einmal ...«

»Wohin führt es? Ich will es versuchen«, sagten Marty und Marion gleichzeitig.

»*Nein*«, sagten Cleever und Whelan gleichzeitig.

Lukas trat vor die Blase und schob die Hand hinein. »Ich bin der Älteste; ich bin ersetzlich. Ich werde es ausprobieren.«

»O nein, Doktor Lukas ...«

Aber der Alien erklärte es ihm schon. »Wenn Sie drin sind, klopfen Sie wieder an den Schlüssel.« Er klopfte dreimal langsam, dreimal schnell und dreimal langsam. »Ist das nicht Ihr Notsignal? Wenn Sie zurückkommen wollen, steigen Sie einfach wieder hinein und klopfen wie vorher.« Er gab Lukas den Schlüssel. »Kommen Sie bitte gleich zurück, damit Ihre Freunde sich keine Sorgen machen. Oh, ich hoffe, es gefällt ihm«, fügte der Alien noch hinzu, als Lukas in die Blase stieg.

Lukas' Frisur hob sich etwas, als wäre er elektrostatisch geladen. Er hob den Schlüssel und tippte darauf. Nichts geschah.

Der Alien steckte den Kopf hinein und sagte etwas. Cleever kicherte.

»Man muß ziemlich fest klopfen«, erklärte der Alien entschuldigend, als er den Kopf wieder herausgezogen hatte. »Es ist ein gebrauchtes Modell. Aber sehr zuverlässig, das können Sie mir glauben.«

»Klar doch, klar«, sagte Cleever. Sie konnten sehen, wie Lukas fest an den Schlüssel klopfte.

Plötzlich waren er und die Blase verschwunden.

»Heilige Mutter Gottes«, flüsterte Whelan.

»Was ist mit ihm passiert?« fragte Marion atemlos. In diesem Augenblick ging die Tür auf, und Miss Timmons steckte den Kopf herein.

»Ist alles in Ordnung, Professor? Doktor Lukas! Wo ist er?«

»Er ist gerade mal rausgegangen«, sagte Marty laut. »Hahaha!« Whelan packte seinen Arm.

»Ha-haben Sie ihn nicht vorbeigehen sehen?« fragte Marion. »Er sagte, er würde gleich zurückkommen.«

Das Telefon im Vorzimmer klingelte. Miss Timmons

sah wütend hin und her und verschwand wieder. Cleever folgte ihr und lehnte die Tür an.

»Also, jetzt *holen Sie ihn zurück!*« knurrte Cleever.

»Oh, das kann ich leider nicht ...« Der Alien ging hinter Marion in Deckung. »Bitte nicht ...«

Lukas und die Blase standen plötzlich wieder mitten im Zimmer. Lukas trat langsam heraus. Er hatte einen seltsamen Gesichtsausdruck.

»Jungfräulich ...«, sagte er zum Alien. »Es ist jungfräulich, nicht wahr? Die Luft ...« Er schnüffelte. »Ich wußte gar nicht, daß es hier so stinkt. Aber so einsam ...« Er wandte sich an die andern. »Ja. Man steht in einem großen, sehr großen Pavillon und überblickt eine jungfräuliche Welt. Alles leer.«

»Das ist der Empfangsbereich«, erklärte der Alien. »Den haben wir eingerichtet. Hat es Ihnen gefallen?«

»Laßt mich, laßt uns auch!« riefen die anderen.

»Natürlich!« Der Alien gab Schlüssel aus. »Darf ich vorschlagen, daß Sie zu zweit reisen? Die Blasen dürfen nicht an der gleichen Stelle stehen. Wenn wir vielleicht den Schreibtisch verschieben könnten?«

Als sie den Schreibtisch verschoben, klopfte Miss Timmons an die Tür. Lukas schob den Kopf hinaus. »Elvira, machen Sie sich keine Sorgen, es ist alles in Ordnung. Wir arbeiten nur.«

Als sie sich umdrehte, verschwanden gerade Marion und Cleever. Dann waren auch Whelan und Marty weg.

Lukas lehnte sich an den Schreibtisch und schnaufte. »Wissen Sie«, sagte er zum Alien, »Elvira — Miss Timmons — arbeitet schon seit Jahren für mich. Ob es möglich wäre ...«

»Oh, aber Sie *sollen* sogar Freunde mitbringen!« Der Alien strahlte. »Und Ihre Freunde sollen auch wieder Freunde mitbringen, damit sich so viele wie möglich erholen. Aber — Doktor Lukas, es ist sehr ernst. Sie müssen darauf bestehen, wenn ich wieder fort bin: *Das Tor ist nur für die guten Jungs.* Wissen Sie, da ist ein Scanner drin ... Ich weiß nicht, wie der funktioniert. Er reagiert irgendwie auf Emotionen. Wenn jemand, der Haß oder Grausamkeit oder Gier ausstrahlt, das Gerät benutzen will, explodiert es. Pfft!« Er machte eine Geste. »Schlüssel, Benutzer, alles weg. Deshalb mußte ich Sie so sorgfältig prüfen.«

»Das Nadelöhr«, staunte Lukas. »Herr im Himmel, das Nadelöhr!« Er sah den Alien scharf an.

»O nein, nein!« sagte der Alien und wich etwas zurück. »Das ist ein ganz gewöhnliches Gerät, ich versichere es Ihnen. Ein Produkt unserer Technologie.«

»Ich verstehe ...« Lukas rieb sich abwesend den Arm. »Nun, wenn ich durchgekommen bin, wird Elvira sicher keine Schwierigkeiten haben.« Er runzelte die Stirn. »Aber wie kommt es, daß ein solcher Planet völlig leer ist? Er kam mir vor wie ein Paradies.«

»Kein *fremth*«, erklärte der Alien. »Viele sind so; Ihr Planet hier ist eine große Ausnahme. Das Magnetfeld bildet ...«, erklärte er gerade, als Marion und Cleever wieder auftauchten.

Sie redeten gleichzeitig.

»Hat es Ihnen gefallen?« fragte der Alien begierig.

Marion sagte nur: »Oh, oh, oh.« Cleever holte tief Luft.

»Yeah. Wann kommen die Bauarbeiter?«

»Ich glaube nie!« Lukas erklärte ihnen, was der Alien gesagt hatte, als Marty und Whelan in der Ecke zurückkamen.

»Mann«, sagte Whelan. »Hast du die Berge gesehen? Ich wäre am liebsten gleich dageblieben.«

»Und der große See«, rief Marty. »War das das Meer? He, Cleever, da gibt's bestimmt auch Büffel!«

»Chippewa mögen keine Büffel«, erwiderte Cleever. Er ging ungewöhnlich federnd.

»Und die Blumen und die Sonne«, seufzte Marion. »Ich möchte wetten, daß man die Samen nur fallenlassen muß, damit dort auf der Wiese was wächst.«

»Moment mal«, sagte Whelan. »Woher wissen wir, ob der Boden nicht für uns giftig ist? Oder das Wasser? Was ist damit?«

»Völlig verträglich«, versicherte der Alien. »Natürlich haben wir nur einige Stichproben genommen, aber wir sind uns ziemlich sicher. Sie müssen natürlich vorsichtig sein. Aber ich habe eine Menge Früchte gegessen. Köstlich!«

»Sie waren auch da?«

»Als wir die Pavillons bauten. Und nun, bitte — *hat* es Ihnen gefallen? Erfrischt es Sie? Glauben Sie, es hilft?«

»O ja! Ja! Ja!« Sie grinsten alle, sogar Cleever. Marion umarmte den kleinen Alien. »Sie haben was Wundervolles für uns getan, wie können wir Ihnen je danken?«

Der Alien strahlte, grinste und zupfte an seinem Schnurrbart. »Oh, das war nichts. Das meiste ist aus Schaumstoff. Oh, und Sie müssen mal das Dach nachsehen. Meine Güte!« Er blickte zu Whelan. »Die Zeit! Könnten Sie mich zu meinem Schiff zurückbringen?«

»Das *muß* ich sehen.« Doktor Lukas hob plötzlich die Stimme. »Miss Timmons! Elvira! Sagen Sie für morgen alles ab — he, Moment!«

Sie schwärmten mit ihren Schlüsseln hinaus und kletterten zwischen Whelans Wasserproben und Stoßdämpfern in den Wagen. Als sie über die 101 zurückfuhren, sagte der Alien: »Jetzt darf ich aber nichts vergessen.« Er wiederholte noch einmal, was er Lukas darüber gesagt hatte, daß sie mit gebotener Vorsicht auch Freunde mitnehmen durften.

»Stellt euch das vor!« sagte Marion. »Ein ganzer Planet voll guter Menschen!«

»Nun, nicht sehr voll«, widersprach Whelan.

»Darf ich meinen Waschbären mitnehmen?« fragte Marty.

»Und schon ist das ökologische Gleichgewicht zum Teufel«, stöhnte Whelan. Aber er grinste weiter.

»Waschbären sind gute Jungs!«

»Bevor wir eine ethische Einschätzung von Waschbären beginnen, wollen wir sehen, ob er uns noch etwas sagen muß«, erklärte Cleever.

»Oh, das hätte ich fast vergessen«, sagte der Alien. »Neben den Toiletten ist ein Schlüsselspender. Es ist sicher besser, wenn Sie immer zwei haben, was? Falls Sie einen verlieren.«

»Was passiert, wenn einer von den bösen Jungs einen Schlüssel bekommt?«

»Oh, es ist höchst unwahrscheinlich, daß jemand den Code durch Zufall herausfindet. Aber wenn doch, dann wäre es sein Ende, befürchte ich.«

»He«, sagte Marion, »laßt uns dem Sheriff einen geben.«

Der Alien sah sie an. Sie erwiderte seinen Blick, und plötzlich bewegte sich ihr Kopf hin und her: »Nein. War nur so eine Idee.«

»Passen Sie auf Ihre Ideen auf«, sagte Cleever.

»Ich will doch nicht die Welt versauen!« sagte sie empört. »Oh, ich kann's kaum erwarten. Ich will für Mrs. Kovacs eine von den Früchten suchen.«

Der Alien seufzte glücklich. »Ich bin *so* dankbar. Wenn nur mein nächster Stop ebenso gut verläuft.«

»Wo denn?« fragten sie.

»Wir dachten, in jeder großen Landmasse eine Keimzelle, wissen Sie. Ich fahre dort hinunter — heißt das nicht Brasilien? Und noch zu einem anderen Ort. Ich hab's codiert.«

»Das erklärt den afrikanischen Kamm«, murmelte Cleever. »Dann wird es doch nicht so einsam, Doktor.«

»Aber nur gute Jungs«, ermahnte Marion ihn.

»Ich dachte, ich hätte sogar jemand gesehen, als wir zurücksprangen«, sagte Whelan.

»Wirklich! Oh, wie schön, das bedeutet, daß einer meiner Freunde eine passende Gruppe gefunden hat. Eine gute Nachricht. Wir haben uns schon Sorgen gemacht.« Er lächelte tapfer. »Wir sind nämlich ziemlich verletzlich, und Sie sind recht einschüchternd.«

Marion umarmte ihn noch einmal, und sie plapperten abwechselnd oder schwiegen und gingen aufgeregt ihren Gedanken nach, während Whelan über den Highway zurückfuhr und in die Abkürzung zu Martys Haus einbog.

»Wir werden uns in den Hintern treten, weil wir Sie nicht noch um andere Dinge gebeten haben«, sagte Cleever, als sie über den letzten Hügel fuhren. »Mein Gott — da im Hof!«

Sie lugten hinaus, als sie an der Brumbacher-Farm vorbeifuhren.

Der Streifenwagen des Sheriffs stand am Schweinestall.

»Fahren Sie weiter!« schrie Marty. »Am Bach sind wir außer Sicht.«

»Wir haben ihn bestimmt gleich auf den Hacken.« Whelan fuhr weiter und sah in den Spiegel. »Da! Er kommt aus der Scheune gerannt.«

»Schnell!« Der Alien wand sich und zog Röhren aus seinem Anzug. »Setzt mich einfach da wieder ab, wo wir losgefahren sind. Ich kann meinen Unsichtbarkeitsfilter benutzen.« Er zog ein paar Stäbe hervor. »Hoffe ich.«

»Können Sie nicht ein Monster machen?« fragte Marty, als sie den Hügel hinunterbrausten.

Der Alien setzte hektisch sein Gerät zusammen. »Ich bin zu müde. Das hier ist viel einfacher — wenn es funktioniert.«

Hinter ihnen brummte der Wagen des Sheriffs.

»Wir werden Ihr Fahrzeug gar nicht sehen«, sagte Lukas enttäuscht.

»Wir werden *Sie* nicht mehr sehen«, weinte Marion. »Oh, Joe, bitte kommen Sie bald zurück!«

Der Alien stopfte sich einen Teil seines Apparats in den Mund. Seine Augen rollten freundlich, und er versuchte zu nicken. Wheelan bremste hart. Sie standen vor dem Tor am Bach.

Das Brummen wurde lauter.

»Da kommt er. Beeilen Sie sich, Joe!«

Der Alien kletterte hinaus. Sein Unsichtbarkeitsding wickelte sich um seine Schultern und am Körper hinunter wie eine überdimensionale Tuba. Er richtete sich auf und bearbeitete verschiedene Knöpfe. Nichts geschah.

»Schnell, Joe! Beeilen Sie sich doch!«

Der Alien riß ängstlich die Augen auf, fummelte und drückte nervös herum und ging rückwärts zum Weidetor, um es aufzustoßen. Auf dem Hügelkamm winselte eine Sirene.

»Seht nur, er flimmert, er wird dünner!«

»Oh, auf Wiedersehen, auf Wiedersehen! Lieber Joe, danke!«

Der Streifenwagen kam mit heulender Sirene den Hügel heruntergerast.

»Viel Glück, Joe! Und danke!«

»He — sein *Fuß!*«

Bis auf einen massiv gebliebenen Fuß war der Alien zu einer Wolke aus Hitzeflimmern zusammengeschmolzen. Der Fuß lief in einem rötlichen Wabern aus. Der Fuß stampfte ein paarmal auf, und sie hörten eine leise Stimme. Der Alien fluchte.

Als der Streifenwagen neben ihnen hielt, machte der Fuß kehrt und hoppelte durchs Tor.

»Marty, steig lieber aus«, sagte Whelan mit zusammengebissenen Zähnen. »Ich bring ihn gerade nach Hause«, rief er dem Sheriff zu.

Sie bemühten sich, nicht dem einsamen Fuß nachzusehen, der den Weideweg hinuntereilte. »Bis später«, sagten sie zu Marty, als er ausstieg und die Straße zu seinem Haus hinaufging.

Der Sheriff beugte sich ins Fenster.

»Sieh an — der Typ mit den Feuerwerkskörpern. Aussteigen.«

»Ich bin Professor Theodore Lukas von der Staatlichen Universität, Humanmedizinische Fakultät«, sagte Lukas gemessen. »Mr. Whelan assistiert mir bei einer wissenschaftlichen Untersuchung.«

»Professor, soso.« Die stechenden blauen Augen des Sheriffs zuckten hin und her. Dann richtete er sich plötzlich auf und klatschte aufs Dach.

»Na gut, fahren Sie weiter! Fahren Sie weiter, Sie blockieren die Straße!«

»Er müßte eigentlich schon in Matt's Kneipe sein«, erklärte Whelan, als sie rasch weiterfuhren. »Oh, Mann. Wißt ihr, was ich jetzt mache? Sobald der Professor zu Hause ist, kaufe ich ein paar Sachen ein und fahre mit Helen zum alten Holzweg. Dort wird niemand das Auto sehen. Wir gönnen uns ein Wochenende im Himmel!«

»Aber ihr werdet nicht allein sein.« Sie lachten.

»Ich hoffe nur, die Schlüssel funktionieren besser als sein Unsichtbarkeitsding«, sagte Cleever.

»Wir müssen auf Marty aufpassen.« Marion schniefte etwas. »Ob er wohl mal zurückkommt? Er war so ein liebes Geschöpf.«

»Mir ist gerade eingefallen«, bemerkte Cleever nachdenklich, »daß er das Ding nicht selbst benutzt hat.«

»O *Cleever!*«

Der Alien auf der Weide summte fröhlich vor sich hin, während er die Module seines kleinen Schiffes vergrößerte. Er überlegte, ob er noch einmal zurückkehren sollte. Ab und zu richtete er sich auf und schauderte und ließ den *fremth* wirken.

Als er alles zusammengesetzt hatte, schaltete er die Funkanlage ein, während er das Ayrshire-Kalb im Auge behielt, das neugierig wurde. Eine aufgeregte Stimme antwortete ihm.

»Du wirst nicht glauben, was mir passiert ist«, schnatterte jemand in seiner Muttersprache. »Eine ganze Stadt voller *Abrüstungstypen!* Aus der ganzen Welt.

Der Ort hieß Genf. Einer überlegt schon, ob er mit seiner Familie ganz umziehen soll. Wie ist's bei dir gelaufen? Wie ist der *fremth* bei dir?«

»Phantastisch«, sagte der Alien, der sich Joe genannt hatte. »Meine Gruppe hat sich prächtig gemacht, sehr nette Leute. Ich bin sicher, daß sie und ihre Freunde bald beschließen werden, den Planeten für immer zu verlassen.«

»Meine auch«, kicherte die Stimme. »Und wie wir immer sagen, wenn die guten Jungs gehen, ist der Planet im Eimer. Was macht Shushli? Wenn er nur halb soviel Glück hat wie wir, ist dieser Planet im Handumdrehen bereit.«

»Shushli hier«, sagte eine neue Stimme. »Bei mir läuft's prima, mir gehen sogar schon die Schlüssel aus. Die Stadt heißt Gorski. Klingt toll, was? Absolut reif. Ich sag euch, in ein paar ihrer lächerlich kurzen Generationen wird es auf diesem Planeten keinen vernünftigen Menschen mehr geben.«

»Yeah«, sagte Joe glücklich. »Ich hoffe nur, die Kranken machen nicht soviel Dreck, ehe sie sich selbst auslöschen. Tja, ich muß jetzt los. Kscht! — Nein, nicht du, ich meine eine Kuh. Ein Tier.« Joe stand auf und schauderte noch einmal wohlig. »Hört mal, Jungs, wir sollten so langsam unsere Verkaufsprospekte planen. Und klebt ein offizielles Siegel auf eure Rekorder, ja? Ihr wißt ja — die glauben uns sonst nie diesen *fremth*.«

Bibertränen

Spät zu Hause, verschwitzt und müde. Heute lädt er sich selbst zu einem Chivas Regal und dem Rest des hervorragenden Roastbeef ein, den Jenny im Kühlschrank hinterlassen hat. Dazu Gewürzgurken mit Knoblauch und Schwarzbrot. Und Käse: Salbei-Cheddar. Nicht ganz so gut wie die Reklame sagt, aber brauchbar.

Er schlendert müde zum Fernseher, schaltet die Kanäle durch. Zu spät, NBC hat Nachtruhe. Irgendwas von *National Geographic* läuft. Er kaut und sieht dem Typ zu, der erklärt, wie man Biber einschläfert. Die Biber haben große Zähne. Rätselhafte Tiere. Marlboro-Musik. Männer stopfen die Biber in Beutel, drei Beutel in einem Korb für jedes Packpferd. Biber sind ökologisch wichtig. Er vermutet, daß sie an einem Berg, der vom Bergbau verwüstet worden ist, wieder freigelassen werden. Dort werden sie sich wie Biber benehmen, Dämme bauen, Schlick festhalten und die Wälder wieder aufbauen. Hübsche Sache; ein Wunder der Natur.

Er genehmigt sich noch einen Chivas Regal und fragt sich, ob sich die Biber in den Beuteln mögen. Als der Mann sie freiläßt, hoppeln sie wie wild in verschiedene Richtungen davon. Ein paar verhalten sich, als wären sie verletzt, aber die Kamera schwenkt sofort zu einem, der, völlig intakt, in einer trockenen Rinne verschwindet. Dazu Disney-Musik. Nächste Woche die Rettung des Riesenrochen.

Er schaltet die Werbung ab und tritt in den dunklen Patio hinaus. Immer noch heiß. In der Umgebung überall Lichter. Als er und Jenny vor fünf Jahren einzogen, war es ein Holzfällerland. Zwei Hektar Wildnis, aber die Kommission hat eine Kanalisation gebaut.

Er betrachtet den Himmel, soweit er über den Lichtern zu sehen ist. Über dem Bald Peak westlich der Stadt braut sich ein Sommergewitter zusammen. Die großen Wolken blitzen schon. Auf Bannerman's Patio dröhnt Country-Musik, wieder mal eine dieser endlosen Parties. »Feten«, sagt Joan Bannerman immer und grinst trotz überstandener Menopause wie eine Jugendliche. Die Bannermans haben zwei dämliche Jungen. Joan kleidet sich, als wäre sie ihre Schwester. Ist stolz auf ihre Figur. Fährt mit ihnen auf dem Sozius ihrer Harley-Davidsons zum Postamt, meine Güte. Wagenräder und Kuhschädel um den Swimmingpool.

Er seufzt und schwärmt von Jenny. Aus dieser Entfernung mag er sogar das Baby. Nein, das ist nicht fair. Er ist ein braver kleiner Kerl. In zwei Tagen kommen sie zurück, Jenny und Jimmy... Er grunzt verhalten und reibt sich an der Tischkante das Hinterteil. Noch zwei Nächte. Wir fahren zur Großmutter. Aber warum muß Großmutter in Santa Barbara leben? Eigentlich gar nicht so schlecht. Er ist beschwipst und pfeift leise einer erwachten Spottdrossel, die auf den Krach bei den Bannermans reagiert.

Beim Haus der Jacksons ist noch ein dunkler Waldflecken stehengeblieben. Die letzte schwarze Familie hier draußen. Früher war das Ackerland. Das Land gehört ihnen sogar. Vielleicht verkaufen sie bald. Nette Nachbarn — sechs Kinder, aber überhaupt kein Krach. Zweifellos können sie bei diesem Tumult der Mittelklasse nicht schlaffen.

Jetzt flackert es über dem Bald Peak ziemlich grell, ein beeindruckendes Schauspiel. Jenny sagt immer, daß es so was wie »Wetterleuchten« nicht gibt; es seien einfach weit entfernte Gewitter. Wenn das stimmt, dann ist es ein prächtiges Gewitter, vielleicht bringt es Regen. Wir könnten ihn gebrauchen; der Wasserspiegel ist stark gesunken, und die Brunnen trocknen langsam aus, seit sie das halbe Land zubetoniert haben. Müßte mal den Wetterbericht hören, denkt er, und geht sofort wieder hinein, um den Sender mit den Vorhersagen im Radio zu suchen. Schon wieder kaputt, nur Statik. Ohne Jenny geht hier alles zum Teufel.

Er sucht einen Nachrichtenkanal und bekommt ein Science Fiction-Hörspiel herein. Und jede Menge Rauschen. Jenny wird das Ding reparieren. Noch zwei Nächte. Den Whisky austrinken?

Er entscheidet sich dagegen; morgen ist ein schwerer Tag. Donnerstag ist immer der schlimmste Tag der Woche. Donnerstags kann man niemand um etwas bitten. Der Krach bei den Bannermans nimmt zu. Schrille Schreie, laute Männerstimmen hallen durch die Lautsprecher. Verdammt, Verstärkeranlagen im Freien sind um diese Zeit verboten. Soll er rübergehen und sich beschweren? Nein, warte auf Jenny, die kann so was besser. Besonders, wenn das Kind wachgeworden ist.

Er grinst sehnsüchtig und schließt alle Fenster, die zu den Bannermans hinausgehen. Gott sei Dank wird es kühler, aber die Luft stinkt. Dämpfe. Man stelle sich das vor, hier draußen Smog, denkt er angewidert, während er die Patiotüren zuschiebt. Das letzte, was er bemerkt, ist die plötzliche Stille im Patio der Bannermans ...

... unter seiner Wange ist etwas Glattes, Hartes. Er verdrängt es und will, daß es weiche Bettlaken werden. Zu hart — also doch der Boden, zum Beispiel die Kacheln im Patio. Bitte, Gott, mach, daß es Kacheln sind, sogar ein Herzanfall darf es sein. Es tut weh. Es ist ein kleiner Herzanfall, weiter nichts.

Aber der Schmerz ist nicht in seiner Brust, sondern im Bein. Und im Arm. Und ja, im Kiefer, den er gerade bewegen wollte. Schlimm! Er beschließt, sich nicht mehr zu bewegen und bleibt mit geschlossenen Augen liegen. *Ich hab mich gewehrt ...*

Er unterdrückt die Gedanken und versucht, sich in die Bewußtlosigkeit zu verkriechen. Aber die Droge, das Gas, was es auch war, löst sich auf. Der gräßliche harte Boden unter seinem Gesicht summt jetzt, vibriert durch seine Knochen wie ein wütendes Insekt. *Ich hab mich gewehrt ...*

Und in diesem Augenblick sieht er alles wieder vor sich, den schrecklichen Anblick aus dem Aufzug, oder was es war, als er erwachte und flach auf dem Metallgitter lag, das ihn immer höher und höher in die Dämmerung über der Gegend hinaufzog. Motoren jaulten schrill ... er erinnert sich, daß er benommen den Kopf hob und hinter sich undeutlich andere bewußtlose Körper aufsteigen sah. Und dann, als das Ding hundert oder hundertfünfzig Meter hoch im Nichts stehenblieb, hat er sich umgedreht und die Metallklippe gesehen. Die dunkle Klippe, die noch dunklere, klaffende Luke und SIE. Sie kamen zu ihm, streckten *Dinger* aus ...

In diesem Augenblick erkannte er mit völliger Klarheit, daß er hier war, während Jenny und sein Kind zweitausend Meilen entfernt in Kalifornien saßen. Er wird die beiden nie wiedersehen, wenn er nicht sofort was tut. Er springt, wirft sich trotz der Schmerzen gegen die fremden Maschinen, versucht fortzukriechen, hinunterzugleiten. Er würde sich sogar hinabstürzen, wenn es nötig wäre —, alles, nur nicht von IHNEN gefangen werden und in DIESES — aber es ist zu spät. Dinge haben ihn gepackt und eingewickelt, während er sich wehrte. Er tritt, schlägt, beißt auf Metall, bis der übelriechende Nebel ihn alles vergessen läßt.

Ja, ich habe mich gewehrt, sagt er mit den Lippen auf dem harten Boden. Er weigert sich, die Augen zu öffnen und die Realität anzuerkennen. Aber er kann das Summen nicht ausblenden und das Schnaufen anderer atmender Wesen um ihn. Jemand oder etwas macht ein hohes, dünnes, kratzendes Geräusch, *Ekkk-hnhnhnn, Ekkk-hnhnhnn,* wie ein betrunkenes Küken.

Das Pochen unter seinem Kopf wird lauter, bis sein Kiefer unerträglich schmerzt. Zähne sind von den Bissen auf Metall oder metallähnlichem Fleisch abgebrochen. Er hat eine schmerzhafte Erinnerung an empfindungsfähige Schlangen, die sich um seinen Körper legten, und plötzlich schießt Erbrochenes seinen Hals herauf, springt buchstäblich gegen seine Zähne an. Explosives Erbrechen heißt das, erinnert er sich. Ohne sich zu bewegen, läßt er es herausrinnen und schmeckt den halb zersetzten Whisky.

Gegen seinen Willen dringt Licht zwischen die Lider seines unverletzten Auges. Ein trübes graues Licht, das anscheinend aus dem Boden selbst kommt. Direkt vor sich sieht er eine nackte gebräunte Fessel. Unfreiwillig folgt er dem jungen Bein in den alten Jeans mit den Blikken. Hinter den Jeans ist ein malvenfarbenes T-Shirt und eine schwere Mähne aus rotgoldenem Haar. Nicht Jenny. Das Mädchen liegt mit dem Gesicht nach unten, Atmung in Ordnung. Das kratzende Wimmern kommt von weiter hinten.

Ganz langsam öffnet er die Augen. Er kann eine Ecke der Zelle oder des Abteils sehen. Die Wand glänzt genauso wie der Boden. Ein Frachtraum. Wahrscheinlich auf einem Frachtschiff.

An der Wand hockt eine Frau in einer unbequemen, seltsamen Stellung. Im trüben Licht sieht ihr Gesicht wie ein Frosch aus. Dann erkennt er sie: Joan Bannerman. Sie ist es, die wimmert.

Kurz darauf erkennt er, daß in der anderen Ecke seines Blickfeldes noch jemand liegt. Er schielt über die Schulter, ohne den Kopf zu bewegen, und sieht ein Gesicht auf dem Boden liegen. Es blickt zu Joan Bannerman, ein rundes braunes Gesicht, das zu einer starren Maske mit großen Zähnen verzerrt ist. Eine Erinnerung aus einer anderen Welt meldet sich: die Biber im Fernsehen. Aber das ist kein Biber, das ist ein Menschenkind. Schließlich erinnert er sich. Evelyn oder Jacqueline, eins der Kinder der Jacksons. Etwa acht Jahre alt. Sie umklammert ihren Arm, der anscheinend stark geblutet hat. Er weiß, er muß sich jetzt der Realität stellen; er muß sich bewegen, aufstehen, dem Kind helfen.

Aber noch während er es denkt, durchdringt ein lautes Hallen die Kammer und raubt ihm fast das Bewußtsein. Schmerz durchflutet ihn, während sich tief in seinem Herzen ein Tor vor einer grünen, sonnigen Welt verschließt. Das Schiff startet. *Jenny, Jimmy.* Fort. Schließ es weg! Schluck's runter!

Benommen und gegen den Brechreiz kämpfend, denkt er: Wir haben es geschafft. Was immer es war, wir tun, was Menschen tun müssen. Wir haben es so gemacht, wie sie es haben wollten. Beton, Kohlenmonoxid, die Meere voller Plastik und Öl, wer weiß. Was wir eben so tun. Wir haben es für sie gemacht. Und jetzt bringen sie ein paar von uns woanders hin, damit wir es noch einmal machen. Hunderte, vielleicht Tausende von uns. Biber. Eine Gruppe auf so und soviel Millionen Quadratmeilen, pro Planet, wer weiß?

Nun ist die Wirkung der Droge oder des Betäubungsmittels völlig verflogen, und der Schmerz von seinem Schenkel und von seinem verletzten Gesicht wird unerträglich. Sein Bein muß gebrochen sein, er braucht einen Arzt. Er stöhnt unwillkürlich. Er versucht, sich zur Seite zu drehen und fragt sich, ob Joan Bannerman oder das seltsame Mädchen auf dem Boden ihm helfen können.

Joan Bannerman starrt ins Leere und murmelt: »Harry, Harry.« Sie hat sich die Finger in den Mund gesteckt. Sie kann ihm nicht helfen. Das Mädchen?

Das Mädchen bewegt sich jetzt, sieht er, sie erwacht. Anscheinend ist sie nicht verletzt. Sie rollt sich mit schläfrigen, trägen Bewegungen herum und furzt laut.

»Mom?«

Mein Gott, das ist überhaupt kein Mädchen. Das ist Oscar Bannerman.

»Mom!« quengelt Oscar. Seine Mutter reagiert nicht. Plötzlich kommt eine Hand aus dem Nichts und schlägt sie ins Gesicht. Mein Gott — da ist noch ein Junge, der hinter Joan an der Wand sitzt. Aber es ist nicht ihr zweiter Sohn — das ist der Freund ihres Sohnes, der die Katze erschoß. Billy Dee oder so.

Joan Bannerman erwacht langsam und tätschelt ihren Jüngsten und schmeichelt: »Harry ...«

»Okay, Mom.« Oscar streift ihre Hand ab. Er und Billy kommen benommen auf die Beine und starren in die Runde. Ihre Augen zeigen kein Mitgefühl.

Hinter dem Schmerz erwacht eine tödliche Hysterie. Die Aliens, denkt er, wissen anscheinend nicht viel über menschliche Biologie. Oder es ist ihnen egal. Vielleicht orientieren sie sich an oberflächlichen Zeichen, etwa am Haar. Vielleicht haben sie Oscar für ein Weibchen gehalten ... für ein vorpubertäres Mädchen und eine Frau ohne Gebärmutter für die Kolonisierung — wovon? Ihre ökologischen Operationen müssen einen so großen Maßstab haben, daß Fehler wie diese keine Rolle spielen. Wir werfen Millionen Forellen mit dem Flugzeug ab; ein paar werden schon überleben.

»Bist du in Ordnung, Ossie?« fragt Billy Dee.

Oscar furzt wieder und kichert. Billy Dee nickt beifällig. Seine kleinen, leicht schielenden Augen wandern durch den Raum, zum schwarzen Kind, zum verletzten Mann.

Niemand spricht. In der Stille hört man das leise Geklapper der außerirdischen Macht. Die kleine Jackson starrt Billy Dee leer und erschreckt an. Und jetzt wird auf der anderen Seite der düsteren Zelle noch jemand spürbar, der letzte ihrer Gruppe.

Bitte, Gott, denkt er, laß es jemand sein, der in Ordnung ist. Er dreht unter Schmerzen den Kopf.

Es ist ihr dreizehnjähriger Bruder Payton, ein schlanker schwarzer Junge, der reglos zusammengekrümmt liegt und ein glitzerndes Ding in der Hand hat.

Nein. Er überläßt sich wieder dem Schmerz und ist sicher, daß dieser Versuch nicht erfolgreich sein wird.

Eure Gesichter, meine Schwestern! Eure strahlenden Gesichter!

Warme Sommernacht, die großen Regentropfen fallen jetzt schneller, während sie hoch über der toten alten Stadt auf der Schnellstraße läuft. Blitze zischen und krachen hinter ihr über dem See. Wundervoll! Die Blitze erwecken die Dächer der Stadt unter ihr zum Leben, meilenweit kantige Gebäude, grau und scharf umrissen im flackernden Licht. Früher lebten hier Menschen, weit hinaus bis zum Horizont. Sie lächelt und denkt an all die Wände und Fenster, hinter denen Menschen waren, voller Unruhe und Angst. Unglaublich.

Sie passiert eine große Reklametafel, die im Wind pendelt und knallt. Ein Teil eines grinsenden Gesichts: O-N-D-E-R-B-R-E-A, was auch immer das war. Hell wie der Tag. Sie geht weiter und genießt den kühlen Regen auf ihrem ungeschützten Kopf. Sie kann sich noch ein paar Minuten Zeit lassen, ehe sie den Parka schließt; die Frische tut so gut. Die Kopfschmerzen sind völlig verschwunden. Die Schwestern haben sich geirrt, sie ist gesund. Es gab keinen Grund, länger zu warten, mit den Botschaften in ihrem Packen und Des Moines vor ihr. Ihnen war gar nicht klar, wie erholsam das Laufen sein kann.

Die Sandalen werden naß, bemerkt sie. Das fühlt sich gut an, aber sie dürfen nicht durchweichen. Dann reiben sie, und ich bekomme Blasen. Kuriere müssen an solche Dinge denken. Noch ein paar Minuten, dann wird sie eine Rampe hinuntersteigen und einen Unterschlupf suchen.

Hier über der alten Stadt gibt es alle halben Meilen

eine Ausfahrt. Chi-cago oder She-cago, so ähnlich hieß es. Sie müßte es eigentlich wissen, sie ist schon ein paarmal hier durchgekommen. Kurier nach Westen. Der See hinter ihr ist der Michigam-See, Michi-gami, das glänzende Große Wasser. Sie denkt zufrieden, daß sie schon fast siebzig Meilen zurückgelegt hat, seit sie gestern die Herberge verließ, siebzig Meilen an einem Stück. Ich bin nicht mal müde. Die liebe alte Schwester, denkt sie. Ich hätte gern noch länger mit ihr gesprochen. Wie die kluge alte Nokomis. Das ist das Problem — ich will immer bleiben und die schönen Orte und Menschen kennenlernen, aber ich will auch immer weiter zum nächsten. Kuriere sehen viel. Eines Tages wird sie wieder herkommen und im See schwimmen und durch die alte Stadt streifen. Es gibt hier so viel zu sehen, und außer umstürzenden Mauern gibt es keine Gefahr, und damit kennt sie sich aus. Manche Schwestern sagen, daß es hier Hundemeuten gäbe, aber sie glaubt es nicht. Und selbst wenn, die sind nicht gefährlich. Tiere sind nicht gefährlich, wenn man weiß, wie man sich verhalten muß. Es gibt überhaupt keine Gefahren mehr in der ganzen freien weiten Welt!

Sie schüttelt den Regen aus ihrem Gesicht und lächelt in die windige Nacht hinauf. Kuriere haben ein schönes Leben! Die ungebundene Frau, immer unterwegs. Hey, Schwester! Post oder Nachrichten für Des Moines und den Westen? Reisen, immer weiter. Aber im Augenblick reist sie mitten in einem schweren Regenguß. Sie schiebt sich an einem Haufen alter, kaputter ›Autos‹ vorbei, und Platsch! Ihr Fuß versinkt bis zum Knöchel. Der Regen schlägt überall auf der Straße kleine Fontänen aus dem Pflaster. Zeit, sich unterzustellen; sie greift nach hinten und zieht die Parkakapuze unter ihrem Rucksack hervor und denkt, wie lebendig der Highway mit den Blitzen und dem Regen aussieht. Diese Straße muß früher voller ›Autos‹ gewesen sein, alle glänzend und neu, die wahrscheinlich dicht hintereinander vorbeirauschten und Gase ausspuckten, mit grellen Scheinwerfern und die Straße blockierend. Sie kann sie beinahe hören, die armen verrückten Dinger. *Brrumm!* Ganz in der Nähe schlägt ein Blitz ein und flackert wie ein Stroboskop. Mann! Das war knapp. Sie kichert, fühlt sich einen Moment vom Ozon etwas benommen. Ah, da drüben ist eine Ausfahrt. Sie sieht stabil aus.

Von einem seltsamen, tanzenden Lichtkegel verfolgt, ein Spiel des Gewitters, duckt sie sich und rennt leichtfüßig vom Stevenson Expressway zur Fünfunddreißigsten Straße hinunter.

»Weg.« Streifenpolizist Lugioni schaltet das Blaulicht aus und läßt die Sirene ersterben. Der Streifenwagen beschleunigt auf der rechten Spur und funkt, daß eine Ringfahndung eingeleitet werden müßte. »Ein verdammtes Gör, um diese nachtschlafende Zeit zu Fuß.« Er schüttelt den Kopf.

Al, sein Fahrer, tastet unter seinem Bein nach der Zigarettenschachtel. »Ich glaube, es war ein Mädchen.«

»Wer weiß das schon«, grunzt Lugioni. Überall zukken Blitze, ein richtiger Wolkenbruch. In der Stadt ist der Samstagabend-Wahnsinn ausgebrochen. Die Autos werfen im Scheinwerferlicht der folgenden Wagen große Schleier von schmutzigem Wasser hoch.

— Trocken unter der Brücke, aber zwischen den Blitzen ist es hier ziemlich dunkel. Sie schiebt die Kapuze zurück und läuft vorsichtig weiter, während sie Wracks und Schutt ausweicht. Bei diesen vielen Blitzen können sich die Augen nicht richtig umstellen. Schade, sie kann eigentlich nachts sehr gut sehen. Es dauert fünfundvierzig Minuten, bis die Augen ganz umgestellt sind. Sie weiß eine Menge solcher Dinge.

Sie ist unter einer langen Hochstraße, mitten auf einer alten Stadtstraße, die sich meilenweit geradeaus zu erstrecken scheint. Fast schnurgerade nach Westen, das ist gut. Draußen, auf beiden Seiten, prasselt der Regen herunter und spritzt im Licht der Blitze kalkweiß hoch. *Bumm! Bumm!* Im Mittelwesten gibt es phantastische Gewitter. Sie liebt dieses wilde Getöse, sie liebt es, sich durch ein Gewitter zu kämpfen. Alles nur für sie! Wie gern würde sie sich ausziehen und einfach hinauslaufen. Ihre Sachen wären hier drunter im Trockenen. He, soll ich nicht doch ... Beinahe tut sie es, aber sie ist noch nicht sehr schmutzig, und sie muß weiter. Sie hat soviel Zeit in der Herberge verloren. Kuriere müssen verantwortlich handeln. Sie ist vernünftig und bahnt sich ihren Weg durch kauernde dunkle Trümmer und denkt, das ist genau die Gegend, in der man mit einem Pferd nichts anfangen kann.

Sie hat sich lange Gedanken darüber gemacht, ob sie ein Pferd nehmen sollte. Manche Kuriere reiten lieber. Wahrscheinlich geht es wirklich schneller, denkt sie. Aber nicht sehr, nicht sehr. Die meisten Leute haben keine Ahnung, wie schnell man zu Fuß sein kann. Ich bin schon lange auf den Beinen, während die noch mit ihren Pferden beschäftigt sind. Und man hat soviel Mühe mit ihnen; füttern, auf die Hufe achten. Natürlich kann man mit ihnen mehr transportieren. Aber das Entscheidende ist, daß man mit einem Pferd isoliert ist. Wenn man nicht läuft, hat man nicht mehr das Vergnügen, alle möglichen Schwestern kennenzulernen. Wie zum Beispiel diese kluge, mütterliche Schwester, die sie mitnahm, als sie in die Stadt kam. Sie sprach mit einem seltsamen Dialekt, aber ich konnte sie verstehen, und ihre Liebe kam deutlich rüber. Eine Mutter ... vielleicht bin ich eines Tages auch eine Mutter, denkt sie. Aber noch nicht. Oder ich bin wie die gute alte Nokomis. *Die runzlige alte Nokomis, wieviel hat sie mich gelehrt ...* Und die Pferde, die sie hatte. Ich hab noch nie so temperamentvolle Pferde gesehen. Da muß es ein paar sagenhafte Gestüte geben. Morgen, wenn sie die Stadt verlassen hat, wird sie sich eine hochgelegene Stelle suchen, um das Land zu überblicken. Wenn ich ein Gestüt sehe, werde ich es mir merken. Für die nächste Route wäre ein Pferd sicher nützlich — für die Route nach Westen über die Rockies. Aber Des Moines ist für jetzt weit genug. Des Moines ist genau richtig für meine eigenen, kräftigen Beine.

»Sie war eine von *ihnen,* eine von diesen Anti-Büstenhalter-Weibern«, sagte Mrs. Olmsted mit geschürzten Lippen, während sie umständlich aus ihrem Regenmantel schlüpft. Dann knotet sie ihre Plastik-Regenhaube auf. »O Gott, meine Haare.«

»Normalerweise nimmst du doch keine Anhalter mit, Mom.« Bee sitzt im Eßzimmer und bearbeitet ihre Nägel mit Plum Love.

»Es kam gerade ein Gewitter«, erwidert die Mutter entschuldigend, während sie in die luxuriöse Küche eilt. »Sie hatte einen großen Rucksack auf dem Rücken. Ach, um ehrlich zu sein, ich habe sie für einen Pfadfinder gehalten. Deshalb habe ich angehalten.«

»Haha.«

»Ich hab sie in Stony Island abgesetzt. Weiter könnte ich nicht fahren, sagte ich. Sie hat dauernd über mein Gesicht geredet.«

»Wahrscheinlich war sie stoned. Man wird sie da unten umbringen.«

»Bee, ich hab dir schon mal gesagt, benutze dieses Wort nicht mehr. Ich will nichts davon wissen, ich finde das überhaupt nicht gut. Ich denke, sie wird schon klarkommen. Übrigens, wo ist die Salatschüssel?«

»Im Bad. Was ist mit deinem Gesicht?«

»Was hat die Salatschüssel im Bad zu suchen?«

»Ich hab sie benutzt, um meine Schuppenbürste einzuweichen, sie hat genau die richtige Größe dafür. Was hat sie über dein Gesicht gesagt?«

»O Bee, dein Vater würde dich umbringen. So geht

das doch nicht, wir essen daraus.« Ihre Stimme senkt und hebt sich, und sie kommt protestierend mit der Schüssel zurück.

»Mein Haar ist doch nicht giftig, Mom. Außerdem wird sie durch die Hitze sterilisiert. Mein Haar sieht immer verdammt übel aus, wenn es regnet, und ich muß doch im Büro einen guten Eindruck machen.«

»Ich wünschte, du würdest nicht soviel fluchen.«

»Was hat sie über dein Gesicht gesagt, Mom?«

»Oh, mein Gesicht. Tja! ›Dein Gesicht ist weise‹, sagt sie auf so eine verrückte Art. ›Mütterliche Falten voller Weisheit und Licht.‹ *Falten.* So was Unhöfliches! Sie nannte mich die runzlige alte ... ich weiß nicht mehr. Ich sagte ihr, was ich davon hielte, daß Mädchen trampen, glaub mir, ich hab's ihr gesagt. Komm, hilf mir mal aufräumen, dein Vater muß jeden Augenblick kommen! Weißt du, was sie sagte?«

»Was hat sie gesagt? Gib mir das mal rüber!«

»Sie fragte, ob ich die Hunde meinte. *Hunde!* ›Es gibt keine Angst‹, sagte sie, ›auf der ganzen weiten Welt gibt es keine Angst.‹ Und sie hat mich dauernd gefragt, woher ich die Pferde hätte. Ich glaube, das ist so eins von ihren Worten, sie meinte wohl den Buick.«

»Stoned, ich hab's gesagt. Armes Mädchen.«

»Bee, *bitte.* Ich meine nur, ein Mädchen wie sie fordert es geradezu heraus. Sie fordert heraus, was sie bekommt. Es ist mir egal, was du sagst, aber es gibt Spielregeln. Das finde ich nicht gut, überhaupt nicht.«

»Das kannst du laut sagen.«

— Ihre Sandalen sind feucht, aber noch in Ordnung. Gutes Leder. Sie hat sie selbst genäht und eingefettet. Wenn sie alt ist, wird sie irgendwo an der Straße eine kleine Hütte haben und Sandalen und andere Sachen für die Schwestern machen, die vorbeikommen. Woher bekomme ich das Leder? fragt sie sich. Wahrscheinlich könnte sie mit den Händlerinnen ins Geschäft kommen.

Oder könnte sie es selbst gerben? Das ist gar nicht so schwer. Muß es mal nachschlagen.

Der Regen fällt immer noch dicht, es ist jetzt angenehm kühl. Sie bemerkt, daß sie durch Haufen von altem Papier geschlurft ist. Es fliegt im böigen Wind davon. Überall Müll. Wie die nur gelebt haben. Die Blitze draußen beleuchten eine massive Mauer aus zerstörten Gebäuden. Große schwarze leere Fenster, eine Art Fabrik. Ein Stück Papier weht hoch und bleibt in ihrem Nacken kleben. Sie schält es ab und betrachtet es im Gehen. Ein Blitz zuckt, und sie erkennt, daß es ein Bild ist. Zwei Schwestern, die sich umarmen. Hübsch. Sie tragen komische alte Kleider. Und die kleinere Schwester sieht so seltsam aus, angemalt und irgendwie fremd. Als versuchte sie vergeblich zu lächeln. Ein Bild aus schlimmen Zeiten.

Sie steckt es in die Tasche und bemerkt voraus zwischen den Pfeilern der Hochstraße ein Licht. Eine Handlaterne, sie bewegt sich. Also ist noch jemand hier und sucht Schutz. Schön! Vielleicht lebt hier sogar jemand und hat etwas zu erzählen! Sie eilt zum Licht und ruft die Erkennungsworte der Kuriere:

»He, Schwestern. Post oder Nachrichten? Des Moines und weiter nach Westen!«

Ja — sie sieht, daß es zwei sind, in Regenzeug gehüllt. Sie lehnen an einem alten ›Auto‹. Wahrscheinlich Reisende wie sie. Sie ruft noch einmal.

»Hallo?« Eine antwortet zögernd. Manche Schwestern fürchten sich bei Gewittern. Sie wird sie beruhigen. Sie brauchen keine Angst zu haben, wirklich nicht. Wie sie es liebt, neue Schwestern kennenzulernen, das ist das Schönste im Leben eines Kuriers. Sie schreitet aufgeregt durch Papier und Pfützen und tritt ins Licht.

»Aber wem können wir das melden, Don? Man kennt dich hier nicht, die Stadtpolizei wird nicht auf dich hören.«

Er zuckt bedauernd die Achseln. Er weiß, daß seine Frau recht hat.

»*Und wieder eilt eine Unglückliche, des Atmens müde, viel zu früh dem Tod entgegen.*«

»Woher ist das?«

»Oh, Hood. Thomas Hood. Als die Themse voller toter Frauen war.«

»Nachts in dieser Gegend herumzulaufen, ist der reine Selbstmord. Nicht einmal wir sind hier sicher. Glaubst du, der Abschleppwagen vom AAA kommt bald?«

»Das haben sie versprochen. Aber vor uns sind noch ein paar andere dran. Im Augenblick ist nichts los; solange es regnet, ist sie wahrscheinlich sicher. Wir können ins Auto steigen, wenn es nachläßt.«

»Ja ... ich wünschte, wir hätten etwas tun können, Don. Sie schien so, ich weiß nicht, jedenfalls nicht wie ein Tramp.«

»Wir hätten ihr doch nicht was auf den Kopf schlagen und sie reinzerren können. Außerdem sah sie ziemlich kräftig aus, wie du vielleicht bemerkt hast.«

»Ja ... Don, sie war bestimmt verrückt. Sie hat überhaupt nicht gehört, was du gesagt hast. Sie hat dich Schwester genannt. Und diese Anzeige, die sie uns gezeigt hat, sie meinte, es wären zwei Frauen. Das ist doch krank, oder — ich meine, sie ist doch verrückt, oder? Nicht nur bekifft?«

Er lacht schmerzlich. »Das sind Fragen, die ich gern beantworten würde. Diese Dinge gehen ineinander über, sie sind schwer zu entwirren. Aber ja, meine Intuition sagt mir, daß sie nicht bei Verstand ist. Aber meine Intuition hat natürlich Unterstützung bekommen. Hast du gehört, wie sie sagte, sie käme aus einem Hospital oder aus einer Herberge ... Wenn ich wetten müßte, Pam, dann würde ich sagen, daß sie in psychiatrischer Behandlung war. Dieser freundliche, wächserne Gesichtsausdruck. Die kleinen geplatzten Äderchen. Die schnellen Augenbewegungen. Das ist typisch.«

»Du meinst, sie hat Elektroschocks bekommen.«

»Würde ich meinen, ja.«

»Und wir haben sie einfach gehen lassen ... weißt du, ich glaube, der Abschleppwagen kommt nicht mehr. Ich glaube, die haben einfach Ja gesagt und es sofort wieder vergessen. Ich hab gehört der AAA soll ein Sauhaufen sein.«

»In einer Nacht wie dieser dauert es eben.«

»Hmmm ... ich frage mich, wo sie jetzt ist.«

»He, sieh mal, der Regen läßt nach. Wir steigen besser ein und verriegeln die Türen.«

»Ja, Schwester.«

»Hör ja auf damit, ich warne dich! Verschließ auch die hinteren Fenster!«

»Don ...«

»Yeah, was ist?«

»Don, sie schien so ... ich weiß nicht. Glücklich und frei. Sie — sie war so lebendig.«

»Das ist das Kranke daran, Liebes.«

— Sie sieht, daß der Regen nachläßt. Das paßt ihr gut, denn die schützende Rampe schwenkt jetzt nach Norden ab. Sie folgt dem Mittelstreifen der alten Straße ins Freie und läßt die Kapuze unten. Dies ist ein zerstörtes Viertel, ein paar Blocks weit sind alle Häuser flachgelegt. Die Straße selbst ist aber in Ordnung. In der Stille hört sie jetzt, Meilen hinter sich, die Wellen des Sees ans Ufer klatschen. Ich muß hier wirklich mal eine Weile rasten, wenn ich wieder vorbeikomme, denkt sie, während sie ein oder zwei Wracks auf dem Mittelstreifen ausweicht. Am leuchtenden Wasser des Großen Sees.

Wie hieß er noch? Michi-Gami oder Gitche-Gumee? Egal; ihr gefällt die ganze Geschichte von Hiawatha. Manchmal glaubt sie sogar, Schwester Hiawatha zu *sein;* das ist eine der wenigen Erinnerungen aus den alten Tagen, die sie sinnvoll findet. Sie hat, als sie aufwuchs, all die wunderschönen Dinge kennengelernt, die Namen der wilden Tiere, und hat voller Liebe vom Reichtum der Welt erfahren. Es gibt Worte dafür, manche Schwestern können wunderschön darüber reden. Aber das ist nicht ihre Art; sie weiß nur, wo der Weg ist, der sich richtig anfühlt. Der gute Weg, und sie streift durch die wundervolle Welt. Vielleicht ist sie ein wenig oberflächlich, aber das macht nichts. Ich bin eine Arbeiterin, denkt sie stolz. Und ich trage Verantwortung, ich bin Kurier. Sie kommt an eine Gabelung; sie muß sich vergewissern, ob sie noch nach Westen geht. Diese alten Straßen können leicht in die Irre führen.

Sie bleibt stehen und klappt den Kompaß an ihrem Gürtel auf und sieht zu, wie sich die grüne Nadel einpendelt. So! Genau in diese Richtung. Und Glück hat sie — im letzten Flackern der Blitze sieht sie ein paar Blocks voraus Bäume. Vielleicht ein Park!

Wie schnell diese Gewitter abflauen; sie huscht über eine mit Wracks übersäte Kreuzung und trottet aus reiner Freude an ihrer Kraft und Gesundheit rasch über den offenen Mittelstreifen zum Park. Ja, es sieht aus wie ein langgestreckter, grüner Flecken, der ziemlich weit gerade nach Westen führt. Dort wird sie gut laufen können. Irgendwo voraus wird sie wieder auf einen alten Freeway treffen, den Kennedy oder den Dan Ryan, der sie aus der Stadt bringen wird. Am Morgen wird es dort wahrscheinlich auch einigen Verkehr geben. Vielleicht wird sie ein Getreidewagen oder eine Händlerin mitnehmen. Oder vielleicht etwas, das sie noch nie gesehen hat, eine neue Überraschung dieser glücklichen Welt.

Sie läuft und spürt ihre Füße frei und schnell auf den Boden fallen und denkt voller Respekt an die beiden Schwestern, die sie unter der Rampe traf. Die Große war eine Art Heilerin aus dem Süden. Sie waren so liebevoll zusammen und machten Scherze. Aber ich werde nicht mehr krank, es geht mir wirklich gut. Stolz auf ihre Spannkraft spurtet sie über die letzte Kreuzung und entdeckt einen Pfad, der sich durch das dichte Gehölz im Park windet. Vielleicht kann ich da drin sogar barfuß gehen — kein Glas, denkt sie. Der letzte Blitz hilft ihr, als sie zwischen die tropfenden Bäume eintaucht.

Der Radfahrer schaltet sofort seine Lampe aus und fährt schnell am Parkeingang vorbei. Sie hat ganz gut ausgesehen, klein, und sie ist gelaufen. Verängstigt. Aber etwas an ihr beunruhigt ihn. Da stimmte was nicht. Ob sie da drin jemand treffen will?

Er fährt heute abend allein, der Regen hat alle anderen vertrieben. Allein macht es nicht soviel Spaß. Aber vielleicht ist sie auch allein? Klein und allein?

Er rast die Archer Avenue hinauf und beschließt, durch die Park-Transversale zurückzufahren und sich zu vergewissern. Er muß nur aufpassen, daß er sich nicht das Rad zerkratzt.

— Eine wundervolle kühle, saubere Brise im Gesicht, und die Wolken brechen auf. Der alte Mond will gleich rauskommen! Blätter liegen hoch auf dem Weg, also kann sie die Sandalen ausziehen und trocknen lassen.

Sie balanciert auf einem Bein und löst die Schnallen. Die linke Sandale ist durchweicht. Sie hängt sie über den Rucksack und geht barfuß weiter. Schön.

Draußen, jenseits der Bäume, recken sich jetzt auf beiden Seiten Gebäude in die Luft, alte Würfel und Türme, die zu den rasenden Wolken greifen. Mondlicht funkelt in den heil gebliebenen Fenstern. Phantastisch. Sie denkt liebevoll an die schon lange toten Menschen, die all dies erbauten. Die Menschen, die Stadtbauer. So kompliziert und verwirrend, so verschieden von der guten, natürlichen Lebensart. Zu schade, daß sie nicht mehr leben und diese wundervolle, friedliche und freie

Welt sehen. Aber wahrscheinlich hätte sie ihnen gar nicht gefallen. Sie waren krank, die armen. Aber vielleicht hätten sie sich auch ändern können; schließlich waren sie auch Menschen, grübelt sie.

Plötzlich erschrickt sie, als vor ihr etwas über den Weg kracht, und ohne nachzudenken, springt sie benommen in ein Gebüsch. Blitze, knurrende Geräusche — nach einem Augenblick ist es verschwunden. Vielleicht ein Hirsch, wundert sie sich und reibt sich den Kopf. Aber die Geräusche? Einer dieser Hunde vielleicht? Oder sogar eine Meute?

Hmmm. Sie reibt fester und runzelt die Stirn, weil die Kopfschmerzen sich wieder melden. Wie eine Messerklinge in der Schläfe. Aua! Es tut wieder ziemlich weh, sie wird benommen. Sie blinzelt, sieht die Gebäude hinter dem Park hell aufflammen — überall gelbe Lichtflecken, wie von einer Million Fenstern. O nein, nicht schon wieder diese Halluzinationen. Nein, es geht ihr doch gut!

Aber ja, es ist — plötzlich ist überall grelles Licht, brüllender Lärm bricht über sie herein, und in den toten Straßen rasen klappernde Dinger. Vielleicht geht es ihr doch nicht so gut, wie sie dachte.

Sie stöhnt leise vor Schmerz und reißt ein Bündel kühler, feuchter Blätter ab, die sie an die Stirn und in den Nacken preßt. Druck. Das ist es, der Luftdruck muß sich durch das Gewitter verändert haben. In ein paar Minuten wird es ihr wieder besser gehen ... selbst die Erinnerung an den Hirsch scheint seltsam, als hätte sie eine Art verrückte Maschine mit einer Schwester darauf gesehen. Verrückt! Im Getöse sind jetzt auch Stimmen zu erkennen, eine gespenstische Pfeife schrillt ... geht weg, Träume ...

Sie bleibt still stehen und drückt sich die kühlen Blätter an die Schläfen und will die lärmenden Halluzinationen zwingen, zurückzuweichen. Langsam gehorchen sie; sie lassen nach, verblassen und verschwinden.

Dann findet sie zu ihrem Frieden in der normalen, glücklichen Welt zurück. Sie ist wieder in Ordnung, das war überhaupt nichts!

Sie wirft die Blätter auf den Boden und tritt wieder auf den Weg. Sie erinnert sich — Mann! —, wie es in der Herberge gewesen war. Alles nur wegen dieser komischen Grippe oder was das war, die ihren Bauch so anschwellen ließ. Die Ganze Zeit schlimme Träume, wirklich schreckliche Halluzinationen. Gib's zu — Kuriere fangen sich manchmal etwas ein. Aber das ist es wert.

Die Schwestern hatten sich so geängstigt. Wie sie sie ausgefragt hatten. Träumst du jetzt? Siehst du es jetzt, Liebes? Sie mußte alles beschreiben, als wäre sie in einem historischen Schauspiel. Die haben zu viele Geschichtsbücher gelesen, denkt sie, während sie durch die Pfütze platscht und ein kleines Nachtwesen erschreckt. Wahrscheinlich ein Frosch, der wie ich durch den Regen zieht. Und all dieses Gerede über Babies. Babies ... nun, ein Baby wäre schön, eines Tages. Aber erst will sie noch viele Reisen machen. Im Augenblick ist sie eine reisende Schwester, immer unterwegs, unterwegs nach Des Moines und weiter nach Westen!

Links-rechts, links-rechts. Ihre schlanken, kräftigen Beine tragen sie im Laufstil der Indianer, und sie fühlt sich prächtig in der regenkühlen Nacht. Kein bißchen müde; sie liebt ihren zähen, drahtigen Körper. Ein Kurier zu sein, das ist das beste Leben überhaupt. Jung sein und nachts durch die große, freie, mondhelle Welt wandern. He, Schwestern! Sie grinst in sich hinein und tappt leichtfüßig weiter. Nachrichten oder Post?

»Natürlich ist sie ungefährlich, Officer«, sagt die Ärztin nachdrücklich. Die Ärztin ist eine schwere, fröhlich aussehende Frau. Sie hat eine große Reisetasche auf den Schreibtisch gestellt. Der hagere junge Mann, der auf der anderen Seite in einem Sessel lümmelt, starrt sie müde an und schweigt.

»Jeans, grüner Parka, Rucksack, Sandalen. Vielleicht Kreditkarten«, wiederholt der Detective und notiert es sich. »Haare?«

»Kurz. Sie wachsen gerade aus; sie wurden während der Behandlung abrasiert. Mir ist klar, daß das nicht sehr viel ist.«

Der Polizist schiebt unsicher die Unterlippe vor und schreibt. Warum können die in einem so großen Laden nicht selbst auf ihre Patienten aufpassen? Ein mittelgroßes, durchschnittlich aussehendes Mädchen in Jeans und Parka ...

»Wissen Sie, sie ist völlig hilflos«, sagt die schwere Frau ernst und blättert in ihrem Kalender. »Ihr Täuschungssystem hat sich erweitert.«

»Genau das sollten Sie aber aufbrechen«, sagt der junge Mann plötzlich, ohne aufzublicken. »Meine Frau war, ich meine, als ich sie herbrachte ...«

Seine Stimme klingt nach erschöpfter Wut. Es wurde alles schon einmal gesagt. Die Psychiaterin seufzt kurz, gibt aber keine Antwort.

»Diese Täuschung, ist die gefährlich? Ist sie feindselig?« fragt der Detective hoffnungsvoll.

»Nein. Ich hab es Ihnen doch erklärt. Sie glaubt, sie lebte in einer anderen Welt, in der jedermann ihr Freund ist. Sie vertraut jedem, Sie werden keine Schwierigkeiten haben.«

»Oh.« Er steckt mit einer entschiedenen Bewegung das Notizbuch weg und steht auf. Die Psychiaterin begleitet ihn hinaus. Außer Hörweite des Mannes sagt sie leise: »Ich bin unter meiner Büronummer zu erreichen, wenn Sie in der Leichenhalle nachgefragt haben.«

»Yeah.«

Er geht, und sie kehrt zu ihrem Schreibtisch zurück. Der junge Mann starrt blicklos einige Polaroid-Aufnahmen an. Die oberste zeigt eine junge, braunhaarige Frau in einem gelben Kleid. Sie steht in einem Garten.

— Der Mond steht hoch in der Sommernacht und schneidet durch rasende, kleine Silberwolken und wirft Lichtschäfte über die stille Stadt. Sie sieht vor sich das Ende des Parks, und dort ist auch ein mit Wracks übersäter Kreisverkehr. Sie läuft rasch weiter, noch kräftig, aber die ersten Anzeichen einer zufriedenen Müdigkeit in den Knochen. Gerade genug, um sich über ihre Beharrlichkeit zu freuen. Links und rechts, links und rechts, wie die Indianer. Das trainiert die Sehnen. Sie könnte ewig weiterlaufen.

Jetzt erreicht sie den Kreisverkehr. Aufpassen, damit sie nicht auf Metall oder Glas tritt. Sie wartet, bis der Mond den Platz beleuchtet, und trottet zur Mitte. Irgendwo, bildet sie sich ein, kreischt oder brüllt etwas. Nein, nur das nicht. Sie grinst entschlossen in sich hinein und umrundet die Bruchstücke eines alten, umgestürzten Standbildes. *Das sind nur Eulerich und Eule, die sich in ihrer Muttersprache unterhalten. Hiawathas Schwestern.* Ich würde gern in ihrer Muttersprache mit ihnen sprechen, denkt sie — und dann freut sie sich, als sie auf der anderen Seite einen Menschen entdeckt. Noch eine Schwester, die nachts unterwegs ist!

»Hey, Schwester!«

»Hi«, erwidert die andere. Sie kommt aus dem Mittelwesten, man kann es hören. Sie lebt wohl hier und kann ihr sicher etwas über die alte Stadt erzählen!

Begeistert rennt sie durch die Haufen auf der Straße und erreicht ihre wunderschöne Schwester, deren Gesicht im Mondlicht strahlt.

»Was machst du? Spazierengehen? Ich bin Kurier«, erklärt sie und nimmt die Schwester am Arm. So eine Freude, eine Welt voller Freunde. »Nachrichten oder Post?« Sie lacht.

Und sie gehen zusammen weiter, tanzen über den Mittelstreifen der alten Straße, um nicht von Brocken erschlagen zu werden, die aus den friedlichen alten Ruinen fallen. Auf der anderen Seite ist ein verbeultes

Schild: DAN RYAN EXPRESSWAY, O'HARE AIRPORT. Unterwegs nach Des Moines und weiter nach Westen!

»Ich erinnere mich nicht«, wiederholt das Mädchen oder die Frau heiser. Sie runzelt die Stirn. »Ich erinnere mich wirklich nicht, es war so seltsam. Ich hatte den Kopf total zu, ich meine, ich wollte nur nach Hause und mich hinhauen. Der letzte Kunde war eine Niete. Ich meine, ich kannte mich in der Gegend nicht aus. Wissen Sie? Ich hab sie gefragt, ob sie ein paar Groschen für mich hätte.«

»Was hat sie gesagt? Hatte sie Geld dabei?« fragt der ältere Mann mit tödlicher Geduld. Seine Frau sitzt auf der Ledercouch. Ihre Lippen zittern leicht.

»Ich erinnere mich einfach nicht mehr. Ich meine, sie hat geredet, aber sie hat nicht zugehört. Ich konnte sehen, daß sie was Hartes eingeworfen hatte. Sie hat mir Schokolade angeboten. Oh, Mann, war die abgedreht. Entschuldigung, aber sie war wirklich weit weg. Das dachte ich jedenfalls — ja, sie hat dauernd geredet. Dann hat sie mir ihre Karten gegeben.«

Der Mann betrachtet sie schweigend. Sie liegen auf dem Kaffeetisch. Der eheliche Name seiner Tochter, eingraviert in die braune Plastikkarte von Saks.

»Und als ich die Zeitung sah, dachte ich … naja, Sie wissen schon.« Sie steht auf und glättet ihre weiße Levis. »Nicht nur wegen der Belohnung. Sie … aber danke.«

»Ja«, sagt er automatisch. »Wir haben Ihnen zu danken, Miss Jackson.«

»Ja«, fügt seine Frau mit zitternder Stimme hinzu.

Miss Jackson oder wie immer sie hieß, blickt zur Frau, zum Mann, zur eleganten Bibliothek. Sie nimmt ihre weiße Schultertasche.

»Ich hab versucht, mit ihr zu reden«, sagt sie unbestimmt. »Sie sagte, sie wollte nach Westen. Aber sie wollte nicht … es tut mir leid.«

»Ja, danke.« Er schiebt sie zur Tür. »Ich fürchte, Sie konnten da nichts weiter tun.«

»Sie war nicht in dieser Welt.«

»Nein.«

Als die Tür hinter ihr zufällt, brummt die ältere Frau unsicher und sagt düster: »Warum nur?«

Ihr Mann schüttelt den Kopf und verlegt sich auf eine Übersprungshandlung: Er glättet die Kreditkarten und legt sie auf einen anderen Tisch.

»Wir müssen Henry anrufen, wenn er zurück ist ...«

»*Warum?*« wiederholt die Frau, als wäre sie zornig. »Warum hat sie das gemacht? Was will sie denn? Immer muß sie weglaufen. Freiheit. Weiß sie nicht, daß man nicht frei sein kann? Warum ist diese Welt nicht gut genug für sie? Sie hatte doch alles. Wenn ich's ertragen kann, warum kann sie's nicht auch?«

Er hat nichts zu sagen. Er rückt nur neben sie und berührt für einen Moment ihre Schulter.

»Warum hat Doktor Albers nichts getan? All die Medikamente, die Schocks, das hat alles nur schlimmer gemacht. Henry hätte sie nicht dort hinbringen dürfen, es ist alles seine Schuld.«

»Ich glaube, Henry war verzweifelt«, sagt ihr Mann tonlos.

»Es ging ihr doch gut, als sie noch bei uns war.«

»Maria, Maria, bitte. Sie war nicht mehr bei sich. Er mußte etwas tun. Sie hat nicht einmal ihr eigenes Kind erkannt.«

Seine Frau nickt, zittert stärker. »Mein kleines Mädchen, mein kleines Mädchen ...«

— Sie freut sich darüber, daß es jetzt sehr hell ist und tappt, immer noch barfuß, über den Mittelstreifen aus Beton und legt den Kopf zurück, um den Mond über den fliegenden Wolken rasen zu sehen. Er gibt der stillen Straße Leben und Bewegung, fast als wären hier wieder Menschen. Jetzt paß aber auf, warnt sie sich fröhlich — und paß auf deine Füße auf, du weißt ja nicht, was hier für gefährliche Sachen rumliegen! Keine Träume mehr von den alten Zeiten, denn davon hat sie ihre fiebrigen Alpträume bekommen. In den Träumen wurde sie in der Zeit zurückversetzt wie ein eingesperrtes Tier. Eine ›junge Vorortmutter der Überflußgesellschaft‹, was immer das war. All diese verrückten Leute, die auf sie einredeten. Geh nicht nach draußen, tu dies nicht, tu jenes nicht, mach nicht die Tür auf, atme nicht. Überall Gefahr.

Wie haben die nur gelebt, fragt sie sich und sieht, daß der Beton unter ihren Füßen ungefährlich und sauber ist. Diese armen alten Schwestern, niemals frei, nicht einmal fähig, hinauszulaufen! Nun, diese Träume machten die Geschichte für sie wirklich lebendig, das war mal sicher. So lebhaft — Puh! Vielleicht hat sie die Seele einer armen alten Schwester berührt, vielleicht etwas Mystisches in dieser Art. Sie runzelt leicht die Stirn und spürt einen stechenden Druck im Kopf.

Jetzt paß aber auf! ermahnt sie sich, während sie die Gurte des Rucksacks hochhebt und den trocknenden Parka flattern läßt. Alles in Ordnung. Sie beginnt langsam und leichtfüßig zu trotten, einfach, weil es sich so gut anfühlt. Städte sind so geschichtsträchtig. Zeit, all das zu vergessen. Genieße einfach das Leben! — Hallo, Mond! Hallo, Himmel! Sie trottet vorsichtig weiter. Es prickelt, und sie sieht sich selbst vom Mond aus: ein winziger, zielstrebiger Punkt, der sich energisch nach Westen bewegt. Kurier nach Des Moines. Ganz allein in der großen, freundlichen, nächtlichen Welt. Ab und zu ein Gruß an die wenigen Schwestern, die nachts unterwegs sind. Eine Frau auf Reisen, die durchkommen wird.

Sie bemerkt vor sich einen großen Trümmerhaufen und wird langsamer, um sich vorsichtig einen Weg durch die ›Autos‹ zu suchen; sie will die Sandalen noch nicht wieder anziehen. Es ist so hell — und Hallo! Der Himmel hellt sich im Osten hinter ihr tatsächlich auf. In einer Stunde oder so beginnt der Sonnenaufgang.

Sie ist seit zwanzig Stunden unterwegs, aber sie ist noch nicht richtig müde. Sie könnte den ganzen Tag über weitergehen, wenn es nicht so heiß würde. Sie lugt voraus und sucht nach Wegweisern zum Ryan Freeway, der sie nach Westen bringen wird. Dort wird sie Halt machen und bei Sonnenaufgang etwas essen, vielleicht auch einen Tee kochen. Und dann noch eine Weile weitergehen, bis es zu heiß wird. Dann wird sie sich eine schöne, kühle Ruine suchen und sich tagsüber verkriechen. He, vielleicht schafft sie es bis zum O'Hare! Sie hat schon einmal dort gerastet, es ist nett.

Sie hat in ihrem Rucksack genug Vorräte für mindestens zwei Tage, denkt sie. Aber die Schokolade geht langsam aus; muß mir in der nächsten Siedlung welche besorgen, wenn ich sie kriegen kann. Süßigkeiten sind gute Kalorienlieferanten, wenn man sich anstrengt. Sie läuft weiter und denkt über die Schwester nach, mit der sie ihre Schokolade teilte, während sie hinter dem Park zusammen gingen. So ein freies, süßes Gesicht. Alle Schwestern sind großartig, aber diese war besonders interessant. Sie lebte hier und studierte die Vergangenheit. Sie wußte so viel, all diese Geschichten, Mensch! Wenn man sich vorstellt, daß die Menschen ihre Geschlechtsorgane an Männer verkaufen mußten, damit sie essen konnten!

Es ist zuviel für sie, denkt sie grinsend. Überlaß das nur den Studenten. Ich bin ein Tatmensch, ja. Ein Kurier, eine Reisende, die vorbeizieht und sich alles ansieht, diese wundervolle Welt. Proben nehmen, genießen und die Meilen überwinden. Rechts und Links und Rechts und Links auf den alten Straßen. Die Füße eines Kuriers sind fest und braun wie eine Eiche. *Von allen Tieren lernte sie die Sprache, lernte ihre Namen und alle ihre Geheimnisse. Sie sprach mit ihnen, wo immer sie sie traf* — ein großartiger Rhythmus zum Laufen. Eine frische Brise im Rücken, und vor ihr geht der Mond unter!

Die Brise läßt die alten Gebäude auf beiden Straßenseiten klappern und krachen, bemerkt sie. Besser, wenn sie in der Mitte bleibt, auch wenn es eng wird. Die Häuser stehen hier ganz eng beisammen, alle eingesackt und voller Schutt. ›Slums‹ sind das wohl. Wo die verrückten Leute früher so eng beisammen hockten. Was muß das für ein Durcheinander gewesen sein; interessant für eine Reisende, aber für die Menschen schrecklich. Nun, sie sind jetzt alle tot, denkt sie, während sie einem Haufen Trümmer auf der Kreuzung ausweicht und auf dem Mittelstreifen den nächsten langen Block hinuntergeht.

Aber es ist nicht alles fort, bemerkt sie; die Schritte, die sie schon eine Weile hinter sich tappen hört, sind immer noch da. Ein Tier, denkt sie, einer dieser armen Hunde. Er folgt ihr. Oh, es geht den Hunden hier bestimmt nicht schlecht, weil es sicher viele Ratten gibt.

Sie dreht sich ein paarmal um, aber sie kann nichts sehen. Wahrscheinlich hat er Angst. Welches mag wohl seine Sprache sein? fragt sie sich und vergißt ihn, als sie vor sich die unverkennbare Silhouette einer Freeway-Brücke sieht. He, ist das schon der Ryan?

Sie wirft einen Blick zum sinkenden Mond und sieht, daß der Himmel rasch heller wird. Auf der linken Straßenseite ist eine freie Fläche; dort könnte sie gut laufen. Sie beschließt, auf die andere Seite zu wechseln.

Ja, hier geht es gut voran. Sie schlägt wieder ihren leichten, barfüßigen Trott an und schickt einen letzten liebevollen Gedanken zu den armen, irren Leuten, die sich hier früher abgerackert haben, und die trotz ihrer Schmerzen die Gene an sie weitergeben konnten, damit sie ein glückliches Leben führen kann. Kurier nach Westen! Im Haar den Morgenwind und im Rücken die Sonne, die bald die ganze freie Welt beleuchten wird!

»Eine ganz normale Überwachungsaufgabe«, sagt die junge Polizistin mit Namen Floyd vorsichtig.

»Ein Hinterhalt.« Der kahlköpfige Reporter nickt.

»Nun, ja. Wir hatten den Auftrag, den Gebäudeeingang zu überwachen. Officer Alioto und ich saßen im geparkten Wagen.«

»Und dann sahen Sie den Überfall.«

»Nein«, erwidert sie steif. »Wir haben nichts Ungewöhnliches bemerkt. Natürlich haben wir die Fußgänger beobachtet, ich meine, die Frau und die ... die Täter. Sie bewegten sich zu dieser Zeit nach Westen.«

»Sie haben vier Punker gesehen, die ihr folgten.«

»Nun, so könnte man es sagen.«

»Sie sahen, daß sie hinter ihr her waren, und sind einfach sitzengeblieben.«

»Wir haben unsere Befehle ausgeführt«, erklärt sie ihm. »Wir hatten den Auftrag, das Gebäude zu überwachen. Wir haben keinen Überfall bemerkt, niemand rannte.«

»Sie haben gesehen, wie die vier auf das Mädchen losgingen und behaupten, das wäre kein Angriff gewesen?«

»Wir haben es nicht bemerkt. Wir waren zwei Blocks entfernt.«

»Sie hätten es sehen können, wenn Sie gewollt hätten«, sagt er genervt. »Sie hätten einen Block weiterfahren können, Sie hätten Ihre Sirene einschalten können.«

»Ich hab Ihnen doch schon gesagt, daß wir mit verdeckten Ermittlungen beauftragt waren. Sie können nicht erwarten, daß ein Beamter seine Deckung aufgibt, nur weil irgendeine Landstreicherin daherkommt.«

»Sie sind eine Frau«, sagt er verwundert. »Und Sie bleiben sitzen und sehen zu, wie es ein Mädchen erwischt.«

»Ich bin kein Kindermädchen«, protestiert sie wütend. »Es ist mir egal, ob sie verrückt war. Wenn Sie mich fragen, war sie ein verdorbenes Gör, wie alle diese

Feministinnen. Was glaubt sie denn, wer sie ist, daß sie nachts allein herumläuft? Glaubt sie denn, die Polizei hätte nichts Wichtigeres zu tun?«

— Der Sonnenaufgang wird bald kommen, aber hier unten ist es noch ziemlich dunkel. Die verzauberte Stunde. Und dieser dumme Hund oder die Hunde verfolgen sie, bemerkt sie. Tapp-tapp-tapp, sie sind jetzt hinter ihr auf dem Gehweg. Nun, Hunde greifen Menschen nicht an, das ist nur so ein Schauermärchen. *Lerne die Natur jedes Tieres, lerne ihre Namen und alle ihre Geheimnisse!* Sie sind nur einsam und neugierig, es liegt in ihrer Natur, einem Menschen zu folgen. Sie trotten hinter mir her und verschwinden, sobald ich Buh! mache.

Sie läuft weiter und überlegt, ob sie die nassen Sandalen wieder anziehen soll, oder ob der Weg so sauber bleiben wird, daß sie sie nicht braucht. Wenn er sauber bleibt, kann sie barfuß bis zur Schnellstraße kommen — es ist wirklich der Ryan, jetzt sieht sie das Schild. Gut, das ist ein schöner Ort, um zu frühstücken, mitten im Sonnenaufgang. Sie darf nicht vergessen, unter der Auffahrt ein paar trockene Stöcke und etwas Papier aufzusammeln. Oben auf der Straße gibt es nicht viel Brennmaterial.

Sie ignoriert die Schritte in ihrem Rücken und denkt freudig an die schönen Frühstücke, die sie schon genossen hat. Oft bei Sonnenaufgang, das liebt sie. Wie an einem Morgen auf dem alten Ohio Turnpike, als plötzlich viele Eulen heulten. Der Nebel wurde rosa und stieg auf, und dann sah sie unter sich den glänzenden Fluß. Wundervoll. Trotz der Moskitos. Wenn man das Leben liebt, läßt man sich von Kleinigkeiten wie Moskitos nicht stören ... das war vor ihrer seltsamen Krankheit, bevor sie in der Herberge war. Sie hat in vielen schönen Herbergen gerastet und all die interessanten, so verschiedenartigen Siedlungen und Farmen gesehen und die wundervollen Schwestern. Eines Tages wird sie den ganzen Weg nach Westen gehen und überall Leute kennenlernen ... Tapp-tapp-tapp, sie hört sie jetzt wieder und reibt einen kleinen Kopfschmerz aus der Stirn. *Buh!* sagt sie kichernd zu sich selbst. Ihre nackten Füße laufen kräftig und schnell, links und rechts und links und rechts, und tragen sie über die Meilen, über die freie, wundervolle, freundliche Erde. Oh, meine Schwestern, dieses Leben im Licht!

Bilder huschen durch ihren Kopf, all die Orte, die sie noch besuchen will. Die Berge im Westen, die großen Berge. Und das richtige, große Meer. Vielleicht wird sie, wenn sie schon einmal dort draußen ist, auch das Grab des Letzten Mannes besuchen. Das ist sicher interessant. Den Park ansehen, in dem er gelebt hat, die Bänder mit seiner Stimme hören und so weiter. Natürlich war er wahrscheinlich nicht wirklich der letzte Mann, sondern nur der letzte, von dem man wußte. Es wäre schön, mal eine ganz andere Stimme zu hören.

Tapp-tapp-tapp — es wird lauter, ist näher, als vorhin noch. Sie werden lästig. Hoffentlich folgen sie ihr nicht die Auffahrt hinauf und schnüffeln in ihrem Frühstück herum.

»Buh!« ruft sie und lacht, während sie sich umdreht. Sie verstreuen sich so schnell, daß sie kaum noch die dunklen Körper in den alten Mauern verschwinden sieht. »Buh!« ruft sie noch einmal. Es tut ihr leid, daß sie sie verscheuchen muß. Dann dreht sie sich um und geht zufrieden weiter.

Die Gebäude am Straßenrand sind hier noch gut erhalten, kein Glas auf der Straße. Die Schaufensterscheiben der alten Geschäfte sind intakt. Sie sieht sie im Gehen neugierig an. Haufen von verschimmeltem Zeugs, verblichene Bilder und Schrift. »Reklame.« Viele Gesichter von Schwestern; sie sehen alle seltsam aus und lachen gekünstelt. In einem Fenster sind lauter Plastikköpfe mit seltsamem, künstlichem Haar oder so. Phantastisch.

— Aber jetzt sind sie schon wieder hinter ihr. Tapp-tapp-tapp. Sie muß sie gründlich entmutigen, ehe sie ihr die Auffahrt hinauf folgen.

»Buh! Buh! Nein ...« Als sie sich zu ihnen umdreht, springt etwas Dunkles auf sie los und schlägt oder schnappt ihren Arm. Und bevor sie reagieren kann, sieht sie, daß sie plötzlich um sie stehen, sogar vor ihr — und sie sind so groß wie Menschen!

»Haut *ab!*« ruft sie und spürt etwas Unbekanntes — Wut? —, das sie erhitzt. Fast wie in einem dieser Träume! Aber etwas Hartes schlägt in ihren Nacken, und sie taumelt. In ihren Ohren brüllt etwas.

Sie rutscht aus und stürzt auf den Beton. Es schmerzt — ihr Kopf ist verletzt. Sie schlägt um sich und versucht, sie abzuwehren und erkennt ungläubig, daß die Biester an ihr zerren. Sie sind schrecklich stark. Sie zerren ihr die Arme und Beine auseinander und halten sie fest.

»Schwestern!« ruft sie. Jetzt ist sie wirklich verletzt und wehrt sich mit aller Kraft. »*Schwestern!* Hilfe!« Aber etwas knebelt sie, so daß sie nur noch keuchen kann. Jetzt reißen sie an ihren Kleidern, an ihrem Bauch. *Nein, nein* — sie begreift voller Angst, daß sie sie wirklich beißen wollen. Sie wollen ihr Fleisch fressen, und plötzlich erinnert sie sich, daß wilde Hunde ihren Opfern zuerst die Eingeweide herausreißen.

Die Wut fährt wie eine Woge durch sie, und sie windet sich unter den Fängen. Sie weiß, daß es nur ein dummer Unfall ist, ein Irrtum — aber überall sprudelt ihr Blut, und die Schmerzen, die *Schmerzen!* Sie wird gleich tot sein, sie weiß, daß sie hier sterben wird.

— Aber als ein wirklich gräßlicher Schmerz tief in ihren Schoß und ihre Eingeweide fährt, sieht oder glaubt sie zu sehen — Ja! — dort im Licht, in den Flecken des Himmels, die sie zwischen den schrecklichen Körpern ihrer Angreifer sieht, dort kommen sie — noch weit entfernt, aber klar, die wundervollen Gesichter ihrer

Schwestern, die herbeieilen, um sie zu retten, um sie zu rächen! Oh, meine Schwestern, ja — jetzt wird alles gut. Sie weiß es, während sie an ihrem Blut erstickt. Die Schwestern werden diese Tiere töten. Und mein Rucksack, meine Nachrichten — irgendwo hinter den Schmerzen und dem Sterben weiß sie, daß alles gut ist. Alles wird gut werden, wenn sie kommen; die geliebten Schwestern werden sie retten, dies ist nur ein Unfall — und bald wird sie oder jemand wie sie wieder losgehen, zu Fuß über die weite, freie Erde, als Kurier nach Des Moines und in den Westen …

Originaltitel: »Your Faces, O My Sisters! Your Faces Filled of Light!«

(erstmals erschienen in »Aurora: Beyond Equality«,
hrsg. von Vonda N. McIntyre & Susan Anderson, Fawcett 1976)

Aus dem Amerikanischen übersetzt von Jürgen Langowski

Die Goldfliegen-Lösung

Der junge Mann, der auf 2° N, 75° W saß, blickte giftig zum kaputten *ventilador* hinauf, wie er es schon öfter getan hatte, und las den Brief weiter. Er schwitzte stark und saß, bis auf die Unterhose entkleidet, in einem Schwitzkasten, der vorgab, ein Hotelzimmer in Cuyapán zu sein.

Wie kommen nur andere Frauen damit zurecht? Ich hab den ganzen Tag mit den Stipendien und dem Seminar zu tun und sage fröhlich: ›O ja, Alan baut in Kolumbien ein biologisches Schädlingsbekämpfungsprogramm auf, ist das nicht wundervoll?‹ Aber in Wirklichkeit stelle ich mir vor, wie du von neunzehnjährigen, schwarzhaarigen Schönheiten umgeben bist, die vor sozialem Engagement und Reichtum dampfen. Und mit vierzig Zoll Busen, der aus ihrer Spitzenwäsche lugt. Ich hab mir das sogar in Zentimeter umgerechnet: 101,6 Zentimeter Brust. O Liebster, mach was du willst, aber komm gut nach Hause.

Alan grinste zärtlich und stellte sich einen Moment den einzigen Körper vor, nach dem er sich sehnte. Sein Mädchen, die zauberhafte Anne. Dann stand er auf und schob das Fenster eine Raste höher. Ein langes, bleiches, vorwurfsvolles Gesicht schaute herein — eine Ziege. Das Zimmer ging zum Ziegenpferch hinaus, und der Gestank war übel. Aber immerhin frische Luft. Er nahm den Brief wieder in die Hand.

Alles ist ungefähr so, wie du es noch gesehen hast, nur daß der Horror in Peedsville immer schlimmer wird. Die nennen sich jetzt die Söhne Adams. Warum kann man da nicht mal was machen, *selbst wenn es eine Religion ist? Das Ro-*

te Kreuz hat in Ashton, Georgia, ein Flüchtlingslager eingerichtet. Stell dir vor, Flüchtlinge in den USA. Ich hab gehört, daß zwei völlig zerstückelte kleine Mädchen da rausgebracht wurden. O Alan.

Übrigens, da fällt mir ein, daß Barney mit einem Stapel Zeitungsausschnitten rüberkam, die ich Dir schicken soll. Ich stecke sie in einen eigenen Umschlag; ich weiß ja, was im Ausland mit dicken Briefumschlägen passiert. Falls Du sie nicht bekommst, soll ich Dich fragen, was die folgenden Orte gemeinsam haben: Peedsville, Sao Paulo, Phoenix, San Diego, Shanghai, Neu Delhi, Tripolis, Brisbane, Johannesburg und Lubbock, Texas. Er meint, als Tip sollst Du Dir überlegen, wo jetzt die tropische Konvergenzzone verläuft. Ich kann damit nichts anfangen, aber ihr versteht ja viel mehr von Ökologie. Für mich waren die Zeitungsausschnitte ziemlich gräßliche Berichte von Morden oder Massakern an Frauen. Am schlimmsten war es in Delhi, da wären ›ganze Flöße von Frauenleichen‹ im Fluß getrieben. Das Seltsamste (!) war ein Offizier der Armee von Texas, der seine Frau, drei Töchter und seine Tante erschoß, weil Gott ihm befohlen hätte, sein Haus zu säubern.

Barney ist so ein lieber Kerl, er kommt am Sonntag und hilft mir, die Dachrinne zu säubern; das Wasser fließt nicht richtig ab. Er fliegt jetzt andauernd; nachdem Du gefahren warst, hat sein Antipheromon-Projekt gegen die Fadenwürmer richtig eingeschlagen. Wußtest Du, daß er über 2000 Zusammensetzungen getestet hat? Wie es scheint, funktioniert Nummer 2097 ganz gut. Als ich ihn fragte, was das Zeug macht, kicherte er nur. Du weißt ja, er ist Frauen gegenüber immer so schüchtern. Jedenfalls können wir jetzt die Wälder retten, wenn sie nur ein einziges Mal besprüht werden, ohne daß anderen Lebewesen etwas passiert. Er meint, Vögel und Menschen könnten das Zeug jeden Tag essen.

So, Liebster, das ist alles für heute. Ach ja — Amy fährt am Sonntag zum Schulbeginn wieder nach Chicago. Dann wird das Haus so öde sein wie ein Grab. Ich werde sie schrecklich vermissen, obwohl sie gerade in einer Phase ist, in der ich ihre ärgste Feindin bin. Das ist die Pubertät, sagt Angie. Amy schickt ihrem Daddy liebe Grüße. Und ich schicke Dir mein ganzes Herz und mehr als Worte sagen können.

Deine Anne

Alan verwahrte den Brief in einem Ordner und sah das schmale Päckchen mit den anderen Briefen durch. Er wollte nicht von Anne und seinem Heim träumen. Barneys ›dicker Umschlag‹ war nicht dabei. Er warf sich auf das ungemachte Bett und löschte mit der Kordel das Licht, eine Minute, bevor der städtische Generator über Nacht abgeschaltet wurde. In der Dunkelheit breiteten sich die Orte, die Barney erwähnt hatte, auf einem nebligen Globus aus, der sich beunruhigend in seinem Kopf drehte. Etwas …

Aber dann drängte die Erinnerung an die gräßlich mit Parasiten verseuchten Kinder in sein Bewußtsein. Er hatte tagsüber in der Klinik mit ihnen gearbeitet und begann nun zu überlegen, wo er suchen mußte. *Suche nach dem schwächsten Glied in der Kette der Verhaltensmuster* — wie oft hatte Barney, Dr. Barnhard Braithwaite, ihm das in den Schädel gehämmert. Wo war das schwächste Glied, wo? Morgen wollte er die Käfige für die Rohrfliegen vergrößern …

In diesem Augenblick schrieb Anne, fünftausend Meilen nördlich von ihm:

Liebster, Liebster, Deine ersten drei Briefe sind jetzt da, sie sind alle auf einmal gekommen. Ich wußte *doch, daß Du schreiben würdest. Vergiß alles, was ich über schwarze Thronerbinnen gesagt habe, es war nur ein Witz. Mein Lieber, ich weiß, ich weiß … wir. Diese schrecklichen Rohrfliegenlarven und die armen Kinder. Wenn Du nicht mein Mann wärst, würde ich Dich für einen Heiligen halten (aber das tu ich sowieso).*

Ich hab Deine Briefe überall im Haus an die Wände genagelt, damit es nicht mehr so einsam aussieht. Es gibt hier kaum Neuigkeiten, nur, daß es gespenstisch ruhig ist. Barney und ich haben die Regenrinne ausgebaut; da hatte ein Eichhörnchen ein Lager mit Nüssen angelegt. Ich werde einen Draht darüber spannen. (Keine Sorge, ich nehm die Leiter.)

Barney ist in einer seltsamen, grimmigen Stimmung. Er nimmt diese Söhne Adams sehr ernst; er wird wohl in den Untersuchungsausschuß berufen werden, wenn der jemals zu arbeiten anfängt. Das Verrückte ist, daß niemand wirklich was unternimmt, als wäre die Sache einfach zu groß. Selina Peters hat ein paar böse Kommentare abgedruckt, zum Beispiel: Wenn ein Mann seine Frau tötet, nennt man es Mord, aber wenn es genug Männer tun, heißt es Lebensstil. Ich glaube, es breitet sich aus, aber niemand weiß es genau, weil die Medien Anweisung haben, es herunterzuspielen. Barney sagt, es würde als eine Art ansteckender Hysterie betrachtet. Er wollte unbedingt, daß ich Dir dieses schreckliche Interview schicke, das auf dünnes Papier gedruckt ist. Es wird natürlich nicht veröffentlicht. Aber dieses Schweigen ist viel schlimmer; so, als passierte gerade außer Sichtweite etwas ganz Schreckliches. Nachdem ich den Artikel gelesen hatte, rief ich Pauline in San Diego an, um mich zu vergewissern, ob es ihr gutginge. Sie klang so komisch, als könnte sie nicht frei sprechen ... meine eigene Schwester. Kurz nachdem sie sagte, daß alles in Ordnung wäre, fragte sie plötzlich, ob sie nicht im nächsten Monat raufkommen und eine Weile bleiben könnte. Ich sagte natürlich Ja, aber sie will erst noch ihr Haus verkaufen. Hoffentlich beeilt sie sich.

Das Auto ist wieder in Ordnung; es mußte nur ein Filter ausgewechselt werden. Ich mußte bis Springfield fahren, um ihn zu bekommen, aber Eddy hat ihn dann für nur 2,50 Dollar eingebaut. Er wird mit seiner Werkstatt noch Bankrott machen.

Falls Du es noch nicht erraten hast — die Orte, die Bar-

ney aufzählte, liegen alle auf etwa 30° nördlicher oder südlicher Breite. Als ich sagte, daß es nicht exakt sei, meinte Barney, daß sich die äquatoriale Konvergenzzone im Winter verschiebt, und er nannte noch ein paar Orte — einen in Libyen, Osaka und einen, den ich vergessen habe. Warte — Alice Springs in Australien. Ich wollte wissen, was das zu bedeuten hätte, und er sagte: »Ich hoffe, nichts.« Ich überlasse des Dir, das Rätsel zu lösen; große Geister wie Barney sind manchmal verwirrt.

O Liebster, ich sende Dir meine ganze Liebe. Deine Briefe halten mich am Leben. Aber Du mußt *nicht schreiben, wenn Du nicht willst. Ich kann mir vorstellen, wie müde Du bist. Aber wir gehören zusammen, immer und überall.*

Deine Anne

Oh — P.S. Ich mußte den Brief noch mal öffnen, um Barneys Blätter reinzuschieben. Es war nicht die Geheimpolizei. Jetzt bekommst Du sie also. Noch mal alles Liebe. A.

Der Regen trommelte auf das Dach des nach Ziegen stinkenden Zimmers, in dem Alan den Brief las. Er hielt ihn sich an die Nase, um noch einmal den schwachen Parfümduft zu schnüffeln, faltete ihn zusammen und steckte ihn weg. Dann zog er das dünne gelbe Papier hervor, das Barney mitgeschickt hatte, und begann stirnrunzelnd zu lesen.

PEEDSVILLE-KULT/SÖHNE ADAMS, SONDERBERICHT. (Aussage von Sgt. Willard Mews [Fahrer], Globe Fork, Ark.) Wir trafen etwa 80 Meilen westlich von Jacksonville auf eine Straßensperre. Major John Heinz aus Ashton erwartete uns und gab uns zwei Panzerfahrzeuge unter Führung von Capt. T. Parr als Eskorte mit. Major Heinz schien schockiert, daß beim Ärzteteam des Gesundheitsministeriums auch zwei Frauen waren. Er warnte uns nachdrücklich vor der Gefahr. Deshalb beschloß Dr. Patsy Putnam (Urbana, Ill., Psychologin), hinter den Linien zu bleiben. Aber Dr. Elaine Fay (Clinton, N.J.) bestand darauf, mitzufahren. Sie sagte, sie sei die Epi-irgendwas. (Epidemiologin)

Wir fuhren etwa eine Stunde lang mit etwa 30 Meilen Geschwindigkeit hinter dem ersten Schutzfahrzeug, ohne daß etwas Ungewöhnliches geschah. Auf zwei großen Schildern stand: SÖHNE ADAMS – BEFREITES GEBIET. Wir passierten einige kleine Pekan-Abfüllanlagen und eine Zitrusplantage. Die Männer sahen uns nach, aber sie verhielten sich völlig normal. Kinder oder Frauen habe ich natürlich nicht gesehen. Kurz vor Peedsville hielten wir an einer großen Straßensperre aus Ölfässern vor einem großen Lagerhaus für Zitrusfrüchte. Es ist eine alte Wohngegend, eine Art Barackenstadt oder ein Wohnwagenpark. Der neuere Teil der Stadt mit dem Einkaufszentrum und den neueren Häusern ist etwa eine Meile dahinter. Ein Lagerarbeiter mit einer Schrotflinte kam heraus und sagte, wir müßten auf den Bürgermeister warten. Ich glaube, er hat Dr. Elaine Fay nicht bemerkt, denn sie saß hinten und hielt den Kopf unten.

Bürgermeister Blount kam mit einem Streifenwagen, und unser Chief, Dr. Premack, erklärte den Auftrag, den wir vom Surgeon General erhalten hatten. Dr. Premack gab sich große Mühe, in keiner Weise die Religion des Bürgermeisters zu beleidigen. Bürgermeister Blount war bereit, uns nach Peedsville einzulassen, wo wir Boden- und Wasserproben und so weiter nehmen und mit dem Arzt sprechen wollten, der dort lebt. Der Bürgermeister war etwa 1,85 groß und wog schätzungsweise 220 Pfund. Er war gebräunt und hatte graues Haar. Er lächelte und kicherte sehr freundlich.

Dann blickte er ins Auto und sah Dr. Elaine Fay und wurde wütend. Er begann zu brüllen, daß wir auf der Stelle zurückfahren müßten. Aber Dr. Premack redete mit ihm und beruhigte ihn, und schließlich sagte der Bürgermeister, Dr. Fay müßte ins Büro im Lagerhaus gehen und dort eingesperrt werden. Ich sollte mitgehen und dafür sorgen, daß sie nicht herauskäme, und einer der Männer des Bürgermeisters sollte die Gruppe fahren.

So fuhren die Ärzte und der Bürgermeister und ein Schutzfahrzeug weiter nach Peedsville hinein, während ich Dr. Fay ins Büro im Lagerhaus führte, wo wir uns setzten. Es war sehr heiß und stickig. Dr. Fay öffnete ein Fenster, aber als ich hörte, daß sie mit einem alten Mann draußen sprechen wollte, schaltete ich mich ein und schloß das Fenster wieder. Der alte Mann ging fort. Dann wollte sie mit mir sprechen, aber ich war nicht sehr gesprächig. Ich fand es falsch, daß sie hier war.

Dann begann sie, die Akten im Büro durchzusehen und die Papiere zu lesen. Ich wandte ein, daß das sicher keine gute Idee wäre, aber sie meinte, die Regierung hätte ihr einen Untersuchungsauftrag erteilt. Sie zeigte mir ein Heft oder eine Zeitschrift aus dem Ort. Sie hieß *Man Listens to God* von Reverend McIllhenny. Im Büro stand ein ganzer Karton davon. Ich begann zu lesen, und dann sagte Dr. Fay, daß sie sich die Hände waschen wollte. Ich führte sie durch eine Art Flur neben einem Förderband zur Toilette. Es gab dort keine Türen oder Fenster, deshalb ging ich allein zurück. Nach einer Weile rief sie, daß sie eine Pritsche gefunden hätte, und sie wollte sich eine Weile hinlegen. Ich dachte, daß das in Ordnung ginge, weil es dort ja keine Fenster gab; außerdem war ich froh, sie los zu sein.

Ich fand das Buch sehr spannend. Es ging darum, daß dem Menschen von Gott eine Prüfung auferlegt sei. Wenn wir unsere Pflicht erfüllen, wird Gott uns segnen und uns ein völlig neues Leben auf der Erde schenken. Die Zeichen und die Weissagungen zeigen es. Es war nicht so wie die Sonntagsschule, sondern es ging sehr tief.

Nach einer Weile hörte ich Musik. Die Soldaten des zweiten Schutzfahrzeuges waren auf der anderen Straßenseite an einer Tankstelle. Sie saßen im Schatten einiger Bäume und scherzten mit den Arbeitern der Fabrik. Einer spielte eine akustische Gitarre. Es sah völlig friedlich aus.

Dann kam Bürgermeister Blount allein mit dem Streifenwagen zurück. Er kam in die Halle, und als er sah, daß ich das Buch las, lächelte er mich väterlich an, aber er schien unter Spannung zu stehen. Er fragte nach Dr. Fay, und ich sagte, sie hätte sich hinten hingelegt. Er sagte, das sei in Ordnung. Dann seufzte er und ging durch die Halle und schloß hinter sich die Tür. Ich blieb sitzen und hörte der Gitarre zu und versuchte zu verstehen, was die Männer sangen. Ich war hungrig, und mein Essen war in Dr. Premacks Auto.

Nach einer Weile ging die Tür wieder auf, und Bürgermeister Blount kam zurück. Er sah schrecklich aus – seine Kleidung war zerrissen, und er hatte blutige Kratzer im Gesicht. Er sagte kein Wort. Er sah mich nur hart und verkniffen an, als wäre er durcheinander. Ich sah, daß der Reißverschluß seiner Hose offen war; seine Kleidung und sein Geschlechtsteil waren blutbesudelt.

Ich hatte keine Angst, aber mir war klar, daß etwas Wichtiges passiert war. Ich sagte ihm, er sollte sich setzen, aber er winkte mir, ihm durch die Halle zu Dr. Fay zu folgen. »Das müssen Sie sehen«, sagte er. Er ging in die Toilette, und ich betrat das kleine Zimmer, in dem die Pritsche stand. Das Licht war ganz gut, denn das Blechdach reflektierte die Sonne. Dr. Fay lag anscheinend ganz friedlich auf der Liege. Sie lag gerade, ihre Kleidung war durcheinander, aber ihre Beine waren nicht gespreizt. Ich war froh, als ich das sah. Ihre Bluse war hochgezogen, und im Bauch war ein Schnitt. Dort kam das Blut heraus, oder es war herausgekommen, wie aus einem Mund. Jetzt blutete es nicht mehr. Und ihre Kehle war durchgeschnitten.

Ich ging ins Büro zurück. Bürgermeister Blount hatte sich gesetzt. Er sah sehr müde aus. Er hatte sich gesäubert. Er sagte: »Ich hab das für Sie gemacht. Verstehen Sie?«

Er erinnerte mich an meinen Vater. Anders kann ich es nicht ausdrücken. Ich erkannte, daß er unter einer schrecklichen Belastung stand, und daß er für mich viel auf sich genommen hatte. Er fuhr fort und erklärte, daß Dr. Fay sehr gefährlich sei, weil sie das war, was sie krypto-feminin nannten, die gefährlichste Sorte überhaupt. Er hatte sie entlarvt und die Situation bereinigt. Er war sehr aufrichtig, und ich fühlte mich überhaupt nicht verwirrt, denn ich wußte, daß er richtig gehandelt hatte.

Wir diskutierten über das Buch, in dem stand, daß die Männer sich reinigen und Gott eine saubere Welt vorweisen müssen. Er sagte, manche Männer erheben die Frage, wie sie sich ohne Frauen fortpflanzen können, aber die verstehen nicht, worum es geht. Das Entscheidende ist, daß Gott dem Menschen nicht hilft, solange er sich an seine schmutzige animalische Vergangenheit klammert. Wenn der Mensch seine animalischen Anteile, also die Frauen, beseitigen kann, dann ist das für Gott das Zeichen, daß der Mensch bereit ist. Dann wird Gott uns die neue, saubere Lebensart enthüllen, und vielleicht bringen dann Engel die neuen Seelen, oder wir werden ewig leben. Aber es steht uns nicht zu, darüber zu spekulieren. Wir müssen einfach gehorchen. Er sagte, einige Männer hier hätten schon einen Engel des Herrn gesehen. Das ging sehr tief, und ich glaube, es klang in mir nach wie eine Offenbarung.

Dann kam die Ärztegruppe zurück, und ich erklärte Dr. Premack, daß man sich um Dr. Fay gekümmert habe. Man hätte sie schon fortgeschickt. Ich stieg ins Auto und fuhr aus der Befreiten Zone heraus. Aber vier der sechs Soldaten an der Straßensperre wollten nicht abrücken. Capt. Parr wollte es ihnen ausreden, aber schließlich ließ er sie bleiben, damit sie die Barriere aus Ölfässern bewachen konnten.

Ich wäre auch gern geblieben, denn der Ort war so friedlich, aber ich wurde gebraucht, um das Auto zu fahren. Wenn ich gewußt hätte, daß es danach so ein Theater geben würde, hätte ich ihnen diesen Gefallen nicht getan. Ich bin nicht verrückt, und ich habe nichts Falsches gemacht. Mein Anwalt wird mich sicher herausholen. Mehr habe ich nicht zu sagen.

In Cuyapán hatte der warme Nachmittagsregen eine kurze Pause eingelegt. Als Alan den schrecklichen Bericht von Sgt. Willard Mews weglegen wollte, bemerkte er eine handschriftliche Notiz am Rand. Es war Barneys spillerige Handschrift. Er legte den Kopf schief.

Religion und Metaphysik des Menschen sind die Stimmen seiner Drüsen. Schönweiser 1878.

Alan wußte nicht, wer Schönweiser war, aber er wußte, was Barney ihm sagen wollte. Diese irrsinnige, mörderische Religion war ein Symptom, kein tiefes Anliegen. Barney glaubte, daß die Menschen in Peedsville irgendwie physikalisch beeinflußt waren, so daß eine tiefe Psychose entstanden war; und auf dieser Grundlage hatte sich ein lokaler religiöser Demagoge erhoben, um alles zu ›erklären‹.

Nun, vielleicht. Aber ob Anliegen oder Auswirkung, Alan konnte nur an eins denken: Zwischen Peedsville und Ann Arbour lagen achthundert Meilen. Anne müßte in Sicherheit sein. Sie *mußte* es einfach sein.

Er warf sich auf das ungemachte Bett und dachte über seine befriedigende Arbeit nach. Nach einer Million Stichen und Schnittwunden vom Zuckerrohr war er ziemlich sicher, daß er das schwache Glied im Zyklus der Rohrfliege gefunden hatte. Das männliche Paarungsverhalten, die Seltenheit paarungsbereiter Weibchen. Es wäre eine Neuauflage der Goldfliegen-Lösung, nur daß die Geschlechter umgekehrt wären. Das Pheromon konzentrieren, sterilisierte Weibchen aussetzen. Glücklicherweise waren die Brutgebiete voneinander isoliert. Noch ein Jahr vielleicht, und es wäre geschafft. Natürlich mußten sie inzwischen weiter Gift spritzen; schade war das, denn es brachte alles Leben um und verseuchte das Wasser, und die Rohrfliegen waren sowieso schon halb immun. Aber noch zwei oder drei Zyklen, und sie hätten die Rohrfliegen-Population unter die Fortpflanzungsschwelle gedrückt. Keine gequälten Menschen mehr mit diesen stinkenden Larven in den Nasengängen und im Gehirn ... er schlummerte grinsend ein.

Im Norden biß Anne sich beschämt und gequält auf die Lippen.

Liebster, ich wollte es nicht zugeben, aber Deine Frau ist ziemlich ~~verängstigt~~ nervös. Wahrscheinlich nur die schwachen Nerven einer Frau, keine Sorge. Hier oben ist alles normal. Es ist schon unheimlich — nichts in den Zeitungen, nirgends ist was zu hören, nur von Barney und Lillian erfahre ich was. Aber Pauline in San Diego geht nicht mehr ans Telefon; am fünften Tag brüllte mich ein komischer Mann an und legte den Hörer mit einem Knall auf. Vielleicht hat sie das Haus schon verkauft — aber warum ruft sie nicht an?

Lillian ist in einer Art Rettet-die-Frauen-Komitee, als

wären wir eine bedrohte Art, haha — Du kennst ja Lillian. Aber sie sagt, nach dem ersten Sturm kommen nur noch wenige aus den, wie sie sagt, ›infizierten Gebieten‹. Kaum Kinder, nicht einmal kleine Jungen. Und sie haben Luftaufnahmen von Lubbock gezeigt, auf denen so etwas wie Massengräber zu erkennen sind. O Alan — bisher scheint es sich vor allem nach Westen auszubreiten, aber in St. Louis passiert was, die Stadt ist abgeschnitten. So viele Orte scheinen einfach aus den Nachrichten zu verschwinden. Ich hatte einen Alptraum, daß da unten keine einzige Frau mehr lebt. Und niemand tut *etwas. Sie haben überlegt, ob sie Beruhigungsmittel versprühen sollen, aber der Plan ist wieder in der Versenkung verschwunden. Was würde es schon nützen? Jemand bei der UNO hat eine Konvention über — Du wirst es nicht glauben — über* Femizid *angeregt. Das klingt wie ein Deospray.*

Entschuldige, Liebster, ich werde wohl hysterisch. George Searles ist aus Georgia zurückgekommen und hat etwas über Gottes Willen erzählt — Searles, der sein Leben lang Atheist war. Alan, da ist was Verrücktes im Gange.

Aber es gibt keine Tatsachen. Nichts. Das Surgeon General hat einen Bericht über die Ermordung des Rahway Rip-Breast-Teams herausgegeben — ich glaube, das habe ich Dir noch nicht geschrieben. Pathologisch war nichts festzustellen. Milton Baines hat in einem Brief geschrieben, daß wir nach dem heutigen Stand der Wissenschaft das Gehirn eines Heiligen nicht von dem eines psychopathischen Mörders unterscheiden können; also können sie auch nichts finden, weil sie gar nicht wissen, wonach sie suchen sollen.

Aber mir reicht meine Nervosität. Wenn du zurück bist, wird das alles vorbei sein und der Geschichte angehören. Hier ist soweit alles in Ordnung. Ich hab schon wieder den Auspuff repariert. Und Amy kommt über die Ferien nach Hause, das wird mich von den großen Problemen sicher ablenken.

Oh, noch was Lustiges zum Schluß — Angie hat mir er-

zählt, was Barneys Enzym mit den Fadenwürmern macht. Anscheinend hindert es das Männchen daran, sich umzudrehen, nachdem es sich mit einem Weibchen verbunden hat, so daß es sich mit ihrem Kopf *paart. Wie ein Uhrwerk mit einem fehlenden Zeiger. Da werden sich die Fadenwurm-Weibchen aber wundern. Aber warum wollte Barney mir das nicht selbst erklären? Er ist wirklich sehr schüchtern, richtig süß. Er hat mir wie immer was gegeben, das ich Dir mitschicken soll. Ich hab's nicht gelesen.*

Mach Dir keine Sorgen, Liebster, es ist alles in Ordnung. Ich liebe Dich, ich liebe Dich sehr.

Immer Deine Anne

Als Barneys Informationen zwei Wochen später in Cuyapán aus dem Briefumschlag glitten, wurden sie auch von Alan nicht gelesen. Er stopfte sie mit zitternden Händen in die Tasche seiner Kampfjacke und packte seine Notizen auf dem wackligen Tisch zusammen. Obendrauf kritzelte er eine Nachricht an Schwester Dominique. Zum Teufel mit der Rohrfliege, zum Teufel mit allem außer dem Zittern in Annes sonst so fester Handschrift. Zum Teufel damit, daß er fünftausend Meilen von seiner Frau und seinem Kind entfernt war, während in ihrer Nähe ein tödlicher Wahnsinn wütete. Er stopfte seine spärlichen Besitztümer in den Kleidersack. Wenn er sich beeilte, konnte er noch den Bus nach Bogotá erreichen und dort die Maschine nach Miami erwischen.

Er kam nach Miami, aber die Flüge nach Norden waren ausgebucht. Einen Standby-Flug bekam er nicht; er mußte sechs Stunden lang warten. Zeit, Anne anzurufen. Als er nach einigen Schwierigkeiten durchkam, war er auf den Ausbruch von Freude und Erleichterung nicht gefaßt.

»Gott sei Dank — ich kann's gar nicht glauben — oh, Alan, Liebster, bist du wirklich — ich kann's nicht glauben ...«

Auch er wiederholte diese Worte immer wieder, und

dazwischen Daten über die Rohrfliegen. Sie lachten hysterisch, bis er schließlich auflegte.

Sechs Stunden. Er setzte sich vor den *Aerolinas Argentinas* auf einen klapprigen Plastikstuhl. Die Hälfte seiner Geldanken galt der Klinik, die andere Hälfte dem Gedränge in der Halle. Er hatte gleich bemerkt, daß hier etwas nicht stimmte. Wo war die üppige Fauna, die man sonst in Miami bewundern konnte, die zahllosen jungen Mädchen in knallengen, pastellfarbenen Jeans? Die bestickten Jacken, die Stiefel, die wilden Hüte, die irren Frisuren, die großen Flächen frisch gebräunter Haut, die hellen Stoffe, die kaum die schwellenden Brüste und Gesäße halten konnten? Jedenfalls nicht hier. Aber Moment — als er näher hinsah, erkannte er zwei junge Gesichter in unauffälligen Parkas, die Körper unter weiten, verhüllenden Kleidern versteckt. Überall der gleiche Anblick: Ponchos mit Kapuzen, unachtsam zusammengestellte Kleidung, weite Hosen, trübselige Farben. Ein neuer Stil? Nein, das konnte nicht sein. Wenn er ihre Bewegungen sah, dachte er an Verstohlenheit, an Angst. Und sie gingen in Gruppen. Ein einzelnes Mädchen bemühte sich hastig, zu einer Gruppe aufzuschließen, die vor ihr ging, obwohl sie die Leute anscheinend nicht kannte. Sie nahmen sie kommentarlos auf.

Sie haben Angst, dachte er. Angst, sie könnten auffallen. Selbst eine grauhaarige Matrone in einem Hosenanzug, die resolut eine Herde von Kindern anführte, sah sich nervös um.

Und am Schalter der *Argentinas* sah er noch etwas Seltsames. Zwei Reihen von Passagieren standen vor Schildern, die einen Zusatz trugen: MUJERES. Frauen. Sie drängten sich eng zusammen und hielten sich sehr still.

Die Männer benahmen sich normal; sie eilten herum, schlenderten, meckerten, lachten in den Schlangen und schoben ihr Gepäck mit den Füßen weiter. Aber Alan spürte eine unterschwellige Spannung in der Luft, wie ein Reizmittel. Vor den Geschäften im hinteren Teil der Halle schienen ein paar einzelne Männer Traktate zu verteilen. Ein Wachmann sprach einen von ihnen an; er zuckte nur die Achseln und ging ein paar Türen weiter.

Um sich abzulenken, nahm Alan den *Miami Herald* vom nächsten Stuhl. Er war überraschend dünn. Eine Weile war er mit den internationalen Nachrichten beschäftigt; er war seit Wochen nicht mehr auf dem laufenden. Die Meldungen schienen seltsam öde, sogar die schlechten Nachrichten wirkten trocken. Der scheinbar endlose afrikanische Krieg war wohl vorbei oder ging unbemerkt weiter. Ein Wirtschaftsgipfel verhandelte über Getreide- und Stahlpreise. Dann kamen die Nachrufe, kleingedruckte Zeilen unter dem großen Bild eines verstorbenen ehemaligen Senators. Und dann fiel sein Blick auf zwei Ankündigungen am unteren Rand der Seite. Eine war zu blumig, um sofort verstanden zu werden, aber die andere, in großen Buchstaben gedruckt, lautete:

DAS FORSETTE FUNERAL HOME GIBT BEKANNT, DASS AB SOFORT LEIDER KEINE WEIBLICHEN LEICHEN MEHR ANGENOMMEN WERDEN KÖNNEN.

Er faltete langsam die Zeitung zusammen und starrte ins Leere. Auf der Rückseite fand er zwischen den Nachrichten für die Schiffahrt einen Artikel mit der Überschrift *Gefährdung bei der Navigation.* Ohne die Worte wirklich zu verstehen, begann er zu lesen:

> *AP/Nassau:* Der Vergnügungsdampfer *Carib Swallow* wurde nach Auflaufen auf ein Hindernis im Golfstrom vor Cape Hatteras in den Hafen geschleppt. Das Hindernis wurde als Teil eines Schleppnetzes identifiziert, das gefüllt war mit weiblichen Leichen. Früheren Berichten zufolge

wurden vor Florida und im Golf von Mexico schon mehrmals Schleppnetze von mehr als einer Meile Länge gefunden. Ähnliche Berichte erreichten uns auch von der Pazifikküste und aus Japan. Es muß mit wachsenden Gefahren für die Küstenschiffahrt gerechnet werden.

Alan warf die Zeitung in den Mülleimer und rieb sich die Augen und die Stirn. Gott sei Dank war er seinem Impuls gefolgt und nach Hause gefahren. Er fühlte sich völlig desorientiert, als wäre er durch ein Versehen auf einem fremden Planeten gelandet. Noch viereinhalb Stunden … Schließlich erinnerte er sich an die Papiere von Barney, die er sich in die Tasche gestopft hatte. Er zog sie heraus und glättete sie.

Der erste Artikel war aus den *Ann Arbor News*. Dr. Lillian Dash und ein paar hundert andere Mitglieder ihrer Organisation waren verhaftet worden, als sie ohne Genehmigung vor dem Weißen Haus demonstrierten. Sie hatten eine Mülltonne angesteckt, was als besonders verwerflich verurteilt wurde. Es hatten mehrere Frauengruppen teilgenommen; Alan glaubte, daß es nicht nur Hunderte, sondern ein paar Tausend gewesen waren. Man hatte besondere Sicherheitsvorkehrungen getroffen, obwohl der Präsident zu dieser Zeit nicht im Weißen Haus war.

Den nächsten Artikel hatte er Barneys bitterem Humor zu verdanken.

UP/Vatikanstadt, 19. Juni. Papst Johannes Paul IV. ließ heute verlauten, daß er zu den sogenannten Paulinischen Reinigungskulten nicht öffentlich Stellung beziehen will; diese Kulte treten für die Ausrottung der Frauen ein, um die Menschen vor Gott zu läutern. Ein Vatikansprecher betonte, die Kirche bezöge zu diesen Kulten keine Stellung, sondern verwerfe jede Doktrin, die eine ›Herausforderung‹ Gottes an die

Menschen zur Grundlage habe, denn Seine Pläne für die Menschen seien unergründlich.

Kardinal Fazzolik, der Sprecher der europäischen Paulinischen Bewegung, bekräftigte seine Ansicht, daß die Heilige Schrift Frauen nur als vorübergehende Gefährtinnen und Instrumente des Mannes definierte. Frauen, erklärte er, seien nirgends als Menschen beschrieben, sondern nur als vorübergehender, verzichtbarer Zustand. »Die Zeit des Überganges zur vollen Menschlichkeit ist gekommen«, schloß er.

Die nächsten Blätter waren Fotokopien eines neueren Artikels aus *Science:*

ZUSAMMENFASSENDER BERICHT DES AD HOC-KOMITEES ÜBER FEMIZID

Die jüngsten weltweiten, örtlich begrenzten Ausbrüche von Femiziden scheinen eine Wiederholung ähnlicher Auswüchse von Gruppen oder Sekten zu sein, die in der Weltgeschichte aus Zeiten großer psychischer Belastungen nicht unbekannt sind. In diesem Fall liegt die Ursache zweifellos in der Geschwindigkeit sozialer und technischer Veränderungen, verstärkt durch den Bevölkerungsdruck. Die Ausbreitung und das Ausmaß werden verstärkt durch die Möglichkeiten der weltweiten Kommunikation, durch welche zahlreiche empfängliche Menschen erreicht werden können. Das Problem kann nicht allein auf medizinischer oder epidemiologischer Ebene erklärt werden; physische Befunde wurden nicht festgestellt. Vielmehr ist es eher den verschiedenen Krankheiten verwandt, die Europa im siebzehnten Jahrhundert überrollten, z.B. der Tanzwut. Wie diese sollte sie mit der Zeit wieder untergehen. Zwischen den verschiedenen chiliastischen Kulten, die in den betroffenen Gebieten entstanden sind, scheint es keine Verbindung zu geben. Gemeinsam ist nur der Glaube, daß nach der ›reinigenden‹ Beseitigung der Frauen eine neue Methode der menschlichen Reproduktion enthüllt werde.

Wir empfehlen, daß 1. anheizende Sensationsberichte unterbunden werden; 2. Flüchtlingslager für weibliche Flüchtlinge aus den betroffenen Gebieten eingerichtet werden; 3. die betroffenen Gebiete von Streitkräften abgeriegelt und gesichert werden; und 4. nach einer Abklingphase und dem Ableben der Manie qualifizierte Psychologen und andere Wissenschaftler die Rehabilitation vornehmen.

ZUSAMMENFASSUNG DES MINDERHEITEN-BERICHTES DES AD HOC-KOMITEES

Die neun Unterzeichner dieses Berichtes stimmen darin überein, daß es im strengen Sinne keine Hinweise auf eine epidemiologische Verbreitung des Femizids gibt. Jedoch sprechen die geographischen Bedingungen der betroffenen Gebiete dafür, daß das Phänomen nicht allein mit psychosozialen Begriffen erklärt werden kann. Die ersten Ausbrüche geschahen weltweit in der Nähe des 30. Breitengrades, einem Gebiet, in dem die Aufwinde aus den tropischen Konvergenzzonen wieder zur Erde sinken. Ein Agens oder eine Bedingung in den oberen Äquatorialströmen würde deshalb in der Nähe des 30. Breitengrades, natürlich mit jahreszeitlichen Abweichungen, den Boden erreichen. Eine wichtige Abweichung ist, daß diese Abwärtsströmung in den letzten Wintermonaten über Ostasien nach Norden zieht; und tatsächlich blieben die weiter südlich gelegenen Gebiete (Arabien, Westindien und Teile von Nordafrika) von Ausbrüchen verschont, bis die Abwärtsströmung vor kurzem wieder nach Süden zog.

Eine ähnliche Abwärtsströmung gibt es in der südlichen Hemisphäre, und auch hier wurden auf dem 30. Breitengrad Ausbrüche beobachtet; diese Linie verläuft durch Pretoria und Alice Springs in Australien. (Aus Argentinien sind im Augenblick keine Informationen zu bekommen.)

Diese geographische Korrelation muß berücksichtigt werden. Wir fordern deshalb, daß intensiv nach einer physikalischen Ursache geforscht wird. Außerdem empfehlen wir dringend, die bekannten Ausbruchgebiete mit den Windbedingungen zu korrelieren. Weiterhin sollten die sekundären Abwärtsströme um den 60. Breitengrad auf Ausbrüche beobachtet werden.

(für die Minderheit unterzeichnet)
Barnhard Braithwaite

Alan grinste, als er den Namen seines alten Freundes sah, denn er schien der Welt die Normalität und Stabilität zurückzugeben. Es sah aus, als sei Barney trotz der Vorherrschaft der Betonköpfe auf etwas Wichtiges gestoßen. Er runzelte die Stirn und dachte nach.

Dann veränderte sich sein Gesicht, als ihm einfiel, wie es sein würde, wenn er zu Annie nach Hause käme. In ein paar kurzen Stunden würde er sie in die Arme nehmen, ihren schlanken, heimlich wunderschönen Körper, von dem er so besessen war. Ihre Liebe war erst spät aufgeblüht. Sie hatten, glaubte er jetzt, damals dem Druck der Freunde nachgegeben und aus Freundschaft geheiratet. Alle hatten gesagt, daß sie füreinander wie geschaffen wären — er war groß und kantig und blond, sie war schlank und brünett; beide waren zurückhaltend und sehr kontrolliert. Intellektuelle. Die Freundschaft hatte die ersten Jahre überdauert, aber Sex hatte es kaum gegeben. Eine Notwendigkeit eben. Sie gaben sich gegenseitig Sicherheit und enttäuschten sich — das konnte er jetzt sagen — im Privaten.

Aber als Amy zu krabbeln begann, hatte sich etwas verändert. Ein verwunschenes Tor zu ihrer Sinnlichkeit hatte sich langsam geöffnet, ein unverhoffter Zugang zu ihrem körperlichen Glück ... es war schlimm gewesen, als er nach Kolumbien mußte. Nur weil sie einander so sicher waren, konnte er es aushalten. Und jetzt würde er sie bald zurückbekommen, doppelt begehrenswert durch die Würze der Trennung — fühlen-sehen-hören-riechen-tasten. Er rutschte auf dem Stuhl herum, um seine Erregung zu verbergen, halb hypnotisiert von seinen Phantasien.

Und Amy, die wäre auch da; er grinste, als er sich erinnerte, wie sich der vorpubertäre Körper an ihn gedrängt hatte. Sie würde ein hübsches Mädchen werden. Seine Männlichkeit verstand Amy erheblich besser als die Mutter; mit ihr würde es kein intellektuelles Anschleichen geben ... Aber Anne, seine kostbare schüchterne Anne, mit der er den Weg zur fast unerträglichen Transformation des Fleisches gefunden hatte ... zuerst die höfliche Begrüßung, dachte er, die Neuigkeiten. Und dabei die unausgesprochene, köstliche, wachsende Erregung in ihren Augen, die Lichtreflexe; dann in ihr Zimmer, die fallenden Kleider, die Zärtlichkeiten, zuerst sanft — das Fleisch, die *Nacktheit* — das köstliche Nekken, der energische erste Stoß ...

In seinem Kopf ging eine schreckliche Alarmglocke los. Er wurde aus seinem Traum geschleudert und sah sich benommen um. Dann fiel sein Blick auf seine Hände. *Was mache ich mit dem geöffneten Klappmesser?*

Er tastete nach den letzten Fetzen seiner Phantasie und erkannte, daß die Bilder nicht nach Zärtlichkeit schmeckten, sondern nach einem zarten Hals, den er würgte — und der Stoß war ein Messer gewesen, das Organe suchte. In seinen Armen und Beinen waren Phantasien von Schlagen und Treten, und er hörte Knochen knacken. Und Amy ...

Nicht Sex. Blutdurst war es.

Davon hatte er geträumt. Sex war dabei, aber er trieb eine tödliche Maschine an.

Er steckte benommen das Messer weg und dachte immer nur die gleichen vier Worte: Es hat mich erwischt. Es hat mich erwischt. Was es auch ist, es hat mich erwischt. *Ich darf nicht nach Hause fahren.*

Nach einer Zeit, die er nicht abschätzen konnte, stand er auf und ging zum United-Schalter, um sein Ticket umzutauschen. Die Schlange war lang. Während er wartete, klärte sich sein Bewußtsein etwas. Was konnte er hier in Miami tun? Wäre es nicht besser, nach Ann Arbour zu fahren und sich in Barneys Obhut zu begeben? Ja, das war das Beste. Aber zuerst mußte er Anne warnen.

Diesmal dauerte die Verbindung noch länger. Als Anne endlich abnahm, plapperte er unverständliches Zeug, und es dauerte eine Weile, bis sie verstanden hatte, daß er keine Flugverspätung meinte.

»Ich sag dir, ich hab's mir eingefangen. Hör mal, Anne, um Gottes willen, wenn ich komme, dann laß mich auf keinen Fall rein. Ich meine es ernst. Ich muß ins Labor, aber ich könnte die Kontrolle verlieren und versuchen, dir was anzutun. Ist Barney da?«

»Ja, aber Liebster ...«

»Hör zu! Vielleicht kriegt er mich wieder hin, vielleicht klingt es ab. Aber ich bin nicht sicher. Anne, Anne, ich würde dich töten, verstehst du das? Besorg dir ... besorg dir eine Waffe! Ich will versuchen, nicht in die Nähe des Hauses zu kommen. Und wenn ich doch komme, dann laß mich nicht in deine Nähe! Paß auch auf Amy auf! Es ist eine Krankheit, es ist verdammt real. Behandle mich ... behandle mich wie ein wildes Tier. Anne, sag, daß du das verstanden hast, sag es!«

Sie weinten beide, als sie auflegten.

Er ging zitternd zu seinem Platz zurück und setzte sich und wartete. Nach einer Weile hatte sich sein Kopf wieder etwas geklärt. *Doktor, denk nach!* Als erstes fiel ihm ein, das widerliche Messer in einen Mülleimer zu werfen. Dabei bemerkte er, daß noch ein Artikel von Barney in seiner Tasche knisterte. Er faltete ihn auf; es war ein Ausschnitt aus *Nature.*

Barney hatte in eine Ecke gekritzelt: *Der einzige, der was Vernünftiges zu bieten hat. U.K. infiziert, Oslo und Kopenhagen melden sich nicht mehr. Die Idioten hören immer noch nicht. Bleib wo du bist!*

Mitteilung von Professor Ian MacIntyre, Universität Glasgow.

Eine potentielle Schwierigkeit unserer Art lag immer im engen Zusammenhang zwischen raubtierhaftem, aggressivem Verhaltensausdruck und sexueller Reproduktion beim Mann. Dieser enge Zusammenhang bedeutet konkret: a) viele neuromuskuläre Verbindungen werden gleichzeitig vom Jagdtrieb und bei der sexuellen Verfolgung benutzt: packen, niederwerfen usw.; b) in beiden Zuständen werden ähnliche Mengen von Adrenalin freigesetzt. Die gleiche Verbindung ist auch bei Männchen anderer Arten zu erkennen; bei einigen wechseln die Ausdrücke von Aggression und Kopulation ab oder vermischen sich sogar. Ein offensichtliches Beispiel ist die Hauskatze. Die Männchen vieler Arten beißen, krallen, quetschen, treten oder greifen auf andere Weise paarungsbereite Weibchen während der Kopulation an; bei manchen Arten ist der Angriff des Männchens sogar notwendig, um beim Weibchen den Eisprung einzuleiten.

Bei vielen, wenn auch nicht bei allen Arten tritt das aggressive Verhalten zuerst auf. Erst wenn das entsprechende Signal empfangen wird, verwandelt es sich in Kopulationsverhalten (z.B. beim Brachvogel oder dem europäischen Rotkehlchen). Wenn das einladende Signal ausbleibt, behält der Kampfreflex des Männchens die Oberhand, und das Weibchen wird angegriffen oder vertrieben.

Deshalb scheint die Vermutung naheliegend, daß die augenblickliche Krise durch eine Substanz hervorgerufen wurde, etwa ein Virus oder Enzym, das bei den höheren Primaten ein Versagen der Umschalt- oder Auslösefunktion bewirkt. (Anmerkung: Gorillas und Schimpansen in zoologischen Gärten haben in der letzten Zeit ebenfalls ihre Weibchen angegriffen und nicht selten getötet. Rhesusaffen dagegen nicht.) Eine solche Fehlfunktion könnte bewirken, daß das Paarungsverhalten nicht die Kampfreaktion überdeckt; das heißt, sexuelle Stimulation führt ausschließlich zu einem Angriff, der sich in der Vernichtung des stimulierenden Objektes entlädt.

In diesem Zusammenhang soll noch darauf hingewiesen werden, daß exakt dieser Zustand pathologisch bei Männern festzustellen ist, die als Reaktion auf sexuelles Verlangen zu Mördern werden.

Es soll noch betont werden, daß sich die hier besprochene Verbindung zwischen Aggression und Kopulation ausschließlich auf Männer bezieht; die weibliche Reaktion, z.B. der lordotische Reflex, ist von anderer Art.

Alan starrte das zerknüllte Blatt lange an. Die trockenen, gespreizten schottischen Wendungen halfen ihm, seine Gedanken zu klären, obwohl in der Halle eine gespannte, düstere Stimmung herrschte. Nun, wenn die Umweltverschmutzung eine neue Substanz hervorgebracht hatte, dann konnte man sie wahrscheinlich finden, herausfiltern und neutralisieren. Er dachte sehr, sehr vorsichtig an sein Leben mit Anne, an seine Sexualität. Ja; ein großer Teil ihres Liebesspiels konnte als genitalisierte, sexuell verfärbte Grausamkeit gedeutet werden. Jagdtrieb ... Er dachte schnell an etwas anderes. Jemand hatte einmal geschrieben: *Das panische Element, das immer im Sex enthalten ist.* Wer war es? Fritz Leiber? Die Verletzung sozialer Distanz vielleicht; noch ein bedrohliches Element. Das ist jedenfalls unser schwaches Glied, dachte er. Unser wunder Punkt ... ihm fiel wieder das schreckliche Gefühl der *Stimmigkeit* ein, als er das Messer in der Hand hatte und sich Gewaltakte vorstellte. Als wäre es genau das Richtige, die einzige Möglichkeit. Was fühlten Barneys Fadenwürmer, wenn sie sich mit dem falschen Ende des Weibchens paarten?

Schließlich meldete sich ein körperliches Bedürfnis, und er suchte eine Toilette. Der Raum war bis auf etwas, das er für einen Haufen Kleider vor der letzten Tür hielt, völlig leer. Dann aber bemerkte er die rotbraune Lache, in der der Haufen lag, und die bläulichen Hügel eines nackten, schmalen Gesäßes. Er wich atemlos zurück und floh in die nächste Menschenmenge. Er wußte, daß er nicht der erste war, der sich so verhielt.

Natürlich. Jeder sexuelle Antrieb. Auch Knaben und Männer.

Vor der nächsten Toilette wartete er eine Weile, bis er sicher war, daß die Männer ganz normal hineingingen und wieder herauskamen.

Danach kehrte er zu seinem Stuhl zurück und sagte sich immer wieder die Worte vor: *Geh zum Labor! Geh nicht heim! Geh direkt zum Labor!* Noch drei Stunden; er saß wie betäubt auf 26° N, 81° W und atmete, atmete ...

Liebes Tagebuch. Heute abend war was los. Daddy ist heimgekommen!!!! Aber er war so komisch; er ließ das Taxi warten und ist in der Tür stehengeblieben, und er wollte mich nicht in den Arm nehmen, und wir durften ihm nicht nahekommen. (Mit komisch meine ich verrückt, nicht witzig.) Er sagte, ich muß euch was sagen, es wird schlimmer und nicht besser. Ich werde im Labor schlafen, aber du mußt hier raus, Anne! Anne, ich kann mir selbst nicht mehr trauen. Steigt morgen früh ins Flugzeug und fahrt zu Martha und bleibt da! Ich dachte, es sollte ein Witz sein, weil doch nächste Woche der Ball ist, und Tante Martha wohnt in Whitehorse, und da ist rein gar nichts. Ich hab gebrüllt, und Mutter hat gebrüllt, und Daddy hat gestöhnt. Fahrt jetzt! Und dann hat er geweint. Er hat geweint!!!! Da hab ich gemerkt, daß es ernst ist, und ich wollte zu ihm gehen, und Mutter hat mich zurückgerissen, und dann sah ich, daß er ein großes Messer *hatte!!!! Sie hat mich zurückgezogen und geschrien: Oh, Alan! O Alan! als wäre sie verrückt. Und ich hab gesagt: Daddy, ich laß dich nie im Stich. Ich fand das einfach richtig so. Und es war schrecklich, weil er mich nur traurig angesehen hat, als wäre ich eine Erwachsene, während Mutter mich wie üblich wie ein Kind behandelt hat. Aber Mutter hat es ruiniert und gesagt, Alan, das Kind ist verrückt, geh jetzt, Liebster. Er ist wieder rausgerannt und hat gerufen: Verschwindet, nehmt den Wagen, ehe ich zurückkomme!*

Oh, ich hab vergessen, daß ich nur einen Schlüpfer und mein dünnes Hemd anhatte. Wie konnte ich auch wissen, daß so was Verrücktes passieren würde, wo ich doch dachte, es würde toll. Das Leben ist grausam. Und Mutter schleppt jetzt Koffer herum und brüllt, ich soll schnell packen. Sie will weg, aber ich hab keine Lust, den Herbst in Tante Marthas Getreidesilo zu verbringen und nicht beim Tanz den ersten Preis zu gewinnen. Und Daddy wollte uns was sagen, oder? Ich glaube, ihre Beziehung ist überlebt. Sie geht jetzt rauf, und ich werde abhauen. Ich will rüber zum Labor. Ich will meinen Daddy sehen.

Oh, P.S. Diane hat meine gelben Jeans zerrissen, aber sie hat mir versprochen, daß ich ihre rosafarbenen anziehen darf. Das wird super.

Ich riß die Seite aus Amys Tagebuch, als der Streifenwagen kam. Ich hab bisher noch nie ihr Tagebuch gelesen, aber als sie weg war, hab ich hineingesehen ... oh, mein armes kleines Mädchen. Sie ist zu ihm gefahren, mein kleines Mädchen, mein dummes kleines Mädchen. Vielleicht, wenn ich mir Zeit genommen hätte, es ihr zu erklären ...

Entschuldige, Barney. Das Zeug läßt nach, die Spritzen, die sie mir gegeben haben. Ich hab gar nichts gespürt. Ich meine, da ist ein Mädchen zu ihrem Vater gefahren, und er hat sie umgebracht. Und sich selbst die Kehle durchgeschnitten. Aber es hat mir nichts bedeutet.

Sie haben mir Alans Notiz gezeigt, aber dann haben sie sie wieder weggenommen. Warum haben sie das gemacht? Seine letzten Aufzeichnungen, die letzten Worte, die er schrieb, bevor seine Hand das ... das ...

Ich erinnere mich aber. *Plötzlich und ganz leicht gaben die Grenzen nach. Und wir erfuhren von Wahrheiten jenseits des Grabes. Die Beschränkungen der Menschheit gelten nicht mehr, wir sind am Ende. Ich liebe ...*

Schon gut, Barney, ich bin in Ordnung. Wer hat das geschrieben? Robert Frost? *Die Grenzen gaben nach ...* Oh, er sagte noch, ich soll dir sagen: *Diese schreckliche Stimmigkeit.* Was heißt das?

Du kannst das nicht beantworten, lieber Barney. Ich schreibe nur, um bei Verstand zu bleiben. Ich leg's in dein Versteck. Danke, danke, lieber Barney. Ich hab dich erkannt, obwohl ich so benommen war. Als du mir die Haare abgeschnitten und mein Gesicht mit Dreck eingerieben hast, wußte ich trotzdem, daß es in Ordnung war, weil du es warst. Barney, du hast mir so geholfen, du warst immer der liebe Barney.

Als das Zeug nicht mehr wirkte, hatte ich schon alles gemacht, was du gesagt hattest, getankt und eingekauft. Jetzt sitze ich hier in deiner Hütte. Mit diesen Kleidern, die du mir gegeben hast — ich glaube, ich sehe wirklich wie ein Junge aus. Der Tankwärter hat »Mister« gesgt.

Ich verstehe es immer noch nicht ganz, aber ich darf nicht ständig zurückstürzen. Aber du hast mir das Leben gerettet, das weiß ich. Als ich das erstemal im Ort war, hab ich eine Zeitung gekauft. Man hat das Flüchtlingslager auf Apostle Island bombardiert. Und ich las von den drei Frauen, die ein Flugzeug der Air Force stahlen und Dallas bombardierten. Natürlich wurden sie über dem Golf abgeschossen. Ist es nicht seltsam, daß wir einfach nichts tun? Wir werden einfach nacheinander umgebracht. Jetzt bombardieren sie sogar ein Flüchtlingslager! Wie hypnotisierte Kaninchen sind wir. Wir sind eine zahnlose Rasse.

Weißt du, daß ich vorher noch nie die Frauen allein meinte, wenn ich »wir« sagte, »Wir«, das waren immer ich und Alan und natürlich Amy. Aber wenn nur Frauen getötet werden, solidarisiere ich mich ... du siehst, wie klar ich bin.

Aber ich kann es immer noch nicht begreifen.

Bei der ersten Fahrt besorgte ich Salz und Spiritus. Ich ging zu diesem kleinen Red Deer-Laden und bekam mein Zeug von dem alten Mann, der da sitzt — genau wie du gesagt hast. Siehst du, ich hab's nicht vergessen! Er nannte mich »Junge«, aber ich glaube, er hat was gemerkt. Er weiß, daß ich in deiner Hütte wohne.

Nun ja, jedenfalls sind ein paar Männer und Jungen gekommen. Sie waren alle so *normal*, sie haben gelacht und Scherze gemacht. Ich konnte es gar nicht glauben, Barney. Ich wollte gerade an ihnen vorbeigehen, als einer sagte: »Heinz hat einen Engel gesehen.« Einen *Engel*. Ich blieb stehen und hörte zu. Sie sagten, es wäre ein großer, strahlender Engel gewesen. Er wollte sehen, ob die Menschen Gottes Willen erfüllten, meinte einer. Und er sagte, Moosenee oben an der Hudson Bay sei jetzt eine befreite Zone. Ich bin schnell hinten rausgegangen. Der alte Mann hat sie auch gehört. Er sagte leise zu mir: Ich werde die Kinder vermissen.

Barney, die Hudson Bay ist doch im Norden, bei etwa 60°, oder? Das heißt, daß es jetzt auch von dort kommt.

Aber ich muß noch einmal zurück und Angelhaken kaufen. Von Brot allein kann ich nicht leben. Letzte Woche fand ich ein Reh, das ein Wilderer getötet hatte, den Kopf und die Beine. Ich hab Eintopf gemacht, es war ein Festessen. Aber die Augen ... ich frage mich, ob meine jetzt genauso aussehen.

Ich hab heute die Angelhaken geholt. Es war schlimm, ich kann nicht mehr hingehen. Vor dem Laden standen wieder Männer, aber sie waren anders. Böse und voller Spannung. Keine Jungs. Und ein neues Schild hing davor; ich konnte es nicht sehen. Vielleicht stand ›Befreites Gebiet‹ darauf.

Der alte Mann gab mir schnell die Haken und flüsterte: »Junge, nächste Woche sind lauter Jäger im Wald.« Ich bin fast gerannt.

Etwa eine Meile weiter hat mich ein blauer Pickup verfolgt. Er war wohl nicht aus dieser Gegend. Ich fuhr meinen VW in einen Waldweg, und er rauschte vorbei. Nach einer Weile fuhr ich vorsichtig weiter, aber ich hab den Wagen eine Meile entfernt stehengelassen und bin gelaufen. Es ist schon erstaunlich, wie viele Zweige man braucht, um einen gelben VW zu verstecken.

Barney, ich kann nicht hierbleiben. Ich esse rohen Barsch, damit niemand den Rauch vom Feuer bemerkt, aber es kommen oft Jäger vorbei. Ich hab meinen Schlafsack zu einem großen Felsen im Sumpf gebracht; da werden wohl nicht viele hinkommen.

Seit ich die letzten Zeilen geschrieben habe, bin ich ausgezogen. Jetzt fühle ich mich sicherer. Oh, Barney, wie konnte das nur geschehen?

Es geht so schnell. Vor sechs Monaten war ich noch Dr. Anne Alstein. Jetzt bin ich Witwe und die Mutter eines toten Kindes, und hocke schmutzig und hungrig in Todesangst in einem Sumpf. Komisches Gefühl, daß ich vielleicht die letzte lebende Frau der Welt bin. Auf jeden Fall die letzte in dieser Gegend. Vielleicht stecken noch ein paar im Himalaya oder schleichen durch das zerstörte New York. Wie können wir überleben?

Wir können es nicht.

Und ich kann den Winter hier nicht überleben, Barney. Es wird 40 Grad unter Null geben. Ich müßte ein Feuer anzünden, aber dann würden sie den Rauch sehen. Selbst wenn ich nach Süden gehe — die Wälder hören nach ein paar hundert Meilen auf. Ich sitze fest wie die Ente im Topf. Nein, das ist sinnlos. Vielleicht versucht irgendwo jemand was, aber es kommt für mich zu spät. Und wozu lebe ich überhaupt noch?

Nein. Ich werde es selbst beenden, vielleicht auf dem Fels, wo ich die Sterne sehen kann. Vorher gehe ich noch einmal in die Hütte und lege dir diese Aufzeichnungen hin. Ich will warten, bis ich noch einmal diese wunderschöne Farbe zwischen den Bäumen sehe.

Mach's gut, liebster Barney!

Ich weiß, was ich als Nachruf in den Stein kratze:

HIER LIEGT
DER ZWEITGEMEINSTE PRIMAT
DER ERDE

Ich glaube, niemand wird es lesen, wenn ich nicht den Mut aufbringe, diese Blätter in Barneys Hütte zu legen. Wahrscheinlich werde ich es doch nicht tun. Ich stecke sie in einen Sack; ich habe einen hier. Vielleicht schaut Barney mal vorbei. Ich sitze jetzt auf dem großen Felsen. Bald wird der Mond aufgehen. Dann werde ich es tun. Wartet doch ab, Moskitos! Ihr kriegt mich schon noch.

Ich muß noch aufschreiben, daß ich auch einen Engel gesehen habe. Heute morgen. Er war groß und strahlend, wie der Mann gesagt hat; wie ein geschmückter Weihnachtsbaum ohne Baum. Aber ich wußte, daß er echt war, weil die Frösche nicht mehr quakten und zwei Häher Alarmrufe ausgestoßen haben. Das ist wichtig: *Er war wirklich da.*

Ich hab ihn beobachtet; ich saß im Schutz des Felsens. Er hat sich kaum bewegt. Er hat sich gebückt und etwas aufgehoben, Blätter oder Zweige, ich konnte es nicht sehen. Dann hat er sie eingesteckt, in eine unsichtbare Probentasche.

Ich muß es noch einmal sagen — *er war wirklich da.* Barney, wenn du das hier liest, *dann sind andere Wesen hier.* Und ich glaube, sie haben das alles mit uns gemacht. Sie haben gemacht, daß wir uns selbst umbringen.

Warum? Nun, es wäre ein schöner Planet — wenn die Leute nicht wären. Wie beseitigt man Leute? Bomben, Todesstrahlen — viel zu primitiv. Macht viel zuviel Dreck. Zerstört alles, hinterläßt Krater, Strahlung, macht alles kaputt.

Auf diese Weise gibt's keinen Dreck. Genau wie das, was wir mit der Goldfliege gemacht haben. Such das schwächste Glied in der Kette und warte ab, bis sie sich selbst erledigt haben. Nur ein paar Knochen bleiben liegen; guter Dünger.

Barney, Liebster, mach's gut! Ich hab ihn gesehen. Er war da.

Aber er war gar kein Engel.

Ich glaube, ich habe einen Grundstücksmakler gesehen.

Geteiltes Leid

Es ist nicht wahr, daß es keine Engel gibt; denn eine junge Frau namens Jolyone Schram sprach mit einem, was zu Ergebnissen führte, die uns alle in Verwunderung versetzten.

Ob das, womit Jolyone sprach, ein Engel im klassischen Sinne war, werden wir natürlich niemals herausfinden; es sei denn, es kehrt zurück, was aber ziemlich unwahrscheinlich ist. Mit ziemlicher Sicherheit handelte es sich um ein mit gewaltigen Kräften ausgestattetes Weltraumwesen, eine Entität der Großen Leere; vielleicht sogar, wie man annehmen könnte, um eine wandernde Empfindsamkeit, einen interstellaren Kommunikanten, der von seinem routinemäßigen Weg abkam. Was immer es auch gewesen sein mag: Es hörte Jolyone. Und damit fing alles an.

In jener Nacht, in der die Ereignisse sich zutrugen, versuchte Joylone trotz ihres musikmachenden Zahnes nicht laut aufzuschreien.

Sie hatte einen Job während der Nachtstunden als Mädchen für alles im fünften Stockwerk der lokalen Rundfunkstation WPNQ. Das Gebäude war neu, und ebenso neu war der starke Sender, der sich weit über ihrem Kopf auftürmte und auf dem höchsten Punkt des letzten bewaldeten Hügels von Los Angeles lag. Man hatte ihn mit derartigen Kräften ausgestattet, daß er jeden anderen in der Umgebung der Stadt übertönte. Er war so stark, daß es ihm keinerlei Schwierigkeiten bereitete, über die kleine Füllung ihres rechten Backenzahns Stevie Smith auszustrahlen.

»I was much farther out than you thought, and not waving but drowning«, sang der Zahn. In Jolyones Augen sam-

melten sich Tränen, und ihr Kinn zitterte, was allerdings nichts mit dem Lied zu tun hatte.

Der Grund für ihr Weinen lag darin, daß es ihr genau hier in Hal Hodges Büro bewußt geworden war, daß die Erde sterben mußte. Und sie hatte es vorausgesehen.

Sie war neunzehn Jahre alt.

Bevor sie ihren nächtlichen Dienst angetreten hatte, war sie mit dem Wagen zur Küste hinausgefahren. Sie wollte zu dem Pinienwäldchen hinüber, in dem sie als Kind eine Menge Zeit in Fröhlichkeit verbracht hatte. Ihr Zimmergefährte war liebenswürdigerweise gegangen, und so war ihr nach einem bißchen Frieden zumute. Sie hatte das Gefühl, zu lange von der Erde und den Wäldern getrennt gewesen zu sein.

Es war schon dunkel, als sie sich dem Wald näherte, aber trotzdem konnte sie sich nicht des Eindrucks erwehren, daß sich in dieser Gegend mehr Häuser befanden, als sie in Erinnerung hatte. Doch schließlich berührten die Strahlen der Wagenscheinwerfer wieder das vertraute, im Nebel liegende Gehölz. Die Straße war wieder die alte. Gegen Mitternacht erreichte sie den Hügelkamm. Das Gebiet wurde abschüssig. Irgendwo vor ihr mußte es steil zur Küste hin abfallen. Der Nebel war so dicht, daß Jolyone sich entschloß, den Wagen anzuhalten, ein Schläfchen zu machen und nach dem Morgengrauen den Sonnenaufgang zu genießen. Sie war umgeben vom friedfertigen Duft der Bäume. Eine Eule schrie wütend auf und eine andere antwortete. Als Jolyone in den Schlaf hinübersank, hörte sie das Geplätscher des kleinen Baches, der in der Höhle verschwand, in der sie sich schon als kleines Mädchen versteckt hatte. Die Erinnerung daran brachte sie zum Lächeln.

Natürlich sah sie an *diesem* Ort nicht, wie die Sonne aufging.

Im ersten bleichen Licht des Morgens wurde sie vom Aufbrüllen starker Dieselmotoren, die nicht weiter als dreißig Meter von ihr entfernt in Betrieb gesetzt wurden, aus dem Schlaf gerissen. Erst war es einer, dann zwei, dann drei; ein vierter kam hinzu, und ehe Jolyone dazu kam, sich klarzumachen, daß es kein Alptraum war, der sie schüttelte, erklang aus der Gegenrichtung das Schnarren riesiger Baumsägen.

Sie legte die Handflächen über die Ohrmuscheln und starrte in den allmählich dünner werdenden Nebel hinaus. Baumwipfel schwankten, fielen nieder. Ihr Blick fiel auf eine Armada gigantischer Planierraupen, die an ihr vorbei donnerten. Die Maschinen pflügten den Boden um und schoben gewaltige Wellen gelöster Erde vor sich her. Sie ließen nichts als aufgeworfenen Boden hinter sich zurück.

Erschreckt wirbelte Jolyone in ihrem Sitz herum und schüttelte den Kopf, als könne sie damit der fortschreitenden Verwüstung Einhalt gebieten. Aus dem Nichts tauchte neben ihrem Wagen plötzlich ein Schaufelbagger auf. Er kam so nah, daß sie jeden Moment damit rechnen mußte, von ihm zerquetscht zu werden.

Mit einem Stöhnen ließ sie den Volkswagen an und trat auf das Gaspedal. Das Fahrzeug setzte sich in Bewegung und steuerte auf die Hügelkuppe zu. Im Vorbeifahren erkannte Jolyone, daß sie die Nacht neben einer großen Reklametafel verbracht hatte, auf der das grinsende Gesicht eines Mannes verhieß: UND WEITERE TAUSEND NETTER WOHNUNGEN VON HAPPY HARRY JOEL.

»Oh, nein, oh, *nein*«, schluchzte Jolyone vor sich hin, als sie mit zitternden Knien den Hügel hinunterfuhr. Es war die Dunkelheit gewesen, die sie zum Narren gehalten hatte. In der Umgebung befanden sich nicht nur ein paar Häuser mehr als früher, sondern es wimmelte von ihnen. Von Horizont zu Horizont erstreckten sie sich. Sie waren *überall*, und nur die alte Straße, die von einigen ausgedörrten Bäumen umgeben war, entpuppte sich noch als Relikt ihrer Erinnerung. Die kleine Lichtung, auf der sie die Nacht verbracht hatte, war der einzige Platz, an dem es noch ein Wäldchen gab — oder gegeben hatte.

»Wie können sie das nur tun«, flüsterte sie vor sich hin. »Es war doch alles so ... so ...« Sie suchte nach einem Begriff, der die Schönheit der Umgebung, die doch so wehrlos war, und alles, was sie einst an ihr geliebt hatte und von dem sie fest überzeugt gewesen war, es müsse auf ewig weiterbestehen, richtig ausdrückte.

Als sie schließlich die Autobahnauffahrt erreichte, flaute der innere Schmerz ein wenig ab. Es war ein herrlicher Sonnentag. Jolyone fädelte sich in den Strom der anderen Autos ein. Erst jetzt fiel ihr auf, daß sich auf dem See etwas befand, das ihr am vergangenen Abend gar nicht aufgefallen war. Nördlich von ihr gewahrte sie auf dem Wasser einen seltsamen, schwarzen Fleck. Eine Öllache?

»Die größte Sauerei aller Zeiten«, erklärte ihr das Mädchen an der Imbißbude. »Man spricht davon, daß nahezu alle Seeottern darin umgekommen sind. Hey — wollen Sie einen unserer Supercheeseburger?«

Jolyone fuhr zu ihrem Arbeitsplatz zurück und unternahm alles, während sie in der langen Autoschlange fuhr, um ihre Gedanken zu verdrängen. Die Sonne knallte weißlich vom Himmel herab, und neben ihr brummten Lastwagen, Personenfahrzeuge und Lieferwagen dahin. Der Kummer, der sich ihrer bemächtigt hatte, verflachte im Rhythmus des Fahrens immer mehr. Aber ihr Unterbewußtsein ließ er nicht los.

Tausend neue Wohnungen, die hoch oben über all den anderen Tausenden prangten ...

Jolyone hatte die Leute des öfteren darüber reden gehört, daß man ihre Generation als die des ›absoluten Babybooms‹ bezeichnete. Auch sie hatte stets die Absicht gehabt, irgendeines Tages einmal Kinder zu haben, aber nun begannen sich die Einzelheiten ihrer Grundschulausbildung zu summieren. ›Ökologie‹ —

das war auf einmal nichts Abstraktes mehr. Sie manifestierte sich in der Zerstörung ihres geliebten Tales, in ihrem beinahe zerquetschten Körper unter den Schaufeln eines Baggers. Und dann der Ölfleck ... Sie selbst saß hinter dem Steuer eines Wagens. Möglicherweise hätte sie zu den Abnehmern des verschütteten Öls gehört. Man transportierte es hierher, um Leute wie sie damit zu versorgen. Für Tausende und Abertausende von Menschen wie sie.

Der Gedanke beunruhigte sie. Jolyone schaltete das Autoradio ein und erwischte gerade noch das Ende von Hal Hodges' Nachrichtensendung, die mit einem Füller schloß: Er berichtete von einem heftigen Bergrutsch in Nepal, der dadurch zustande gekommen war, weil die Leute den gesamten Bewuchs abgeholzt hatten, um Feuerholz zu bekommen. Dann schaltete Hal auf die Popstunde von WPNQ um, und Jolyone ließ sich willig auf den Klängen des Beats davontreiben. *Twenty-nine colours of blue ...*

So legte sie Kilometer um Kilometer zurück.

Schließlich erreichte sie den Parkplatz und bog ein. Mimi Lavery unterstützte Hal bei den Abendnachrichten. Jolyone hörte ihr mit kritischen Ohren zu und hoffte, daß es ihr gelingen würde, wenigstens diesmal ihre Stimme unter Kontrolle zu halten. Auch jetzt kam wieder ein Nachrichtenfüller: Die Bevölkerung sei wieder im Anwachsen begriffen. Man rechnete damit, daß sie sich in dreißig Jahren erneut verdoppeln würde. Anschließend kam ein vom Band eingespielter Werbespot für Eigenheime in den Bergen.

Und genau in diesem Moment, in der gleichen Sekunde, in der sie den Volkswagen abstellte und den Zündschlüssel abzog, geschah es.

Jolyone Schram *wußte* plötzlich.

Die Vision einer sich wellenförmig ausbreitenden, milliardenköpfigen Menschenmasse kam auf sie zu; eine gigantische Springflut sich fortwährend multiplizierender Köpfe ohne Ende, die sich über die gesamte Erdoberfläche dahinwälzte, bis sie alles bedeckte. Es gab keine Farben der Natur mehr; die Köpfe breiteten sich über die Erde aus, verschluckten sie, fraßen sie kahl, plünderten die Bodenschätze, verschwendeten sie, zerstörten alles andere, breiteten sich bis an die Grenzen der Kontinente aus, strömten ins Meer, richteten dort das gleiche an, schoben sich durch Tunnels in die Innenwelt des Planeten hinein, höhlten ihn aus, schoben sich über die Berge hinweg und ließen keinen Zentimeter Bodens mehr frei. Milliarden Köpfe schnappten nach Luft, keuchten, grinsten sie an. Milliarden Hände streckten sich aus und gelangten blindlings in das Gewimmel der Körper, die die Welt überschwemmten, hinein.

Und genau das war es, was um sie herum geschah — hier langsamer, da schneller. Und so würde es auch weitergehen. Schneller und schneller, bis zum unausweichlichen Ende.

Jolyone stöhnte auf und fiel in den Sitz zurück. Sie war ein liebes Mädchen, und deswegen gab es auch nichts, was sie vor einer solch apokalyptischen Vision zu schützen vermochte. Tatsachen allerdings konnte sie durchaus akzeptieren; zudem glaubte sie an die Beweiskraft von Zahlen. *Die Menschheit würde sich in dreißig Jahren verdoppeln* — und anschließend noch einmal und noch einmal. Und jedesmal würde es schneller gehen. Es geschah bereits jetzt. Nicht irgendwo und irgendwann, sondern jetzt und hier. Und sie war dabei und sah den Anfängen zu. Mit der ganzen Einfachheit ihres neunzehn Jahre alten Bewußtseins wußte sie plötzlich *alles.*

Und in der gleichen Sekunde wurde ihr klar, wieviel sie würde ertragen müssen und wie hilflos sie war.

War es überhaupt möglich, in diesem Chaos zu überleben, wenn es weder Platz noch Ruhe oder einen Ort gab, an den man sich zurückziehen konnte? Aber sie konnte nichts dagegen tun. Niemand konnte es, das sah Jolyone ein. Die Leute würden einfach nicht damit aufhören, Kinder in die Welt zu setzen, darüber war sie sich völlig im klaren. Selbst wenn man den Präsidenten mit einem Revolver bedrohte, würde das die Wälder nicht retten; alle die Organisationen, die um jeden Baum, jeden Fluß und jeden Berg kämpften, hätten sonst längst zu diesem Mittel gegriffen. Es lag einfach daran, daß niemand in der Lage war, die *Zahlen* einzudämmen. Im kalten Gegenlicht ihrer Vision sah Jolyone lange Demonstrationszüge; Reden, die gehalten wurden; kleine Bewegungen, die hofften, auf lokaler Ebene etwas zu erreichen. Guter Wille war da — aber das war nichts gegen die zahllosen Baumstämme, die erbarmungslos aus dem Boden gerissen und die Berghänge hinabgeworfen wurden. Es waren die Zahlen, die zählten, nichts anderes. Und nichts konnte sie daran hindern, sich weiter zu erhöhen. Alles, was ich gern habe, dachte sie, wird bald nicht mehr existieren.

Zitternd blieb sie in ihrem Wagen sitzen. Sie war unfähig zu weinen. Nach einer Weile beruhigte sie sich ein wenig, und da es nichts anderes für sie zu tun gab, bückte sie sich und hob die Wagenschlüssel auf. Es wurde Zeit, mit der Arbeit zu beginnen.

Im Studio nahm niemand Notiz von ihr. Es war ein ziemlich ruhiger Abend. Einige Techniker waren damit beschäftigt, die Anlagen zu überprüfen und die Schaltkreise einer Inspektion zu unterziehen. Einer der Schalttische war völlig auseinandergenommen worden.

Jolyone begab sich an ihren Arbeitsplatz, sortierte die eingegangenen Fernschreiben, räumte die benutzten Tonbandspulen weg, nahm in den leeren Büros einige Telefongespräche entgegen und verrichtete im übrigen jegliche Tätigkeit, die man ihr auftrug, in geistesabwesender Verfassung. Ihre Zahnfüllung gab flüsternd die letzten Sportergebnisse bekannt. Aber die Vision, die sie gehabt hatte, flaute keinesfalls ab. Das, was sie gesehen hatte, bewegte sich weiterhin wie eine Nebelbank in Jolyones Kopf und ließ die reale Welt wie einen sie umgebenden Traum erscheinen. Alle paar Minuten, wenn sie an irgend etwas, das nicht mehr lange existieren würde, dachte, füllten sich ihre Augen mit Tränen. Das alte Gartengelände, in dem sie und ihre Freunde einst gelebt hatten, wurde inzwischen von Betonklötzen eingenommen, die bis in die Wolken reichten. Und diese Gebäude waren nur die Spitze des Eisberges, der sich bald in seiner wahren, zukünftigen Größe zeigen würde. Mit der ganzen Klarheit ihrer neunzehn Lebensjahre bereitete Jolyone sich darauf vor, von allem, was bisher ihr Dasein bestimmt hatte, Abschied zu nehmen.

Um zehn Uhr dreißig begann Hal Hodges übliche Talkshow. Einer der Gäste war Science fiction-Autor, ein untersetzter, zerknitterter Mann älteren Jahrgangs, der ziemlich neurotisch war und sich davor fürchtete, daß man ihm seinen Wagen stehlen würde. Jolyone versorgte ihn mit einigen Papiertaschentüchern (der Mann war erkältet), gab ihm und den anderen eine Tasse Kaffee und überließ sie dann Hal Hodges' Händen, während der Sender eine Pause einlegte.

Als sie die Tür hinter sich ins Schloß zog, rief sie einer der Techniker, der an dem auseinandergenommenen Schaltbrett arbeitete, zu sich heran.

»Halt das mal 'ne Sekunde.« Er gab Jolyone eine ziemlich ineinander verschlungene Ladung von Kabeln. »Paß auf, daß du damit nichts berührst, das ist schon alles. Wenn ich sage ›jetzt‹, bedienst du mit der anderen Hand diesen Kopf da. Klar?«

Jolyone nickte; sie hatte plötzlich wieder Schwierigkeiten mit den Augen.

Der Techniker bückte sich und verschwand unter einem Gewirr von elektronischen Schaltungen, während Jolyone stehenblieb und tat, was er ihr gesagt hatte. Ihr Zahn gab jetzt wieder laute Geräusche von sich und übertrug die interessiert klingende Stimme Hal Hodges'. »Womit werden sich Leute wie wir in hundert Jahren beschäftigen, Bill?« fragte er.

»Wir werden einander auf den Kehlen stehen«, erwiderte der Science fiction-Autor durch Jolyones Zahn und putzte sich die Nase.

Mit einem Schlag kam die Vision zu ihr zurück. Und mit ihr kam etwas, das Jolyone bisher übersehen hatte. »Oh, nein, nein, nein«, flüsterte sie und fühlte, wie eine dicke Träne ihre Wange hinunterlief. Und sie hatte keine Hand frei, um sie fortzuwischen.

Sie sah jetzt die Gesichtsausdrücke der Menschen, die sich wie eine Lawine auf sie zuwälzten. Sie waren in unendlichem Haß verzerrt. Jolyone sah rotunterlaufene Augen, gebleckte Zähne, zu Krallen verkrümmte Finger, hörte triumphierendes Geschrei, sah Hände, die nach Messern und Pistolen griffen und kämpften. Errungene Siege währten nur kurz; stets rollte eine neue Welle von Verzweifelten heran, die sich der Sieger annahm und sie niedermachte. Und aus der Tiefe erklangen die jammernden Schreie der Niedergetrampelten und Sterbenden. Nirgendwo in dieser Vision des Grauens existierte Freundlichkeit. Es gab nichts, das man auch nur im entferntesten als menschlich bezeichnen konnte. Was die verwüstete Erde erwartete, war der Krieg, in dem jeder gegen jeden antrat.

Wenn wir alles vernichtet haben, werden wir zu Tieren hinabsinken, dachte sie. Ein Schluchzen bildete sich in ihrer Kehle, als sie an die zum Untergang verurteilte Schönheit der Natur und den zerbrechlichen Traum dachte, den die Menschheit geträumt hatte.

»Nein«, keuchte sie.

»Jetzt«, rief der Techniker, der sich noch immer unterhalb des Kontrollbords aufhielt.

Tränenblind und mit bebenden Fingern langte Jolyone nach vorn. Ihre Tränen fielen auf komplizierte Schaltkreise, was normalerweise nicht hätte vorkommen dürfen. Verzweifelt sandte sie ein Stoßgebet zum Himmel. »Halt es auf, *bitte*.«

Es war plötzlich so still, daß man die Luft knistern hören konnte.

»*Piontwxq?*« sagte ihre Zahnfüllung in die Stille hinein. »*Eh! Aufhalten was?*«

»Laß uns damit aufhören«, wiederholte Jolyone verrückterweise, ohne zu ahnen, daß ihr Hilfeschrei auf unbekannte Frequenzen in unermeßliche Fernen hinausjagte, da sie nichts mehr zu verspüren vermochte als ihren Schmerz. »Verhindere, daß wir noch mehr Menschen werden und alles vernichten! Oh, *bitte*, sorge dafür, daß das nicht geschieht! Laß nicht zu, daß wir unsere schöne Welt vernichten!«

»*Einen Moment*«, erwiderte die dünne Stimme in Jolyones Zahnfüllung und sorgte dafür, daß die Augen des Mädchens nun das gleiche Format annahmen wie Hal Hodges' Mund. »*Ich mach das schon. Du kannst aufhören zu weinen.*«

Die Stimme kam aus weiter Ferne, und natürlich verständigte sie sich nicht auf englisch. Aber Jolyone fiel das in diesem Moment gar nicht auf.

»Oh!« stieß sie hervor. »Wer ... was ...«

»Heiliger Bimbam!« Der Techniker krabbelte blitzschnell unter dem auseinandergenommenen Kontrollbord hervor und raffte in aller Eile einige Werkzeuge zusammen. Hal Hodges kam aus seiner Bude gerannt und prallte mit dem Toningenieur zusammen. Sie schrien beide auf. In dem folgenden, allgemeinen Aufruhr sah Jolyone den Science fiction-Autor kopfschüttelnd nach seinen Wagenschlüsseln greifen.

Und dann hatte man sie natürlich schon beim Wickel. Nicht zu wissen, daß man den Hypermixer nicht mit dem Goobilizer zusammenbringen durfte, war ja nun auch wirklich zuviel.

In der Zwischenzeit legte vierzigtausend Kilometer von der Erde entfernt Etwas — mag es nun ein Wesen, ein Dschinn, ein Geist oder sonst was gewesen sein — letzte Hand an einen winzigen Adjustierungshebel eines unserer gleichgeschalteten Erdsatelliten, der plötzlich mit dem er/sie/es an Bord zischend in die Atmosphäre eintauchte, sich der Erdoberfläche näherte und über den Anden etwas ausspuckte, das beileibe keine Aktentasche war. Es landete genau in einer Gletscherspalte.

Im nächsten Augenblick war unser Besucher wieder draußen und kehrte in die Tiefen des Weltraums zurück, wobei es das Ding, das beileibe keine Aktentasche war, unter dem — nun ja, unter irgendeinem Glied trug, das man nicht mit einem Arm verwechseln konnte. Hätte man in diesem Moment den Ausdruck auf dem, was ein Gesicht hätte sein können, gesehen, so wäre er dem eines vorbeigehenden Erwachsenen, der in letzter Sekunde mit einem festen Tritt den in einen Abgrund rollenden Fußball einiger spielender Kinder rettet, nicht unähnlich gewesen.

Und das ist alles, was wir bis zum heutigen Tage von ihm wissen.

Erst am nächsten Morgen, als das Sonnenlicht die Erde in ihren hellen Schein tauchte, erfuhren wir, was geschehen war.

In jeder Wohnung, in jedem Iglu, jeder Hütte, Höhle oder jedem Zelt von den Fidschi-Inseln bis nach New York war es das gleiche. In jedem Haushalt erwachte nur ein einziges Kind — und zwar das jüngste. Alle anderen blieben bewegungslos in ihren Betten liegen, und es machte keinen Unterschied, ob sie in Krippen, auf Strohsäcken oder Fellhaufen lagen. Bis auf das jüngste Kind in jeder Familie wachte keines auf.

Und einen kurzen Moment später erhob sich das große Gejammer, das dem Sonnenaufgang rund um die Welt folgte. Mütter entdeckten, daß die Körper ihrer schlafenden Kinder kalt waren und ihre Oberkörper sich weder hoben noch senkten. Sie taten keinen Atemzug. Jungen und Mädchen von zwei bis zwanzig, und jeder Säugling, gleichgültig, welchen Alters, lagen reglos und kalt da. Man fand selbst die erwachsenen Kinder, die das Elternhaus noch nicht verlassen hatten, leblos in ihren Betten.

Der Tod, so schien es, hatte alle Familien ihrer Kinder — ausgenommen der Neugeborenen — beraubt.

Allerdings gab es außer den panisch reagierenden Eltern auch einige, die die Nerven behielten und ihren Kindern geistesgegenwärtig einen Spiegel vor den Mund hielten und geduldig ihren schwachen Atemzügen lauschten. Und schließlich stellte sich heraus, daß die Kinder keinesfalls tot waren. Sie atmeten unmerklich, und langsam, sehr langsam kreiste auch das Blut in ihren Adern und hielt das Herz in Bewegung. Sie waren also nicht gestorben, sondern schliefen nur, und die abgesunkene Körpertemperatur wies darauf hin, daß sie in einem Tiefschlaf lagen, der stärker war, als man jemals hätte vermuten können.

Man konnte sie weder wecken noch sonstwie ins Leben zurückrufen. Ärzte, Schamanen und Scharen von Müttern gingen mit Hitze- oder Kälteschocks auf die Kinder los oder probierten jedes auf der Welt bekannte Stimulans, das möglicherweise diesen Fluch von ihnen nehmen konnte. Aber es war alles umsonst. Die Tage vergingen, ohne daß sich der Herzschlag irgendeines Kindes veränderte oder die Art des Atmens schneller wurde.

Auf der ganzen Welt warfen Väter einen Blick auf die Reihe ihrer schlafenden Abkömmlinge und beschlossen, einen trinken zu gehen. Die Mütter — völlig aus dem Häuschen — verteilten ihre Aktivitäten darin, sich um das einzig wache Kind zu kümmern und ansonsten zu versuchen, die anderen wach zu bekommen.

Die einzigen Eltern, in deren vier Wänden sich das Phänomen nicht zutrug, waren jene, die nur ein einziges Kind besaßen. Aber in vielen dieser Familien war ein zweites Kind unterwegs. Und so fand man rasch heraus, daß, sobald ein neues Baby seinen ersten Schrei tat, das Erstgeborene die Augen schloß und einschlief. Kaum hatte man das Neugeborene der Mutter an die Brust gelegt, befand sich das erste bereits im Tiefschlaf. Offenbar konnte man nur noch das jüngste Kind eines jeden Haushalts als normal bezeichnen, denn dies schlief und wachte auf, aß und spielte weiter wie zuvor, während alle anderen in ihren Hütten und Hospitälern, Hausbooten und Höhlen das Leben in einem tiefen, den Körper erkalten lassenden Trancezustand verbrachten.

Die Verzweiflung der Menschen wuchs von Tag zu Tag und drängte alle anderen Weltprobleme in den Hintergrund. Sollte es das Schicksal der Erde und ihrer Bewohner sein, sich nur noch um die lebenden Toten zu kümmern?

Und dann kam der Tag, an dem der erste Schläfer wieder erwachte.

Der erste bekannte Fall dieser Art spielte sich am vierzehnten Tag nach der Katastrophe ab und fand in dem ziemlich überfüllten Wohnwagen der in Pawnet, Westvirgina, lebenden Familie McEvoy statt. Als die Sonne aufging, erklang die Stimme eines Kindes, das die vergangenen zwei Wochen geschlafen und geschwiegen hatte.

»Mammmaaa! Ich happ Hunga!«

Mrs. McEvoy raste in den Vorraum, wo ihre schlafenden Bälger nahezu jeden Quadratzentimeter des Bodens bedeckten. Denny, ihr Zweitjüngster, begann, da er seinen kleinen und mittlerweile kaltgewordenen Bruder Earl berührt hatte, vor lauter Angst zu heulen. Mrs. McEvoy nahm ihn in den Arm, tastete ihn sorgfältig ab und stellte, während sie ihn sanft schaukelte, fest, daß er wieder in Ordnung zu sein schien.

»Earlene!« hörte sie ihre Schwester rufen. »Ich bekomme das Baby nicht wach. Ich glaube, es wird immer kälter!«

Und in der Tat war die kleine Debbie McEvoy in diesem Moment bereits dabei, in die Tiefen des Kälteschlafs hinabzusinken. Nichts konnte sie mehr wecken.

Das Erwachen des ersten Kindes war natürlich eine Weltsensation. Die Medien starteten eine richtige Reporterinvasion auf Klein-Dennis, und bald stellte sich heraus, daß er völlig gesund und normal reagierte und von seinem vierzehn Tage langen Schlaf nicht die geringste Ahnung hatte.

Unter den Leuten, die die McEvoys aufsuchten, befand sich auch ein schlaksiger, neugieriger Mann namens Springer, der — wie Joylone — an die Macht der Zahlen glaubte. Als er herausfand, daß es nicht weniger als achtzehn lebende McEvoy-Kinder gab, machte er ein verwirrteres Gesicht als je zuvor in seinem Leben.

»Sie ... äh ... haben nicht anderswo noch ein paar ... äh ... Kinder, Mrs. McEvoy?« fragte er verlegen.

Earlene McEvoy musterte ihn mit einem strengen Blick.

Aber Springer ließ nicht locker, und da ihre Nachbarn weniger zurückhaltend waren, was Auskünfte anging, fand er schnell heraus, daß da einmal eine Periode — oder sogar mehrere — in Mrs. McEvoys Leben gewesen waren, in denen sie sich durchaus in anderen Gefilden getummelt hatte. Die Resultate dieser Verbindung lebten jetzt — oder besser schliefen — bei verschiedenen, weit entfernt lebenden Verwandten. Springer war ebenso stark beeindruckt von der robusten Gesundheit, die Mrs. McEvoy all ihren Kleinen vererbt hatte.

»Sechsundzwanzig«, sagte er vor sich hin. »Sechsundzwanzig Vierzehn-Tages-Perioden im Jahr, wenn man ein paar Stunden mehr oder weniger dabei unberücksichtigt läßt.«

Zu Mrs. McEvoy gewandt, sagte er: »Ich würde an Ihrer Stelle von Samstag an Dennis eine Woche lang nicht aus den Augen lassen.«

»Und warum?«

»Es ist nur eine Vermutung, Mrs. McEvoy. Es könnte sein, daß er nach vierzehn Tagen wieder einschläft.«

»Sie sollten nicht solche Sachen sagen, Mister.«

Aber Springer hatte natürlich recht. Genau zwei Wochen nach seinem Erwachen begann sich Dennis' Körper wieder abzukühlen. Er schlief ein. Dafür wachte seine nächstältere Schwester auf.

Aber zu diesem Zeitpunkt war es schon keine Überraschung mehr, da eine Reihe anderer Familien, die noch ein Kind mehr besaßen, ähnliche Phänomene meldeten. Jedesmal, wenn ein Kind einschlief, wachte das nächstältere auf. Alles ging nach einem bestimmten arithmetischen Plan. Auch in den Familien mit weniger als sechsundzwanzig Kindern konnte man bald ein bestimmtes System des Wachbleibens feststellen. Am achtundzwanzigsten Tag erwachte das zweitjüngste Kind jeder dreizehn Köpfe umfassenden Kinderschar, während das jüngste keinen Laut mehr von sich gab.

Und damit war — wenn auch nur in Ansätzen — offensichtlich, welchen Regeln die Menschheit unterlag.

Niemand war gestorben.

Niemand war verletzt worden (ausgenommen diejenigen, denen man bei vergeblichen Weckversuchen zu arg zugesetzt hatte).

Man hielt niemanden davon ab, so viele Kinder zu haben, wie es das Herz oder die Bedürfnisse verlangten, die Ignoranz zuließ oder die Instinkte diktierten. (Mit gemischten Gefühlen hatte man die Tatsache hinnehmen müssen, daß einzig und allein die Mütter der Kinder als ›Eltern‹ galten.)

Was geschehen war, konnte man nur als ›Zeitaufteilung‹ bezeichnen.

Alles deutete darauf hin, daß jedem Kind eine bestimmte Periode der Wachheit zur Verfügung stand, und auch dies stellte sich bald als richtig heraus. Das Problem dabei war allerdings, daß es darauf ankam, wie viele Geschwister man besaß. Da sich die Wachperiode pro Jahr durch die Anzahl der Kinder jeder Familie teilte, lebten die sechsundzwanzig McEvoys lediglich zwei Wochen pro Jahr. Eltern, die nur zwei Kinder besaßen, kamen so in den Genuß, wenigstens eines ihrer Kleinen regelmäßig sechs Monate lang um sich zu haben. Einzelkinder waren von all dem überhaupt nicht betroffen, und so kam es, daß jede Mutter nur ein einziges waches Kind zu betreuen hatte.

Aber bedeutete dies, daß die Kinder all der McEvoys der ganzen Welt um den größten Teil ihres natürlichen Lebens betrogen wurden? Mußte man gar damit rechnen, daß die Kinder in den Vier-Personen-Haushalten die Hälfte ihrer Jahre schlafend verbrachten? Die Antwort auf diese Frage konnte nach einer Weile ebenfalls gegeben werden: Nein.

Es dauerte natürlich einige Zeit, bis man sich völlig sicher war. Ein paar Leute hatten schon zu Beginn des Tiefschlafphänomens die Entdeckung gemacht, daß die Schlafenden weniger schnell heranwuchsen und daß weder ihr Haar noch ihre Finger- und Fußnägel im üblichen Rhythmus länger wurden. Selbst kleine Wunden heilten nicht während des Schlafens. Die Mägen älterer Kinder zeugten von noch unverdauter Nahrung, während die Schwangerschaftsmonate tiefschlafender Frauen sich verlängerten. Die Wissenschaftler beobachteten all das, stellten Statistiken auf, redeten sich die Köpfe heiß und kamen schließlich zu dem Ergebnis, daß es unsinnig sei, die Augen vor den Tatsachen noch länger zu verschließen: Die Schläfer alterten offensichtlich während der Schlafperiode nicht. Lediglich die Zeit, die sie wach verbrachten, zählte als Leben.

Das bedeutete — was mit einem Seufzer der Erleichterung aufgenommen wurde —, daß ihr Leben länger währen würde. Jedes Kind mit nur einem Bruder oder einer Schwester würde eine Lebensspanne vor sich haben, die doppelt so hoch war, wie die der Eltern. Und was die Abkömmlinge kinderreicher Familien anbetraf ...

Als sich herausstellte, daß jedes ihrer Kinder eine Lebenserwartung von schätzungsweise eintausendfünfhundert Jahren haben würde, waren die McEvoys zwei volle Tage lang erneut die Stars in allen Medien. Schließlich erfuhr man von einer Frau aus Afghanistan, die soeben dem dreißigsten Kind das Leben geschenkt hatte. Die Leute hielten den Atem an und rechneten sich aus, daß jedes einzelne dieser Kinder — vorausgesetzt, alle überlebten — in unzähligen Zwölf-Tage-Rhythmen nicht weniger als dreitausend Jahre lang leben würde.

Die Welt stand auf dem Kopf.

Es ist nicht einfach, sich all das ins Gedächtnis zurückzurufen, was geschah, als die alten Probleme zu den Akten gelegt wurden, weil es ganz plötzlich neue gab und ein Chaos nach dem anderen vor der Tür stand. Die Probleme waren natürlich in jedem Land andere. Während in den vom Hunger bedrohten Ländern sich Millionen junger Münder plötzlich schlossen und nach keiner Nahrung mehr verlangten, wurde die Produktion in allen Bereichen noch weiter gesenkt, weil Kinderarbeit jetzt praktisch unmöglich geworden war. Eine Reihe von Kleinkriegen brach aus, deren Ursachen vor allem auf die Existenz der Schläfer zurückführte. In den industrialisierten Ländern kam es aufgrund der plötzlichen fehlenden Konsumenten zur Großen Schlafdepression, die noch immer anhält, und nach und nach wurde uns bewußt, daß wir einem Nullwachstum in der Bevölkerungszunahme ins Auge zu sehen hatten.

Und hinter den ökonomischen Tatsachen erhoben sich die großen menschlichen Fragen. Wer würde für die riesigen Armeen der Schlafenden sorgen, wenn ihre Eltern alt wurden und starben? Wie konnte man Kinder erziehen, wenn man sie nur in monatlichen Intervallen wach zu Gesicht bekam? Wie würden wir mit Teenagern fertig werden, die dieses Stadium ein Jahrhundert lang innehatten? Unter den Kindern kam es, als sie feststellten, daß sie nur so lange wachblieben wie ihre Geschwister schliefen, zu einer völlig neuen Art von Rivalität, aber zum Glück verstanden die meisten, daß sie sich damit gleichzeitig auch ein verlängertes Leben erkauften. Nahezu alles hat sich unmerklich in dieser Zeit verändert, und sogar die Autoren von Schmalzromanen profitieren davon, indem sie jetzt in der Lage sind, völlig neue Problematiken zu behandeln: Ist ein Mädchen, das nur im Sommer aufwacht, in der Lage, mit einem Jungen glücklich zu werden, der nicht nur während dieser Zeit, sondern auch im Herbst in vollem Wachzustand ist?

Auf der ganzen Welt schließen sich diejenigen Jugendlichen, die zu einer bestimmten Zeit gleichzeitig erwachen, zusammen und werden von anderen ersetzt, sobald sie wieder schlafen gehen. Vielleicht werden sich alternative Kulturen daraus entwickeln, und es ist nicht unmöglich, daß viele Menschen angesichts dieser Erkenntnis, daß es nie wieder möglich sein wird, mehr als ein Kind in wachem Zustand um sich zu haben, darauf verzichten werden, weitere zu bekommen. Die Anzahl derjenigen, denen das egal ist, wird von Jahr zu Jahr weniger. Es sieht wirklich so aus, als hätte der geheimnisvolle ›Engel‹ seine Arbeit gut gemacht und die ihm zur Verfügung stehende Technologie so eingesetzt, wie man es von einem Wesen seiner Art erwarten kann.

Inzwischen ist wieder eine tiefe Ruhe in unser Leben eingekehrt. Der Geräuschpegel ist stark abgesunken und alles sieht danach aus, als würde langsam das Gras zurückkehren. In jeder Familie existiert nur ein Kind, das plärrt, um die Wagenschlüssel bittet oder alte Damen ärgert, sich um einen Job bewirbt oder unbedingt Medizin studieren will. In jedem Heim verbraucht außer den Eltern nur ein einziger Mensch Nahrung, Feuerholz, Benzin, Schuhsohlen oder Plastikspielzeug. Und zudem erhält jedes dieser Kinder die volle Aufmerksamkeit der Erwachsenen.

Ein friedlicher Weg, wenn er so weitergeht. Happy Harry Joels tausend neugeplante Wohnungen wurden den Besitzern in halbfertigem Zustand übergeben, obwohl man im nachhinein gegen die Räumarbeit der Baumsägen nichts mehr unternehmen konnte.

Und was Jolyone Schram angeht, die das alles in Bewegung gesetzt hat, so hat man ihr, da sie ein Einzelkind und mithin ständig wach war, eine Reihe guter Jobs angeboten. Sie verbringt eine Menge Zeit damit, bloß irgendwo herumzusitzen, die Luft einzuatmen und dem Wachsen der Natur zu lauschen. Ihre schreckliche Vision hat sich in Nichts aufgelöst, aber dennoch hat sie nie jemandem erzählt, was wirklich passierte. Die einzige Ausnahme machte sie bei mir, als ich sie eines Abends im Point-Lobos-Park traf und sie feststellte, daß ich harmlos bin.

Wir saßen in der Nähe eines staubbedeckten Eukalyptusbusches und schauten hinab auf die Klippen, die im Mondschein von den Wassern des Pazifiks ertränkt wurden.

»Es war einfach so«, sagte sie, »daß ich anfing, darüber nachzudenken. Nehmen wir zum Beispiel nur sechzehn Leute. Das macht acht Paare.«

Und ich sah, daß sie noch immer an die Macht der Zahlen glaubte.

»Sie werden Kinder haben. Aber nur eins davon wird jeweils zu einer bestimmten Zeit wach sein. Es wäre dann so, als hätte jedes Paar lediglich ein Kind. Und wenn dann die acht Kinder eines Tages heiraten, werden aus ihnen vier Paare. Und auch sie werden jeweils nur ein Kind haben, das wach ist. Das macht dann vier Kinder. Wenn sie erwachsen sind und heiraten, ergeben sie zwei Paare. Und zwei Kinder. Ich meine ... sie halbieren sich bei jedemmal ... aber das dauert natürlich eine sehr lange Zeit.«

»Eine sehr lange Zeit«, stimmte ich ihr zu.

»Aber wenn diese beiden Kinder erwachsen sein werden und einander heiraten, werden sie nur ein Kind haben. Ich meine, es wird nur als *ein* Kind zählen. Und das ist es.«

»Es sieht ganz so aus.«

Sie warf ihr Haar zurück. Im Schein des Mondes sah ich, daß sie die Stirn runzelte.

»Natürlich gibt es Milliarden von Menschen, nicht nur sechzehn, und deswegen wird es *wirklich* eine lange Zeit in Anspruch nehmen. Und vielleicht stimmt ja irgend etwas an dieser Idee gar nicht. Ich meine, nichts spricht dagegen, daß die Schläfer eines Tages alle wieder erwachen. Aber … Ich frage mich, ob dieses … Wesen, mit dem ich sprach, darüber nachgedacht hat?«

»Das kann man nie genau wissen.«

Das Meer rauschte und glitzerte friedlich und wälzte sich schäumend in langen, leuchtenden Kurven an den Klippen entlang. Nirgendwo entdeckte man die Anzeichen einer Öllache. Die wenigen Abfälle, die am Strand lagen, waren beinahe nicht wahrnehmbar, und der hinter uns liegende Highway war ungewöhnlich ruhig.

Jolyone saß da, hatte das Kinn auf die Spitzen ihrer Knie gelegt und starrte auf die See hinaus. »Vielleicht wird dieses … Wesen eines Tages auch zurückkehren und alles wieder rückgängig machen. Oder vielleicht sollte ich den Leuten alles erzählen und versuchen, irgendwie mit ihm Kontakt aufzunehmen.«

»Wüßtest du eine Methode dazu?«

»Nein.«

»Es wird noch eine Menge Zeit für alle möglichen Leute da sein, um sich darüber Gedanken zu machen«, entgegnete ich.

Wir saßen eine Weile schweigend da. Schließlich stieß Joylone einen leisen Seufzer aus, legte sich ins Gras und reckte sich. Ein eigentümliches, verschlossenes, sanftes Mädchen.

»Komisch … Ich fühle mich, als würde ich überlaufen. Es ist ein herrliches Gefühl, zu *sein.* Vielleicht sollte ich mich ganz einfach daran gewöhnen und Freude empfinden.«

»Warum nicht?«

Und das war genau das, was sie auch tat.

Originaltitel: »Time-Sharing Angel«

(erstmals erschienen in »The Magazine of Fantasy and Science Fiction« Oktober 1977)

Aus dem Amerikanischen übersetzt von Ronald M. Hahn

Wir haben den *Traum* gestohlen

Die Kinder konnten in den versiegelten Containern nur zwölf Minims überleben.

Jilshat schob den schweren Karren durch die Dunkelheit, so schnell sie es wagte. Sie betete, daß sie nicht die Aufmerksamkeit des terranischen Wächters erregte, der vor ihr im Flutlicht stand. Als sie das letztemal vorbeigekommen war, hatte er sich erhoben und sie mit seinen erschreckenden hellen Alienaugen angesehen. Aber da hatte sie nur Behälter mit gärenden *Amlat*-Früchten auf ihrem Karren gehabt.

Jetzt aber war, in einer Ecke zusammengerollt, in einem der Behälter ihr gerade geborener Sohn Jemnal versteckt. Vier Minims waren schon verstrichen, als sie den Karren im Wiegeschuppen beladen hatte. Es würde noch einmal vier oder vielleicht fünf dauern, ihre Last zum Schiff hinauszurollen. Dann würden ihre Gefährten sie mit dem Förderband nach oben schicken. Und es würde noch einmal einige Zeit dauern, bis ihre Gefährten im Schiff Jemnal gefunden und befreit hatten. Jilshat schob schneller, und ihre schwachen, grauen, menschenähnlichen Beine zitterten.

Als sie zum beleuchteten Tor kam, drehte der Terraner den Kopf herum und sah sie.

Jilshat duckte sich und versuchte, sich noch kleiner zu machen. Sie bemühte sich, nicht zu rennen. Oh, warum hatte sie Jemnal nicht mit einer früheren Fuhre gebracht? Die anderen Mütter hatten ihre Kinder schon abtransportiert. Aber sie hatte Angst gehabt. In letzter Minute hatte sie der Glaube verlassen. Es schien unmöglich, daß der über lange Zeit und so mühsam vorbereitete Plan nun endlich wahr wurde, daß ihr Volk, die armen, schwachen, winzigen Joilani, tatsächlich die mächtigen Terraner im Frachtschiff überwältigen und unterwerfen könnten. Aber das große Schiff stand im Lichtkegel seiner Scheinwerfer, und anscheinend war alles ruhig. Das Unmögliche mußte geschehen sein, sonst hätte es Unruhe gegeben. Die anderen Jungen waren schon in Sicherheit. Ja — jetzt konnte sie die leeren Lastentransporter sehen, die im Schatten standen; die Gefährten, die sie gebracht hatten, waren wohl schon ins Schiff geklettert. Es war Wirklichkeit, und es geschah, ihre große Flucht in die Freiheit — oder in den Tod. Und nun war sie fast an der Wache vorbei, fast in Sicherheit.

»Oy!«

Sie versuchte, das barsche terranische Bellen zu überhören und ging schneller. Aber mit drei gewaltigen Schritten stand er plötzlich vor ihr, und sie mußte stehenbleiben.

»Bist du taub?« fragte er im Terranisch seiner Heimat. Jilshat konnte ihn kaum verstehen; sie hatte in den weit entfernten *Amlat*-Feldern gearbeitet. Sie dachte nur daran, daß die Zeit immer knapper wurde, während er, ohne sie aus den Augen zu lassen, mit dem Griff seiner Waffe auf die Behälter klopfte. Ihre dunklen, langwimprigen Joilani-Augen erforschten ihn stumm; in ihrer Angst vergaß sie die Warnungen, und ihr kleines, taubengraues Gesicht verzog sich zu dieser gequälten Miene, welche die Terraner ›Lächeln‹ nannten. Er lächelte müde zurück, als hätte auch er Schmerzen.

»Ich arbeit, nich'«, quetschte sie heraus. Ein Minim war verstrichen, fast schon zwei. Wenn er sie nicht gleich gehen ließ, war ihr Kind zum Tode verurteilt. Sie glaubte schon, ein leises Wimmern zu hören, als kämpfte ihr mit Drogen betäubtes Kind schon mit dem Tod.

»Muß gehen, nich! Männer im Schiff böse!« Ihr Lächeln wurde breiter und bekam gequälte Grübchen und wurde, was sie nicht wußte, zu einem verführerischen Gesichtsausdruck.

»Laß sie warten! Weißt du, für eine Juloo-*Moolie* siehst du gar nicht schlecht aus.« Er machte ein seltsames Geräusch, das wie *hahnha* klang. »Ich muß die Eingeborenen nach Waffen durchsuchen. Zieh das aus!« Er hob ihren schmutzigen *Jelmah* mit der Mündung seiner Waffe hoch.

Drei Minims. Sie riß sich den *Jelmah* herunter und zeigte ihm ihren kurzbeinigen grauen Körper, die breiten Hüften, die beiden Zitzen und den Bauch. Noch ein paar Herzschläge, und es wäre zu spät. Dann würde Jemnal sterben. Sie konnte ihn immer noch retten — sie konnte die Klammern aufbrechen und den erstickenden Deckel abziehen. Ihr Baby lebte noch. Aber wenn sie es tat, würden alle entdeckt werden; sie würde sie alle verraten. *Jailasanatha,* betete sie. Gib mir den Mut der Liebe! Oh, meine Joilani, gebt mir die Kraft, ihn sterben zu lassen! Ich zahle für meinen Unglauben.

»Dreh dich rum!«

Vor Kummer und Schrecken grinsend gehorchte sie.

»Schon besser, du siehst fast menschlich aus. Oh, Gott, ich bin schon viel zu lange hier draußen. Komm her!« Sie spürte seine Hand auf ihrem Gesäß. »Wie gefällt dir das, hm? Wie heißt du, *Moolie?*«

Nun war es endgültig zu spät. Betäubt vor Verzweiflung murmelte Jilshat Worte, die *Mutter des Toten* bedeuteten.

»Joobly-Woobly?« Seine Stimme veränderte sich. »So, so. Und wo kommst *du* her?«

Zu spät, zu spät; Lal, die verkrüppelte Frau, kam schnell zu ihnen. Ihr Gesicht war rasiert und rosa und rot angemalt; sie zog ihren hellen *Jelmah* auf und zeigte dem Terraner ihren grotesk bemalten Körper, der die Bilder imitieren sollte, welche die Terraner anbeteten. Ihr Gesicht war zu einem einstudierten Lächeln verzerrt.

»Ich Lal.« Sie krümmte die Finger und gab die Blütenessenz frei, die die Terraner so liebten. »Du wollen ich machen fik-fik für dich?«

Jilshat spürte sofort, daß der Wächter nicht mehr auf sie achtete. Sie warf sich mit ganzer Kraft gegen den schweren Karren und eilte mit ihm nackt über das endlose Feld. Sie taumelte, ihr Herz sprengte ihr fast die Brust, sie keuchte und wußte, daß es zu spät war, aber sie konnte nicht anders als hoffen. In der Nähe kamen die letzten beladenen Joilani aus den Schatten zum Schiff. Hinter ihr zog Lal den Wächter in den Schutz des Torhauses.

Im letzten Augenblick sah er zurück und runzelte die Stirn.

»He, die Juloos dürfen nicht auf diesem Weg ins Schiff gehen.«

»Männer sagen wir kommen, müssen Kisten rükken.« Lal streckte den Arm aus und streichelte seine Kehle und ließ ihre geschickten Joilani-Finger in den geschwollenen menschlichen Schritt gleiten. »Fik-fik«, schmeichelte sie und lächelte unwiderstehlich. Der Wächter zuckte die Achseln und wandte sich ihr kichernd zu.

Das Schiff war jetzt unbewacht. Es war ein alter *Amlat*-Frachter, eine fliegende Fabrik, eigens zu dieser Fahrt ausgewählt, weil die Laderäume beheizbar waren und unter Überdruck gesetzt werden konnten, so daß die Früchte unterwegs fermentierten. Wenn das Schiff andockte, waren dann einige Enzyme entstanden, die die Terraner sehr schätzten. In diesem Laderaum konnte man überleben, und die *Amlat*-Früchte würden tausendmal durch die Nahrungsmittelaufbereitung kreisen. Außerdem gehörte das Schiff zu einem weit verbreiteten Typ, und im Laufe der Jahrzehnte hatten die Joilani-Putzkolonnen Stück für Stück ein recht genaues Bild über die Steuerung gewonnen.

Dieses Exemplar war alt und schäbig. Das Abzeichen

des Terranischen Sternenreiches und die Kontrollziffern mußten dringend nachgemalt werden. Das erste Wort des Namens war schon ganz verschwunden, nur die Buchstaben ... N'S TRAUM waren geblieben. Einst der Traum eines Terraners; jetzt der Traum der Joilani.

Aber nicht Lals Traum. Vor Lal lagen nur Schmerzen und der Tod. Sie war als Mutter nutzlos; ihre beiden kurzen Geburtskanäle waren von einem harten terranischen Glied zerstört worden, und das zarte, schwammähnliche Gewebe, der Schoß einer Jolani, war unheilbar zerfetzt. Deshalb hatte Lal sich für die größere Liebe entschieden. Sie diente ihrem Volk, indem sie sich mißhandeln ließ. Die Blume in ihrem Haar enthielt das Gift, an dem sie sterben würde, wenn die *Traum* sicher unterwegs war.

Noch waren sie nicht sicher. Über den großen, auf ihr liegenden, heftig in sie stoßenden Terraner hinweg konnte Lal die Lichter des zweiten Schiffes auf dem Landeplatz sehen. Es war ein Polizeikreuzer. Wenn sie Pech hatten, bereitete er sich gerade auf einen seiner regelmäßigen Patrouillenflüge um den Planeten vor.

* * *

Zu unserem Unglück stand das terranische Kriegsschiff zum Start bereit, als die Traum *beladen wurde. Es war in der Lage, uns abzufangen, ehe wir in den Raum fliehen konnten, den die Terraner Tau-Raum nennen. Deshalb scheiterten wir.*

Der alte Jalun hoppelte so vorsichtig er konnte über den Polizeiteil des Raumhafens zum Kreuzer. Er trug die weiße Jacke und den *Jelmah* der Frauen, mit dem die Terraner ihre Diener in der Messe bekleideten, und er trug einen kleinen, in Servietten gehüllten Gegenstand. Droben liefen drei schnelle, kleine Monde zusammen und warfen dreifache Schatten um seine kleine Gestalt. Sie verblaßten, als er ins Licht des Kreuzers trat.

Ein großer Terraner war mit einer Antriebswelle der Schleuse beschäftigt. Als Jalun die riesigen Treppenstufen hinaufstolperte, sah er, daß der Raumpolizist eine Handfeuerwaffe trug. Gut. Dann erkannte er den Raumpolizisten, und ein für Joilani untypischer Haß ließ seine beiden Herzen schneller schlagen. Dies war der Terraner, der Jaluns kleine Enkeltochter vergewaltigt hatte. Als ihr Bruder zu Hilfe kam, hatte er ihm mit einem Tritt das Rückgrat gebrochen. Jalun kämpfte seine persönlichen Gefühle nieder und verzog gequält das Gesicht. *Jailasanatha, laß mich nicht die Einheit beleidigen.*

»Smiley, was willst du denn hier? Was hast du da?«

Er erkannte Jalun nicht; für Terraner sahen alle Joilani gleich aus.

»Commander sagt für dich, nich'. Sagt feiern. Sagt soll zu Offizier bringen.«

»Laß mal sehen!«

Er versuchte, sein Zittern zu beherrschen, lächelte schmerzvoll von einem Ohr bis zum andern und hob eine Ecke des Tuchs.

Der Raumpolizist lugte hinein und pfiff. »Wenn das ist, was ich glaube, dann ist Weihnachten. — Lieutenant!« rief er und schob Jalun ins Schiff. »Sehen Sie mal, was der Chef uns schickt!«

Im Wachraum überprüften der Lieutenant und ein anderer Raumpolizist die Mikrofilm-Sternkarten. Auch der Lieutenant trug einen Waffengurt — gut. Jaluns scharfe Joilani-Ohren konnten keine weiteren Terraner im Schiff ausmachen. Er verneigte sich tief, lächelte haßerfüllt und packte vor dem Lieutenant sein Geschenk aus.

Im schneeweißen Leinen lag eine kleine, tropfenförmige Amethystflasche.

»Commander sagt für dich. Sagt muß gleich trinken, ist offen.«

Der Lieutenant pfiff nun auch und nahm andächtig die Flasche in die Hand.

»Weißt du, was das ist, Smiley?«

»Weiß nich, Sir«, log Jalun.

»Was ist es, Sir?« fragte der dritte Raumpolizist. Jalun sah, daß er noch sehr jung war.

»Das, Sonny, ist der unglaublichste, kostbarste Drink, der je durch deine Kehle rinnen wird. Hast du schon mal was von Sternentränen gehört?«

Der Junge starrte das Fläschchen an und schien nachzudenken.

»Smiley hat recht«, fuhr der Lieutenant fort. »Wenn die Flasche offen ist, muß man sie schnell austrinken. Nun, ich glaube, wir sind für heute abend sowieso fertig. Ich muß sagen, der Alte hat uns ein großzügiges Abschiedsgeschenk gemacht. Hat er gesagt, warum er das hier schickt, Juloo?«

»Feier, Sir, sagt heute Feier.«

»Eine Feier. Naja, Wunder gibt es immer wieder. Jon, hol mal drei Schnapsgläser. *Saubere.*«

»Ja, Sir!« Der große Raumpolizist kramte in den Spinden herum.

Als er wie ein Kind zwischen diesen riesigen Terranern stand, wurde Jalun abermals der Kontrast zwischen ihrer Größe und ihrer Kraft und Perfektion und seinem eigenen, zartgliedrigen, zerbrechlichen, zusammengesunkenen Körper klar. Unter seinem Volk hatte er als kräftiger Junge gegolten; selbst jetzt noch gehörte er zu den stärksten. Aber gegen diese Terraner war die Kraft eines Joilani ein Witz. Vielleicht hatten die Terraner recht; vielleicht waren die Joilani wirklich eine unterlegene Rasse und nur als Sklaven zu gebrauchen ... aber dann erinnerte Jalun sich an das, was er wußte, und richtete seine kurze Wirbelsäule ein wenig auf. Der junge Raumpolizist sagte etwas.

»Lieutenant, Sir, wenn das wirklich Sternentränen sind, dann kann ich nicht mittrinken.«

»Sie können nicht trinken? Warum nicht?«

»Ich hab's versprochen ... äh ... geschworen.«

»Wem schwören Sie denn so was Verrücktes?«

»Meiner ... meiner Mutter«, sagte der Junge elend.

Die anderen beiden brüllten vor Lachen.

»Junge, du bist hier nicht zu Hause«, sagte der Lieutenant freundlich. »Was rede ich da, Jon? Wir würden deinen Anteil gern mittrinken. Aber ich kann's einfach nicht ertragen, wenn ein Mann das Wundervollste im Leben verpaßt. Vergiß deine Mami und bereite dich auf ein Wunder vor. Das ist ein Befehl ... so, Smily, jeder den gleichen Anteil. Und wenn du auch nur einen Tropfen verschüttest, werde ich dir deine beiden kleinen *Pnonks* mal *dikten*. Klar?«

»Ja, Sir.« Jalun schenkte die widerliche Flüssigkeit vorsichtig ein.

»Hast du das schon mal probiert, Juloo?«

»Nein, Sir.«

»Wirst du auch nicht. So, und jetzt hau ab! Ahhh! Auf unseren nächsten Einsatz. Hoffentlich ist bald mal was los.«

Jalun ging schweigend durch den schattigen Gang zurück und drehte sich noch einmal um. Die Raumpolizisten hoben ihre Gläser und tranken. Haß und Ekel ließen ihn würgen, obwohl er es schon so oft gesehen hatte; die Terraner waren ganz versessen auf die Sternentränen. Es war das deutlichste Symbol ihrer unbewußten Grausamkeit, ihres Falls aus *Jailasanatha*. Ihre Unwissenheit war keine Entschuldigung; zu viele von ihnen hatten Jalun schon erklärt, wie die Sternentränen hergestellt wurden. Eigentlich waren es gar keine Tränen, sondern die Körpersekrete von wundervollen Wesen mit zerbrechlichen Flügeln auf einer weit entfernten Welt. Unter physischen oder seelischen Schmerzen sonderten ihre Drüsen diese Flüssigkeit ab, die die Terraner so angenehm berauschend fanden. Um sie zu erhalten, wurde ein Paar gefangen und in Sichtweite voneinander langsam zu Tode gefoltert. Jalun hatte grausame Einzelheiten gehört, an die er sich nicht erinnern wollte.

Nun sah er zu und wunderte sich, daß der Haß, der in seinen Augen brannte, die Terraner nicht mißtrauisch machte. Er war ziemlich sicher, daß die Droge geschmacklos war und ihnen nicht schadete; vorsichtige Versuche während der langen Jahre hatten es bewiesen. Das Problem war nur, daß sie zwischen zwei und fünf Minims brauchte, um zu wirken. Der als letzter betroffene Terraner hatte viellicht noch Zeit, Alarm zu schlagen. Das mußte Jalun verhindern — wenn er konnte.

Die Gesichter der drei Raumfahrer hatten sich verändert; ihre Augen glänzten.

»Siehst du, mein Junge?« sagte der Lieutenant heiser.

Der Junge nickte und starrte ins Leere.

Plötzlich sprang der große Raumpolizist, der Jon hieß, auf und sagte mit belegter Stimme: »Was ...?« Dann sank er, den Kopf auf den ausgestreckten Arm gelegt, am Tisch zusammen.

»He! He, Jon!« Der Lieutenant stand auf und wollte ihn rütteln, aber dann stürzte auch er schwer auf den Tisch im Wachzimmer. Nun war nur noch der starrende Junge übrig.

Würde er reagieren, würde er Alarm schlagen? Jalun bereitete sich darauf vor, ihn anzugreifen, obwohl er wußte, daß er in diesen starken Händen sterben würde.

Aber der Junge wiederholte nur: »Was ...? Was ...?« In einem privaten Traum verloren, lehnte er sich zurück, glitt vom Stuhl und begann zu schnarchen.

Jalun rannte zu ihnen und nahm den beiden großen, schlaffen Männern die Waffen ab. Dann kletterte er zum Kontrollraum des Kreuzers hinauf. Er vergegenwärtigte sich alles, was er in den langen Jahren erfahren hatte. Ja — dort war der Sender. Er nahm die Haube ab und schoß in die Eingeweide. Das Brüllen der Waffe erschreckte ihn, aber er schoß weiter, bis alles versengt und geschmolzen war.

Als nächstes der Navigationscomputer. Jalun hatte Schwierigkeiten, sich hineinzubrennen, aber bald war er mit dem angerichteten Schaden zufrieden. Ein Metallkasten, der an der Decke befestigt war, machte ihm Sorgen. Er war in seinen Anweisungen nicht erwähnt worden — vielleicht hatten die Joilani noch nicht von den neuen Reservesystemen gehört. Jalun schoß der Vollständigkeit halber hinein und wandte sich der Waffenkonsole zu.

Gefühle, die er noch nie empfunden hatte, explodierten in ihm und verschleierten Auge und Vernunft. Er schoß wild in die Schalttafel und erkannte dabei nicht, daß er die Verdrahtung der schweren Waffen im wesentlichen unbeschädigt zurückließ. Aufgehängte Bilder dieser grotesken Terranerfrauen, die seinem Volk so geschadet hatten, gingen in Flammen auf.

Dann tat er etwas sehr Dummes.

Statt einfach durch den Wachraum hinauszueilen, hielt er inne und starrte das schlaffe Gesicht des Raumfahrers an, der seine Kinder so zugerichtet hatte. Die heiße Waffe lag in seiner Hand, und Jalun drehte durch; er brannte Gesicht und Schädel weg. Die Freisetzung eines lebenslangen, ohnmächtigen Hasses schien ihn wie auf Flammenflügeln weiterzutreiben. Obwohl es nicht nötig war, tötete er auch die anderen beiden Terraner und eilte weiter.

Wut und Ekel vor sich selbst raubten ihm fast die Sinne, als er die Reaktorkammern erreichte. Er vergaß die langen Stunden, in denen er gelernt hatte, die mechanischen Greifarme zu benutzen, und ging durch die Schutzschleuse zum Reaktorkern. Er begann mit bloßen Händen an den Regelstäben zu zerren, als wäre er ein Terraner im Schutzanzug. Aber seine Joilani-Kraft reichte bei weitem nicht aus, er konnte die Stäbe kaum bewegen. Er wütete, schoß auf den Reaktor und zerrte wieder, während sein Körper ungeschützt der tödlichen Strahlung ausgesetzt war.

Als kurz darauf der Rest des terranischen Teams an Bord kam, fanden die Männer eine lebende Leiche, die besessen mit nackten Händen auf den Reaktor losging. Er hatte nur vier Stäbe herausgezogen; statt eine Kettenreaktion auszulösen, hatte er überhaupt nichts erreicht.

Der Techniker blickte Jalun nur kurz durch die Sichtscheibe des Kontrollraumes an und schmetterte ihn mit dem schweren mechanischen Greifarm gegen die Wand. Dann schob er die Stäbe wieder ein, überprüfte die Anzeigen und meldete: Fertig zum Start.

* * *

Es bestand auch die große Gefahr, daß die Terraner eines ihrer mächtigen Kriegsschiffe anfunkten. Diese Schiffe waren in der Lage, durch den Tau-Raum Geschosse mit Suchköpfen zu schicken. Man zog eine Verzweiflungstat in Betracht.

Der Älteste Jayakal betrat die Nachrichtenzentrale, nachdem der terranische Funker seine Routinemeldung abgesetzt hatte. Sie hatten es sorgfältig geplant. Einmal hatten sie auf diese Weise viel Zeit, ehe die anderen Stationen mißtrauisch wurden. Genauso wichtig war, daß die Joilani keinen Weg gefunden hatten, die Zentrale zu betreten, wenn der Funker nicht darin war.

»He, Pops, was willst du denn hier? Du weißt doch, daß du hier nichts zu suchen hast. Verschwinde!«

Jaykal drückte die Schmerzen in seinem Herz mit einem breiten Lächeln aus. Dieser Terraner She'gan war auf seine grobe Art nicht unfreundlich zu den Joilani gewesen. Freundlich und respektvoll. Er kannte ihre richtigen Namen; er hatte nie ihre Frauen mißbraucht; er aß ordentlich und trank keine Abscheulichkeiten. Er hatte sich sogar höflich nach ihren heiligen Ansichten erkundigt: *Jailasanatha,* das Leben in Ehre, die Einheit der Liebe. Die geschmeidigen Wangenknochen des alten Jayakal zogen sich in einem Krampf der Scham nach oben.

»O sanftmütiger Freund, ich bin gekommen, um mit dir zu teilen«, sagte er rituell.

»Du weißt doch, daß ich eure Sprache nicht richtig verstehe. Du mußt hier verschwinden.«

Jayakal kannte kein terranisches Wort für *Teilen;* vielleicht gab es keins.

»Freund, ich bring dir.«

»Yeah, aber bring's mir *draußen.*« Als er sah, daß der alte Joilani sich nicht bewegte, stand der Funker auf, um ihn hinauszudrängen. Dann regte sich eine Erinnerung; die wirkliche Bedeutung des Lächelns dämmerte ihm. »Was ist los, Jayakal? Was hast du da?«

Jayakal hob das schwere Ding in seiner Hand.

»Den Tod.«

»Was — woher hast du das? O heilige Mutter, hilf mir! Der ist bewaffnet! *Die Sicherung ist gezogen ...*«

Der mühsam zusammengestohlene und gehortete Plastiksprengstoff war gut und funktionstüchtig zusammengesetzt; die Zündung war richtig eingestellt. Nach der Explosion regneten Bruchstücke des Sendekomplexes und Körperteile von Jayakal und seinem terranischen Freund auf das Gelände hinunter und fielen in die *Amlat*-Felder.

Raumpolizisten und Stationsmitarbeiter stürzten aus den Bars des Postens und waren im Dunkeln zunächst unsicher, was sie tun sollten. Dann sahen sie an den Transformatorenschuppen Fackeln aufflammen und tanzen. Kleine graue Gestalten rannten, sprangen, heulten und warfen brennende Geschosse.

»Die verdammten Juloos haben es auf das Kraftwerk abgesehen! Los!«

* * *

Auch andere Ablenkungen wurden geplant. Die Namen der Alten und der verkrüppelten Frauen, die dabei für uns starben, stehen auf den heiligen Schriftrollen. Wir können nur beten, daß sie einen raschen, gnädigen Tod fanden.

Der Waffengurt des Stationsleiters hing neben seinem Bett auf dem Stuhl. Während er sie rücksichtslos mißbrauchte, hatte Sosalal ihn beobachtet und auf ihre Chance gewartet. Wenn nur Bislat, der ›Junge‹ des Commanders, hereinkäme, um ihr zu helfen! Aber das konnte er nicht — er wurde beim Schiff gebraucht.

Die Lust des Commanders war unersättlich. Er nahm einen Drink aus dem widerlichen purpurnen Fläschchen und schielte sie mit seinen kleinen Terraneraugen bedeutungsvoll an. Sosalal lächelte, spreizte die Beine und bot ihm abermals ihren zitternden, grotesk entstellten Körper an. Aber nein: Er wollte, daß sie ihn reizte. Sie machte sich mit geschickten Joilani-Fingern und zitternden Lippen ans Werk an seinem Geschlecht und hoffte, daß das erlösende Geräusch bald käme und betete, daß die Sprechanlage des Commanders nicht summte und die Nachricht verkündete, daß der Angriff fehlgeschlagen war. Warum, warum dauerte es nur so lange? Sie wünschte, sie hätte noch ein letztes Mal die magische, gewaltige Sternenprojektion der Terraner gesehen. Sie zeigte ganz am Rand die gesegneten, unglaublichen Symbole ihres Volkes. Irgendwo da draußen, ganz weit entfernt, war die Heimatwelt der Joilani — vielleicht sogar, dachte sie wild, während ihr Körper seine schmerzliche, qualvolle Arbeit verrichtete, vielleicht sogar ein Joilani-Reich!

Jetzt wollte er in sie eindringen. Sie war an diese Qual gewöhnt; ihr verletzter Körper war zu einer Form verheilt, der diesem Terraner angenehm war. Sie war erst das vierte ›Mädchen‹ des Commanders. Es hatte andere Commander gegeben — manche besser, manche schlimmer — und zahllose ›Mädchen‹, soweit die Aufzeichnungen der Joilani zurückreichten. Es waren ›Mädchen‹ wie sie selbst und ›Jungen‹ wie Bislat gewesen, die im Privatzimmer des Commanders die gewaltigen, dreidimensionalen leuchtenden Sternenschwärme gesehen hatten — und sie hatten zu ihrem Volk die unglaublichen Nachrichten gebracht: Irgendwo gab es eine Heimatwelt der Joilani!

Mit großem Wagemut hatte einmal ein ›Mädchen‹ nach diesen Joilani-Symbolen gefragt. Ihr Commander hatte die Achseln gezuckt. »Ach, dieses Zeug! Das ist die Hölle, liegt auf der anderen Seite des Systems, man braucht ein halbes Leben, um hinzukommen. Ich weiß nichts darüber. Vielleicht hat sie einfach jemand dahin gesteckt. Das sind aber keine Juloos, das ist sicher.«

Aber die Symbole funkelten, winzige Nachbildungen der alten Strahlenden Sonne der Joilani. Es konnte nur eins bedeuten: Die alten Mythen waren wahr. Sie waren keine Eingeborenen dieser Welt, sondern Nachkommen einer Kolonie von Joilani, die wie die Terraner durch den Raum reisten. Und daß diese großen Joilani noch lebten!

Wenn man sie nur erreichen konnte. Aber wie? Wie?

Konnten sie irgendwie eine Botschaft schicken? — So gut wie ausgeschlossen. Und selbst wenn, wie konnten ihre Brüder sie aus der terranischen Macht befreien?

Nein. So hoffnungslos es auch schien, sie mußten selbst fortkommen und das Joilani-Reich aus eigener Kraft erreichen.

Und so war ihr großer Plan geboren worden und gewachsen, jahrelang, generationenlang. Schmerzvoll, verstohlen, Stück für Stück hatten Joilani-Diener, Barkeeper und Putzkolonnen die Zauberzahlen und ihre Bedeutung entdeckt und Informationen gesammelt: die Tau-Raum-Koordinaten, die sie zu diesen Sternen bringen würden. Aus weggeworfenen Handbüchern, aus Gesprächen von Raumfahrern hatten sie sich das phantastische Konzept vom Tau-Raum zusammengestückelt. Manchmal fand ein allmächtiger Terraner eine naive Joilani-Frage amüsant genug, um sie zu beantworten. Alle, die die Schiffe betreten durften, brachten winzige Bruchstücke über das Wirken des terranischen Zaubers mit. Joilani, die bei Tag demütige ›Jungs‹ und nachts willige ›Mädchen‹ waren, stückelten die Geheimnisse ihrer Herren zusammen und verwandelten Zauberei in Verstehen. Sie bereiteten sich vor und planten alle Details, aufrecht gehalten nur von der substanzlosen Hoffnung, und machten sich für den entscheidenden, unglaublichen Flug bereit.

Und nun war der langerwartete Augenblick gekommen.

Oder doch nicht? Warum dauerte es so lange? Sie litt, wie sie schon so oft lächelnd gelitten hatte. Sosalal verzweifelte. Gewiß würde sich nichts verändern, es war unmöglich. Es war alles nur ein Traum; alles würde weitergehen wie immer, die Entwürdigung und die Schmerzen ... der Commander entwickelte neue Gelüste, und Sosalal gehorchte ihm, gefühllos vor Kummer.

»Paß auf!« Er schlug sie so fest vor den Kopf, daß ihr Blick trübe wurde.

»Entschuldigung, Sir.«

»Du hast etwas lange Zähne bekommen, Sosi.« Er meinte es wörtlich; erwachsene Joilani hatten große Zähne. »Bilde lieber bald eine junge *Moolie* aus. Oder laß dir die Zähne ziehen.«

»Ja, Sir.«

»Wenn du mich noch mal kratzt, zieh ich sie dir selbst — heiliger Jebulibar, was ist das?«

Ein Blitz vor dem Fenster erhellte den Raum, dann kam ein Rumpeln, das die Wände zittern ließ. Der Commander löste sich aus ihr, stieß sie weg und rannte zum Fenster.

Es war soweit! Es geschah wirklich! *Schnell.* Sie krabbelte zum Stuhl.

»Allmächtiger Gott, das sieht aus, als wäre der Sender in die Luft geflogen. Was ...?«

Er war zu seinem Sprechgerät herumgefahren, neben dem seine Kleider lagen, und plötzlich sah er sich der Mündung seiner eigenen Waffe gegenüber, die Sosalal in den zitternden Händen hielt. Er war zu verblüfft, um zu reagieren. Als sie auf den Feuerknopf drückte, stürzte er mit zerfetzter Brust, das nackte Entsetzen noch immer im Gesicht.

Sosalal war auch erstaunt. Sie bewegte sich wie im Traum. Sie hatte getötet. Sie hatte wirklich einen Terraner getötet. Ein Lebewesen. »Ich bin gekommen, um zu teilen«, flüsterte sie rituell. Sie betrachtete das grimmige Licht vor dem Fenster, richtete die Waffe auf ihren Kopf und drückte auf den Feuerknopf.

Nichts geschah.

Was war falsch? Der Traum zerbrach und warf sie in die gräßliche Realität zurück. Sie fingerte hektisch an dem fremden Ding herum. Mußte sie einen Mechanismus betätigen, um noch einmal zu schießen? Die Bedeutung der roten Ladelampe war ihr nicht klar — der Commander hatte nach seinem letzten Jagdausflug vergessen, die Waffe nachzuladen. Nun war sie leer.

Sosalal kämpfte noch mit dem Ding, als die Tür aufsprang und sie gepackt und fast bewußtlos geschlagen wurde. Zwischen den Stiefeln und den Rufen sonderten ihre Handgelenkdrüsen rote Joilani-Tränen ab, denn sie sah ihren langsamen, gnadenlosen Tod voraus.

Sie hatten gerade begonnen, sie zu befragen, als sie es hörte: Das tiefe Grollen eines startenden Schiffs. Die *Traum* war gestartet — ihr Volk hatte es geschafft, sie waren gerettet! Durch die Schmerzen hörte sie einen Terraner sagen: »Die Juloo-Stadt ist verlassen! Alle Jungen sind auf diesem Schiff!« Unter den Schlägen ihrer Folterer taten ihre beiden Herzen Freudensprünge.

Aber einen Augenblick später starb die Freude; sie hörte die lauteren Düsen des terranischen Kreuzers brüllen. Die *Traum* war zerstört; man würde sie verfolgen und töten. Aber sie klammerte sich ans Leben, und ihr geschundener Körper lebte lange genug, um den gewaltigen Donnerschlag im Himmel zu spüren, der nichts anderes als die Vernichtung ihrer Rasse sein konnte. Sie starb im Glauben, daß jede Hoffnung gestorben war. Dennoch hatte sie ihren Folterern nichts verraten.

* * *

Große Gefahren begegneten jenen, die versuchten, die Traum *zum Fliegen zu bringen.*

»Wenn ihr Affen ernsthaft versucht, dieses Schiff zu fliegen, dann solltet ihr als erstes die Trimmung nachstellen, denn sonst kommen wir alle um.«

Der terranische Pilot hatte gesprochen — der dritte und letzte, den sie gefangen hatten, deshalb brauchten sie ihm nicht den Mund zu verstopfen.

»Los doch, verschiebt den roten Hebel! Er ist jetzt in Landestellung. Ich will nicht auf den Boden knallen.«

Der junge Jivadh, der wie ein Zwerg im riesigen Pilotensitz hockte, versuchte verzweifelt sich an die Schiffskontrollen zu erinnern. Roter Hebel, roter Hebel ... er war nicht ganz sicher. Er drehte sich um und betrachtete die Gefangenen. Unglaublich, daß die drei großen Körper gefesselt und hilflos an der Wand lehnten, die bald zum Boden werden würde. Bislat, der hinter ihm saß, hielt sie mit einer Waffe in Schach. Es war eine der beiden gestohlenen terranischen Pistolen, die sie für diesen Zweck aufgehoben hatten, für ihre größte Aufgabe: Die Gefangennahme der Terraner auf der *Traum.*

Der erste Raumfahrer hatte nicht geglaubt, daß sie es ernst meinten, bis Jivadh ihm einen Stiefel durchgebrannt hatte.

Nun lag er, hin und wieder stöhnend, geknebelt auf dem Boden. Als er Jivadhs Blick bemerkte, nickte er heftig, um die Warnung des Piloten zu bestätigen.

»Ich hab ihn in der Landestellung gelassen«, wiederholte der Pilot. »Wenn ihr damit startet, müssen wir alle sterben!« Auch der dritte Gefangene nickte.

»Schieb schon, du Idiot!« rief der Pilot. »Heilige Mutter, wollt ihr sterben?«

Bislat blickte nervös von Jivadh zum Terraner. Auch er hatte die Bedienung der *Amlat*-Frachter gelernt, aber nicht sehr gründlich.

»Jivadh, bist du *sicher?*«

»Sicher kann ich nicht sein. Ich denke, auf den alten Schiffen ist das ein Nothebel, der den Brennstoff verändert oder abläßt, damit wir nicht starten können. Sie nennen es Not-Abschaltung, und da steht auch ein terranisches *A.*«

»Das heißt nicht Abbruch, das heißt Anflug! Landeanflug, die Trimmung für den Anflug, du Affe! Schieb den Hebel herum, sonst stürzen wir ab!«

Die anderen beiden nickten drängend.

Jivadhs ganzer Körper war blau angelaufen und zitterte vor Spannung. Seine Erinnerungen schienen zurückzuweichen, sie wirbelten und verschwammen. Noch nie hatte ein Joilani einem Terraner nicht geglaubt oder einen Befehl mißachtet. Er klammerte sich verzweifelt an ein verblichenes Fragment einer vergilbten Karte in seinem Kopf.

»Ich glaube nicht«, sagte er langsam.

Er nahm das Leben seines ganzen Volkes in die zarten Hände und tippte die Sequenz für Zündung und Start ein.

Es klickte und klapperte metallisch, ein knurrendes Zischen entstand, das rasch zu einem unerträglichen Brüllen unter ihnen anschwoll. Der alte Frachter krachte und knirschte und machte einen erschreckenden Satz. Würden sie abstürzen? Jivadhs Seele starb tausend Tode.

Aber der Horizont blieb gerade. Die *Traum* stieg zitternd auf, gerade nach oben, und strebte immer schneller dem Weltraum entgegen. Das Land fiel unter ihnen weg — sie flogen! Jivadh, der in die Gurte gepreßt wurde, jubelte. Sie waren nicht abgestürzt! Er hatte recht; der Terraner hatte gelogen.

Die Außengeräusche erstarben. Die *Traum* hatte die Atmosphäre verlassen und flog zu den Sternen!

Aber nicht allein.

Als der Andruck nachließ, als die Freude laut durchs Schiff hallte und die ersten Kameraden sich aufrappelten und ihm sagten, daß unten alle wohlauf seien, gerade als ein Heiler kam, um den verletzten Fuß des Terraners zu versorgen, brüllte eine laute Terranerstimme durch die Kanzel.

»Halt, ihr da in der *Traum!* Geht auf Gegenschub und schlagt einen Orbit ein, sonst schießen wir euch ab!«

Die Joilani wichen zurück. Jivadh sah, daß die Stimme aus dem Funkgerät kam, das bei den Startvorbereitungen automatisch eingeschaltet worden war.

»Das ist die Patrouille«, erklärte der terranische Pilot. »Sie verfolgen uns. Das war's dann, Affe. Die blasen uns aus dem Raum.«

Rechts neben Jivadh begann ein Instrument zu klikken. MASSETASTER lautete die Aufschrift. Er wandte sich unwillkürlich an den terranischen Piloten. »Das ist nichts, nur einer dieser verdammten Monde. Hör mal, ihr *müßt* auf Gegenschub gehen. Diesmal ist es kein Trick. Ich sag euch, was ihr tun müßt.«

»Gehen Sie in einen Orbit, wir kommen an Bord!« dröhnte die Stimme.

Jivadh hatte sich schon abgewandt und etwas unternommen. Es stimmte nicht. Zweifellos würde er sie alle umbringen — aber er wußte, daß sein Volk es wollte.

»Letzte Warnung. Wir schießen«, sagte die Stimme vom Kreuzer kalt.

»Die machen Ernst!« schrie der Pilot. »Um Himmels willen, laß mich mit ihnen reden, laß mich antworten!« Die anderen Terraner starrten und wanden sich in ihren Fesseln. Seine Furcht war dieses Mal echt, dachte Jivadh, ganz anders als die Lügen vorhin. Was er jetzt tun mußte, war nicht schwer, aber es erforderte Zeit. Er schaltete auf Sendung und sprach ins Mikrophon, ohne auf Bislats erschreckte Blicke zu achten.

»Wir werden beidrehen. Bitte warten Sie. Wir haben Schwierigkeiten.«

»Das ist es!« Der Pilot keuchte erleichtert. »Alles klar. Siehst du den Delta-V-Trimmer unter dem Schubhebel? Ach, verdammt, das ist zu kompliziert. Laß mich ran, das ist doch egal.«

Jivadh ignorierte ihn und fuhr mit seiner schrecklichen Aufgabe fort. Er gab voller Ehrfurcht die Koordinaten ein, die heiligen Koordinaten, die er seit der Kindheit im Kopf hatte, die Zahlen, die sie vielleicht, wenn sie alles richtig machten, durch den Tau-Raum zu den Joilani-Sternen brachten.

»Wir geben euch drei Minuten«, sagte die Stimme.

»Hör mal, die meinen es ernst!« rief der Pilot. »Was machst du da? Laß mich dran!«

Jivadh fuhr fort. Der Massetaster klickte lauter; er ignorierte auch ihn. Als er sich zur kleinen Tau-Konsole umdrehte, begriff der Pilot plötzlich.

»Nein! O *nein!*« schrie er. »Um Gottes willen, mach das nicht! Du verdammter Idiot, wenn du so nahe an einem Planeten in den Tau-Raum gehst, landen wir mitten in seiner Masse!« Seine Stimme war immer schriller geworden; die anderen beiden schrien wortlos und wanden sich.

Sie hatten zweifellos recht, dachte Jivadh nüchtern. Ein Augenblick des Ruhms — und nun das Ende.

»Wir schießen in einem Minim«, brüllte der Lautsprecher.

»Hör auf! Nicht! Nein!« schrie der Pilot.

Jivadh sah zu Bislat. Er hatte erkannt, was er tat; nun zeigte er das echte Joilani-Lächeln mit geschürzten Lippen und machte das rituelle Zeichen für das Akzeptieren des Endes. Die Joilani im Gang verstanden; ein seufzendes Schweigen lief durch das Schiff.

»Wie schießen«, sagte die Stimme vom Kreuzer.

Jivadh legte den Tau-Hebel um.

Ein Alarm schrillte und brach ab, alle Farben verschwanden, die ganze Raumstruktur zitterte wild — es war eine Chance von eins zu einer Million. Die drei massereichsten und nächsten Monde standen in einer Reihe, dazu kamen die winzigen zusätzlichen Energien des Kreuzers und des detonierenden Geschosses. Diese Kräfte wirkten zusammen und erzeugten für ein Mikrominim eine Zone, in der die planetarische Masse für die *Traum* gleich Null war. In diesem winzigen Augenblick baute sie ihr Tau-Feld auf, faltete die normalen Dimensionen um sich und schoß wie ein herausgedrückter Apfelkern in die Diskontinuität des Seins, die Tau-Raum hieß.

Das Raumzeitgefüge in der Umgebung wurde durch die Explosion erschüttert; die Wellen fuhren über die Monde und über den Planeten drunten. Der sichere Moment war so winzig, daß später ein Stück Metall vom Kreuzer und ein Stück Fels mit Erde und Kräutern tief in die Wand ihres hinteren Laderaums gedrückt gefunden wurden, zur großen Verwunderung aller Joilani.

Inzwischen war die Freude so groß, daß sie nur auf eine Art ausgedrückt werden konnte: Im ganzen Schiff hoben die Joilani ihre Stimmen zum heiligen Lied.

Sie waren frei! Die *Traum* hatte es in den Tau-Raum geschafft, wo kein Feind sie finden konnte! Sie waren sicher und unterwegs.

Sicher und unterwegs — zu einem unbekannten Ziel, über eine unbekannte Zeitspanne, mit schrecklich begrenzten Vorräten von Wasser, Essen und Luft.

* * *

Hier beginnt das Logbuch der Fahrt der Traum *durch den Tau-Raum, die, obwohl der Raum zeitlos ist, eine endliche Zeit dauerte.*

Jatkan rollte die kostbare alte Schriftrolle zusammen und legte sie vorsichtig beiseite, um die Hand einer Partnerin zu nehmen. Er war eins der Kinder in den Amlat-Containern gewesen; manchmal glaubte er sich an die große Nacht ihrer Flucht zu erinnern. Gewiß erinnerte er sich an die Freude, an das Gefühl, daß ein schrecklicher Alptraum zu Ende war.

»Mir wird das Warten so lang«, sagte seine jüngste Partnerin, die kaum mehr als ein Kind war. »Erzähl uns noch einmal von den terranischen Monstern.«

»Sie waren keine Monster, nur sehr fremd«, korrigierte er das Kind sanft. Seine Augen begegneten Salasvatis Blick, die ihre Jungpartner zum Bullauge der winzigen Archivkammer geführt hatte. Jatkan dachte daran, daß er und Salas, wenn sie alt waren, wahrscheinlich die letzten Joilani sein würden, die je einen leibhaftigen Terraner gesehen hatten. Gewiß waren sie die letzten, die den Terror und die Macht der Terraner selbst gespürt hatten, die Entwürdigung der Sklaverei, die ihren Eltern in die Seelen gebrannt war. Das ist gewiß gut, dachte er, aber ist es nicht auch auf eine seltsame Art ein Verlust?

»... rötlich oder manchmal auch bräunlich oder gelb, fast haarlos, mit kleinen, hellen Augen«, erklärte er dem Kind. »Und groß, etwa von hier bis zu der Luke da. Und eines Tages, als die drei, die auf der *Traum* waren, sich bewegen durften, rannten sie in den Kontrollraum und stellten das ... das Gyroskop schneller, damit das Schiff sich schneller drehte und alle stürzten und fest gegen die Wände gepreßt wurden. Sie zählten auf ihre größere Kraft.«

»Weil sie die *Traum* erobern und aus dem Tau-Raum zu den terranischen Sternen wollten!« Seine beiden Partnerinnen rezitierten unisono: »Aber der alte Jivadh hat uns gerettet.«

»Ja. Aber damals war er noch der junge Jivadh. Durch einen sehr glücklichen Zufall war er gerade an der Mittelsäule, wo die alten Waffen aufbewahrt wurden, die seit Hunderten von Tagen niemand mehr angerührt hatte.«

Eine Partnerin lächelte. »Ein Glück für die Joilani.«

»Nein«, erwiderte Jatkan. »Wir dürfen nicht abergläubisch werden. Es war reiner Zufall.«

»Und er hat sie alle *getötet!*« platzte das Kind aufgeregt heraus.

Es wurde still.

»Benutze das Wort nie wieder so leichtfertig«, sagte Jatkan streng. »Überlege dir, was du da sagst, Kleine. *Jailasanatha ...*«

Während er das Kind ermahnte, dachte er wieder daran, wie unpassend seine Worte waren: Die ›Kleine‹ war fast so groß wie er, und er selbst war größer und stärker als seine Eltern. Das konnte nur daran liegen, daß die Kinder das gemischte Terraneressen aus dem Wiederaufbereiter aßen, so knapp es auch war. Als die Älteren sahen, wie die Jungen wuchsen, bestätigte sich ein weiterer Mythos: Ihre Ahnen waren Giganten gewesen, die durch einen Mangel in der Erde des Planeten geschrumpft waren. Wurden denn alle alten Mythen auf einmal wahr?

Unterdessen versuchte er, zum wiederholten Male dem Kind und den anderen die schreckliche Entscheidung zu beschreiben, vor der Jivadh stand, und seinen brennenden Schmerz, als er davon abgehalten wurde, sich als Buße selbst zu töten. Jatkans Erinnerung hatte seit diesem Tag eine Narbe. Zuerst der Aufprall gegen die Wände und die Verwirrung — die Explosionen —, und dann kamen sie wieder frei; und schließlich die langen Stunden des rituellen Streites, um Jivadh zu überzeugen, daß sein Wissen über das Schiff zu wertvoll war, um es zu verlieren. Der Schmerz in Jivadhs Stimme, als er zugab: »Ich dachte auch ganz selbstsüchtig daran, daß wir nun ihr Wasser, ihr Essen und ihre Luft für uns haben.«

»Deshalb will er seinen Anteil am Essen nicht haben und schläft auf nacktem Stahl.«

»Und deshalb ist er immer so traurig«, sagte das Kind und versuchte stirnrunzelnd, die Erzählung zu verstehen.

»Ja.« Aber Jatkan wußte, daß er es nicht einmal selbst verstehen konnte; niemand konnte es verstehen, der nicht den Schrecken eines gewaltsam gestorbenen Körpers gesehen hatte, eines Körpers, der einmal gelebt hatte, so fremd und feindselig der Besitzer auch war. Die drei Leichen waren unter angemessenen Ritualen in die Wiederaufbereitung gegangen, wie sie es auch mit ihren eigenen Toten taten. Inzwischen hatten wahrscheinlich alle Joilani Partikel in ihrem Körper, die einst einem Terraner gehört hatten. Ironie des Schicksals.

Ein Schatten legte sich über sein Gesicht. Vor ein paar Tagen war er sicher gewesen, daß diese Jungen und die Kinder ihrer Kinder nie erfahren würden, wie das Töten war. Nun war er nicht mehr so sicher ... er schob den Gedanken fort.

»Wurde das Logbuch bis heute weitergeführt?« erkundigte sich Salasvati vom Bullauge aus. Wie Jatkan hatte sie Mühe, ihre jungen Partner während der feierlichen Wartezeit ruhig zu halten.

»O ja.«

Jatkan blätterte vorsichtig durch die fleckigen Seiten des augenblicklichen Logbuches auf dem Pult. Es war aus den letzten Fetzen und Karten zusammengenäht, die sie gefunden hatten. Die geradlinige Joilani-Schrift füllte Seiten um Seiten: »Hunger ... Rationen gekürzt ... gebrochen, Wasser geht aus ... Reparaturarbeiten ... Rationen für Erwachsene noch einmal gekürzt ... Sauerstoffmangel ... die Kinder ... Wasserausgabe eingeschränkt ... Kinder brauchen ... wieviel können wir noch ... bald zu Ende, reicht nicht aus ... wann ...?«

Ja, das war sein Leben gewesen und das seiner Gefährten; das Schwinden der Lebensgrundlage in diesem gewaltigen, rotierenden Zylinder, der ihre Welt war. Die ewige Unsicherheit: würden sie je herauskommen? Und wenn ja, wo? Oder würde es weitergehen, bis sie alle hier in der zeitlosen, lichtlosen Leere gestorben waren?

Und die seltenen außergewöhnlichen Ereignisse wie das seltsame, hell erleuchtete Gespensterschiff, das plötzlich neben ihnen aufgetaucht war — unbegreifliche, fremde Wesen hatten aus den Fenstern geschaut —, um genauso plötzlich wieder zu verschwinden.

Irgendwo in den magischen Computern der *Traum* klickten Relais und brachten sie zu den eingestellten Koordinaten, aber niemand wußte, wie man den Ablauf der Programme überprüfte oder ob sie überhaupt noch funktionierten. Die erbarmungslose Belastung des Wartens hinterließ auf verschiedene Weise bei ihnen allen ihre Spuren, während die Hunderttage-Zyklen nach Tausenden zählten. Manche wurden völlig schweigsam; andere flüsterten endlose Rituale; manche beschäftigten sich mit unwichtigen Aufgaben. Der alte Bislat war ihr Anführer gewesen; sein Mut und seine Fröhlichkeit waren unerschütterlich. Aber es war Jivadh gewesen, der trotz seiner schrecklichen Tat, trotz seines selbstauferlegten Schweigens und seiner Verschlossenheit, irgendwie das Symbol ihres Glaubens war. Nicht, weil er die *Traum* gestartet oder weil er sie ein oder zweimal gerettet hatte; es war die Aufrichtigkeit seines Herzens, die alle spürten ... Jatkan, der die alten Seiten durchblätterte, überlegte, daß es vielleicht für die Kinder am leichtesten war, weil sie kein anderes Leben kannten und seit ihrer Geburt auf den großen Tag warteten.

Und dann — die veränderte Schrift auf der letzten Seite sprach für sich — war das Wunder geschehen, der erste der großen Tage war gekommen. Völlig unerwartet, als sie sich gerade auf eine Schlafperiode vorbereiteten, es waren inzwischen über dreitausend, hatte das Schiff gezittert, und unvertraute, knirschende Geräusche waren durch die Gänge gehallt. Sie waren wild aufgesprungen und aufgeregt herumgerannt. Metall stöhnte unter großer Belastung, es klapperte schrecklich — und das alte Schiff schaltete das Tau-Feld ab und glitt in den Normalraum zurück.

Und was für ein Raum es war! Sterne — die Sonnen der Legenden — lohnten vor jedem Bullauge, manche inmitten tiefschwarzer Löcher, manche zu majestätischen Lichterwolken vereint! Kinder und Erwachsene rannten von Bullauge zu Bullauge und schrien erstaunt und entzückt.

Und nach einer Weile kam die Erkenntnis: Sie waren immer noch im grenzenlosen, leeren, unbekannten Raum zwischen unbekannten Wesen und Kräften, immer noch in Lebensgefahr, weil ihnen so viele wichtige Dinge fehlten.

Die lange geplanten Maßnahmen wurden ergriffen. Der Sender wurde eingeschaltelt und strahlte mit höchster Leistung den Joilani-Notruf aus. Eine tapfere Gruppe wagte sich in notdürftig geänderten terranischen Schutzanzügen nach draußen auf die Schiffshülle. Sie übermalten den häßlichen terranischen Stern mit einer gewaltigen, Strahlenden Sonne. Über die terranischen Worte schrieben sie das Joilani-Wort für *Traum.* Wenn sie noch im terranischen Reich waren, dann war jetzt ohnehin alles verloren.

»Meine Mutter ging nach draußen«, sagte Jatkans älteste Partnerin stolz. »Es war gefährlich und unheimlich und eine sehr schwere Arbeit.«

»Ja.« Jatkan berührte sie liebevoll.

»Ich wünschte, ich könnte auch nach draußen«, sagte der Jüngste.

»Du wirst schon noch hinauskommen. Warte nur ab!«

»Immer heißt es nur *warte ab.* Wir warten doch schon die ganze Zeit.«

»Ja.«

Warten — o ja, sie hatten gewartet, unter Bedingungen, die immer schlimmer wurden, während die Hoffnung immer mehr verblaßte. Sie wußten keine andere Möglichkeit, sie krochen schrecklich langsam zum nächsten hellen Stern. Einige glaubten sogar, daß sie nur auf den Tod warteten.

Bis zu diesem Tag — dem schönsten aller Tage —, als vor ihnen plötzlich ein seltsamer Funke aufflammte und zu einem gewaltigen Schiff heranwuchs, das auf sie zuhielt.

Und sie hatten die Strahlende Sonne auf dem Bug gesehen.

Der Fremde war wie mit Zauberkräften herangekommen und hatte die verrostete Schleuse geöffnet. Und für die Joilani auf der *Traum* waren alle Träume wahr geworden, als mit einem Hauch frischer, süßer Luft die fremden Joilani — die wirklichen, echten Joilani — an Bord kamen. Joilani waren sie, aber sie waren Riesen, groß wie die Terraner, stark und aufrecht, vor Gesundheit strotzend, die Hände zur uralten Begrüßung erhoben. Wie sie die Nase gerümpft hatten, als sie die schlechte Luft auf der *Traum* rochen! Wie sie verwundert geblinzelt hatten, als sich der Dankgesang um sie erhob!

Und die ganze Zeit hatte ihr Anführer mit einem fremden aber verständlichen Akzent geduldig die Worte wiederholt: »Ich bin *Khanrid* Jemnal Vizadh. Aber wer seid *ihr?*« Und als eine winzige alte Joilani, die einige Blätter aus dem Treibhaus gerupft hatte, auf ihn zustürmte und ihm einen Kranz aufsetzen wollte und rief: »Jemnal, Jemnal, mein Sohn! Oh, mein Sohn, mein Sohn!« da lächelte er verlegen und bückte sich, um sie zu umarmen. Er nannte sie »Mutter« und schob sie sanft zur Seite.

Und dann die Erklärungen, der Unglaube, als die großen Joilani sich verteilten und die *Traum* untersuchten, jeder mit einem Gefolge ehrfürchtiger Bewunderer. Sie hatten die alten Karten überprüft und kundig das Tau-Programm nachvollzogen. Auch sie schienen aufgeregt; die *Traum* hatte anscheinend etwas Unvorstellbares vollbracht. Einer der Riesen begann sie zu befragen — unverständliche, fremdartige Fragen über die terranischen Schiffstypen, die sie gesehen hatten, über die Farben und Abzeichen und Nummern auf den terranischen Kleidern. »Später, später«, hatte *Khanrid* Jemnal gesagt. Und dann wandte er sich ganz praktischen Dingen zu und ließ Essen und Wasser bringen und den Luftvorrat ergänzen.

»Wir stellen euch einen Kurs in den Hauptsektor ein«, erklärte er. »Drei von uns begleiten euch, wenn wir bereit sind.«

In all der Aufregung fiel es Jatkan schwer, sich zu erinnern, wann genau er bemerkt hatte, daß alle ihre Joilani-Retter bewaffnet waren.

»Sie sind Raumsoldaten«, sagte der alte Bislat verwundert. »*Khanrid* ist ein militärischer Titel. Dieses Schiff ist ein Kriegsschiff, das die Joilani-Weltenföderation beschützt.«

Er mußte den jüngeren erklären, was das bedeutete.

»Das bedeutet, daß wir nicht mehr hilflos sind!« Seine alten Augen sprühten. »Es bedeutet, daß unser Glaube, unsere Ehrbare Sanftmut, unsere *Jailasanatha*-Art, nie wieder von brutaler Macht in den Schmutz getreten werden kann!«

Jatkan, dessen Füße sich nicht an Treten im Schmutz erinnern konnten, verstand es dennoch. Sie waren begeistert. Selbst das Gesicht des alten Jivadh wurde weicher und gab für einen Augenblick den gewohnten grimmigen Ausdruck auf.

Joilani-Frauen kamen an Bord — und neue Wunder. Wunderschöne Riesinnen waren sie, die seltsame und manchmal unangenehme Dinge mit ihnen taten. Jatkan lernte neue Worte: *Impfung, Infektion, Antiseptika.* Man nahm ihm und den anderen vorübergehend die Kleider weg und gab sie, anders riechend und aussehend, wieder zurück. Einmal hörte er, wie *Khanrid* Jemnal mit einer der Göttinnen sprach.

»Ich weiß, *Khanlal.* Du würdest am liebsten alles herausreißen und alles bis auf ihre nackten Körper in die Luft jagen. Aber du mußt verstehen, daß dies alles ein Stück Geschichte ist. Diese Lumpen, dieser Pferch, das ist wirkliche, lebendige Geschichte. Auch Beweisstücke, wenn du so willst. Nein. Räume auf, desinfiziere sie, impfe sie und putze und sprühe, wenn du willst. Aber laß es so, wie es ist!«

»Aber *Khanrid* ...«

»Das war's.«

Jatkan brauchte nicht lange darüber nachzudenken; es war der Tag ihres Besuches auf dem wundervollen Kriegsschiff. Dort sahen und berührten sie Wunder, alle von gigantischen Ausmaßen. Und dann bekamen sie ein wundervolles Essen, und danach sangen alle zusammen, und sie lernten neue Texte für alte Joilani-Lieder. Als sie schließlich zurückkehrten, schien die *Traum* von einem abstoßenden Dunst durchdrungen, der sie tagelang niesen ließ. Kurz danach bemerkten sie, daß sie sich nicht mehr so oft kratzen mußten; die Flöhe waren ein Teil ihres Lebens, der nun hinter ihnen lag.

»Sie haben sie weggeschickt«, erklärte Jatkans Mutter. »Anscheinend kann man sie auf Schiffen nicht gebrauchen.«

»Sie haben sie getötet«, bemerkte der alte Jivadh, sein übliches Schweigen brechend.

Dann kamen die drei großen Joilani-Raumfahrer, die sie zum Hauptsektor begleiten sollten, an Bord. *Khanrid* Jemnal stellte sie vor. »Und nun muß ich mich verabschieden. Man wird euch freundlich begrüßen.«

Als sie ihn und die anderen mit einem Lied verabschiedeten, waren sie fast so gerührt wie am ersten Tag.

Ihre drei Hüter waren im Innern der *Traum* mit geheimnisvollen Dingen beschäftigt. Der alte Bislat und einige andere Männer sahen ihnen genau zu und versuchten, sie zu verstehen, aber Jivadh schien es egal zu sein. Bald stürzten sie wieder in den Tau-Raum, aber wie anders war es diesmal, mit guter Luft und genug Wasser und Essen für alle! Nach nur zehn Schlafperioden durchlief der inzwischen vertraute Schauder abermals die *Traum,* und sie kamen in hellem Licht heraus. Eine blendend grelle Sonne stand vor den Bullaugen.

Neben ihnen hing ein gewaltiger Planet. Der Joilani-Pilot landete das Schiff auf der Nachtseite des Planeten auf einem gigantischen Raumhafen. Zahllose Schiffe standen dort, strahlend in ihren Lichtern, und hinter dem Raumhafen erstreckte sich ein juwelendurchsetztes Netzwerk, gleich Milliarden von Sternen.

Jatkan lernte wieder ein neues Wort: *Stadt.* Er konnte es kaum erwarten, sie bei Tag zu sehen.

Wenige Augenblicke später wurden die fünf Ältesten der *Traum* feierlich hinausgeführt, um die Ratsältesten dieses wundervollen Ortes aufzusuchen. Sie fuhren in einem seltsamen Landschiff. Als die Leute auf der *Traum* ihnen nachblickten, konnten sie sehen, daß um das Schiff eine Art leuchtende Barriere aufgebaut war. Nun warteten sie auf ihre Rückkehr.

»Sie brauchen so lange«, beklagte sich Jatkans jüngster Partner. Er wurde müde.

»Laß uns noch einmal hinaussehen«, schlug Jatkan vor. »Dürfen wir die Plätze tauschen, Salasvati?«

»Aber gern.«

Jatkan führte seine kleine Familie zum Bullauge, während Salasvati sich mit ihrem Anhang zurückzog, etwas unsicher in er starken Schwerkraft.

»Sieh mal, da draußen — da sind Leute!«

Wirklich, Jatkan sah unendlich viele Joilani in der Nacht, hunderte und aberhunderte graue Gesichter hinter der Barriere, und alle blickten zur *Traum.*

»Wir sind Geschichte«, zitierte er *Khanrid* Jemnal.

»Was ist das?«

»Ein wichtiges Ereignis, glaube ich. Schau nur — da kommen unsere Ältesten!«

Es gab einige Unruhe, die Menge teilte sich, und das Landschiff, das die Ältesten fortgebracht hatte, kam langsam in den freien Raum vor der *Traum* zurück.

»Komm, schau, Salasvati!«

Sie verrenkten die Hälse und drängten sich um das Bullauge und konnten gerade eben ihre Ältesten und ihre riesigen Begleiter aus dem Landschiff steigen sehen. Sie verabschiedeten sich voller Wärme.

»Schnell, sie werden es uns im Hauptsaal erzählen!«

Es war schwierig, da das Schiff am Boden stand und alles an der falschen Stelle war. Die Eltern saßen schon seitlich neben der Tür des Mittelschachtes. Die jüngsten kletterten auf alle erreichbaren Vorsprünge oder Schöße. Sie hörten die Ältesten, die von weit unten heraufkamen und die lange nicht benutzte Mittelleiter heraufkletterten, um ihnen zu berichten.

Als sie erschienen, sah Jatkan sofort, wie müde sie waren. Ihre dunklen Augen leuchteten aufgeregt und begeistert, aber auf ihren Wangen lag eine seltsame Spannung oder Härte, dachte er.

»Wir wurden wirklich sehr warm aufgenommen«, erklärte der alte Bislat, als alle eingetroffen waren. »Wir sahen Wunder, die wir kaum beschreiben können. Auch ihr werdet sie zu gegebener Zeit selbst sehen können. Wir wurden zu den Ratsältesten gebracht und aßen mit ihnen das Abendmahl.« Er hielt für einen Moment inne. »Wir wurden auch von einem Ältesten über die Terraner befragt, die wir kennengelernt haben. Anscheinend ist unser Wissen wichtig, so alt es auch ist. Alle hier, die sich an das frühere Leben erinnern, müssen alle Einzelheiten berichten. Die Farben ihrer Raumanzüge, die Rangabzeichen, die Namen, das Aussehen ihrer Schiffe, die landeten und wegflogen.« Er lächelte verwundert. »Es war seltsam zu hören, daß so leichtfertig, sogar verächtlich, von Terranern gesprochen wurde. Wir glauben jetzt, daß ihr großes Reich doch nicht so groß ist, wie wir früher dachten. Vielleicht ist es zu alt oder zu groß geworden. Unser Volk ...« Er hob dankend die Arme. »Unser Volk fürchtet sie nicht.«

Ein wortloses, halb ungläubiges und halb freudiges Keuchen entfuhr den Zuhörern.

»Ja.« Bislat gebot ihnen Schweigen. »Nun aber zu dem, was vor uns liegt! Wir sind, das müßt ihr verstehen, für sie ein großes Wunder. Anscheinend war unser Flug über eine so lange Strecke etwas ganz Außergewöhnliches, das sie sehr bewegt hat. Aber wir sind auch, nun ja, ganz anders als sie — wie Leute aus einem anderen Zeitalter. Es ist nicht nur unsere Größe. Schon ihre Kinder wissen über Alltagsdinge mehr als wir. Wir könnten nicht einfach hinausgehen und unter den Leuten dieser Stadt oder des Umlandes leben, obwohl wir wie sie Joilani sind und unseren Glauben haben. Wir Ältesten haben genug gesehen, um das zu verstehen, und das werdet auch ihr verstehen. Einige von euch haben sicher schon darüber nachgedacht.«

Ein nachdenkliches, zustimmendes Gemurmel antwortete ihm. Selbst Jatkan erkannte, daß er sich, irgendwo knapp unter der Bewußtseinsschwelle, schon Gedanken darüber gemacht hatte.

»In einiger Zeit wird es natürlich anders aussehen. Unsere Jungen oder deren Jungen werden sein wie sie, und wir können alle lernen.«

Er lächelte sinnend, aber Jatkan blickte zum alten Jivadh. Jivadh lächelte nicht; er hatte die Augen niedergeschlagen, und sein Ausdruck war gespannt und traurig. Diese Spannung schien auf ihnen allen zu lasten, sogar auf Bislat. Was stimmte nicht?

Bislat fuhr fort, mit kräftiger, fröhlicher Stimme. »Sie haben für uns ein Stück fruchtbares Land auf einer leeren, wunderschönen Welt gefunden. Die *Traum* wird als Gedenkstätte an unsere große Flucht hierbleiben. Sie werden uns in einem anderen Schiff hinbringen, mit allem was wir brauchen, und mit Helfern, die uns lehren und führen.« Er hob noch einmal dankend die Hände, und seine Stimme klang ehrfürchtig. »So beginnt unser neues Leben in Freiheit und Sicherheit zwischen den Sternen der Joilani, unter unserem Volk des Glaubens.«

Gerade als seine Zuhörer leise das heilige Lied zu summen begannen, hob der alte Jivadh den Kopf.

»Des Glaubens, Bislat?« fragte er barsch.

Die Sänger verstummten verblüfft.

»Du hast die Gärten des Weges gesehen.« Bislat sprach mit harter Stimme. »Du hast die eingravierten heiligen Texte gesehen, du hast die Meditierenden gesehen ...«

»Ich sah viele wundervolle Orte«, unterbrach Jivadh ihn. »Mit müßigen, reich gekleideten Wärtern.«

»Nirgends steht geschrieben, daß man schäbig gekleidet sein muß, um dem Weg zu dienen«, protestierte Bislat. »Der Reichtum ist ein Beweis für die Achtung vor dem Weg.«

»Und vor einem dieser heiligen Plätze der Anbetung«, fuhr Jivadh unerbittlich fort, »sah ich Joilani in meinem Alter, in Lumpen wie ich, mit schweren Lasten beladen. Das hast du nicht erwähnt, Bislat. Übrigens hast du auch nicht erwähnt, wie seltsam jung die Ältesten unserer Brüder hier sind. Denk drüber nach! Das kann nur bedeuten, daß ihnen die Weisheit der Alten nicht genug ist, daß hier neue Unternehmungen im Gange sind, die vom Weg abweichen.«

»Aber Jivadh«, warf ein anderer Ältester ein, »es gibt hier so viel, das wir noch nicht verstehen. Wenn wir mehr wissen ...«

»Es gibt soviel, was Bislat nicht verstehen *will*«, sagte Jivadh knapp. »Er hat auch unterschlagen, was uns angeboten wurde.«

»Nein, Jivadh! Nicht, wir bitten dich!« Bislats Stimme zitterte. »Wir haben zugestimmt, zum Wohle aller ...«

»*Ich* habe nicht zugestimmt.« Jivadh wandte sich an die dicht gedrängten Zuhörer. Sein harter Blick wanderte über sie und forschte in der Ferne.

»O mein Volk«, sagte er düster. »Die *Traum* ist nicht heimgekehrt. Es mag sein, daß sie gar kein Heim hat. Was wir erreicht haben, ist die Joilani-Weltenföderation, eine gewaltige, wachsende Macht zwischen den Sternen. Wir sind hier sicher, ja. Aber Föderation oder Reich, am Ende ist es vielleicht das gleiche. Bislat hat euch erzählt, daß diese sogenannten Ältesten uns freundlicherweise zu essen gaben. Aber er hat euch nicht erzählt, was uns die Ratsältesten zu trinken anboten.«

»Sie sagten, daß es beschlagnahmt worden wäre!« schrie Bislat.

»Spielt das eine Rolle? Unsere ehrbaren Joilani, unser Volk des Glaubens ...« Jivadh schloß traurig die Augen; seine Stimme brach, er konnte nur noch heiser flüstern. »*Unsere Joilani* ... haben Sternentränen getrunken.«

Aus dem Amerikanischen übersetzt von Jürgen Langowski

Sphärenklänge

Caolite tossing his burning hair
and Niamh calling »Away, come away;
Empty your heart of its mortal dream.
... We come between man and the deed of his hand,
We come between him and the hope of his heart.«

W. B. YEATS

Lichter flammten auf, als Jakko über den Rasen am Haus vorbeiging; elegant verdeckte Scheinwerfer und Flutlichtanlagen, die aus der Nacht einen großen behaglichen Raum machten. Die Wipfel der hohen Nadelbäume wuchsen zu einer samtigen Kuppel zusammen, die sich zum schwarzen See am Fuß des kleinen Hügels herabsenkte. Er sah, daß dies einst ein gepflegtes und gehegtes Heim gewesen war; all der Luxus ordnete sich der Schönheit des bewaldeten Ufers unter. Er schritt über einen Teppich aus Veilchen und Moosen, in der Hand eine Karte, die ihn von der Stadt hierher geleitet hatte.

Es war die Stille vor Sonnenaufgang. Ein Nachtvogel segelte auf weitgespannten Schwingen näher, um eine letzte Motte in der Lichtkuppel zu erhaschen. Vor Jakko leuchtete ein heller Speer. Er erkannte die phosphoreszierende Spitze eines Mastes, der sich gegen die Sterne abhob, und erreichte über samtige Stufen ein kleines Segelboot, das am Anlegesteg schaukelte wie ein Silberblatt auf einem dunklen Spiegel.

Schweigend betrat er die Planken und berührte den Mast.

Ein hauchdünnes Segel entfaltete sich, das Haltetau wurde lautlos gelöst. Obwohl die schwache Morgenbrise das Segel kaum blähte, zog das Schiff ruhig durch das Wasser, schleppte eine glasige Spur hinter sich her. Jakko spannte den Körper halb zum Sprung; solche Spielzeugboote waren ihm fremd, und er hielt es für besser, umzukehren und sich ein anderes Schiff zu suchen. Doch in diesem Moment erloschen die Uferlichter und ließen ihn allein im Dunkel zurück. Er drehte sich um und sah weit vorne, dort wo der Kanal sein mußte, Regulus am Himmel aufsteigen. Dennoch, dieses Boot war nichts für ihn. Er wollte es wenden, zerrte an Ruderpinne und Segel.

Aber das kleine Boot zog unbeirrt durch das Wasser, und dann bemerkte er die Lichtpunkte eines kleinen Computers neben dem Mast. Er entspannte sich; das Boot war kein Spielzeug, es schien voll programmiert, und er konnte sich auch denken, welchen Kurs es einhielt. Jakko stand aufrecht da und warf einen prüfenden Blick zum Himmel, eine Menschenstatue im Widerschein der Nacht.

Der Horizont im Osten wandelte sich, verschleierte die Sterne, als Jakko näherkam. Er konnte den Kanal nun als silbrigen, glatten Schnitt zwischen dunklen Ufern erkennen. Das Boot glitt durch flitzernde Untiefen, in denen irgend etwas klatschte und spritzte, und bog dann in die schimmernde Spur ein. Und mit einem Mal wurde alles Silber zu Blei, und die Sterne verblichen. Der Tag zog herauf. Eine tiefe, perlensanfte Röte breitete sich vor und über ihm aus, durchwirkt von Lavendelstreifen und Strahlen korallgoldenen Feuers, das zu einem grünen Leuchten in der Höhe schmolz. Das Boot glitt nun auf einer Schleife feurigen Lichts zwischen schwarzen Uferkonturen dahin. Jakko schaute zurück und sah verwirrende Wolkenstädte hinter sich im Westen aufgetürmt. Das eindrucksvolle Heraufziehen der Sonne. Er seufzte laut.

Er wußte, daß dieses Gepränge im Grunde nichts anderes war als die Wirkung von Staub und Wasserdampf in der dünnen Lufthülle eines winzigen Planeten, auf dem er wie ein Wurm umherkroch. Das hatte nichts mit Größe zu tun — der Planet und er drehten sich lediglich den Strahlen des Hauptgestirns entgegen. Seine Angehörigen, alle Menschen wußten, daß sie auf dem Fluß den Galaxien in ihrer ganzen Glorie begegnen würden. Sonnen ohne Zahl, eine Pracht, gegen die das Schauspiel hier ein Nichts war. Und doch — und doch empfand er es keineswegs als ein Nichts. Es paßte zu ihm, war zugeschnitten auf Menschengröße. Er schluckte unsicher. Es störte ihn, daß die Schönheit der Erde als banal abgetan wurde, es störte ihn aber auch, daß er sich von ihr rühren ließ. So glitt er über das Wasser, hielt die Segelleine umklammert wie einer, der gegen die launischen Winde ankämpft, und sein Gesicht war bekümmert und sehr jung.

Das kleine Boot folgte unbeirrt dem leuchtenden, gewundenen Band des Kanals. Als die Sonne heraufzog, drang von weiter vorn ein schwaches Dröhnen an Jakkos Ohr. Die Meeresbrandung. Er dachte an die Menschen, die diese Reise vor ihm angetreten hatten — an die Besitzer des Segelschiffs, die ihre letzten Tage der Sterblichkeit ausgekostet hatten. Eine heitere Fahrt, ein Picknick. Dabei fiel ihm ein, daß er Hunger hatte. Der Speisen-Synthesizer in seinem letzten Bodenauto war defekt gewesen.

Er band die Leine fest und suchte umher. Der Wasservorrat an Bord war ergänzt worden, aber zu essen entdeckte er nichts außer einem Nährriegel. Jakko lagerte sich bequem auf das gepolsterte Deck und aß und trank, während sich der Himmel türkis und kobaltblau färbte. Dann steuerte das Boot in eine weite Lagune und fuhr zwischen flachen Inseln nach Süden weiter. Jakko ließ eine Hand ins Wasser hängen, kostete die Tropfen und schmeckte bitteres Salz. Als das Boot wieder nach Osten drehte und nach einem Durchlaß zum Meer suchte, gab es für ihn keine Zweifel mehr. Das Gefährt war zum Fluß hin programmiert, wie fast alles auf dieser Welt.

Und tatsächlich steuerte die winzige Barke durch eine schmale Bucht mitten in der Brandung eines langgestreckten Küstenstreifens, spreizte Ausleger zur Seite und tanzte wie ein Korken über den Schaum der Riffe hinaus in die tiefgrüne Dünung. Hier schien es einen Moment zu kippen, gewann aber gleich darauf wieder sein Gleichgewicht. Jakko nahm an, daß es einen Kiel nach unten ausgeklappt hatte. Danach segelte es mit Rückenwind an der Meeresseite des Riffs entlang nach Süden, teilte die Wellen mit einem scharfen, gleichmäßigen Schnitt. Dem Fluß entgegen, soviel stand fest. Der nächstgelegene Ort am Fluß wurde hier Vidalita oder Beata genannt, gelegentlich auch Falaz; das hieß Illusion. Er lag weit im Süden und ein Stück landeinwärts. Jakko nahm an, daß sie zu einer Anlegestelle fuhren, wo ein Gleitstreifen bis ans Meer mündete. Er hatte immer noch Zeit zum Nachdenken, konnte gegen die Unruhe ankämpfen, die sich in sein Bewußtsein schob.

Als dann aber die Sonne das Boot in einen schlanken, weißgoldenen Vogel verwandelte, der über das durchsichtige Grün dahinflog, fielen Jakko die Augen zu, und er schlief, durch transparente Blenden vor der Gischt geschützt. Einmal schlug er die Augen auf und sah einen bunten Fisch wie durch Zauberei durch die stehende Welle unter seinem Kopf ziehen. Er lächelte und schlief wieder ein, träumte von einer großen Woge, die sterben mußte, einer Woge, die eine vielköpfige Bestie war. Trauer umschattete seine Züge, und er bewegte lautlos die Lippen, als sagte er ein um das andere Mal: »Nein ... nein ...«

Beim Erwachen sah er zu seiner Rechten eine langgezogene Steilküste. Vor ihm ragte von einer Klippe ein großes weißes Bauwerk auf, eine Art Turm, der kaum verfallen wirkte. Unvermittelt erblickte er eine Gestalt,

Zwischendurch: [redacted] Jakko bemerkt auf einmal, daß er Hunger hat – doch er entdeckt nichts als einen Nährriegel auf seinem computergesteuerten Boot. [redacted] Der Leser ist da besser dran, wenn er ähnliche Wünsche verspürt. Er kann seine Lektüre jederzeit für ein paar Minuten unterbrechen und sich zwischendurch eine kleine warme Mahlzeit gönnen. Alles, was er dazu braucht, ist ein Löffel, heißes Wasser und die ... [redacted]

Zwischendurch: [redacted]

Die kleine, warme Mahlzeit in der Eßterrine. Nur Deckel auf, Heißwasser drauf, umrühren, kurz ziehen lassen und genießen. [redacted] Die 5 Minuten Terrine gibt's in vielen leckeren Sorten – [redacted] guten Appetit!

Maggi
5 Minuten Terrine

die sich am Strand davor bewegte. Ein richtiger Mensch? Er sprang auf und spähte hinüber. Er hatte seit vielen Jahren keinen Menschen mehr gesehen.

Ja — es war eine Person, ein merkwürdiges Geschöpf in Schwarz und Gold. Er winkte wie verrückt.

Die Gestalt am Strand hob zögernd den Arm.

Von Erregung ergriffen, schaltete Jakko den Computer aus und begann mit Steuerruder und Segel zu hantieren. Die Riffbrandung schien an dieser Stelle keine undurchdringliche Barriere zu bilden. Er wendete das Boot zum Ufer hin, ließ sich tragen von einer großen Welle. Aber die Welle rollte aus. Das Boot tanzte unruhig, die Brandung holte es ein und donnerte über das Deck. Das Boot kippte um. Jakko fiel ins Wasser. Er konnte schwimmen. Er tauchte auf, spuckte Salzwasser und näherte sich mit kräftigen Zügen der Küste. Kurz darauf watete er auf den weißen Strand, ein untersetzter, kräftig gebauter junger Mann mit hellen Haaren, wasserblauen Augen und sonnengeröteter Haut.

Die Fremde kam zögernd auf ihn zu. Jakko sah ein schmales, dunkelhäutiges Mädchen, das einen sonderbaren Hut mit Netzschleier trug. Sie war in orangegelbe Seidentücher gehüllt und umklammerte mit einer Hand derbe Arbeitshandschuhe. Drei Mondhunde folgten ihr mit aufgeregtem Getänzel. Als sie ihn erreichte, wand er eben das Wasser aus den Taschen seiner Shorts.

»Dein ... Boot ...«, sagte sie in der Sprache ihrer Zeit. Die Worte klangen leise und unsicher.

Sie starrten beide zu der aufgewühlten Stelle am Riff hin, wo das Segelboot halb gekentert in den Wellen schaukelte.

»Ich habe es abgeschaltet. Den Computer.« Auch seine Stimme wirkte ungeübt. Sie waren es nicht gewohnt, mit anderen Menschen zu sprechen.

»Die Strömung wird es dort drüben an Land spülen.« Sie deutete und beobachtete ihn dabei nachdenklich und mit großer Zurückhaltung. Sie war ein gutes Stück kleiner als er. »Warum hast du gewendet? Willst du etwa nicht zum Fluß?«

»Nein.« Er hustete. »Oder doch, eigentlich schon. Mein Vater möchte, daß ich Abschied von ihm nehme. Die Familie machte sich auf den Weg, während ich durch die Städte zog.«

»Du bist noch nicht ... bereit?«

»Nein, ich ...« Er unterbrach sich. »Lebst du hier allein?«

»Ja. Und ich werde auch nicht fortgehen.«

Sie standen unbeholfen im Seewind. Jakko sah, daß die drei Mondhunde in Reih und Glied hinter ihr standen und mit geschlossenen Augen in den Wind schnüffelten. Auf leisen Pfoten kamen sie näher. Natürlich stammten sie nicht vom Mond, aber man konnte es meinen, weil sie so weiß waren und so absonderlich gebaut.

»Es ist ein Ereignis für sie«, sagte das Mädchen. »Mal was ganz Neues.« Ihre Stimme wirkte jetzt sicherer. Nach einer Pause setzte sie hinzu: »Du kannst eine Weile hierbleiben, wenn du willst. Ich zeige dir alles, aber erst muß ich meine Arbeit beenden.«

Ihm fiel gerade noch ein, Danke zu sagen.

In die Steilküste waren Stufen gehauen. Als sie nach oben stiegen, fragte Jakko: »Was arbeitest du denn?«

»Ach, alles mögliche. Im Moment beschäftige ich mich mit den Bienen.«

»Bienen!« wiederholte er verblüfft. »Die lieferten früher einmal — Honig, nicht wahr? Ich dachte, sie seien längst ausgestorben.«

»Ich besitze viele Dinge aus der alten Zeit.« Sie musterte ihn immer noch aufmerksam, während sie die Stufen erklommen. »Bist du gesund?«

»Aber ja, warum nicht? Alpha durch und durch, soviel ich weiß. Ist doch jeder.«

»War jeder«, verbesserte sie ihn. »Hier sind meine Bienenkörbe.«

Sie umrundeten eine niedrige Mauer und blieben vor fünf kleinen Korbhütten stehen. Ein Insekt kam von ein paar gefiederten Sträuchern geflogen und surrte dicht an seiner Wange vorbei. Er sah, daß es im blütenübersäten Geäst von den goldenen Summgeschöpfen nur so wimmelte. Dann fiel ihm ein, daß die Tiere auch stechen konnten, und er wich zurück.

»Nimm den Weg außenherum«, riet sie ihm. »Einen Fremden könnten sie angreifen.« Sie schlug den Schleier vors Gesicht. Und als er sich zum Gehen wandte, fügte sie beiläufig hinzu: »Ich dachte, du könntest mir vielleicht ein Baby machen.«

Er blieb stehen. Die Bienen lenkten ihn so stark ab, daß ihm gar nicht richtig zu Bewußtsein kam, was sie da aussprach. »Aber ist das nicht schrecklich kompliziert?«

»Ich glaube nicht. Ich habe die Pillen.« Sie streifte die Handschuhe über.

»Ach ja, die Pillen — ich weiß.« Er runzelte die Stirn. »Aber dann müßtest du hierbleiben. Ich meine, es ist unmöglich, daß jemand ...«

»Das weiß ich. Wir reden später darüber. Jetzt muß ich mich um die Bienen kümmern.«

»Gut.« Er wollte losgehen und drehte sich unvermittelt wieder um.

»Schau!« Er kannte ihren Namen nicht. »He, du, schau doch!«

»Ja?« Die kleine Person bot einen seltsamen Anblick — schwarz und orange, mit riesigen Händen und einem großen verschleierten Kopf. »Was gibt es?«

»Ich habe es gespürt! Gerade eben — Lust! Siehst du nichts?«

Sie starrten beide seine nassen Shorts an.

»Vermutlich nicht«, meinte er schließlich. »Aber ich schwöre dir, ich habe es gespürt. Lust auf Sex!«

Sie schlug den Schleier zurück und runzelte die Stirn. »Das bleibt doch, nicht wahr? Oder kommt wieder?

Hier möchte ich nämlich nicht so gern bleiben. Wegen der Bienen, verstehst du? Außerdem hat es ohne Pillen keinen Sinn.«

»Das stimmt.«

Er ging los, sehr vorsichtig wegen der Spannung in seinen Hoden. Wie ein Kiel, rund und fest. Sein ganzer Körper wirkte wie neu. Es war eine Ewigkeit her, seit er solche Regungen gespürt hatte — ganz bestimmt nicht mehr seit seinem fünfzehnten Lebensjahr. Die meisten Leute spürten überhaupt nichts. Manchmal hieß es, das käme vom Fluß, dann wieder, es sei eine Folge der Gift-Jahrhunderte, in denen ihre Vorfahren gelebt hatten; und eine ganz andere Theorie besagte, daß der großhirndominante Alpha-Typ zu so etwas einfach nicht geschaffen sei. Es vermittelte Jakko das stolze Gefühl, altmodisch zu sein — vielleicht sogar ein Atavismus.

Er schlenderte unter kühlen Bogengängen dahin und stand unvermittelt an einem grünen, geschützten Fleck hinter der Seemauer. Ein Garten! Er betrachtete erstaunt Gruppen von großen, hochgebundenen Fruchtpflanzen, merkwürdige Bäume mit grünen Kugeln an den Enden der Äste und schlampige Reihen ziemlich unästhetischen Grünzeugs. Nach und nach erkannte er Tomaten, Paprikaschoten und eine eßbare Wurzel mit federigem Blattschopf. Nutzpflanzen! Einer seiner Onkel hatte einmal zum großen Vergnügen der Familie so etwas angefangen, aber nicht in diesem Ausmaß. Jakko schüttelte den Kopf.

In der Mitte des Gartens entdeckte er eine runde Steinbrüstung und darüber einen primitiven technischen Aufbau. Er trat näher und blickte in einen tiefen Schacht hinunter. Wasser, ein Eimer an einem Zugseil. Dann sah er, daß es daneben auch einen normalen Wasserhahn gab. Er drehte ihn auf und trank. An der Mauer lehnten absonderliche Geräte. Gartenwerkzeug. Er wollte nicht allzu genau darüber nachdenken, was dieses seltsame Mädchen gesagt hatte.

Ein Schatten bewegte sich neben seinem Fuß. Der größte der Mondhunde kam ganz nahe heran und sog verträumt seinen Duft ein. »Hallo«, sagte Jakko. Manche dieser Tiere besaßen einen einfachen Wortschatz. Der hier riß die Augen auf, entgegnete aber nichts.

Jakko wischte sich mit dem Handrücken über den Mund und schaute umher. In der heißen Sonne trockneten ihm die Sachen am Leib. Der Garten war auf drei Seiten von Arkaden umgeben; vor ihm ragte ein viereckkiger, von Rissen durchzogener Backsteinturm ohne Dach auf. Ein großes Bauwerk, was immer es darstellen mochte. Er trat in den Schatten einer Arkade und entdeckte dort Unmengen von zerlegten oder halbfertigen Dingen — Werkzeuge, Behälter, allen möglichen Kram. Ihre ›Arbeit‹? Der Ort wirkte fremd, erfüllt von Kraft und Emsigkeit. Jakko kam zu Bewußtsein, daß er auf seinen langen Reisen stets nur leere Häuser angetroffen hatte. Das hier war lebendig, bewohnt. Unordentlich. Es summte wie die Bienenstöcke. Er schlenderte einen kühlen Korridor entlang und schaute in Räume, in denen sich noch mehr Zeug stapelte. In einem fand er drei unbekannte weiße Tiere, die von Stoffbündeln umgeben in einem Bett schliefen. Ihre langen Ohren, die ihn an große, blasse Muscheln erinnerten, zuckten ein wenig, aber die Geschöpfe wachten nicht auf.

Er vernahm ein lautes Gegacker und betrat einen anderen Hof, in dem plumpe Vögel mit emsig nickenden Köpfen umherliefen. »Hühner!« entschied er, begeistert von dem überwältigenden Durcheinander dieses Ortes. Er kam zu einem großen Raum, dessen Fenster zum Meer hin zeigten. Hinter ihm schloß jemand die Tür.

Die Frau oder das Mädchen kam auf ihn zu. Sie hatte den Hut abgenommen und die Handschuhe ausgezogen. Ihr Haar hatte Ähnlichkeit mit einer krausen dunklen Wollkappe, ihr Kopf war zierlich und fein geschnitten — einen Zug, den er stets bewundert hatte. Er merkte, daß er ein paar Worte sagen mußte.

»Ich heiße Jakko. Und du?«

»Jakko.« Sie ließ den Laut auf der Zunge zergehen. »Hallo, Jakko. Ich bin Pfirsichdiebin.« Sie verzog das Gesicht zu einem flüchtigen Lächeln, aber dieses Lächeln verwandelte sie völlig.

»Pfirsichdiebin.« Etwas drängte ihn, ihr mit ausgestreckten Armen entgegenzugehen. Sie klemmte ihr Bündel mit dem Ellbogen an den Körper und nahm seine Hände in ihre. So standen sie einen Moment lang, vermieden es jedoch, sich in die Augen zu schauen. Jakko war erregt. Nicht sexuell — er hatte eher das Gefühl, als sei die Luft elektrisch geladen.

»Schön.« Sie löste die Hände und began ein blätterumhülltes Paket zu öffnen. »Ich habe dir ein Stück von einer Wabe mitgebracht, auch wenn sie noch nicht ganz fertig ist.« Sie zeigte ihm einen klebrigen Rahmen, an dem zwei tote Bienen hingen. »Komm!«

Sie betrat jetzt einen anderen Gang und führte ihn in einen blitzenden Raum, der an ein Labor erinnerte.

»Meine Vorratskammer«, erklärte sie. Wieder zeigte sich Jakko verwirrt. Sie besaß einen Speisen-Synthesizer, aber daneben standen Regale mit Töpfen, Säcken, Gläsern und sonstigen Behältern. Überall lagen Geräte herum, mit denen er nichts anzufangen wußte. Sogar einen Kamin gab es, der allerdings zum Teil zugemauert war. Von Deckenleisten hingen Büschel mit getrockneten Pflanzenteilen, und in einer Schüssel fand er bräunliche Ovale, die wohl Eier darstellten. Von den Hühnern?

Pfirsichdiebin schabte die Honigwabe mit einem Handmesser aus. »Ich brauche das Wachs für meinen Webstuhl und für Kerzen. Kerzen geben Licht.«

»Funktioniert die Beleuchtung hier nicht?«

»Doch.« Sie drehte sich um und fuchtelte mit dem Messer. »Aber versteh doch — eines Tages werden all diese Maschinen stillstehen. Sie laufen nicht ewig. Entweder sie gehen kaputt oder werden vom Alter brüchig — oder sie haben ganz einfach ihre Energie verbraucht. Und wenn es keine Maschinen mehr gibt, werden wir auf die Natur angewiesen sein.«

»Aber das dauert doch noch Jahrhunderte!« widersprach er. »Zumindest Jahrzehnte. Bis jetzt funktioniert noch alles, und für uns reicht das längst.«

»Für dich vielleicht«, sagte sie verächtlich. »Nicht für mich. Ich habe die Absicht, hierzubleiben. Mit meinen Kindern.« Sie kehrte ihm den Rücken zu und meinte dann etwas freundlicher: »Außerdem sind die alten Dinge schön. Du wirst es selbst sehen, sobald es dunkel ist.«

»Aber du hast gar keine Kinder, oder?« Er war völlig verwirrt.

»Bis jetzt noch nicht.« Sie schaute ihn immer noch nicht an.

»Ich habe Hunger«, meinte er und betätigte den Speisen-Synthesizer. Er wählte eine Stange mit harter Füllung; aus irgendeinem Grund wollte er etwas Festes zwischen den Zähnen spüren.

Sie schabte die Honigwabe fertig und drehte sich dann um. »Hast du je Naturkost probiert?«

»O doch«, erwiderte er kauend. »Einer meiner Onkel hat das versucht. Es war gar nicht so schlecht«, fügte er höflich hinzu.

Sie musterte ihn scharf, und ein flüchtiges Lächeln huschte über ihre Züge — an, aus. Sie verließen die Vorratskammer. Über dem Hof verblaßte der Nachmittag in orangegoldenen Streifen, die an Pfirsichdiebins Seidentücher erinnerten.

»Du kannst hier schlafen.« Sie öffnete eine aus Holzleisten zusammengenagelte Tür. Der Raum dahinter war klein und karg eingerichtet, mit einem Fenster, das zum Meer ging.

»Da steht ja kein Bett«, wandte er ein.

Sie öffnete eine Truhe und holte ein großes Schnürebündel hervor. »Befestige das eine Ende an dem Haken da drüben!«

Als sie das andere Ende an der gegenüberliegenden Wand verankert hatte, erkannte er eine grobmaschige Hängematte.

»Ich schlafe auch in sowas. Die Dinger sind bequem. Versuch es mal!«

Er kroch ungeschickt hinein. Das Netz hüllte ihn ein wie ein Sack. Pfirsichdiebin lachte kurz auf.

»Nein, andersherum — so!« Sie zerrte an seinen Beinen, und ein Schauer durchfuhr ihn. »Auf diese Weise spannt sie sich, siehst du?«

Zur Not ging es, entschied Jakko und kämpfte sich wieder zu Boden. Pfirsichdiebin deutete auf einen zugedeckten Kübel.

»Wenn du mußt! Die Exkremente kommen später in den Garten.«

Er war entsetzt, sagte aber nichts. Sie führte ihn durch einen Raum mit Glastanks in den Wänden zu einer großen, geschützten Veranda, die einen weiten Ausblick über das Meer bot. Der Ort wirkte nicht gerade sauber. Schimmernde Kuppeln und Türme ragten in den Himmel, Reflexionen des Sonnenuntergangs, der herrliche Farben auf das Wasser zauberte.

»Hier esse ich meist.«

»Was ist das für ein Haus?«

»Zuletzt diente es wohl als Beobachtungsstation — Station Juliet. Von hier aus überwachte man die Fischschwärme und den Schiffsverkehr, rettete Menschen aus den Fluten und so weiter.«

Er achtete nicht so recht auf ihre Antwort, denn er hatte ein paar langgezogene, taubenblaue Streifen entdeckt, die wie geheimnisvolle Straßen am Horizont zusammenliefen — über die Welt geworfene Wolkenschatten. Schönheit des Staubes. Warum mußte ihn das so bewegen?

»... sogar ein Erste-Hilfe-Posten«, sagte sie gerade.

»Ich könnte wirklich Babies kriegen, selbst wenn nicht alles glatt verläuft.«

»Das meinst du doch nicht im Ernst.« Er spürte im Moment nur Ärger. »Außerdem habe ich jetzt keine Lust mehr auf Sex«, erklärte er ihr.

Sie zuckte die Achseln. »Ich auch nicht. Wir sprechen später darüber.«

»Lebst du schon immer hier?«

»Aber nein.« Sie begann Töpfe und Schüsseln aus einer Isolierbox zu holen. Die drei Mondhunde hatten sich lautlos zu ihnen gesellt. Pfirsichdiebin stellte gefüllte Näpfe vor sie hin. Sie fraßen und warfen Jakko dazwischen verstohlene Blicke zu. Er wußte, daß sie trotz ihres extrem schlanken Körperbaus ungemein kräftig waren.

»Setzen wir uns hierher!« Sie ließ sich in einer Ecke der Veranda nieder und biß herzhaft in ein krustiges Etwas, das an Trockenkost erinnerte. Er bemerkte, daß sie prachtvolle Zähne hatte. Sie hoben sich weiß von ihrer dunklen Haut ab und ließen ihre Augen strahlen. Er war noch nie jemandem begegnet, der so völlig anders aussah als er und seine Familie. Er schwankte zwischen Interesse und einer vagen Unruhe.

»Versuch mal den Honig!« Sie reichte ihm einen Behälter und einen Löffel, der durchaus sauber aussah. Jakko kostete neugierig. Von Honig war in alten Schriften oft die Rede. Anfangs spürte er nichts außer einem weichen Gleiten, aber dann hüllte eine überwältigende Süße seine Zunge ein, ganz anders als bei den Süßspeisen, die er kannte. Sie verschwand nicht, sondern schien in die Nase aufzusteigen, zu den Ohren vorzudringen — er spürte sie fast körperlich. Ein *tierisches* Produkt! Er nahm vorsichtig noch einen Löffel.

»Mein Brot biete ich dir lieber nicht an. Ich glaube, da fehlt irgendein chemischer Zusatz, der es lockert.«

»Hast du denn keinen Lebensmittel-Terminal?«

»Mit dem stimmt was nicht«, erklärte sie mit vollem

Mund. »Vielleicht kann ich auch nicht richtig damit umgehen. Meine Leute waren ein Wanderstamm, die besaßen nie so Riesenapparate. Sie glaubten außerdem an das sinnliche Erleben.« Pfirsichdiebin nickte und leckte sich die Finger ab. »Sie gingen zum Fluß, als ich vierzehn war.«

»So früh haben sie dich allein gelassen? Meine Familie wartete bis zu meinem achtzehnten Geburtstag.«

»Ich war nicht allein. Ich hatte zwei ältere Vettern. Aber die wollten mit einem Luftauto nach Norden, zu jenem Teil des Flusses, der den Namen ›Zuflucht‹ trägt. Da machte ich nicht mit. Weißt du, wir waren immerzu gewandert, ohne irgendwo *richtig zu bleiben.* Ich wollte Wurzeln schlagen — wie die Pflanzen.«

»Ich könnte das Programm mal überprüfen«, schlug er vor. »Ich war fast ein Jahr in den Städten und kenne die verschiedensten Modelle.«

»Was ich brauche, ist eine Kuh. Oder eine Ziege.«

»Warum?«

»Wegen der Milch. Ein Paar wäre noch besser.«

Schon wieder Tierprodukte! Er schüttelte sich insgeheim. Aber es war angenehm, hier in der tiefblauen Dämmerung neben ihr zu sitzen und weit unten das gleichförmige Branden des Meeres zu hören.

»Ich habe eine Menge Pferde gesehen«, erzählte er. »Geben die nicht auch Milch?«

»Ich glaube nicht, daß sich Pferde als Milchtiere eignen.« Sie seufzte ein wenig übertrieben, so als müßte sie für alles gleichzeitig sorgen. Er hatte den Eindruck, daß in ihrem Kopf Pläne und Absichten kreuz und quer schossen. Plötzlich schaute sie auf und preßte einen hohen, schrillen Pfeifton zwischen den Vorderzähnen hervor: »Sssswwt! Sssswwt!«

Verblüfft sah er am Himmel ein weißes Fluggeschöpf auftauchen, gefolgt von zwei Gefährten. Sie umflogen die Veranda in so engen Kreisen, daß er den Kopf einzog.

»So ist es brav!« lobte Pfirsichdiebin die Vögel. »An die Arbeit!«

»Was sind das für Tiere?«

»Meine Fledermäuse. Sie fressen Mücken und andere Insekten.« Sie pfiff erneut. Die größte Fledermaus landete auf ihrer Hand und leckte ein paar Tropfen Honig von ihren Fingern. Das Tier hatte ein winziges, unheimlich kompliziertes Gesicht.

Jakko entspannte sich wieder. Dieser Ort und seine seltsame Bewohnerin lieferten ihm bemerkenswerte Eindrücke, die er mit zum Fluß nehmen konnte. Er entdeckte ein schwaches Leuchten, das sich an der Grenze zwischen dem dunklen Himmel und dem noch dunkleren Meer bewegte.

»Was ist das?«

»Oh, der Seezug. Er fährt bis zur Fluß-Haltestelle.«

»Befördert er immer noch Menschen?«

»Nicht mehr. Komm, ich zeig ihn dir!« Sie sprang hoch und öffnete eine Konsole in der Ecke, doch im gleichen Moment ertönte in der Luft eine sanfte Computerstimme:

»Seezug Foxtrott Neun R an Station Juliet! Bitte kommen, Station Juliet!«

»Das ist seit Jahren nicht mehr passiert«, wunderte sich Pfirsichdiebin. Sie betätigte einige Kippschalter. »Station Juliet an Seezug! Ich höre. Gibt es Probleme?«

»Bestätigt. Wir haben einen Passagier an Bord, der vom Standardverhalten abweicht. Er/Sie erfüllt nicht die vorgeschriebenen Parameter. Erbitten neue Weisungen.«

Pfirsichdiebin überlegte eine Weile. Dann grinste sie. »Bewegt sich euer Passagier auf vier Beinen?«

»Bestätigt. Bestätigt.« Seezug Foxtrott klang geradezu erleichtert.

»Dann stellt eine Schale mit Fleischkost und eine Schale mit Wasser auf den Boden und kümmert euch nicht weiter um den Passagier! Juliet Ende.«

Sie schaltete aus, und sie beobachteten das ferne Lichternetz, das mit einem Tier an Bord den Horizont entlangglitt.

»Vermutlich ein Hund, der dem Geruch der Menschen folgte«, meinte Pfirsichdiebin. »Ich hoffe, er springt irgendwo ab ...« Dann fuhr sie mit völlig veränderter Stimme fort: »Wir besitzen eine große genetische Vielfalt. Ich meine, du bist so hellhäutig und hast einen völlig anderen Körperbau als ich.«

»Das ist mir auch aufgefallen.«

»Es wäre eine gute Mischung. Voller Kraft.«

Sie sprach schon wieder davon, daß sie ein Kind wollte, daß er ihr ein Kind machen sollte. Ärger stieg in ihm auf.

»Hör mal, weißt du überhaupt, wovon du redest? Begreifst du nicht, daß du jahrelang hierbleiben und das Kleine aufziehen müßtest? Dazu wärst du ethisch und moralisch verpflichtet. Und die Flußorte nehmen rasch ab, glaub es mir! Vielleicht kämst du zu spät.«

»Ja«, erwiderte sie sachlich. »Jetzt, da er alle Menschen aufgesogen hat, verschwindet er. Aber ich will hierbleiben — im Ernst.«

»Es würde dir nicht gefallen, selbst wenn du es noch zum Fluß schaffst. Ich habe es bei meiner Mutterr erlebt. Sie merkte, wie ihre Energie schwand, wie ihre geistigen Fähigkeiten durch das lange Warten geschwächt wurden. Und ich — was geschähe mit mir? Ich müßte auch bleiben.«

»Nur einen Monat. Bis zu meiner nächsten Periode. Der männliche Partner ist ethisch nicht gebunden.«

»Ich weiß, aber ich finde das falsch. Mein Vater jedenfalls blieb. Er sagte zwar nie, daß er unter seinem Entschluß litt, aber meiner Meinung nach hat er gelitten.«

»Du mußt nur einen Monat bleiben«, wiederholte sie trotzig. »Ich dachte, du wolltest ohnehin noch eine Weile warten.«

»Stimmt. Aber ich will mich nicht binden. Ich möchte weiterwandern. Noch mehr von der Welt sehen. Nachdem ich meinem Vater Lebewohl gesagt habe.«

Sie stieß einen zornigen Laut aus. »Du verstehst es nicht besser. Du willst ja doch zum Fluß, du gibst es nur nicht zu! Du wirst genauso hingehen wie Mungo und wie Ferrocil.«

»Wer?«

»Leute, denen ich begegnete. Männer wie du. Mungo war letztes Jahr hier, glaube ich. Er hatte ein Luftauto. Er redete und redete und erklärte immer wieder, daß er bleiben wolle. Aber zwei Tage später zog er doch weiter. Zum Fluß. Das mit Ferrocil liegt länger zurück. Er kam zu Fuß. Bis er mein Fahrrad stahl.«

Das plötzliche Aufblitzen von Zorn erschreckte ihn. Sie schien eine eigenartig primitive Bindung zu ihrem Fahrrad zu haben — zu all ihren *Dingen.*

»Hast du sie auch gefragt, ob sie dir ein Kind machen?« Jakko bemerkte eine sonderbare Anspannung in seiner Stimme.

»Ich dachte daran — zumindest bei Mungo.« Plötzlich wirbelte sie herum und schaute ihn an. Ihre Augen leuchteten im Halbdunkel wie weiß umrandete Juwelen. »Hör zu! Ein für allemal, ich gehe nicht fort! Ich habe Leben in mir, ich bin ein Mensch, eine Frau! Ich werde auf dieser Erde bleiben und das tun, was Menschen vorbestimmt ist. Ich werde Kinder großziehen, die die Rasse erhalten, auch wenn ich hier sterben muß. Ihr anderen könnt alle weiterziehen, ihr — ihr armseligen Schatten!«

Ihre Stimme hallte in dem dunklen Raum wider, erschütterte ihn bis ins müde Mark. Er saß still da, als hätte eine tief vergrabene Glocke zu schwingen begonnen.

Sie atmete schwer. Dann bewegte sie sich, und zu seiner Überraschung flackerte zwischen ihren hohlen Händen ein kleines Flämmchen auf. Es verwandelte den Raum in eine Höhle.

»Das ist eine Kerze. Das bin ich. Nun los, mach dich lustig über mich, wie es Mungo getan hat!«

»Ich mache mich nicht lustig«, sagte er entsetzt. »Es ist nur — ich weiß nicht, was ich denken soll. Vielleicht hast du recht. Ich ... will irgendwie nicht fort«, meinte er stockend. »Ich liebe diese Erde auch. Aber es geht alles so schnell. Laß mich ...«

Er sprach den Satz nicht zu Ende.

»Erzähl mir von deiner Familie«, sagte sie jetzt ruhiger.

»Nun, sie sammelte Wissen. Sie suchte jeden nur vorstellbaren Zugang zum Wissen. Alte Sprachen, Geschichte, Legenden. Meine Tante schrieb englische Gedichte ... Sie lernten die Schichten der Erde, die Namen von Körperzellen und -geweben, Edelsteine, alles. Besonders Sterne. Sie hämmerten uns Sternkarten ins Gedächtnis! Damit wir wissen, wo wir sind, eine Zeitlang wenigstens, verstehst du? Damit wir zumindest die Erdennamen kennen. Mein Vater sagte immer wieder: ›Wenn du den Fluß betrittst, kannst du nicht umkehren und etwas nachschauen. Alles, was du besitzt, sind deine Erinnerungen. Natürlich könntest du andere fragen, aber da wird so viel Neues sein, so viel zu erfahren ...‹«

Er verstummte und überlegte zum millionsten Mal: Ist es möglich, daß ich für alle Ewigkeit zu den Sternen hinauswandern werde, inmitten jenes gewaltigen Stroms, der aus dem Wesen, dem Bewußtsein fremder Geschöpfe besteht?

»Wie viele Kinder gab es in deinem Stamm?« fragte Pfirsichdiebin.

»Sechs. Ich war der Jüngste.«

»Die anderen wanderten alle zum Fluß?«

»Ich weiß es nicht. Als ich von meiner Reise durch die Städte zurückkehrte, war die Familie weitergezogen. Vielleicht warten sie aber auch noch eine Weile. Mein Vater hinterließ mir einen Brief. Darin bat er mich, daß ich nachkommen und ihm alles Wissen übermitteln solle, das ich in der Zwischenzeit gesammelt hatte. Es heißt, daß man ganz langsam fortgeht. Wenn ich mich beeile, ist vielleicht noch soviel von seinem Wesen erhalten, daß ich ihm berichten kann, was ich sah.«

»Und was hast du gesehen? Wir besuchten einmal eine Stadt«, meinte Pfirsichdiebin verträumt. »Aber ich war zu jung, ich erinnere mich nur noch an die vielen Menschen.«

»Die Menschen sind jetzt fort. Alles ist verlassen. Aber die Maschinen arbeiten weiter, das Licht wechselt, die Gleitstreifen sind in Bewegung. Ich wollte nicht glauben, daß alle Menschen fort waren, bis ich ins Kontrollzentrum kam. Ah, die wundervollen Maschinen, die sie dort hatten!« Er seufzte. »So schön, so komplex. Großartig, was die Menschen alles zuwege brachten.« Er seufzte noch einmal bei der Erinnerung an die herrliche Technik, an die im Stich gelassenen Menschenwerke, die nun allmählich verrotteten. »Eines war seltsam. Im alten Chio, der größten Stadt, die ich sah, flimmerte über sämtliche Bildschirme der gleiche Film.«

»Was für einer?«

»Da war ein Mädchen, ein junges Mädchen mit langem Haar, das ihr fast bis an die Füße reichte. Ich habe noch nie solches Haar gesehen. Sie breitete es mit gesenktem Kopf auf eine Art Tisch. Aber alles ganz lautlos, ich glaube, der Ton war ausgefallen. Dann goß sie langsam eine Flüssigkeit darüber. Und dann zündete sie ihr Haar an — sie zündete sich selbst an. Es flammte und loderte, und sie verbrannte. Ich glaube, es war echt.« Ein Schauer durchlief ihn. »Ich konnte ihr in den aufgerissenen Mund sehen. Die Zunge wurde ganz schwarz und verschrumpelt. Es war entsetzlich. Und der Film lief überall ab, immer wieder, als sei etwas verklemmt.«

Sie stieß ein angeekeltes Schnauben aus. »Und das willst du deinem Vater erzählen, seinem Geist oder was immer von ihm übrig ist?«

»Ja. Es sind alles neue Daten, die wichtig sein könnten.«

»Tatsächlich?« entgegnete sie verächtlich. Dann lachte sie ihn an. »Und wie steht es mit mir? Bin ich auch eine wichtige neue Erkenntnis? Eine Frau, die nicht zum Fluß geht? Eine Frau, die hierbleiben und Kinder großziehen will? Vielleicht bin ich die allerletzte, die das tut.«

»Das ist sehr wichtig«, sagte er langsam. Er fühlte eine tiefe Verwirrung in seinem Innern. »Aber ich kann es nicht glauben, verstehst du, ich ...«

»Ich meine es ernst!« Sie sprach mit ungeheurer Überzeugungskraft. »Ich werde hier leben und Kinder bekommen, entweder von dir oder von einem anderen Mann, wenn du nicht bleibst, und ich werde ihnen beibringen, im Einklang mit der Natur zu leben.«

Plötzlich glaubte er ihr. Eine vollkommen neue Empfindung erfaßte ihn; sie barg Sonnenaufgänge und Erdfesseln, die keinen Namen besaßen, die weh taten, ohne daß er den Schmerz zu fassen bekam. Es war, als ob sich in ihm eine eingerostete Tür öffnete. Vielleicht war es das, wonach er so lange gesucht hatte.

»Vielleicht — vielleicht kann ich dir doch helfen. Vielleicht bleibe ich bei dir, eine Zeitlang zumindest. Bei unseren — unseren Kindern.«

»Du willst einen Monat warten?« fragte sie verwundert. »Im Ernst?«

»Nein, ich meine — ich könnte länger bleiben. Ich will mehrere Kinder machen und sie sehen und sie großziehen helfen, wie es Vater tat. Wenn ich Abschied von ihm genommen habe, komme ich wieder her, und dann bleibe ich.«

Ihre Miene veränderte sich. Sie neigte sich zu ihm und nahm sein Gesicht zwischen die schmalen, dunklen Hände.

»Jakko, hör zu! Wenn du zum Fluß gehst, wirst du nie zurückkehren. Keiner hat das je geschafft. Ich werde dich nie wiedersehen. Wir müssen es jetzt versuchen, ehe du gehst.«

»Aber ein Monat ist zu lang!« protestierte er. »Der Geist meines Vaters wird nicht mehr da sein. Ich komme ohnehin schon viel zu spät.«

Sie starrte ihm eine Minute lang in die Augen und ließ ihn dann mit einem leisen, sanften Lachen los. »Ja. Außerdem ist es höchste Zeit zum Schlafengehen. Komm jetzt!«

Sie nahm die Kerze und führte ihn zurück zu seiner Kammer, und er staunte von neuem über die vielen merkwürdigen Dinge, die sie zusammengetragen hatte. »Was ist das da?«

»Meine Webstube.« Gähnend griff sie nach einem groben Stück Tuch und hielt es hoch. »Das habe ich selbst gemacht.«

Es war häßlich, fand er. Häßlich und armselig. Warum solche sinnlosen Dinge herstellen? Aber er war zu müde zum Diskutieren.

Sie ließ ihn allein, damit er sich am Brunnen im mondhellen Hof waschen konnte, nachdem sie ihm einen weiteren Platz im Garten gezeigt hatte, an dem er seine Bedürfnisse verrichten konnte. Die Exkremente anderer Leute rochen schlecht, stellte er schläfrig fest. Ob das die Ursache für all die Kriege in der Vorzeit gewesen war?

In seiner Kammer angelangt, taumelte er in die Hängematte und schlief auf der Stelle ein. Seine Träume in dieser Nacht waren chaotisch — Menschenmengen, Stürme, die durch fremde Dimensionen drängten und tobten. Das letzte Bild, an das er sich erinnerte, war das eines gewaltigen Wirbelwinds, der einen Edelstein in seine Stirn bohrte, und dieser Edelstein war eine schlafende Frau, zusammengekauert wie ein Embryo.

Er wachte im rosigen Dämmerlicht auf; ihr braunes Gesicht beugte sich mit einem Koboldlächeln über ihn. Er gewann den Eindruck, daß sie ihn bereits eine

Weile beobachtete, und er sprang rasch aus der Hängematte.

»Faulpelz!« rief sie. »Ich habe das Segelboot entdeckt. Iß schnell und komm!«

Sie reichte ihm einen Holzteller mit glänzenden Naturfrüchten und führte ihn dann in den Garten. Die Morgensonne strahlte.

Drunten am Strand wandte sie sich ein Stück nach Süden, und dort schaukelte das kleine Boot umgekippt in den Wellen, umgeben von einem Gewirr aus Segeln und Leinen. Der Kiel war immer noch herausgeklappt. Sie rollten das Segel ungeschickt zusammen und zerrten das Boot in tieferes Wasser, um es dort aufzurichten.

»Ich möchte es für die Kinder«, erklärte Pfirsichdiebin aufgeregt ein um das andere Mal. »Mit den Dingern kann man auch auf Fischfang gehen. Oh, sie werden begeistert davon sein!«

»Stemm dein ganzes Gewicht auf den Kiel und zieh an der Seitenreling!« meinte Jakko und tat das gleiche. Er sah, daß sich ihre seidenen Tücher lösten. Sie hatte hohe Brüste mit einem breiten Hof, ganz anders als die Frauen seines Stammes. Der Anblick lenkte ihn ab, seine Schenkel verweigerten den Dienst, und er rutschte mit der Hand vom Geländer ab; das Boot richtete sich auf und drückte ihn unter Wasser. Als er wieder auftauchte, sah er Pfirsichdiebin gerade noch katzengewandt an Bord klettern. Sie hielt sich am Mast fest.

»Das Segel! Spann das Segel!« schrie er, ehe ihm die nächste Welle ins Gesicht schlug. Aber sie hatte seine Worte gehört. Das Segel entfaltete sich wie ein großer zitternder Flügel, gegen den sich ihr glänzendschwarzer Körper abhob. Zum erstenmal bemerkte Jakko den Namen des Bootes am Heck: *Gojack.* Er lächelte. Ein Omen.

Gojack jagte in schneller Fahrt dem Riff entgegen.

»Das Steuerruder!« schrie er. »Dreh das Ruder herum und komm zurück!«

Pfirsichdiebin lief zur Ruderpinne und zerrte daran; er konnte sehen, wie sie sich abmühte. Aber *Gojack* entfernte sich mit dem Wind, glitt immer schneller der Brandung entgegen. Jakko fiel ein, daß sie am Mast gestanden hatte, dicht neben dem Computer.

»Schalt den Computer aus! Hörst du? Den Computer ausschalten!«

Sie konnte seine Worte vermutlich nicht mehr verstehen. Jakko sah, wie sie fieberhaft kämpfte, an der Ruderpinne zerrte, die Taue packte und das Segel einzuholen versuchte. Dann schien sie den Computer zu bemerken, konnte aber offensichtlich nichts damit anfangen. Inzwischen setzte *Gojack* seinen unterbrochenen Weg zum Fluß fort. Jakko erkannte mit Entsetzen, daß sie sich bald in gefährlichem Wasser befinden würde. Die Brandung donnerte gegen die Korallenbänke.

»Spring ab! Komm zurück, spring ab!« Er schwamm hinter dem Boot her, so schnell er konnte, aber er kam entsetzlich langsam vom Fleck. Sie kämpfte immer noch mit dem Boot und schrie etwas, das er nicht verstehen konnte.

»SPRING!«

Und endlich sprang sie, aber nur, um *Gojack* an den Halteleinen zu packen. Das Boot stockte und schwankte, setzte dann aber unbeirrt seinen Weg fort und zog das um sich schlagende Mädchen mit.

»Laß los! Laß los!« Eine Welle schwappte über seinem Kopf zusammen.

Als er wieder sehen konnte, hatte sie das Boot endlich aufgegeben und schwamm ziellos hin und her. *Gojack* tauchte noch einmal kurz in der Brandung auf und verschwand dann im offenen Meer. Pfirsichdiebin wandte sich dem Ufer zu, und Jakko schwamm ihr entgegen. Er war gefangen von einem starken Gefühl, das ihn völlig verwirrte. Als seine Füße Grund berührten, erkannte er, daß es Zorn war.

Sie watete auf ihn zu, das Gesicht vom Weinen verzerrt. »Das Boot der Kinder!« schluchzte sie. »Ich habe das Boot der Kinder nicht festhalten können ...«

»Du bist verrückt!« schrie er. »Du hast doch keine Kinder!«

»Ich konnte es nicht festhalten ...« Sie warf sich weinend an seine Brust. Er klopfte ihr hart auf den Rücken, stieß sie in die Rippen und wiederholte wütend: »Verrückt bist du! Wahnsinnig!«

Sie schluchzte lauter, schmiegte sich an ihn, klein, nackt und zerbrechlich. Plötzlich warf er sie in den feuchten Sand und ließ sich auf sie fallen, spürte, wie sein angespannter Penis gegen ihren Körper preßte. Einen Moment lang waren sie beide vollkommen verwirrt, doch dann ernüchterte Jakko der Schock. Er sprang auf und schaute an sich herunter. Pfirsichdiebin starrte ihn mit großen Augen an.

»Wi-willst du jetzt?«

In diesem Moment gab es für ihn keinen anderen Wunsch, als sich in ihr zu vergraben, aber eine Woge spülte über sie hinweg. Der Sand scheuerte an seiner Haut. Pfirsichdiebin spuckte Salzwasser aus. Der Zauber schwand. Ungeschickt richtete er sich auf.

»Ich glaubte, du würdest ertrinken«, sagte er, von neuem Zorn erfaßt.

»Ich wollte es unbedingt behalten — für sie ...« Sie weinte immer noch vor sich hin und warf ihm einen unglücklichen Blick zu. Er begriff, daß sie im Grunde nicht das Segelboot meinte. Das Gefühl, daß er sich nicht mehr von ihr lösen konnte, machte sich in ihm breit. Dieses verrückte kleine Wesen hatte eine Art Energiestrudel um sich geschaffen, und sie sog ihn an sich wie ihre zahmen Tiere, wie die Pflanzen, die Bienen — wie all die Dinge, die sie sammelte. Nur *Gojack* war ihr entwischt.

»Ich finde es wieder«, murmelte sie, und während sie ihre Seidentücher auswand, starrte sie am Riff vorbei dem winzigen hellen Punkt nach. Jakko schaute auf sie herunter, auf dieses fanatische und doch so verwundbare Mädchen, und seine innere Landschaft kippte erschreckend, enthüllte eine alte und zugleich ganz neue Dimension.

»Ich bleibe bei dir«, sagte er heiser. Er räusperte sich, weil er merkte, daß seine Stimme zitterte. »Ich meine, ich bleibe ganz bei dir — ich will nicht mehr zum Fluß. Wir werden sie machen, unsere Kinder.«

Sie starrte ihn mit offenem Mund an. »Aber dein Vater! Du hast ihm versprochen ...«

»Mein Vater ist auch geblieben«, erklärte er mühsam. »Es ... es ist richtig so, glaube ich.«

Sie kam ganz nahe und nahm seine Arme in ihre kleinen Hände.

»Oh, Jakko! Aber nein, hör zu — *ich begleite dich!* Wir können unterwegs mit dem Baby anfangen, davon bin ich überzeugt. Du nimmst Abschied von deinem Vater und hältst dein Versprechen — und ich werde da sein und dafür sorgen, daß du auch wirklich umkehrst.«

»Aber ... aber dann wärst du doch schwanger!« rief er besorgt. »Du würdest Gefahr laufen, einen Embryo mit zum Fluß zu nehmen!«

Sie lachte stolz. »Kannst du nicht begreifen, daß ich selbst den Fluß nie betreten werde? Ich will lediglich auf dich achten und dich wieder herausholen. Ich sorge dafür, daß du hierher zurückkommst. Daß du wenigstens eine Zeitlang bei mir bleibst«, setzte sie nüchtern hinzu. Dann erhellte sich ihre Miene. »He, wir stoßen sicher auf die tollsten Dinge! Vielleicht entdecke ich unterwegs eine Kuh oder ein paar Ziegen. Ja, genau! Das ist die Idee!«

Sie schaute ihn mit leuchtenden Augen an. Vorsichtig berührten ihre Lippen die seinen, und sie küßten sich ungeschickt, schmeckten das Salz, das an ihnen klebte. Er spürte kein sexuelles Verlangen, nur einen tiefen Widerhall, wie eine Ermutigung der Erde selbst. Die drei Mondhunde sahen ihnen verdrießlich zu.

»Und jetzt essen wir!« Sie zog ihn zu den Stufen in der Klippe. »Wir können sofort die Pillen schlucken. Oh, ich habe soviel vorzubereiten! Aber ich schaffe das schon. Morgen brechen wir auf.«

Sie war wie ein Wirbelwind. In der Speisekammer stürmte sie zu einer kleinen goldfarbenen Pillendose, öffnete sie und zeigte ihm ein Häufchen leuchtendgrüner und roter Kapseln.

»Die roten mit dem Mann-Symbol sind für dich!«

Sie nahm eine grüne, und sie schluckten die Tabletten feierlich mit etwas Wasser aus einem gemeinsamen Becher. Er sah, daß das Siegel der Dose geöffnet war, und er dachte an Mungo, diesen Fremden, den sie erwähnt hatte. Wie weit hatte sie ihre Pläne bei ihm durchgesetzt? Ein unangenehmes Empfinden, das er nie zuvor gespürt hatte, machte sich in Jakkos Magen breit. Er merkte, daß er in Erfahrungsbereiche vordrang, die ihm fremd und unheimlich waren, und er nahm seinen Nahrungsriegel und schlenderte durch die Arkaden, um sich zu beruhigen.

Als er sich wieder zu Pfirsichdiebin gesellte, arbeitete sie wie besessen. Sie faltete und umwickelte Gegenstände, füllte Behälter, schloß Fenster, öffnete Türen ... Wieder ihre starke Bindung zu den Dingen ... Er fühlte einen unbestimmten Ärger, doch dann kam ihm ein Gedanke.

»Wir werden eine Karte brauchen«, meinte er. »Meine ist im Boot geblieben.«

»Oh, gut, daß du daran denkst! Schau im alten Kontrollraum nach — da die Treppe hinunter! Er sieht ein wenig gruselig aus.« Sie begann ihren Webstuhl zu ölen.

Er betrat eine weiße Rampe, die in einen Treppentunnel überging, und kam schließlich durch ein gepanzertes Portal in einen kreisförmigen Saal, der tief in den Felsen gehauen war. Schwaches Licht drang durch Lukenschächte herein. Das Summen des Stationsgenerators drang an sein Ohr. Als sich seine Augen an das Halbdunkel gewöhnt hatten, entdeckte er eine Reihe von Sensoren-Schirmen und eine mächtige Konsole, die mitten im Raum stand. Jemand hatte sie mit Gewalt geöffnet; über die Mechanik war eine Art Siegelflüssigkeit gegossen.

Er hatte so einen Ort schon einmal gesehen. Er begriff sofort, daß man von hier aus die entsetzlichen Flugwaffen der Vorzeit bedient hatte. Vermutlich harrten die tödlichen Geschosse immer noch in verborgenen Luken hinter der Station. Aber die Hauptsteuerung war seit langem zerstört. Als er sich der Konsole näherte, sah er, daß jemand Buchstaben in die Siegelmasse geritzt hatte. Er konnte nur die Worte lesen: NIE WIEDER KRIEG! Zweifellos war dies ein Heiligtum aus längst vergangener Zeit.

Er fand einen Lichtschalter. Kalte Helligkeit durchflutete das Gewölbe, und er begann die Seitenkorridore zu erforschen. Altertümliche Geräte, klobige Anzüge, Schränke voll Masken und zerbröckelnden Paketen, mit denen er nichts anzufangen wußte. Etwas Nützliches entdeckte er allerdings — zwei Tuchsäcke, die man auf dem Rücken tragen konnte und die kaum angeschimmelt waren. Aber wo befanden sich die Karten?

Schließlich sah er eine an der Wand des Kontrollraums, gleich neben dem Eingang. Jemand hatte sie mit kritzeliger Schrift ergänzt. Ein Zittern überfiel Jakko, als ihm zu Bewußtsein kam, wie alt diese Karte sein mußte. Sie war entstanden, bevor die Flüsse die Erde berührt hatten! Er konnte es kaum fassen.

Als er sie studierte, fand er nicht weit im Süden tatsächlich einen großen Anlegeplatz. Von diesem Dock aus führte ein Gleitstreifen etwa hundert Kilometer ins Landesinnere zu einem Flugplatz. Wenn Pfirsichdiebin fünfundzwanzig Kilometer Fußmarsch schaffte, konnten sie die Landestelle bis zum Abend erreichen. Der Rest war einfach, falls die Autos noch funktionierten.

Und bisher hatte er noch an allen Gleitstreifen intakte Autos vorgefunden. Vom Flugplatz führte eine gepunktete Linie über ein Gebirge nach Südwesten. Sie endete an einem großen roten Kreis mit einem Kreuz, der die Bezeichnung »VIDA!« trug. Damit war wohl der Fluß gemeint. Sie konnten nur hoffen, daß die eine oder andere Maschine noch flugtüchtig war. Andernfalls hatten sie eine mühselige Kletterei vor sich.

Jakko prägte sich die Richtung mit Hilfe des Kompasses ein, den er immer am Gürtel trug, und stieg wieder nach oben. Der Hof leuchtete unter den safrangelben Segeln der Abendsonne.

Pfirsichdiebin kauerte am Brunnen und hielt allem Anschein nach Zwiesprache mit ihren Tieren. Jakko bemerkte ein paar weiße Geschöpfe, die ihm bis dahin entgangen waren. Sie lebten in einer Art Freigehege und hatten lange rosa Ohren sowie zuckende kleine Nasen. Kaninchen vielleicht oder Hasen?

Zwei der merkwürdigen Tiere, die er am Vortag zusammengerollt auf einem Bett gefunden hatte, drängten sich nun unter einer Bank und schnarrten Pfirsichdiebin schlechtgelaunt an.

»Meine Waschbären«, erklärte sie Jakko. »Sie sind wütend, weil ich sie zu früh geweckt habe.« Sie stieß ein paar schrille Laute aus, die Jakko nicht verstehen konnte, und der größere Waschbär nickte hochmütig.

»Mit den Hühnern geht alles in Ordnung«, meinte Pfirsichdiebin. »Lotor kann sie füttern und die Eier sammeln. Außerdem wissen beide, wie man den Pumpenschwengel bedient.« Der andere Waschbär nickte ebenfalls verdrossen.

»Das schlimmste Problem sind die Kaninchen.« Pfirsichdiebin runzelte die Stirn. »Du bist nun mal nicht die Allerklügste, Eusebia«, sagte sie liebevoll und streichelte die Häsin. »Ich werde mir etwas überlegen müssen.«

Der große Waschbär brabbelte auf sie ein; Jakko glaubte das Wort ›Hu-nd‹ zu verstehen.

»Er will wissen, wer nun ihre Streitereien mit den Hunden schlichten wird«, berichtete Pfirsichdiebin. Darauf kam einer der Mondhunde näher und sagte mühsam: »Wir gehen mit!« Es waren die ersten Worte, die Jakko von ihm hörte.

»Oh, wunderbar!« rief Pfirsichdiebin. »Dann wäre auch das erledigt.« Sie sprang auf und goß eine Pflanzenreihe. Die weißen Waschbären trollten sich schweigend.

»Ich freue mich, daß du mitkommst, Tycho«, erklärte sie dem Hund. »Besonders falls ich auf dem Rückweg allein bin, mit einem Baby im Leib. Aber es heißt, daß man anfangs sehr kräftig ist.«

»Du wirst nicht allein sein«, entgegnete Jakko. Sie warf ihm ein kurzes, nichtssagendes Lächeln zu. Er sah, daß sie andere Sachen angezogen hatte. Ihre Formen zeichneten sich nicht mehr so deutlich ab, und sie schaute beinahe schüchtern an ihm vorbei. Aber sie geriet in Aufregung, als er ihr die beiden Rucksäcke zeigte.

»Das ist ja großartig! Nun müssen wir uns die Decken beim Gehen nicht um die Hüften wickeln. Die Nächte sind nähmlich eher kühl.«

»Regnet es in dieser Gegend?«

»Nicht zu dieser Jahreszeit. Was wir unbedingt mitnehmen müssen, sind Streichhölzer, Proviant und Wasser. Und ein gutes Messer für jeden. Hast du die Karte gefunden?«

Er zeigte sie ihr. »Kannst du auch längere Strecken gehen, wenn es sein muß? Besitzt du überhaupt Schuhe?«

»Sicher. Ich gehe viel zu Fuß, besonders, seit mir Ferrocil das Fahrrad stahl.«

Der Zorn in ihrem Tonfall amüsierte ihn. Diese wilde Entschlossenheit, mit der sie um ihren kleinen Besitz kämpfte!

»Männer errichten Denkmäler, Frauen erbauen ein Nest!« zitierte er, ohne die Quelle genau zu kennen.

»Ich weiß nicht, welche Art von Denkmal Ferrocil mit meinem Fahrrad zu errichten gedachte!« fauchte sie.

»Du bist eine Wilde!« Schmerz schnürt ihm die Kehle zu, und er verhehlte das Gefühl mit einem leisen Lachen.

»Die Menschheit kann ein paar Wilde wie mich gebrauchen. Aber jetzt essen wir besser und legen uns schlafen, damit wir morgen in aller Frühe losziehen können.«

Beim Abendessen auf der golddurchfluteten Veranda sprachen sie kaum. Verträumt beobachtete Jakko die weißen Fledermäuse, die ein Muster in den Himmel stickten. Als er den Blick wieder senkte, bemerkte er, daß Pfirsichdiebin ihn aufmerksam musterte. Sie wandte sich verlegen ab. Ihm kam der Gedanke, daß sie hier vielleicht noch Hunderte, ja Tausende von Mahlzeiten einnehmen würden — daß sie vielleicht den Rest ihres Lebens hier verbrachten. Und womöglich lief dann ein Kind, liefen Kinder umher. Er kannte keine Menschen, die jünger waren als er. Das alles war zuviel, zu unwirklich. Er starrte wieder hinauf zu den Fledermäusen.

In dieser Nacht begleitete sie ihn zu seiner Hängematte und blieb schüchtern, aber beharrlich neben ihm stehen, als er sich hinlegte. Nach einer Weile spürte er, wie ihre Hände über seinen Körper glitten, seine Lenden berührten. Anfangs dachte er an etwas Medizinisches, aber dann begriff er, daß sie nach Sex verlangte. Sein Blut begann zu pochen.

»Darf ich zu dir kommen? Die Hängematte ist stabil.«

»Ja«, murmelte er und griff nach ihrem Arm.

Aber während sie sich neben ihn schmiegte, meinte sie in ihrer praktischen Art: »Ich werde eine kleine Matte knüpfen müssen — für das Baby.«

Die Worte zerstörten den Zauber.

»Hör zu — es tut mir leid — aber ich habe es mir doch anders überlegt. Wir brauchen den Schlaf. Geh lieber in deine eigene Kammer!«

»Ist gut.« Das Gewicht neben ihm verschwand.

Mit einem sonderbaren Gemisch aus Trauer und Erleichterung lauschte er ihren leichten Schritten nach. In dieser Nacht erlebte er im Traum einen seltsamen Ansturm der Sinne, spürte ein Schwellen von Luft und Erde: Da war eine Frau, die lächelnd im fahlgrünen Wasser lag und ihn erwartete, während hagere schwarze Sonnenaufgangsvögel am Rand des Meeres dahinstakten.

Sie aßen in aller Frühe bei Kerzenlicht und brachen auf, als der Himmel im Osten eben den ersten graurosa Schleier zeigte. Der alte Weg aus weißen Korallen erleichterte das Vorankommen. Pfirsichdiebin ging mit lockeren, weiten Schritten neben ihm, den Rucksack lässig über die Schulter geschlungen. Die Mondhunde trotteten hinter ihnen drein.

Jakko ließ sich von der Landschaft einfangen, die allmählich aus dem Dunkel auftauchte. Zu ihrer Rechten erhoben sich dschungelbedeckte Hügel, links unter ihnen lag das im Morgenlicht glitzernde Meer. Als der erste Sonnenstrahl über den Horizont schoß, hätte er am liebsten laut aufgeschrien. Die Palmen jenseits der Straße entzündeten sich wie goldene Fackeln, die Ränder eines jeden Blattes und eines jeden Steins zeichneten sich klar und scharf ab. Einen Moment lang überlegte er, ob er unter Drogeneinfluß stünde.

Sie wanderten gleichmäßig durch einen Traum von wachsender Helle und Wärme. Der Tagwind erwachte, und die zerfaserten weißen Wolken, die über sie hinwegsegelten, brachten vorübergehend Kühle. Ihre Schritte nahmen einen Rhythmus an, den Jakko liebte, nur hin und wieder unterbrochen durch ein zerfallenes Stück Straße. An solchen Stellen warteten dann oft die Mondhunde, die unbemerkt den Weg verlassen hatten und quer durch die Buschwildnis hetzten, auf der Fährte von unbekannten Dingen. Pfirsichdiebin blieb unermüdlich an Jakkos Seite. Nur einmal hielt sie an und schaute zurück zu dem fernen weißen Punkt der Station Juliet, die fast mit dem flimmernden Horizont verschmolz.

»Weiter nach Süden als bis hierher bin ich noch nie vorgedrungen«, erklärte sie ihm.

Jakko trank einen Schluck Wasser und überredete auch Pfirsichdiebin, sich ein wenig zu stärken. Dann setzten sie ihren Weg fort. Die Straße folgte nun in Windungen dem Auf und Ab der Hügel. Als Jakko sich wieder einmal umdrehte, war die Station verschwunden. Immer noch hielt ihn die seltsam leuchtende Klarheit der Welt gefangen.

Als sie gegen Mittag haltmachten, hatten sie seiner Schätzung nach mehr als die Hälfte der Strecke zur Anlegestelle zurückgelegt. Sie aßen und tranken auf einem Schutthügel unter Palmen, und Pfirsichdiebin versorgte die Mondhunde. Dann öffnete sie die Dose mit den Fruchtbarkeitspillen, und sie schluckten schweigend, mit feierlicher Miene die bunten Kapseln. Pfirsichdiebin lachte plötzlich. »Warte, ich besorge dir einen Nachtisch!«

Sie nahm ein Messer mit gekrümmter Schneide aus ihrem Gürtel und durchforschte das Geröll, bis sie nach einer Weile mit einer großen, mittelbraunen Kokosnuß wiederkam. Jakko sah, wie sie der harten Schale mit beängstigender Kraft zu Leibe rückte. Mit einem Stein trieb sie schließlich die Messerspitze in das Holz und sprengte es.

»Hier!« Sie reichte ihm die Frucht. »Trink aus der Öffnung da!« Hakko hörte im Innern eine Flüssigkeit schwappen. Er hob die Nuß wie ein Gefäß und trank. Das Zeug schmeckte nach nichts Besonderem, ein wenig nach Haaren und nach Sand, aber auch klar und scharf wie der Tag. Pfirsichdiebin hieb nun mit dem Messer und dem Stein systematisch eine Kerbe rund um die Nuß. Plötzlich zerfiel die Schale in zwei Hälften und enthüllte eine Schicht leuchtendweißes Fruchtfleisch. Das Mädchen stemmte ein Stück davon heraus.

»Iß das! Es enthält eine Menge Proteine.«

Das Fleisch schmeckte süß und stark nach organischen Substanzen.

Plötzlich erinnerte er sich. »Das ist eine Kokosnuß!« rief er.

»Genau. Ich werde also auf dem Rückweg bestimmt keinen Hunger leiden.«

Er wollte nicht schon wieder Streit anfangen, und so stand er stumm auf. Pfirsichdiebin schob ihr Messer in den Gürtel und folgte ihm, ein Stück Kokosnuß in der Hand. Lange Zeit wanderten sie schweigend weiter und ließen sich vom Rhythmus ihrer Schritte tragen. Einmal, als eine Eidechse über den Weg lief, wandte sich Pfirsichdiebin an den Mondhund, der ihr am nächsten war: »Du mußt endlich lernen, diese Dinger zu fangen und zu fressen, Tycho!« Die Hunde betrachteten skeptisch die Eidechse, sagten aber nichts. Jakko unterdrückte sein Entsetzen.

Inzwischen wanderte die Sonne zu ihrer Rechten langsam nach Westen. Ein Schwarm großer orangeroter Vögel mit blauen Schnäbeln stob aus einem Baum am Straßenrand, wo sie allem Anschein nach ein Nest bauten. Wolkenschatten flogen über die Welt. Sie spiegelten sich als blaue und kupferne Reflexe im Meer. Jakko spürte den Angriff auf seine Sinne fast wie einen körperlichen Schmerz; einen Sonnenstrahl verwandelte die Brandungslinie in eine Brillantenkette, und das durchscheinende Grün der nahen Untiefen zog seine Blicke an wie mit Zauberkraft. Jedes Bild pulsierte von Licht, schien eine lautlose Botschaft auszusenden.

Er folgte wie in Trance der Straße, die seit geraumer Zeit völlig glatt und eben war. Plötzlich stieß Pfirsichdiebin einen Schrei aus.

»Mein Fahrrad! Da ist mein Fahrrad!« Sie rannte los. Aus einer Spalte, die sich quer über den Weg zog, sah

Jakko Metall blitzen. Als er Pfirsichdiebin erreichte, stand sie neben der Mauer am Straßenrand und untersuchte eine Maschine.

»Das Vorderrad — völlig verbogen! Er ist sicher zu schnell gefahren und gestürzt. Oh, dieser Ferrocil! Aber ich repariere es, in der Station habe ich Werkzeug. Ich nehme es auf dem Rückweg mit.«

Während sie um ihr Fahrrad trauerte, warf Jakko einen Blick über die niedrige Mauereinfassung. Steilklippten führten in die Tiefe, und die Sonne streifte gerade noch einen felsigen Küstensaum. Etwas hob sich gegen die Steine ab — ein Gewirr heller Stöcke, Stoffetzen, etwas Rundes, Weißes. Jakko merkte, wie sich sein Magen verkrampfte, und starrte doch hinunter, entdeckte Augenhöhlen in dem runden Ding, einen U-förmigen Mund, Haarsträhnen, die im Wind wehten. Er hatte noch nie einen Toten gesehen, keiner hatte das, aber es gab Abbildungen von Menschenknochen. Ihm dämmerte die Wahrheit — da unten lagen die Überreste von Ferrocil. Er war vermutlich über die Mauer geschleudert worden, als er mit dem Rad in die Spalte fuhr. Der Tod hatte ihn eingeholt, ehe er den Fluß erreichte. Sein Wissen, seine Gedanken und Gefühle — all das war fort, verloren für immer.

Jakko wußte kaum, was er tat. Er nahm Pfirsichdiebin an den Schultern und sagte hart: »Los, komm weg von hier! Kom schon!« Als sie widerstrebte, packte er sie am Arm und zerrte sie weg von der Stelle, wo sie vielleicht in die Tiefe schauen konnte. Ihr Fleisch schien vor Hitze zu brennen, zu vibrieren. Die ganze Welt explodierte in Farben und Gerüchen. Bilder des toten Ferrocil vermischten sich mit dem durchdringenden Duft irgendwelcher Blumen am Straßenrand. Plötzlich kam ihm ein Gedanke. Er blieb mit einem Ruck stehen.

»Hör zu! Bist du sicher, daß diese Pillen keine Drogen enthalten? Ich habe erst zwei davon geschluckt, aber nichts ist mehr normal!«

»Drei«, entgegnete Pfirsichdiebin geistesabwesend. Sie nahm seine Hand und preßte sie gegen ihren Rükken. »Mach das noch einmal! Fahr mit der Hand hier entlang!«

Verwirrt tat er, was sie verlangte. Als seine Finger über die Seidenbluse zu den knappen Shorts glitten, spürte er, wie ihr Körper zu zittern begann. Sie zuckte zurück.

»Da — hast du es gemerkt? Der lordotische Reflex!« verkündetete sie stolz. »Weibliche Sexualität. Es fängt an.«

»Was hast du vorhin gemeint — als du drei sagtest?«

»Daß du schon drei Pillen geschluckt hast. Die erste gleich nach deiner Ankunft — in den Honig gemischt.«

»*Was?* Aber ... aber ...« Er wollte seiner Empörung über diesen Vertrauensbruch Ausdruck verleihen, aber die blanke Wut, die in ihm hochquoll, erstickte die Worte. Er schluckte, hob die Hand und klatschte sie brutal auf ihr Hinterteil. Sie kippte nach vorn und wäre um ein Haar gestürzt. Es war das erste Mal in seinem Leben, daß er einen Menschen schlug. Ein Mondhund fing zu knurren an, aber er achtete nicht darauf.

»Wag es — nie wieder — mich so zu hintergehen ...« Er umklammerte ihre Schultern, wollte sie ins Gesicht schlagen ... Statt dessen streifte seine Hand ihre Brust, und er sah ihr Haar im Wind wehen wie die Strähnen des toten Ferrocil. Stolz, vermischt mit einem erschrekkenden Gefühl von Sterblichkeit, entfachte Feuer in seinen Lenden. Der Tod von Ferrocil wühlte ihn plötzlich ungeheuer auf. Er, Jakko, war am Leben! Er ließ alle Vernunft beiseite und warf Pfirsichdiebin nieder, mitten in die Blumen am Wegrand. Er zerrte an ihren Shorts und merkte verschwommen, daß sie ihm half. Nur sein geschwollener Penis zählte; er kämpfte sich an allen Hindernissen vorbei und war unvermittelt, irgendwie, *in* ihr, pumpte und pumpte, spürte, wie sich die Lust immer mächtiger in ihm staute, bis sie explodierte und sich in Pfirsichdiebin ergoß. Sie sank erschöpft zurück.

Mühsam versuchte er zur Vernunft zu finden. Er richtete sich auf, rückte ab von ihr. Das Mädchen lag mit weit gespreizten Schenkeln da, vollkommen aufgelöst, von einem sonderbaren Schluchzen oder Keuchen geschüttelt. Aber sie lächelte. Ekel würgte Jakko.

»Da hast du dein Baby!« keuchte er mißmutig. Er fand seine Feldflasche und trank. Die drei Mondhunde hatten sich ein Stück zurückgezogen und starrten feierlich zu ihnen herüber.

»Gibst du mir auch einen Schluck?« Ihre Stimme klang sehr leise. Sie setzte sich auf und begann ihre Kleider glattzustreichen. Jakko reichte ihr die Feldflasche, und sie erhoben sich.

»Die Sonne ist untergegangen«, meinte sie. »Sollen wir hier unser Lager aufschlagen?«

»Nein!« Wütend lief er los, ohne darauf zu achten, ob sie nachkam oder nicht. Hatten die Alten so gelebt? Geschüttelt von Leidenschaft, unanständig, rücksichtslos? Er konnte es nicht fassen, daß er neben einem Toten seinen Trieben freien Lauf ließ. Und die Welt ringsum griff immer noch alle seine Sinne an; als das Mädchen gegen ihn stolperte, spürte er wieder die erregende Anziehungskraft ihres Fleisches, und er begann zu zittern. Eine Zeitlang gingen sie schweigend weiter. Er merkte, daß sie erschöpfter war als er, aber er wollte möglichst weit fort von jener Stelle.

»Ich werde diese Pillen nicht mehr nehmen«, unterbrach er das Schweigen schließlich.

»Aber du *mußt!* Es dauert einen Monat, ehe man sicher ist.«

»Das ist mir egal.«

»Aber ...«

Er sagte nichts mehr. Sie wanderten jetzt über eine dämmerige Landspitze. Plötzlich knickte der Weg scharf ab, und sie tauchten oberhalb einer großen Bucht auf.

In der Tiefe drängten sich Boote aller Größen und Formen. Sie schaukelten leer auf den Wellen, so wie ihre Besitzer sie verlassen hatten. Bei manchen waren noch die Lichter eingeschaltet — schwach schimmernde Juwelen in der opalisierenden Luft. Irgendwo da unten befand sich wohl auch *Gojack*. Das letzte Licht des Tages sammelte sich auf den Schienen eines Gleitwegs, der zur Landestelle führte.

»Schau, da ist der Seezug!« Pfirsichdiebin deutete. »Hoffentlich ist der Hund oder was immer an Bord war, ans Ufer gesprungen ... Ich kann mir dort unten ein Segelboot holen, es sind genug da.«

Jakko zuckte nur die Achseln. Dann bemerkte er eine Bewegung in den Schatten der Anlegestelle und vergaß einen Moment lang seinen Ärger. »Sieh mal dorthin! Das ist doch — ein Mensch!«

Sie starrten angestrengt ins Halbdunkel. Nun überquerte die Gestalt einen helleren Platz, und sie konnten erkennen, daß es in der Tat ein Mensch war, der langsam an den gestauten Wagen des Gleitwegs vorbeischwankte, hie und da anhielt und dann zögernd weiterging.

»Irgend etwas stimmt da nicht!« meinte Pfirsichdiebin.

Dann verschmolz der Schatten des Fremden mit einem Wagen, und das Gefährt setzte sich in Bewegung. Es rollte langsam an, beschleunigte und verließ die Haltespur. Schließlich jagte es an ihnen vorbei die glitzernden Schienen entlang, bis es in den Wesetbergen verschwand.

»Der Gleitweg funktioniert!« rief Jakko. »Wir schlagen heute nacht unser Lager hier oben auf und gehen gleich morgen früh hinunter zur Station. Das erspart uns einen langen Marsch!«

Er war so begeistert über den Gleitweg, daß er mit Pfirsichdiebin zu plaudern begann, während sie ihre Proteinriegel verzehrten. Er erzählte ihr von den Städten, die er besucht hatte, und wollte wissen, wo sie überall mit ihrem Stamm gewesen war. Als sie jedoch ihre Decke neben seiner ausbreiten wollte, wehrte er ab und suchte sich einen Schlafplatz auf einem höhergelegenen Felsensims. Die drei Mondhunde legten sich dicht neben Pfirsichdiebin, preßten ihre Nasen auf die Vorderpfoten und starrten Jakko an.

Seine Stimmung schlug erneut in Ekel vor sich selbst um. Seine Gewissensbisse wechselten mit Impulsen animalischer Sinnlichkeit, die ihm zugleich Unbehagen und Genuß bereiteten. Er preßte einen Arm über den Kopf, um das helle Mondlicht zu verdrängen, und sehnte sich danach, alles zu vergessen, was gewesen war. Am liebsten hätte er nur die kalten, stillen Sterne am Himmel gesehen. Als er endlich einschlief, hatte er keine Träume, beim Erwachen aber glaubte er eine düstere Litanei in seinem Innern zu hören. *Das Pferd ist hungrig,* sangen dumpfe Stimmen. *Das Weib ist schlecht.*

Er weckte Pfirsichdiebin noch vor Sonnenaufgang. Sie aßen und machten sich auf den Weg zur Station in den Hügeln. Es war ein mühseliges Vorankommen, bis sie auf einen alten Kalksteinweg stießen. Die Mondhunde durchstöberten mit Begeisterung das weite Gelände. Als die beiden jungen Menschen die Gleitweg-Station erreichten, sahen sie, daß alles verstopft war von Wagen.

Der Generator des ersten Gefährts funktionierte ebensowenig wie der des zweiten und dritten. Jakko begriff jetzt, daß der Fremdling am Abend zuvor nach einem intakten Wagen gesucht hatte. Die nutzlosen Fahrzeuge stauten sich in einer langen Kette auf dem Nebengleis — ein erbärmlicher Anblick.

»Wir sollten zur Bucht zurückkehren«, meinte Pfirsichdiebin. »Der Mann fand dort einen Wagen.«

Insgeheim gab Jakko ihr recht, aber noch glomm eine unerklärliche Streitlust in ihm. Er blinzelte in die verschleierte Ferne.

»Ich gehe bis ans Ende des Rangiergleises.«

»Aber es ist so lang, wir werden die ganze Strecke zurückgehen müssen ...«

Er marschierte stumm los; sie folgte ihm. Es war ein endloser Marsch, um eine Biegung und eine Anhöhe hinauf, und überall säumten nutzlose Wagen ihren Weg. Als sie fast die Hauptspur ereicht hatten, bemerkte Jakko ein schwaches Rucken entlang der Reihe. Das war es, worauf er gehofft hatte: Ganz vorne kamen immer noch neue Wagen an, die gegen die unbrauchbaren Gefährte stießen.

»Oh, wunderbar!«

Sie erreichten den zuletzt eingetroffenen Wagen und kletterten in das Abteil; die Mondhunde nahmen ihnen gegenüber Platz. Als Jakko die Steuerung bediente, die sie auf das Hauptgleis bringen sollte, schrillte ein Warnsignal los. Eine Voder-Stimme drohte, ihn an die Zentrale zu melden. Jakko ließ sich davon nicht beeindrukken, sondern lenkte das Fahrzeug über die Weichen auf die Schnellspur, wo es endlich schwieg und zügig zu beschleunigen begann.

»Du kennst dich aber gut aus mit diesen Maschinen«, meinte Pfirsichdiebin bewundernd.

»Du solltest dich auch näher mit ihnen befassen.«

»Warum? In ein paar Jahren haben die Dinger ausgedient. Und ich kann Fahrrad fahren.«

Er preßte die Lippen zusammen und dachte an Ferrocils weiße Gebeine. Sie jagten stumm durch die Hügel; vorbei an ein paar Haltestellen, an denen sich ebenfalls die Wagen stauten. Jakkos Empfindungen hatten immer noch eine sonderbare Schärfe, und seine Sinnenwelt schien bedeutungsschwer.

Als sie nach einiger Zeit Hunger bekamen, entdeckten sie, daß die Wagen-Automatik noch voll funktionierte. Sie wählten Proteingetränke und Nahrungsriegel, die angenehm nach Früchten schmeckten. Pfirsichdiebin fand außerdem Trockenfutter für die Hunde. Der

Gleitweg führte jetzt ins Gebirge. Der Wagen rollte glatt durch Tunnel und über Pässe, und sie genossen die herrliche Aussicht. Hin und wieder erhaschten sie einen Blick auf eine große Ebene in weiter Ferne. Wie so oft, aber noch stärker als gewöhnlich, schnürte Trauer Jakko die Kehle zu. Wenn er bedachte, daß dieses ganze herrliche System dem Untergang geweiht war... Er hegte den Traum, daß er selbst diese Dinge irgendwie aufrechterhalten könnte, aber die Erinnerung an den armseligen Stoffetzen, den Pfirsichdiebin gewebt hatte, drängte sich höhnisch in seine Visionen. Alles war ein Irrtum, ein furchtbarer Irrtum. Er wollte nur fort, zurück in die Rationalität und den Frieden. Wenn sie ihn unter Drogen gesetzt hatte, trug er keine Verantwortung für sein Versprechen. Aber die Trauer verstärkte sich, ließ ihn nicht los.

Als sie die Pillendose hervorkramte und ihm hinschob, schüttelte er energisch den Kopf. »Nein!«

»Aber du hast *versprochen*...«

»Nein! Ich hasse das, was das Zeug bewirkt!«

Sie starrte ihn schweigend an und schluckte trotzig ihre Kapsel. »Vieleicht gibt es noch mehr Männer am Fluß«, sagte sie nach einer Weile. »Einen haben wir immerhin schon gesehen.«

Er zuckte die Achseln und tat, als schliefe er.

Eben, als er tatsächlich einzunicken begann, ertönte das Warnsignal, und der Wagen bremste bis zum Stillstand ab.

»Sieh mal, da vorne — die Schiene ist verschwunden! Was soll das?«

»Ein Erdrutsch. Vermutlich eine Lawine aus den Bergen.«

Sie standen da, umgeben von anderen leeren Wagen, die ihre vorgeschriebene Zeit abwarteten, ehe sie wieder umkehrten. Hinter dem letzten Fahrzeug endete der Weg an einem ausgedehnten Geröllfeld. Jakko bemerkte einen schmalen Trampelpfad über die Trümmer.

»Dann gehen wir eben zu Fuß weiter! Komm, wir holen die Rucksäcke und etwas Proviant und Wasser!«

Während sie den Speisen-Synthesizer bedienten, schaute Pfirsichdiebin nachdenklich aus dem Fenster. Und als Jakko fertig war, speicherte sie einen neuen Code ein; ein paar bräunliche Klumpen rollten in ihre Hand.

»Was ist das?«

»Du wirst gleich sehen.« Sie blinzelte ihn an.

Kaum hatte sie die ersten Schritte über die Felsbrokken gewagt, da tauchte eine Gruppe von Pferden vor ihnen auf. Die beiden traten höflich zur Seite, um die Tiere durchzulassen. Der Anführer der Herde war ein grobknochiger Hengst mit fahlbraunem Fell. Als er Pfirsichdiebin erreichte, blieb er stehen und warf den mächtigen Kopf zurück.

»Zuk-ker! Zuk-ker!« mauschelte er. Darauf drängten auch die übrigen Tiere zusammen und wiederholten mehr oder weniger gut verständlich: »Zuk-ker! Zukker!«

»Davon verstehe *ich* etwas!« flüsterte Pfirsichdiebin Jakko zu. Sie wandte sich an den fahlen Hengst: »Bringt uns über diese Felsen, dann bekommt ihr Zucker von uns!«

»Zuk-ker!« beharrte der Gaul. Er hatte einen hinterhältigen Blick.

»Ja, Zucker. Aber erst, wenn ihr uns zu den Schienen auf der anderen Seite des Trümmerfelds gebracht habt!«

Der Hengst rollte wütend die Augen, aber er beriet sich mit seiner Herde. Es entstand eine Bewegung in der Gruppe. Zwei Stuten wurden nach vorn gedrängt.

»Aber man benötigt einen Sattel und Zügel, um auf einem Pferderücken zu reiten«, widersprach Jakko.

»Es geht auch so. Komm!« Pfirsichdiebin schwang sich gewandt auf den Rücken der kleineren Stute.

Jakko kletterte zögernd auf die breite, runde Kruppe

des zweiten Tieres. Zu seinem Entsetzen warf es den Kopf hoch und wieherte schrill.

»Du bekommst auch Zucker!« versicherte Pfirsichdiebin. Die Stute beruhigte sich, und die Tiere liefen in einer langgezogenen Reihe über den schmalen Felspfad. Jakko mußte zugeben, daß sie schneller vom Fleck kamen als zu Fuß, obwohl er ständig gegen das Herunterrutschen ankämpfte.

»Halt dich an der Mähne fest — in den Haarbüscheln da vorne!« rief ihm Pfirsichdiebin lachend zu. »Wie du siehst, kenne ich mich in manchen Dingen auch ganz gut aus!«

Als der Pfad etwas breiter wurde, trabte der fahle Hengst neben Pfirsichdiebin.

»Ich denke nach«, erklärte er wichtigtuerisch.

»Ja — und?«

»Ich denke, ich werfe dich ab und fresse Zucker jetzt.«

»Das denken alle Pferde«, erwiderte Pfirsichdiebin. »Bringt aber nichts.«

Der Hengst fiel zurück, und Jakko hörte, wie er sich mit einem alten Rotschimmel in der Pferdesprache beriet. Dann schob er sich wieder an Pfirsichdiebin heran und meinte: »Warum bringt nichts, wenn ich dich abwerfe?«

»Aus zwei Gründen«, setzte ihm Pfirsichdiebin auseinander. »Erstens: Wenn du mich abwirfst, bekommst du nie mehr Zucker. Alle Menschen werden erfahren, daß du schlecht bist, und sie werden nicht mehr mit dir und deiner Herde reiten. Folglich gibt es auch keinen Zucker mehr.«

»Alle Men-schen weg!« höhnte der große Hengst. »Men-schen am Ende!«

»Da täuschst du dich ebenfalls. Es wird noch viele Menschen geben. Dafür sorge ich, verstehst du?« Sie patschte mit der flachen Hand gegen ihren Bauch.

Der Pfad wurde an dieser Stelle wieder schmal, und

der fahle Hengst blieb zurück. Als er wieder mehr Platz fand, zwängte er sich neben Jakkos Stute.

»Ich glaube, ich werfe jetzt runter dich!«

Pfirsichdiebin drehte sich um.

»Du hast meinen zweiten Grund noch nicht gehört«, rief sie ihm zu.

Der Gaul schnob wütend.

»Der zweite Grund ist, daß dir meine drei Freunde hier den Bauch aufreißen, sobald du es nur versuchst.« Sie deutete nach oben, wo wie durch Zauberei die drei Mondhunde auf einem Felsüberhang erschienen und die Gebisse fletschten.

Jakkos Stute wieherte entsetzt, und der Apfelschimmel im Hintergrund schien höhnisch zu lachen. Der fahle Hengst trabte mit erhobenem Schweif an die Spitze der Herde und ließ dicht neben Pfirsichdiebin ein paar dampfende Äpfel fallen.

Sie überquerten den breiten Erdrutsch ohne weiteren Streit. Jakko fühlte sich zunehmend unbehaglich; er wäre mit Vergnügen abgestiegen, um den Rest des Weges in aller Ruhe auf seinen eigenen Beinen zu bewältigen. Hin und wieder legten die Tiere einen Galopp ein, der so schmerzhaft war, daß er Pfirsichdiebin am liebsten um eine Pause gebeten hätte. Aber er schwieg. Als sie dann ein paar mächtige Felsblöcke umrundeten, wurde er für sein Ausharren belohnt: In der Tiefe breitete sich eine Ebene aus, und die hohen Masten, die er am linken Rand aufragen sah, gehörten unzweifelhaft zu einem Flugplatz.

Endlich war der Felsenpfad geschafft. Sie hielten ganz in der Nähe einer Gleitweg-Station neben einer Reihe von zusammengeschobenen Wagen.

Jakko bedankte ich bei der Stute, glitt mit einem Seufzer der Erleichterung zu Boden und merkte, daß auch das Gehen Schwierigkeiten bereitete.

»Sieh erst nach, ob die Wagen noch funktionieren!« rief ihm Pfirsichdiebin vom Pferderücken aus zu.

Bereits das zweite Fahrzeug erwies sich als intakt. Jakko rief das Mädchen zu sich.

Sekunden später gab es Aufruhr bei den Pferden. Der große fahle Hengst griff seine Herde mit Tritten und lautem Gewieher an. Pfirsichdiebin löste sich aus dem Gewühl, gefolgt von den Mondhunden. Sie ließ sich lachend neben ihn auf die Sitzbank fallen.

»Ich habe unseren Reittieren den ganzen Zucker gegeben«, kicherte sie. Dann wurde sie wieder ernst. »Vielleicht eignen sich die Stuten doch als Milchtiere. Ich habe ihnen vorgeschlagen, daß sie mich am Rückweg bis zur Seestation begleiten sollen. Falls es der große Rüpel zuläßt ...«

»Die bringst du doch nie in ein Wagenabteil!« stellte er verwirrt fest.

»Ich gehe ohnehin zu Fuß. Ich kann diese Dinger allein nicht bedienen.«

»Aber ich werde bei dir sein.« Seine Stimme klang unsicher.

»Wozu, wenn du keine Babies machen willst? Du bleibst bestimmt beim Fluß!«

»Aber warum begleitest du mich dann?«

»Weil ich eine Kuh suche«, fauchte sie verächtlich. »Oder eine Geiß. Vielleicht auch einen Mann.«

Sie sagten nichts mehr, bis der Wagen in die Flugplatzstation einbog. Jakko zählte mehr als zwanzig offensichtlich unbeschädigte Schiffe, die an ihren Ankermasten schwebten. Noch viel mehr hingen allerdings schlaff herab, und einige der Masten waren eingestürzt. Die Gleitstreifen des Flughafens standen still.

»Ich schätze, wir müssen uns Schutzhelme besorgen«, erklärte Jakko.

»Warum?«

»Damit die Alarmanlagen nicht losheulen, wenn wir über das Gelände gehen. Das ist auf den meisten Flugplätzen so.«

»Tatsächlich?«

Im Büro neben dem Eingang fanden sie einen Stapel von Schutzhelmen, eine rücksichtsvolle Maßnahme des Personals, das sich zuletzt hier befunden hatte. Ein großes Schild mit handgesetzten Buchstaben verkündete: SÄMTLICHE SCHIFFE ARBEITEN MIT NOTAGGREGAT. MANUELLE STEUERUNG ERFORDERLICH. BITTE ANWEISUNGEN BEACHTEN! Darunter lag ein Stapel eingestaubter Schriften. Sie nahmen eines der Büchlein, setzten die Helme auf und wandten sich einem Platz zu, wo mehrere Schiffe an ihren Ankermasten schwebten. Sie mußten unter dem Netz der stehengebliebenen Gleitstreifen hindurchkriechen; als sie endlich angelangt waren, fanden sie keinen Aufgang vom Erdgeschoß zu den Masten.

»Wir müssen auf den Gleitstreifen dort drüben klettern!«

Sie entdeckten eine kleine Leiter und halfen den Mondhunden nach oben. Das Portal am Ende des Streifens stand offen, und sie betraten einen richtigen Warteraum, der obendrein beleuchtet war.

»Hoffentlich funktioniert der Lift!«

Während sie nach dem Liftschacht suchten, ertönte zu ihrem Entsetzen plötzlich ein lauter Gesang:

»Ho, ho, Roland!«

»Das ist kein Voder!« wisperte Pfirsichdiebin. »Irgendwo in der Nähe muß sich ein Mensch befinden.«

Sie kehrten um und entdeckten einen Mann, der halb auf einer der Ruhebänke lag und halb zu Boden gerutscht war. Als sie näherkamen, rissen sie erschrocken die Augen auf: Der Kerl sah grauenhaft aus. Dünne, verdreckte weiße Haarsträhnen umzottelten ein faltenübersätes, eingefallenes Gesicht; auch der Hals und die Arme waren welk und fleckig. Er trug Hosen und eine Jacke, die ausgefranst und schmutzig wirkten und seinen Körper lose einhüllten. Jakko dachte an die Tuchfetzen neben dem toten Ferrocil und erschauerte.

Der Fremde starrte sie aus tiefliegenden Augen an.

Mit schwacher Stimme wisperte er: »Als der edle Ritter Roland starb, prophezeite er, daß man seinen Leichnam einen Speerwurf näher am Feind als alle anderen finden würde ... Seid ihr zufällig echte Menschen? Dann wäre ich euch dankbar für einen Schluck Wasser.«

»Natürlich.« Jakko löste die Feldflasche vom Gürtel und wollte sie dem Fremden reichen, aber die Hände des Alten zitterten so stark, daß Jakko ihm die Flasche an die Lippen hielt. Ein fauliger Gestank stieg ihm in die Nase. Der Fremde trank gierig. Ein dünner Wasserstrahl sickerte ihm aus dem Mundwinkel. Die Mondhunde kamen zögernd näher und schnüffelten.

»Was *ist* mit ihm?« flüsterte Pfirsichdiebin, als Jakko zurücktrat.

Jakko hatte sich inzwischen besser in der Gewalt. »Ich glaube, er ist nur sehr, sehr alt.«

»Stimmt.« Die Stimme des Fremdlings klang jetzt kräftiger. Er starrte sie neugierig an. »Ich habe zu lange gewartet. Muskelerschlaffung.« Er legte eine Hand kraftlos auf die Brust. »Fibrilläres Zittern ... — eine schöne Bezeichnung, findet ihr nicht? Meine Medizin ging zu Ende. Vielleicht habe ich sie auch verloren ... Da ist ein kleines heißes Tier in meinen Rippen, das meinem Willen nicht mehr gehorcht.«

»Wir nehmen Sie mit zum Fluß!« erklärte Pfirsichdiebin.

»Zu spät, meine Herschaften, zu spät! Ich kann nicht mehr laufen, und ihr seid vermutlich nicht in der Lage, mich zu tragen.«

»Haben Sie noch genug Kraft zum Sitzen?« fragte Jakko. »Irgendwo müssen hier Rollstühle herumstehen — sie hielten immer welche für Verwundete bereit.« Er durchstöberte den Warteraum und hatte rasch gefunden, was er suchte.

Als er mit dem Rollstuhl zurückkam, hatte der Fremde die Blicke fest auf Pfirsichdiebin geheftet und murmelte in einer altertümlichen Sprache Worte vor sich hin, die Jakko nur zum Teil verstand: »... *Die Brüste einer toten Maid bilden Hügel vor der Morgensonne.*« Der Mann versuchte sich hochzustemmen, fiel aber keuchend zurück. Sie mußten ihn stützen und zu zweit in den Stuhl betten. Pfirsichdiebin rümpfte die Nase.

»Hoffentlich geht der Lift noch!«

Er ging, und sie befanden sich bald auf dem hochgelegenen Abflugdeck. Bereits in der vierten Parkbucht fanden sie ein startbereites Schiff. Es war eine kleine Inland-Fähre. Sie betraten die verglaste Passagierkabine. Der alte Mann saß zusammengesunken im Rollstuhl. Ein ekelerregender Geruch ging von ihm aus. Die Mondhunde liefen von Fenster zu Fenster und starrten in die Tiefe. Jakko nahm vor dem Steuerpult Platz.

»Lies mir die Anweisungen vor!« bat er Pfirsichdiebin.

Sie nickte. »Erstens — Steuerungshebel auf manuell umstellen — was immer das heißen mag! Aber sieh mal — da ist eine Skizze!«

»Gut.«

Das Ganze erwies sich als einfach. Sie gingen gemeinsam die Liste durch, verschlossen die Einstiegsluke, lösten die Halteseile, überprüften die Rotorfunktion und den Druck in den Gasbehältern und schalteten den Reaktor ein, der die Triebwerke aufwärmte und Heißluft für den Aufstieg erzeugte.

Während sie auf das Startsignal warteten, fragte Pfirsichdiebin den Alten, ob sie ihn an einen Fensterplatz schieben solle. Er nickte heftig. Als sie seinem Wunsch nachgekommen war, wisperte er: »Hinausschauen!« Sie stützte ihn mit Kissen, bis er aufrecht dasaß.

Das Startlicht blinkte. Jakko steuerte das Schiff sanft aus seiner Bucht, und es glitt in die Höhe. Der Computer zeigte Windstärke, Höhe und Aufstiegsgeschwindigkeit an, und jemand hatte auf sämtlichen Feinskalen die Markierung *Kurs in Richtung FLUSS* angebracht. Jakko mußte nur noch die Zeiger einstellen.

»Nun sollst du auf Automatik umschalten!« las Pfirsichdiebin vor. Er tat es.

Der Start hatte den alten Mann sichtlich mitgenommen. Er schaute angestrengt in die Tiefe und murmelte unverständliches Zeug vor sich hin. Jakko fing ein paar Wortfetzen auf: *»Die kühlen grünen Hügel der Erde ...* Quatsch!« Plötzlich sang er laut: *»Gleich nebenan wartet ein verdammt schönes Universum — let's go!«* Und fiel erschöpft zurück.

Pfirsichdiebin beugte sich besorgt über ihn. »Ich möchte ihn wenigstens ein wenig säubern — aber er wirkt so schwach!«

Der Alte öffnete die Augen.

»Doch Liebe hat ihr Haus gebaut am Ort von Exkrement, denn nichts kann eins und alles sein, ein Riß hat es getrennt.« Er begann mit dünner Stimme zu singen: *»Take me to the River, the bee-yew-tiful River, and wash all my sins a-way! ...* Du hältst mich für verrückt, Mädchen, nicht wahr?« fuhr er lässig fort. »Noch nie was von William Yeats gehört, hm? Hatte eine hohe Bit-Rate, dieser ... dieser Yeats.«

»Ich glaube, das eine oder andere verstehe ich«, erklärte Jakko. »Eine meiner Tanten hat nämlich englische Literatur gemacht.«

»Literatur *gemacht?«* Der Alte schnob verächtlich. »Und ihr beide — ihr geht zum Fluß, um als Energiematrizen oder was ähnlich Eindrucks- und Geschlechtsloses in alle Ewigkeit vereint zu bleiben ...? *Für immer sollt Ihr lieben, soll Schönheit sie bewahr'n.«* Er stieß ein Knurren aus. »Habe diesem Keats immer mißtraut. Ohne Saft. Der würde sich hier wohl fühlen.«

»Wir gehen nicht zum Fluß«, erklärte Pfirsichdiebin. »Ich zumindest habe nicht die Absicht. Ich will hierbleiben und Kinder machen.«

Der eingefallene Mund des Alten klappte auf. Er starrte sie entgeistert an.

»Nein!« hauchte er. »*Ist* das wahr? Bin ich auf die

letzten Liebenden gestoßen — auf die Mutter der Menschheit?«

Pfirsichdiebin nickte feierlich.

»Welchen Namen trägst du, o Königin?«

»Pfirsichdiebin.«

»Mein Gott! Jemand, der noch Blake kennt!« Er lächelte schwach, und dann klappten unvermittelt seine Lider zu. Er war eingeschlafen.

»Er atmet leichter. Sehen wir uns um!«

Das Heck des kleinen Schiffs bestand aus einem Frachtraum. In der Nische, die den Speisen-Synthesizer enthielt, bemerkte Jakko, daß Pfirsichdiebin etwas in die Tasche schob.

»Was ist das?«

»Ein kleiner Löffel. Genau richtig für ein Kind.« Sie schaute ihn nicht an.

Als sie in die Passagierkabine zurückkehrten, überflutete der Sonnenuntergang die Welt unter ihnen mit rötlichem Licht. Das Luftschiff schwebte wispernd über weite, sonderbar schrundige Wiesen. Nur dann und wann hörte man das Pfeifen einer Düse, wenn es den Kurs veränderte.

»Sieh doch — Kühe! Das müssen Kühe sein!« rief Pfirsichdiebin. »Da, die Schatten!«

Jakko erkannte kleine braune Flecken mit grotesken, gehörnten Schatten, die sich über weite Flächen verteilten. Es waren eindeutig Tiere.

»Ich muß sie wiederfinden, wenn ich zurückkehre. Was *ist* das für ein Gebiet?«

»Ein großer Friedhof, glaube ich. Die Stätte, an denen sie die Toten eingruben. Ich habe noch nie einen von dieser Ausdehnung gesehen. In manchen Städten gibt es Bauwerke nur für die Toten. Glaubst du nicht, daß die Kadaver die Kühe verseuchen?«

»O nein, soviel ich weiß, ergibt das besonders gutes Gras. Die Hunde werden mir helfen, die Stelle wiederzufinden. Nicht wahr, Tycho?« Sie wandte sich an den größten Mondhund, der neben ihr kauerte und reglos in die Tiefe starrte.

An den Ostfenstern der Kabine sahen sie den Vollmond aufsteigen. Der alte Mann schlug die Augen auf und blinzelte in das Licht.

»Wasser, bitte!« krächzte er.

Pfirsichdiebin reichte ihm einen Becher und brachte ihn dann dazu, ein wenig Suppe aus dem Synthesizer zu schlucken. Er wirkte jetzt kräftiger und lächelte ihr zu. Seine Zähne waren halb verfault.

»Hör mal, Mädchen — wenn du hierbleiben und Kinder machen willst, weshalb gehst du dann zum Fluß?«

»*Er* geht hin, weil er versprochen hat, von seinem Vater Abschied zu nehmen, und ich begleite ihn, damit er auch wirklich zurückkehrt. Und mir das Baby macht. Aber jetzt will er die Pillen nicht mehr schlucken. Ich werde mir wohl doch einen anderen Mann suchen müssen.«

»Ach ja, die Pillen ... Wachmacher nannten wir sie ... Sie wurden notwendig, nachdem all diese Zeugungschemie in Umlauf kam. Vielleicht sind sie auch heute noch nötig — für die Frauen zumindest. Aber ich glaube, das alles wird vom Kopf gesteuert. Warum wehrst du dich gegen die Dinger, Junge? Was ist los mit dem alten Adam?«

Pfirsichdiebin wollte etwas erwidern, aber Jakko schnitt ihr das Wort ab. »Ich kann für mich selbst sprechen. Sie regen mich auf, sie verwirren mich. Ich mache scheußliche, unbeherrschte Sachen, und ich fühle mich ...« — Er schnitt eine Grimasse.

»Du klingst merkwürdig hitzig für einen, dem die eigene Ruhe mehr wert ist als der Fortbestand der Rasse.«

»Es sind diese Pillen, ich sage es doch: Sie — sie würdigen die Menschheit herab.«

»Würdigen die Menschheit herab!« spottete der Alte. »Und was weißt du von der Menschheit, Grünschnabel? ... Das habe ich gesucht, deshalb bin ich so lange geblieben, umgeben von den uralten Dingen aus der Zeit vor den Flüssen! Ich wollte das Wissen mitbringen, wie die Menschheit wirklich ist ... das *ganze* Wissen über die Menschheit! Es ist einfach, mein Junge. Sie ist tot!« Er atmete schluchzend ein. »Jeder einzelne Mensch ist tot. Früher lebten die Leute in dem Wissen, daß Verlust und Leid sie erwartete — und Erlöschen. Und das war schlimm für sie ... Oh, sie hatten sich Mythen gebastelt, aber nur wenige glaubten echt daran. Der *Tod* stand hinter ihrem Handeln, lauerte überall. Das Alter und der Tod. Kein Entrinnen ... Einige von ihnen verloren den Verstand, sie kämpften, töteten und versklavten ihre Mitmenschen zu Millionen, als könnten sie dadurch mehr Leben an sich binden. Einige gaben ihr kostbares Dasein für andere hin. Sie liebten — und mußten zusehen, wie jene, die sie liebten, alterten und starben. Und mit Schmerzen und Verzweiflung bauten sie auf, kämpften sie, und einige sangen! Aber mehr als alles andere liebten sie! Sie hurten, sie fickten, sie bumsten!«

Er fiel keuchend zurück und starrte Jakko mit düster flackernden Augen an. Dann, als er merkte, daß die jungen Leute seine altertümlichen Worte kaum verstanden, fuhr er deutlicher fort: »Sie haben Sex getrieben, versteht ihr? Kinder gezeugt. Es war ihre einzige Waffe. Etwas von sich selbst über den Tod hinaus in die Zukunft zu schicken. Der Tod war der Motor ihres Lebens, der Tod feuerte ihre Sexualität an. Der Tod trieb sie einander ins Messer und in die Arme! Im Sterben triumphierten sie ... *Das* war Menschenart! Aber nun steht dieser mächtige Motor seit langem still. Und ihr nennt diese brave Parade unsterblicher Lemminge Menschheit ...? Dabei läßt euch selbst die lauwarme Asche jenes uralten Brandes zurückzucken!«

Er fiel mit einem schrecklichen Keuchen in sich zusammen; Speichel tropfte ihm übers Kinn. Aus halbgeschlossenen Augen starrte er sie an.

Jakko stand wortlos da; gewisse Resonanzen in den Worten des alten Mannes erschütterten ihn. Er dachte an den toten Ferrocil und spürte, wie aus der Tiefe der längst verschwundenen Vergangenheit ein Ausläufer der Realität nach ihm griff. Pfirsichdiebin legte ihm eine Hand auf die Schulter und jagte Feuer durch seinen Körper. Sein Arm schien sich von selbst zu heben, ganz langsam, und seine Hand bedeckte die ihre. Er zog sie an sich, und sie standen da und beobachteten lange Zeit den alten Mann. Seine Miene wurde allmählich sanfter, und er fuhr mit leiser, spröder Stimme fort:

»Ich traue diesem Fluß einfach nicht... Ihr glaubt, daß euer Ich erhalten bleibt, nicht wahr? Daß ihr mit dem Geist, mit den Seelen der Menschen und der Geschöpfe von anderen Sternen in Kontakt sein werdet...? Der neueste Klatsch von Beteigeuze?« Er lachte rauh.

»Das jedenfalls sind die letzten Eindrücke der Menschen, wenn sie fortgehen«, erwiderte Jakko. »Jeder weiß das. Man schwebt hinaus, kann mit anderen Geschöpfen Wissen austauschen — kann sich frei bewegen.«

»Ja. Die Erfüllung unserer kühnsten Träume.« Er lachte wieder vor sich hin. »Aber ich frage mich — ist das nicht nur der Köder, der uns ins Innere einer Art kosmischen Wurstmaschine locken soll...?«

»Einer *was?*« hakte Pfirsichdiebin nach.

»Eine Maschine von einst, in der man verschiedene Fleischsorten ganz fein hackte und vermischte, bis sie als einheitliche Masse am anderen Ende wieder herauskamen... Vielleicht werdet ihr auch nach und nach kleingehackt und vermischt und zu einer Art Energie-Plasma zusammengerührt — damit man euch am anderen Ende wieder losläßt als die furchtbare Gabe der Erkenntnis — sei es auf eine unschuldige Krokodilrasse oder einfach so, bis ihr euch im All verliert — und alles von vorne beginnt. Ein neuer, vom Zufall geschaffener

Motor des Universums, der blind gibt und nimmt …« Er hustete. Sein Blick schweifte von ihnen ab, und er begann in einem altertümlichen Dialekt zu murmeln: *»Oh, wenn der Geist beginnt zu leben, abstreift des Totenlagers Wirren, wohin wird er gesandt … So wie die Bücher künden, nackt und voller Beben ob der Gestirne kalten Schuldspruch in ein fremdes Land …?«* Er verstummte und wisperte dann schwach: »Und doch möchte auch ich gehen.«

»Sie werden es schaffen«, ermutigte ihn Pfirsichdiebin.

»Wie … wie lange noch?«

»Wir sind im Morgengrauen da«, meinte Jakko. »Wir tragen Sie zum Fluß, ich verspreche es Ihnen.«

»Ein großes Geschenk«, murmelte er schwach. »Aber ich fürchte … ich werde euch ein noch größeres machen.« Er murmelte ein Wort, das Jakko nicht kannte und das wie ›Afrodisakum‹ klang.

Danach schloß er die Augen. Pfirsichdiebin holte ein feuchtes, duftendes Tuch aus dem Waschautomaten und säuberte ihm sanft das Gesicht. Der Alte blinzelte und grinste.

»Madame Tasselass«, krächzte er. »Madame Tasselass, werden Sie uns wirklich retten?«

Pfirsichdiebin lächelte dem Alten zu und nickte energisch. Er schloß die Augen. Von da an wirkte er friedvoller.

Das Schiff jagte durch Vollmondlicht, und die Kabine war so durchdrungen von dem blausilbernen Schimmer, daß sie gar nicht auf den Gedanken kamen, die Beleuchtung einzuschalten. Hin und wieder verschleierten die Glitzernebel einer niedrigen Wolke die Fenster und verschwanden wieder. Jakko wollte eben eine kleine Mahlzeit vorschlagen, da begann der alte Mann zu keuchen und zu würgen und schlug die Augen auf. Ein blubberndes Geräusch drang aus seinen Eingeweiden.

Pfirsichdiebin warf ihm einen scharfen Blick zu und

nahm eines seiner Handgelenke. Dann runzelte sie die Stirn und beugte sich über ihn. Sie öffnete sein schmutzstarrendes Wams, preßte ein Ohr an seine Brust und schaute dann Jakko an.

»Er atmet nicht, ich höre keinen Herzschlag.« Sie fingerte in seinem Wams umher, als könne sie irgendwo das Leben ertasten und festhalten. Tränen liefen ihr über die Wangen.

»Er ist tot — ooh!« Ihre Hand glitt tiefer. Dann richtete sie sich unvermittelt auf und strich die Kleidung des Alten glatt.

»Was ist?«

»Er ... er ist eine Frau!« Sie stieß ein Schluchzen aus und warf sich in Jakkos Arme. »W-wir wissen nicht einmal, wie sie hieß!«

Jakko hielt sie fest und starrte an ihr vorbei zu der Toten. *Sie hat meinen Namen auch nicht gekannt,* dachte er. In diesem Moment ging ein Ruck durch das Luftschiff. Ein Kabel schien zu scheuern oder zu rutschen, doch gleich darauf setzte die Maschine ihren Flug ruhig fort.

Jakko hatte sich sein Leben lang auf die Technik verlassen, aber nun schnürte ihm Entsetzen die Kehle zu. Dieses Schiff konnte abstürzen! Sie konnten sterben wie Ferrocil, wie diese Fremde, wie die zahllosen Menschen, die auf den Friedhöfen da unten lagen. Echos der spröden Stimme, die vom Tod gesprochen hatte, dröhnten in seinem Kopf. Er hatte die plötzliche Vision, daß Pfirsichdiebin alt war und auf die gleiche Weise starb wie diese Frau hier. Daß sie allein starb, nachdem die Flüsse fort waren. Seine Augen füllten sich mit Tränen, und aus seinem Unterbewußtsein drängte ein wilder Gefühlsansturm. Er zog Pfirsichdiebin enger an sich. Plötzlich wußte er wie im Traum, was geschehen würde. Nur empfand er diesmal keinen Zorn. Sein Körper war wie warmer, lebendiger Fels.

Er streichelte Pfirsichdiebin, bis ihr heftiges Weinen nachließ, und führte sie zu der mondhellen Bank auf der anderen Seite der Kabine. Sie schluchzte immer noch leise und klammerte sich eng an ihn. Er fuhr mit sicheren, ruhigen Händen über ihren Rücken, umfaßte ihre Hüften und merkte, wie ihr Körper reagierte.

»Gib mir diese Pille!« sagte er. »Jetzt!«

Ihre großen Augen starrten ihn aus dem blauen Mondlicht an. Sie zog die kleine Pillendose hervor. Er nahm eine Kapsel und schluckte sie ruhig. Er wollte, daß sie verstand.

»Zieh dich aus!« Er begann aus seinem Wams zu schlüpfen, stolz auf die warme, beständige Kraft in seinen Lenden. Als sie ihre Kleider ablegte und er den glänzendschwarzen Haarwust unter dem zierlichen, flachen Bauch sah, die silbergeränderten Umrisse ihres Körpers, da erfaßte ihn ein Drängen, aber immer noch befand er sich im Bann einer beinahe unnatürlichen Ruhe.

»Leg dich hin!«

»Warte noch einen Augenblick ...« Sie entglitt seinen Händen wie ein Fisch und huschte durch die Kabine, bis sie neben der Toten im Dunkel stand. Jakko sah, daß sie versuchte, die erstarrten Augen zu schließen, die immer noch aus den Schatten leuchteten. Er konnte warten; er hatte nie geglaubt, daß sich solche Dinge in seinem Körper abspielten. Pfirsichdiebin verhüllte das Gesicht der Fremden mit dem Tuch und kam zu ihm zurück. Sie breitete schüchtern die Arme aus und ließ sich mit weit gespreizten Schenkeln auf die schimmernde Bank sinken. Das Mondlicht war so hell, daß er das rosige Fleisch tief im Innern ihrer Scheide erkennen konnte.

Er schob sich sanft über sie, beherrscht, atmete den erregenden animalischen Duft ihres Körpers ein. Diesmal drang sein Penis leicht ein, mit dem Gefühl, daß alles sein mußte, wie es war, und daß es so richtig war.

Aber einen Moment später loderten die Flammen des Entsetzens, des Mitleids und der Herausforderung zu einem heißen, leidenschaftlichen Feuer in seinen Lenden auf. Der zierliche Körper unter ihm schien nicht länger verwundbar, sondern hungrig. Er umklammerte sie, stieß in die Tiefe, vergrub sich lachend in ihr. Der Tod starb nicht allein, dachte er vage, als die alten Menschentriebe, die in ihm gelauert hatten, erwachten. Der Tod flog mit ihnen, flog unter ihnen vorbei, aber er entfachte Leben im Leib dieser Frau, eingefangen in einem gewaltigen Crescendo fremdartiger Gefühle, bis ihn der Höhepunkt der Lust wie ein Schmerz durchzuckte und in sie überströmte. Die Spannung wich von ihm.

Als er wieder sprechen konnte, fragte er, zögernd um die richtigen Worte ringend: »Hast du ... war es bei dir auch wie ... wie eine Explosion?«

»Nein, das nicht.« Ihre Lippen waren nahe an seinem Ohr. »Die weibliche Lust ist — anders. Vielleicht zeige ich es dir. Später ... Aber ich glaube, es war gut so für das Baby.«

Er spürte nur einen winzigen Stachel bei ihren Worten und ließ sich langsam in den Schlaf gleiten, das Gesicht in ihr warm duftendes Haar gedrückt. Verschwommen begriff er, daß die große Bestie seiner Träume, die vielleicht die Menschheit selbst war, ihn aufgepeitscht und ausgenutzt hatte. Es störte ihn nicht mehr.

Etwas Kaltes stieß gegen sein Ohr, und eine heisere Stimme knurrte: »Hung-ger!« Es waren die Mondhunde.

»Ach, du liebe Güte, ich habe vergessen, sie zu füttern.« Pfirsichdiebin löste sich geschmeidig von ihm.

Jakko merkte, daß er ebenfalls gewaltigen Hunger hatte. Der Mond war höhergestiegen, und die Kabine lag jetzt im Dunkel. Pfirsichdiebin machte die Schalter ausfindig und sorgte für eine gedämpfte Helligkeit auf ihrer Seite der Kabine. Sie aßen und tranken mit großem Appetit. Unter ihnen breitete sich die mondhelle

Erde aus. Die Gräberfelder waren verschwunden, und sie flogen über dunkel bewaldete Vorberge. Später, als sie sich wieder schlafen legten, neigte sich die Kabine ein wenig. Das Schiff stieg allem Anschein nach höher.

Jakko erwachte mitten in der Nacht von einem weichen Körper, der sich gegen ihn preßte. Pfirsichdiebin massierte ihn sanft.

»Gib mir deine Hand!« wisperte sie atemlos. Sie führte seine Finger, ihr Körper spannte sich an, wand sich unter seinen Händen. Ihre Haut war schweißnaß. Neue Kraft durchströmte seine Lenden, und seine Erregung wuchs. »Jetzt, jetzt!« drängte sie, und als er gehorchte, spürte er, wie ihr Inneres vibrierte. Sie schien gegen ihn anzukämpfen und ihn zugleich zu verschlingen. Freude durchpulste ihn, diesmal völlig frei von Entsetzen. Er preßte gegen ihr warmes, lebendiges Fleisch. »Ja — so!« keuchte sie. Gemeinsam steigerten sie sich zur berauschenden Explosion und fanden in der völligen Erschöpfung Frieden.

Er blieb in ihr, bis ihr Körper völlig entspannt war und ihr Atem leichter ging. Sex war allem Anschein nach mehr, als er geahnt hatte. Seine Familie hatte ihm keine einzige dieser Erfahrungen mit auf den Weg gegeben. Vielleicht wußten sie selbst nicht Bescheid. Vielleicht lag das alles aber auch außerhalb ihrer stillen, philosophischen Lebensweise.

»Woher weißt du diese Dinge?« fragte er Pfirsichdiebin schläfrig.

»Eine meiner Tanten hat sich auch mit Literatur beschäftigt.« Sie lachte leise. »Mit einem Nebenzweig der Literatur, nehme ich an.«

Sie schliefen fast so reglos wie die Tote, die am anderen Ende der Kabine lag und eine Welt von ihnen entfernt war.

Eine Reihe heftiger Stöße weckte sie. An den Fenstern flogen rosa Nebelfetzen vorbei. Das Luftschiff schien in eine Landebucht zu gleiten. Jakko schaute in die Tiefe und sah Gras und Sträucher. Offenbar steuerten sie einen Berghang an.

Der Computer erwachte wieder zum Leben. »BITTE PROGRAMM AUF UMKEHR ZUR BASIS EINSTELLEN!«

»Nein«, erklärte Jakko. »Wir brauchen das Schiff noch für den Heimflug.« Pfirsichdiebin lächelte ihn dankbar an; er spürte, daß sie ihm jetzt Glauben schenkte. Jakko schaltete die Steuerung auf Standby, während Pfirsichdiebin den Speisen-Synthesizer bediente. Die Luft entwich zischend aus den Gasbehältern. Jakko sah, daß Pfirsichdiebin neben der Toten stand.

»Wir schaffen ihren ... ihre Leiche ins Freie, ehe wir zurückfliegen«, sagte Pfirsichdiebin. »Vielleicht nimmt der Fluß sie irgendwie auf.«

Jakko bezweifelte es, aber er nahm schweigend sein Proteinfrühstück zu sich.

Als sie das kleine Wasch- und Toilettenabteil aufsuchten, um sich herzurichten, merkte er, daß er keine Lust hatte, die Spuren der Nacht zu tilgen. Pfirsichdiebin schien ähnliches zu empfinden, denn sie wusch sich nur Gesicht und Hände. Er warf einen Blick auf ihren biegsamen Körper, den jetzt wieder Seidentücher verhüllten. Wuchs in ihr bereits jetzt ein Kind, sein Kind? Von neuem flammte Verlangen in ihm auf, aber er wußte, daß eine Menge Arbeit vor ihm lag. Das Versprechen, das er seinem Vater gegeben hatte, mußte eingehalten werden. Je eher er es erfüllte, desto besser.

»Ich liebe dich«, sagte er zögernd, und die sonderbaren Worte klangen echt und wahr.

Sie lächelte strahlend, nicht so flüchtig wie sonst. »Ich glaube, ich liebe dich auch.«

Das Licht in der Bodenluke begann zu blinken. Die beiden entriegelten sie und fanden eine Klapptreppe, die in die Tiefe führte. Die Hunde liefen voraus in eine Welt rasch dahinziehender, graurosa gefärbter Nebelfetzen. Wolken umströmten sie, und der Wind schien zum Gipfel hin zu wehen, der ein Stück über dem Landeplatz aufragte. Der Boden unter ihren Füßen wirkte uneben. Das kurze weiche Gras war allem Anschein nach von Tieren abgefressen.

»Alle Winde wehen zum Fluß«, zitierte Jakko.

Sie begannen den Hang zu erklimmen, gefolgt von den Mondhunden, die nervös die Ohren aufrichteten. Vielleicht störte es sie, daß sie nicht wittern konnten, was vor ihnen lag, dachte Jakko. Pfirsichdiebin hielt seine Hand ganz fest, als sei sie entschlossen, ihn vor jeder Gefahr zu schützen.

Als sie die flache Hügelkuppe erreichten, teilten sich die Nebel unvermittelt, und sie schauten hinunter in ein weites, sonnenhelles Tal. Unwillkürlich blieben beide stehen, erstarrt von dem bizarren Anblick, der sich ihnen bot.

Zu ihren Füßen breitete sich ein Abfallberg aus, Kilometer um Kilometer zurückgelassener Dinge, die den Talboden beinahe unter sich begruben. Gegenstände jeglicher Beschreibung häuften sich auf. Jakko erkannte Kleider, Bücher, Spielzeug, Geschmeide, Myriaden von Instrumenten und Geräten. Das war wohl die Habe, welche die Menschen bis zuletzt mitgeschleppt hatten, bis hin zum Fluß. Auf halber Höhe entdeckten sie einen Ring von Boden- und Luftautos. Sogar Lastwagen standen umher. Alles wirkte gut erhalten, das Metall blitzte, als habe der Verfall in der Nähe des Flusses haltgemacht.

Jakko stellte fest, daß der Ring aus Zelten und Fahrzeugen einige ältere und allem Anschein nach größere Ringe schnitt. Die Müllhalde schien kein Zentrum zu haben.

»Der Fluß hat sich verlagert — oder ist geschrumpft«, meinte er.

»Beides, glaube ich.« Pfirsichdiebin deutete nach rechts. »Siehst du, eine alte Verteidigungsanlage!«

Ein großer, grasbedeckter Buckel beherrschte die Anhöhe, auf der sie standen. Jakko sah, daß sich in seine Flanken metallgeränderte Schlitze befanden. Er kannte die historischen Fakten: Als die ersten Flußausläufer die Erde berührten, waren viele Menschen noch von Herrschern regiert. Und manche dieser Herrscher hatten versucht, ihre Untertanen am Fortgehen zu hindern. Sie hatten Wachen um die Flußstationen aufgestellt und sogar Tötungsmaschinen im Boden vergraben. Aber die Wächter waren selbst zum Fluß gegangen, oder der Fluß hatte sich ausgedehnt und sie mitgerissen. Und die Menschen hatten Tiere über den verminderten Boden getrieben und waren ihnen in einigem Abstand gefolgt, um sich in den Strudel der Ewigkeit zu werfen. Am Ende waren die Herrscher entweder gestorben oder auch zum Fluß gekommen. Als sich Jakko genauer umsah, konnte er erkennen, daß die grünen Hänge zerfurcht und kraterübsät waren, als hätten einst Detonationen das Erdreich aufgewühlt.

Plötzlich kam ihm in den Sinn, daß er in diesem wirren Durcheinander seinen Vater finden mußte.

»Wo ist der Fluß jetzt? Der Geist meines Vaters müßte noch zu spüren sein, wenn ich mich nicht allzu sehr verspätet habe.«

»Siehst du den Fleck dort in der Luft, der wie Wasser schimmert? Ich bin überzeugt, daß dort Gefahr droht.«

In der Tiefe, ein Stück rechts von ihnen und ziemlich nahe am Kreis der Zelte und Wagen, befand sich ein eigentümlich wabernder Fleck. Als Jakko näher hinsah, erkannte er eine mächtige Säule schwach golden getönter, flimmernder Luft. Seine Blicke schweiften umher; er entdeckte im ganzen Tal nichts Ähnliches.

»Wenn das die einzige Sammelstelle darstellt, dann ist der Fluß stark geschrumpft.«

Pfirsichdiebin nickte und schluckte dann. Ihr schmales Gesicht wirkte plötzlich hart. Sie wollte auf der Erde weiterleben und hier sterben, ohne zum Fluß zu gehen.

Jakko erkannte die Absicht in ihren Zügen. Und er würde bei ihr bleiben; das stand für ihn fest. Er drückte mit aller Kraft ihre Hand.

»Wenn du unbedingt mit deinem Vater sprechen mußt, gehen wir am besten hier oben entlang«, meinte Pfirsichdiebin. »Das erscheint mir am ungefährlichsten.«

»Nei-ein«, meldete sich einer der Mondhunde zu Wort. Die beiden Menschen drehten sich um und sahen die Hunde in einer Reihe am Hügelkamm sitzen. Sie starrten mit halbgeschlossenen Augen ins Tal.

»Schon gut«, beruhigte Pfirsichdiebin die Tiere. »Ihr wartet hier. Wir kommen bald zurück.«

Sie drückte Jakkos Hand noch fester, und gemeinsam gingen sie los. Sie machten einen Bogen um den alten Kriegshügel, wanderten vorbei an den Überresten uralter Fahrzeuge, kamen an eine Säule, die schräg im Nichts lehnte. Sie entdeckten schwache Trampelpfade im kurzen Gras. Wieder ragte ein Kriegshügel vor ihnen auf; als sie ihn umrundet hatten, standen sie unvermittelt vor einer kleinen Herde. Die Tiere hatten lange, schmale Hälse und ein weißes Fell, und sie besaßen keine Hörner. Ohne Scheu grasten sie weiter, als die beiden Menschen auftauchten. Jakko meinte, es könnte sich um mutierte Rehe handeln.

»Sieh doch!« Pfirsichdiebin ließ seine Hand los. »Das ist Milch — da, sie säugt ihr Kleines!«

Jakko sah, daß eines der Tiere eine Art knotigen Sack zwischen den Hinterläufen hängen hatte. Ein Junges kniete daneben und trank. Eine Mutter und ihr Kind.

Pfirsichdiebin ging vorsichtig auf die beiden zu und stieß leise Lock- und Begrüßungslaute aus. Das Muttertier betrachtete sie furchtlos, während das Kleine mit rollenden Augen weitertrank. Pfirsichdiebin trat neben die beiden, streichelte die Mutter und bückte sich dann, um den Beutel zu betasten. Das Tier tat einen Schritt zur Seite, hielt dann aber still. Als Pfirsichdiebin sich wieder aufrichtete, leckte sie ein paar Tropfen von ihren Fingern.

»Das ist gute Milch! Und die Tiere haben genau die richtige Größe, wir können sie im Luftschiff mitnehmen. Sogar in die Bodenautos passen sie!« Sie strahlte und lachte. Jakko spürte eine Wärme, die ihm die Kehle zuschnürte. Der Eifer, mit dem sie ihre kleine Welt ausstattete, ihr künftiges Nest! *Ihr und sein Nest und das der Kinder...*

»Begleitet uns doch!« drängte Pfirsichdiebin. »Kommt mit uns!« Sie schlang ihren Gürtel um den Nacken des Muttertieres, damit sie es besser führen konnte. Es folgte ihr friedfertig, und das Kleine kam mit ungeschickten Sprüngen hinterher.

»Das Junge ist ein Männchen. Oh, das ist wunderbar!« rief Pfirsichdiebin. »Da, halt den Gürtel einen Moment fest! Ich möchte mich drüben bei der Herde umsehen.«

Sie reichte Jakko die Schlaufe und rannte los. Das Tier betrachtete ihn ruhig. Plötzlich zog es die Oberlippe ein Stück zurück und spuckte. Er konnte gerade noch den Kopf zur Seite drehen. Ungeduldig rief er Pfirsichdiebin zurück.

»Ich muß zuerst meinen Vater finden!«

»Ist gut.« Sie gesellte sich wieder zu ihm. »Oh, sieh dir das an!«

Etwas weiter unten am Hang war eine Geistererscheinung aufgetaucht — eines der weißen Tiere, allerdings nahezu transparent und gespenstisch dünn. Es schwebte vage hin und her, senkte gelegentlich den Kopf, fraß aber nicht.

»Es muß zur Hälfte in den Fluß geraten sein. Oh, Jakko, siehst du nun, wie gefährlich das ist! Ich habe Angst. Ich habe solche Angst, daß dich der Fluß einfängt.«

»Bestimmt nicht. Ich werde gut achtgeben.«

»Ich habe solche Angst.« Aber sie begleitete ihn weiter und zog das Milchtier am Gürtel mit. Als sie an dem Geistergeschöpf vorbeikamen, rief ihm Pfirsichdiebin zu: »So kannst du nicht leben! Geh lieber in den Fluß! Los — schsch!«

Es drehte sich um und wanderte über die Abfallberge langsam auf das Schimmern der Luft zu.

Auch sie näherten sich jetzt der Sammelstelle. Immer häufiger mußten sie über verlassene Gegenstände klettern. Pfirsichdiebin beäugte die einzelnen Dinge scharf; einmal bückte sie sich, hob einen weichen, weißen Stofflappen auf und stopfte ihn in ihren Rucksack. Sie erreichten einen langgestreckten Hang, der verhältnismäßig frei von Abfällen war und zur glitzernden Luftsäule hin abfiel. Sie wanderten über das Gras.

Das Flußauge wurde immer furchteinflößender, je näher sie kamen. Sie konnten jetzt erkennen, daß es in die Höhe führte, bis an den Rand des Himmels, und dort einen leichten Knick machte. Ein Tentakel jenes materielosen Erkenntnis-Stroms, das die Erde umfangen hielt — ein Pfad zur Unsterblichkeit. Die Luft im Innern der Säule sah jetzt nicht mehr golden aus, sondern blaßsilbern wie ein breiter Strahl Mondlicht, der durch den Morgenhimmel in die Tiefe sickert. Die Gegenstände ringsum wirkten sehr klar, schimmerten aber, als seien sie von einem Mantel kalten Kristallwassers umgeben.

An einer Seite erhob sich eine Zeltreihe. Jakko erkannte plötzlich eines der Zelte und beschleunigte seine Schritte. Pfirsichdiebin zerrte ihn zurück.

»Jakko, sei vorsichtig!«

Sie blieben etwa hundert Meter von den kaum wahrnehmbaren Ausläufern der Flußsäule entfernt stehen. Am Rande des flimmernden Kreises war ein Stab in den Boden gerammt. Ein Schal aus grüngelber Seide flatterte daran.

»Schau — das ist das Zeichen meines Vaters!«

»Oh, Jakko, *du kannst dort nicht hingehen!*«

Bei dem vertrauten Gegenstand stürmte unvermittelt die Erinnerung an seine Eltern und seine Familie auf Jakko ein. An ihre ruhige Vernunft, an die feierliche Vorbereitung auf das Leben in der Ewigkeit, fern von der Erde. Zwei Wirklichkeiten kämpften für kurze Zeit in seinem Innern. Sie hatten ihn geliebt, dessen wurde er sich in diesem Moment bewußt. Besonders sein Vater... Aber nicht so, wie er Pfirsichdiebin liebte, schrie sein neu erwachter Geist lautlos. Ich bin aus Erde! Sollen die Sterne sich um ihresgleichen kümmern! Sein Entschluß wuchs und siegte.

Sanft löste er sich aus ihrem Griff.

»Warte hier! Mach dir keine Sorgen, es dauert lange, bis die Veränderung eintritt, das weißt du! Stunden, Tage. Ich bleibe nur eine Minute und komme dann zurück.«

»Oh, das ist alles Wahnsinn!«

Aber sie ließ ihn gehen und hielt das Milchtier fest, während er den Hang hinunterwanderte und sich einen Weg über den Abfall zu dem im Boden eingepflanzten Stab bahnte. Beim Näherkommen spürte er, wie sich die Luft ringsum veränderte, wie sie erwachte und doch stiller wurde als zuvor.

»Vater! Paul! Ich bin es, Jakko, dein Sohn! Kannst du mich noch hören?«

Keine Antwort kam. Er tat noch einen oder zwei Schritte auf den Stab zu und wiederholte seine Worte.

Ein sanftes Echo drang in seine Schläfen, als hätten sich unirdische Reiche geöffnet. Aus der Ewigkeit spürte er die ruhige Stimme seines Vaters, ohne sie jedoch zu hören.

Du bist gekommen!

Das Gefühl einer schlichten, herzlosen Begrüßung.

»Die Städte sind leer, Vater. Die Menschen sind fortgegangen — überall.«

Komm!

»Nein.« Er schluckte, wehrte die Erinnerungen ab,

kämpfte gegen die Verlockung dieses fremden Ortes an. »Das alles weckt Trauer in mir. Es ist der falsche Weg. Ich habe eine Frau gefunden. Wir wollen bleiben und Kinder haben.

Der Fluß verschwindet, Jakko, mein Sohn!

Es war, als habe ein Stern seinen Namen gerufen, aber er blieb fest. »Das ist mir gleichgültig. Ich bleibe bei ihr. Lebwohl, Vater. Lebwohl!«

Tiefes Bedauern berührte ihn, und aus dem Jenseits murmelten lautlose Stimmen: *Komm! Komm! Fort von hier!*

»Nein!« schrie er, oder er versuchte zu schreien, aber es gelang ihm nicht, die entrückten Stimmen zum Schweigen zu bringen. Und als er nach oben starrte, spürte er plötzlich die Realität des Flusses, das lockende Portal zu einem ewigen Leben zwischen den Sternen. Alle Ängste des Sterblichen, die zutiefst im Innern verwurzelte Furcht vor dem lauernden Maul des Todes — all das glitt ab von ihm, und er fühlte sich unsäglich leicht und froh. Er wußte, daß er berührt wurde, daß er für alle Zeiten in jenen unsterblichen Strom hinausschwimmen konnte. Aber noch während das Verlangen ihn umfaßt hielt, erinnerte ihn sein Menschenverstand daran, daß dies nur die erste Phase war, daß man den Fluß aus diesem Grunde auch BEATA nannte. Er dachte an das Geistergeschöpf, das zu lange geblieben war. Er mußte jetzt umkehren, rasch! Mit unendlicher Mühe trat er einen Schritt zurück, aber er fand nicht die Kraft zur Umkehr.

»Jakko! Jakko! Komm zurück!«

Jemand rief, schrie seinen Namen. Endlich wandte er sich um und sah sie auf dem Hügelkamm stehen. Ganz nahe und doch so weit weg. Die normale Erdensonne fiel hell auf sie und die beiden weißen Tiere.

»Jakko! Jakko!« Sie rannte ihm mit ausgestreckten Armen entgegen.

Es war, als riefe die schöne Erde selbst nach ihm, als

wollte sie ihn zurückholen, damit er die Last des Lebens und des Todes auf sich nehme. Er wollte es nicht. Aber Pfirsichdiebin durfte nicht hierherkommen, das wußte er, ohne sich erinnern zu können, weshalb. Er begann ihr unsicher entgegenzuwanken, sah die Frau, die er liebte, und ein unbekanntes Geschöpf, das seltsame Schreie ausstieß.

»Herrin Tod«, murmelte er, ohne zu merken, daß er stehengeblieben war. Sie lief schneller, stolperte, wäre um ein Haar in die Abfallberge gestürzt. Wieder kam ihm zu Bewußtsein, daß sie nicht bis zu ihm kommen durfte; er tat ein paar Schritte, und der Druck von seinen Schläfen wich.

»Jakko!« Sie erreichte ihn, umklammerte ihn, zerrte ihn mit aller Kraft fort vom Rande des Flusses.

Mit ihrer Berührung kehrte die Wirklichkeit seines Menschendaseins zurück, sein Herz pumpte Menschenblut, alle Sterne flohen. Er begann unbeholfen zu laufen, schleppte sie mit sich in die Sicherheit des Hügelkamms. Endlich sanken sie keuchend neben den Tieren nieder, umarmten und küßten sich mit Tränen in den Augen.

»Ich dachte, du seist verloren, ich dachte, ich hätte dich verloren«, schluchzte Pfirsichdiebin.

»Du warst meine Rettung.«

»H-hier«, stammelte sie. »Wir m-müssen etwas essen.« Sie kramte in ihrem Rucksack und nickte entschieden, als könnten diese einfachen Menschengewohnheiten sie gegen die unirdischen Kräfte schützen. Jakko stellte fest, daß er sehr hungrig war.

Sie aßen und tranken im weichen, blumenübersäten Gras, während die weißen Tiere in ihrer Näheästen. Pfirsichdiebin musterte den breiten, von Menschengegenständen überhäuften Talboden und runzelte die Stirn.

»Soviel nützliches Zeug liegt hier herum. Eines Tages, wenn der Fluß fort ist, werde ich wiederkommen und alles durchsuchen.«

»Ich dachte, du legst besonderen Wert auf die Dinge der Natur«, neckte er sie.

»Es gibt hier Sachen, die halten ewig. Schau!« Sie holte ein winziges Werkzeug hervor. »Eine Ahle! Zum Ledernähen. Damit kann man Kindersandalen machen.«

Viele der Menschen, die zum Fluß gepilgert waren, hatten sicher ein einfaches Leben geführt. Vielleicht gab es wirklich noch einige nützliche Geräte. Metall. Und Bücher. Beschreibungen bestimmter Herstellungsverfahren. Er legte sich verträumt ins Gras und sah sich bereits als geschickten Handwerker, der sein Wissen und Können an die Kinder weitergab. Das schien durch und durch gut.

»Oh, mein Milchtier!« unterbrach Pfirsichdiebin seinen Traum. »Nein! Das darfst du nicht!« Sie sprang auf.

Jakko hob den Kopf und sah, daß sich das weiße Muttertier bis an den unteren Rand des Grashanges vorgewagt hatte. Pfirsichdiebin lief hinterdrein und rief: »Komm zurück! Halt!«

Stur wanderte das Tier weiter und rupfte hier und da an einem Büschel Gras. Pfirsichdiebin rannte schneller. Das Tier warf den Kopf hoch und verließ den Grashang, suchte zwischen den Abfallhaufen umher.

»Nein! Die Milch! Komm hierher zurück, komm!«

Sie folgte dem Tier jetzt etwas ruhiger und versuchte es vorsichtig an sich zu locken.

Jakko war besorgt aufgestanden.

»Kehr um! Du darfst da nicht hinunter!«

»Die Milch für unsere Babies!« wimmerte sie und warf sich auf das Tier. Sie verfehlte es, und es lief ein paar Schritte weiter.

Zu seinem Entsetzen sah Jakko, daß die flimmernde Säule des Flusses ihre Form leicht verändert hatte. Dicht vor dem Tier tauchte ein silbriger Lichtfinger auf.

»Kehr um! Laß es laufen!« schrie er und rannte selbst

los, so schnell er konnte. »Pfirsichdiebin — komm zurück!«

Aber sie drehte sich nicht um, und er konnte sie nicht einholen. Das weiße Tier befand sich jetzt in der schimmernden Helle; er sah, wie es auf einen großen Müllberg sprang, der sonnengolden und mondsilbern flirrte. Pfirsichdiebins dunkle Gestalt jagte hinter dem Geschöpf drein, ohne auf die Gefahr zu achten: Das Tier tat erneut einen Sprung. Jakko sah, wie sie folgte, und bitterte Furcht umkrampfte sein Herz. Ihre Menschenkraft treibt sie in den Tod, dachte er. Ich muß zu ihr, ich muß sie herausholen! Er zwang seine Beine, immer schneller zu laufen, und merkte nicht, daß sich auch um ihn die Luft veränderte.

Pfirsichdiebin verschwand einen Moment lang in einem Schleier glitzernder Luft und tauchte dann wieder auf, immer noch auf der Spur des Milchtieres. Dankbar sah er, wie sie stehenblieb und etwas aufhob. Sie ging jetzt, er konnte sie noch einholen! Aber sein eigener Körper bewegte sich träge. Es kostete seine ganze Willenskraft, ein Bein vor das andere zu setzen.

»Pfirsichdiebin — Liebes, komm zurück.«

Die silbrige Luft schien seine Stimme zu dämpfen. Entsetzt merkte er, daß er die Schritte verzögerte. Ein Schleier trennte sie von ihm.

Als er sich durch den Glanz kämpfte, sah er sie ganz langsam dem weißen Tier folgen. Ihr Gesicht war nach oben gewandt, unirdisches Licht umspielte ihre Schönheit. Er wußte, daß sie die Verlockung, den Sog des unsterblichen Lebens spürte. Ihm ging es nicht anders; er kam kaum noch vom Fleck, eine entsetzliche Heiterkeit durchflutete sein Herz. Sie wanderten der Flußmitte zu, dorthin, wo die Strömung am stärksten war.

»Liebstes ...« Der Schmerz der Sterblichen bekämpfte die eindringende Transzendenz. Das Mädchen vor ihm verschmolz allmählich mit den flimmernden Schleiern, folgte immer noch seinem letzten Erdenwunsch. Er sah, daß die Menschheit, alles was er je auf der herrlichen Erde geliebt hatte, für immer aus der Realität entschwand. Warum hatte sie das alles in ihm geweckt, wenn er sie jetzt wieder verlor? Geisterstimmen umgaben ihn, aber er wollte keine Geister. Eine verzweifelte Klage um das Erdenleben stieg in ihm auf, ein letzter Schmerz, den er mit sich durch die Ewigkeit tragen würde. Aber die Schärfe fiel ab. Die materielose Unsterblichkeit hüllte ihn nun ein, erfaßte ihn wie sie. Sein Fleisch, sein Körper begann sich aufzulösen, einzufließen in den großen Bewußtseinsstrom, der auf geheimnisvollen Wegen durch das All wanderte.

Immer noch zog sein Erden-Ich hinter dem ihren in die Nebel der Unendlichkeit, die sich verdichteten, und es prägte dem Strom eine Konfiguration auf: ein Mann, in alle Ewigkeit voller Sehnsucht nach dem geliebten dunklen Mädchen, das ein gespenstisch weißes Milchtier verfolgte.

Eine Quelle unschuldiger Freude

Ah! Was bewirkt der rationale Geist
und was das offizielle Wort
gegen das Ereignis selbst,
wie es in Wirklichkeit geschah?

(Verzeihung, R. KIPLING)

Seine Augen blickten nicht wie Adleraugen, seine Haut war nicht vom Licht fremder Sonnen gebräunt. Wie die meisten Sternenforscher war er ein kleiner, farbloser, ganz gewöhnlicher Mann, gedrungen und beweglich, der langsam einen Bauch ansetzte. Auch sein Gesicht schien mir aus der Ferne, nachdem man ihn mir gezeigt hatte, ganz durchschnittlich: jungenhaft und etwas mürrisch. Er saß allein. Als ich durch den Dunst und die Scheinwerfer in Hals's Kneipe zu ihm ging, blickte er auf, und trotz des düsteren Lichts waren seine Augen verblüffend blau.

»Darf ich mich einen Augenblick zu Ihnen setzen?«

Er wollte Nein sagen, dann musterte er mich. Ich bin nicht mehr jung, und Miss Universum bin ich schon gar nicht, aber ich habe ein ganz gefälliges Lächeln.

Er zuckte die Achseln. »Wie Sie wollen.«

Ich setzte mich verunsichert; ich mußte vorsichtig sein. Es war eindeutig nicht die richtige Situation, um zu erwähnen, daß ich für GalNews arbeitete. Nach einem, wie ich hoffte, entspannten Schweigen erklärte ich, daß ich Historikerin sei — was sogar stimmt.

»Ich sammle Daten, die für immer verloren sein werden, wenn sie jetzt nicht jemand aufzeichnet. Die Scouts, die Männer und Frauen, die als erste Menschen einen fremden Planeten erblicken, machen manchmal sehr bizarre oder außergewöhnliche Erfahrungen, die nie Eingang in die offiziellen Berichte finden. Sie haben keine Zeugen, und wenn sie ehrlich berichten, wird es Platzangst oder einer Stickstoffvergiftung zugeschrieben. Meist berichten sie gar nicht erst darüber. Und wenn dann später etwas herauskommt, ist es nur Gerede in Kneipen, und die Tatsachen gehen zwischen Übertreibung und Erfindung unter. Wissen Sie, was ich meine? Einige Geschichten könnten Unfug sein, aber einige von ihnen müssen auch wahr sein und dazu sehr wichtig. Ich glaube wirklich, daß jemand alles festhalten muß, solange noch Zeit ist. Ich will es versuchen.«

Er grunzte. Nicht feindselig, aber er rückte auch nicht heraus.

»Hal sagte, Sie hätten eine interessante Geschichte.«

Statt zu antworten, schoß er einen bösen blauen Blick auf Hal an der Bar ab.

»Ich lasse übrigens die Namen weg; ich schütze die Identität meiner Informanten so gut wie möglich. Meine Aufzeichnungen laufen unter Nummern, die mit anderen Nummern codiert sind, und der Schlüssel liegt in meinem Safe auf Pallas. Außerdem kann ich, wenn Sie es wünschen, alle nicht entscheidenden Details entstellen ... Sie haben doch etwas Außergewöhnliches erlebt, oder?«

Nun sah er mich voll an, und in den Tiefen seiner blauen Augen sah ich einen Schmerz, der an ihm nagte, einen Verlust, der kaum erträglich war.

»Hal meint, Sie würden seit ... seitdem keine Erstererkundungen mehr machen.«

»Nein. Ich halte mich an die Folgeteams, das ist sicherer.«

Er hatte eine gute, geduldige Stimme, in der eine leichte Selbstironie mitschwang. Ich sah, daß er Hals doppelte Blaue getrunken hatte, aber bisher zeigten sie keine Wirkung. Ich wußte, daß er nicht die physische

Sicherheit meinte; die Teams, die auf erdähnlichen Planeten Basen einrichten, haben eine unangenehm hohe Todesrate.

»Könnten Sie mir den Grund nennen?«

Er starrte durch mich durch.

»Bitte, tun Sie es, wenn Sie können! Es ist sehr wichtig.«

»Wichtig ...« Er seufzte. Ich spürte, daß er es wirklich herauslassen wollte, aber die selbstauferlegte Disziplin des Schweigens war stark. »Nun ... wir waren weit außerhalb des Spiralarms und untersuchten eine vielversprechende Sternengruppe der zweiten Generation — war das Ihr Ernst mit der Codierung?«

Ich zeigte ihm mein Notizbuch; nichts als Zahlen. »Irgendwo hier drin ist eine Frau, die ein paar geflügelte Humanoiden ins Weltall davonfliegen sah. Und sie sangen, obwohl es nichts gab, was den Schall hätte leiten können. Und ein Mann, der in seiner Kabine gegen eine riesige unsichtbare Hand gekämpft hat. Man hat die Zerstörung einer Raumparanoia zugeschrieben. Es war sein zwanzigster Trip. Wissen Sie, ich weiß selbst nicht, wer die Leute sind, solange ich nicht nach Hause fahre und meinen Safe aufschließe. Aber das spielt keine Rolle, solange die Fakten hier sind.«

Er seufzte noch einmal und gab nach. »Na schön ... also, wir haben nichts Brauchbares gefunden, nur Gasriesen. Ich machte die letzte Fahrt, weit hinaus zu einem Stern vom Soltyp. Er hatte zwei innere Planeten in der Lebenssphäre. Einer war ein Schlackehaufen, die Atmosphäre war gefrorenes CO_2, die Eigenwärme völlig abgestrahlt. Aber der zweite hatte die richtige Temperatur, er sah gut aus. Ich meine, er war nicht bewohnbar, denn die Atmosphäre bestand aus Stickstoff und Wasserdampf, und das CO_2 schlug sich rasch nieder und wurde von Kalziumsilikatfelsen aufgenommen. Natürlich keine Spur von freiem Sauerstoff — oder besser, eine Winzigkeit über Null. Jede Menge Vulkane, die wie verrückt spuckten. Bisher hat noch niemand einen erdähnlichen Planeten an der Grenze des atmosphärischen Umschlags gefunden, also beschloß ich, genauer nachzusehen. Brennstoff hatte ich reichlich, das Problem war der Sauerstoff. Diese Scoutschiffe haben keine biologische Aufbereitung wie die großen Schiffe, vielleicht wissen Sie das.«

»Ich dachte, Sie hätten eine Art katalytisches Recycling.«

»Oh, ja. Gerade genug, um langsam zu sterben, wenn die Tanks leer sind. Man muß genau rechnen. Aber ich hatte noch genug für zwei Umkreisungen. Und die Sache war die: ich *wußte* einfach, daß ich näher ran mußte, als meine Scanner was reinbrachten. Da gab es ... Aktivität.«

»Vulkanische?«

»Nein.« Er starrte mit gebleckten Zähnen an mir vorbei. Ich bekam Angst, es wären Hal's Drinks, aber er fuhr völlig klar fort.

»Es war ein Halbe-Halbe-Planet. Alles Land auf der einen Seite, der ganze Ozean auf der anderen. Natürlich nicht wie unsere Ozeane, es war kein Wasser. Heiß und flach und stinkend. Was man so die Ursuppe nennt. Jede Menge Gewitter. Meine Anzeigen wiesen aus, daß der Ozean voller Protoleben war, kleine Proteinbrocken und Zellmaterial — die Vorläufer unseres auf Sauerstoff beruhenden Lebens. Anaerob, methanogenetisch — sind das die Worte? Ich bin kein Biologe. Das primitive Zeugs, das keinen Sauerstoff braucht — die Leute halten es für nutzlos, wie ein Haufen Lehm, aus dem keine Ziegel geworden sind.«

Er leerte sein Glas und bestellte mit einer Geste ein neues.

»Es war ... wundervoll. Nicht das Land, da waren nur Silikate, wo es nicht brannte. Aber das Meer. Wie ein Meer aus Juwelen, wie ein Sonnenaufgang im Wasser. — Mann, alles, was ich sage, klingt so dumm. Ich kann es gar nicht beschreiben. Die Atmosphäre hatte so einen rubinroten Ton, mit blauweißen, gewaltigen Blitzen, und zwischen den Gewittern konnte man lauter Farben auf der Oberfläche wirbeln sehen — Gold und Saphier und Koralle und Lavendel und Limone und dunkles Purpur, es veränderte sich ständig. Natürlich kein richtiges Grün. Bis auf eine Stelle, wo sich eine große Rosette aus treibenden Algen gebildet hatte. Dort gab es Photosynthese, dort entstand Sauerstoff. Ich war wirklich da, als die Veränderung begann.«

»War das, was Sie ... was Sie die Aktivität nannten?«

»Nein. Ich meine Aktivität, Bewegung. Nicht wie Wellen, nicht wie etwas, das kocht. Als sich die Wolken verzogen, sah ich, daß sich überall auf dem riesigen Ozean künstlich aussehende Umrisse entwickelten, die aufstiegen, pulsierten und sich in andere Gestalten verwandelten. Zuerst sah ich nur die ganz großen, wie Türme und Berge und Schluchten. Und dann sah ich, daß überall auf ihnen kleinere und immer kleinere Gestalten entstanden: Hügel, Höhenlinien, dunklere, fransige Stellen wie Wälder, Gruppen von geometrischen Gestalten. Und alles ständig in Bewegung, immer in Veränderung, manchmal langsam, manchmal schneller. Das ganze Ding — nun, es war wie schnelle Blicke auf eine besiedelte Landschaft. Wenn Sie ein Standfoto sähen, würden Sie schwören, daß es bewohnt ist, mit Städten, Straßen, Staudämmen, Verkehr — aber ich war viel zu hoch, um die Einzelheiten zu erkennen. Jedenfalls war es ständig in Bewegung. Ein paarmal sah ich etwas wie große Schlachten, als bewegten sich organisierte Menschenmengen. Seltsame Dinge stiegen auf, es gab Feuer und Explosionen — und dann wieder Frieden. Es war wirklich, als liefe ein Film der zukünftigen Geschichte des Planeten mit unglaublich hoher Geschwindigkeit ab. Jahrhunderte, Jahrtausende der Geschichte waren im Nu vorbei. Ich konnte es nicht richtig verfolgen, ich wußte nicht einmal, was es war. Ich sah nur, daß es lebte, und ich mußte weiter runter. Und als ich dann über das Ufer zum Land flog ... da traf es mich.«

Er atmete so schnell, daß die Atemstöße fast wie Schluchzen klangen. Ich schwieg.

»Die Freude«, sagte er schließlich mit schwerer, tonloser Stimme. »Mein Gott. Das ganze verrückte, giftige Meer strahlte sie aus. Tausend Kilometer darüber grinste ich wie ein Idiot, glücklicher, als ich je in meinem Leben gewesen war. Wenn ich über dem Land war, ließ etwas nach, und wenn am Horizont die Küste auftauchte, kam es um so stärker wieder. Ich war inzwischen immer tiefer gesunken ...«

Einen Augenblick lang schien er sich in seinem Staunen zu verlieren, dann nahm er mich wieder wahr.

»Wissen Sie, das, was es gemacht hat, würden wir in keiner Weise Leben nennen. Es war eine Art Vorleben, ein vorübergehendes Zwischenstadium. Zum Sterben verurteilt — es starb, während ich zusah. *Und ich wußte es.* Irgendwie war ich ganz sicher. Und doch strahlte es diese unschuldige Freude aus, dieses ansteckende, kindliche Vergnügen. Ganz aus sich selbst heraus *spielte* es. Und als ich wieder ans Ufer kam, bekam ich eine Ahnung, was sein Spielzeug war — sagen wir, es konnte irgendwie voraussehen, daß das Sauerstoff-Leben kommen würde, durch das es sterben würde. Und es amüsierte sich, indem es eine Show der ganzen zukünftigen Geschichte dieses Planeten aufführte.«

»Aber ...«

»Ich weiß. Es ist unmöglich. Aber ich war völlig sicher, obwohl ich mir immer wieder sagte, daß es nur ein Gebräu aus bewußtlosen molekularen Bruchstücken war. Inzwischen war ich auf einhundertfünfzig Kilometer herunter; ich sah undeutliche Umrisse fremder Tiere und Menschen und ihrer Bauwerke. Wenn Sie das gesehen hätten — ganze Imperien erhoben sich und stürzten, gewaltige technische Gebäude tauchten auf und versanken und wurden wieder zu Staub, und alles wurde immer komplizierter, es entwickelte sich und veränderte sich und verschwand wieder — und immer mit dieser Aura von Freude, von einem gewaltigen, fröhlichen Spiel.«

»Sie haben einen Film erwähnt ...«

»Nein, ich sagte ›wenn‹.« Seine Stimme war plötzlich barsch. Ich verstand, daß dort etwas geschehen war. Wenn seine Kameras gelaufen waren, dann hatte er die Filme vernichtet. Warum?

»Das Wesentliche konnte man gar nicht einfangen«, sagte er ruhiger. »Diese unglaubliche, harmlose Freude, diese Hingabe. Es freute sich daran, einfach zu sein und sein Zukunftsspiel zu spielen, selbst wenn das, was es sah, auf seinem eigenen Tod beruhte. Es hatte keine Angst, es war nicht traurig, es ließ sogar diesen verdammten, tödlichen Algenfleck mit seinem Sauerstoff in Ruhe ... und es strahlte diese Freude aus. Für mich, für das Universum ... Ich kann Ihnen nicht sagen, wie es sich anfühlte. Alle Schmerzen vergangen, alle Furcht vergangen, all dieser Mist — einfach nur tiefe, reine Freude, das ist das einzige Wort dafür. Nichts wie Sex oder Trinken oder Drogen, nichts wie irgend etwas, das wir kennen, höchstens in Träumen ...«

Er verstummte.

»Ich danke Ihnen.« Ich wollte mein Notizbuch schließen. »Das werde ich bestimmt nicht so schnell vergessen.«

Er lachte kurz und hart. »Das war noch nicht alles«, sagte er gequält.

»Oh?«

»Als ich meine zweite Umkreisung machte — die die letzte sein mußte —, sah ich eine Veränderung. Und ich erkannte, daß es mich bemerkt hatte. Meine Persönlichkeit, meine ich. Plötzlich bildete sich unter mir ein Raumhafen wie auf der Erde, ein See, den ich kenne und ein Haus, in dem ich gewohnt habe. Wie Signale.

Und die Freude wurde stärker, als hätte es ein schönes neues Spiel entdeckt. Und dann kamen immer mehr persönliche Dinge — das Labor, mein Luftwagen, das Schiff, Straßen und Orte aus meiner Kindheit, alles durcheinander. Es schien immer tiefer in mich hineinzublicken, und es gefiel ihm. Ob Sie's glauben oder nicht, mir gefiel es auch. Ich mußte lachen. Wußten Sie, wie schön ein Funkturm sein kann? Und die Gesichter von Menschen — Freunde, sogar ein Typ, den ich haßte — groß wie ein Gebirge. Sie müssen wissen, daß die Größenverhältnisse chaotisch waren, und die Dinge flossen ineinander. Aber über allem lag diese Freude … und dann meine Eltern, meine Familie, die das halbe Meer bedeckten, und dieses Strahlen, diese süße Verspieltheit, als wäre es stolz auf sich selbst und wollte mich beteiligen … komisch, danach hatte ich ein viel besseres Verhältnis zu Dad. Aber ich erreichte das Ufer, und dann …«

»Dann?«

Er nahm einen tiefen Schluck.

»Ich mußte mich losreißen und zurückfliegen. Der Sauerstoff. Aber ich konnte nicht. Der letzte Blick, den ich auf den Ozean warf, zeigte mir eine große Klippe aus einem schaumigen weißen Zeugs — ich hatte keine Ahnung, was es war. Es veränderte sich nicht und verschwand nicht wie alles andere, was ich vorher gesehen hatte. Ich *mußte* einfach herausfinden, was es war … und — Teufel! — die Wahrheit war, daß ich es nicht ertragen konnte, dieses wundervolle Glück zu verlassen. Ich konnte es nicht. Also rechnete ich über dem Land noch einmal alles durch und bekam heraus, daß ich noch eine Umkreisung machen konnte, wenn ich in Kauf nahm, daß ich halbtot zum Schiff zurückkam … in Kauf nehmen? In Wirklichkeit wollte ich diesen Planeten umkreisen, bis ich erstickte. Ich wollte sogar hinuntertauchen und in diesem Glück sterben … aber ich machte das, was ich im Training gelernt hatte; ich stellte das Programm auf einen automatischen Rückflug nach der nächsten Umkreisung. Mein Gott, ich wünschte, ich hätte es nicht getan.«

Er schien keine Worte mehr zu finden und sah mich an, als wäre ich ein Affe oder ein Roboter, der ihn sowieso nicht verstehen konnte.

»Sie wünschten, Sie wären nicht zum Schiff zurückgekehrt?«

»Nein. Ja, das ...«, nuschelte er. Er sprach jetzt sehr leise. »Es war ... diese letzte Umkreisung, wissen Sie.«

»Was haben Sie gefunden?«

»Gefunden? Gefühlt — ich glaube, ich bin für immer gebrannt.« Er wollte noch einen Drink bestellen, aber dann schien er zu merken, was Hals's Blaue mit ihm anrichteten. Er setzte das Glas ab und rückte mühsam seinen Stuhl zurecht. Als er weitersprach, kamen seine Worte tonlos und klar.

»Als ich die nächste Runde drehte, sah ich, daß das ganze tödliche Meer mit diesem wunervollen, cremigweißen Schaum überzogen war. Freudig wie — als hätte man Gelächter sichtbar gemacht. Und als ich darüber war, öffnete es sich. Es war wie ein Geschenkkarton.«

Jetzt bestellte er sich noch einen Drink und starrte ins Leere.

»Die meisten Männer haben's wohl nicht, glaube ich. Das sind die Glücklichen. Aber einige haben's — und einige Frauen vielleicht auch. Möge Gott ihnen helfen. Ich bin einer von denen, die es haben. Einen *Traum,* meine ich. Das Ideal. Ganz klar formuliert und lebendig. Die vollkommene, ideale Frau. Die Frau, nach der man ewig sucht, während man weiß, daß es hoffnungslos ist. Sie nehmen andere Frauen, weil sie sie an ihren Körper oder an ihre Seele zu erinnern scheinen. Eine Zeitlang. Körper und Seele ... und da war sie.«

Er strengte sich jetzt an, die Worte kamen hart heraus.

»Sie lag auf diesem Schaumzeug, völlig nackt. Makellos. Perfekt und makellos. Und absolut lebendig. Ich konnte ihren süßen Bauch atmen sehen, ihre wundervollen Brüste waren etwas gerötet. Ihre langen dicken Wimpern — sie hatte die Augen geschlossen — zitterten auf den Wangen ... sie war natürlich so groß wie ein Planet, und ich war eine Mücke im Himmel, aber so kam es mir nicht vor. Sie schien normal groß, oder besser, wir zwei waren gleich. Ich bremste so weit ab, wie ich es wagte, und nahm ihren Anblick auf. Sie regte sich ein wenig, ich konnte alles sehen, wirklich alles. Sie war völlig nackt, völlig unschuldig ... die sexuelle Wirkung war unglaublich. Ich lachte nicht mehr ... Sie — es — was immer sie geschaffen hatte, benutzte sogar die tödliche Algenrosette, um eine Art Blumenbukett in ihrer Armbeuge darzustellen, und ich konnte sehen, wie es ihre wundervolle Haut eindrückte ...«

Sein Gesicht verzog sich vor Schmerzen.

»Ja ... es — sie — sie wollte mich nicht verletzen, nein. Es hat nur in meinen Gedanken gelesen, was ich wollte, und hat es mir gegeben, aus reiner Freude und so gut es das konnte. Und ich glaube, den physischen Anteil hätte ich noch überstanden, diese wahnsinnige sexuelle Lust ... glaube ich. Aber als ich über ihr war, öffnete sie die Augen und blickte direkt zu mir hoch. Und ich versank im tiefsten, wildesten Glück, das ein Mann sich nur vorstellen kann. All die Freude, die der Ozean ausstrahlen konnte, sah mich aus diesen riesigen Augen an. Sex? Mein Gott, es war eine Ekstase. Sie *wußte* es — sie wußte alles über mich und über sich selbst, und wir liebten uns. Wie soll ich sagen? Eine wundervolle, liebevolle Komplizenschaft, als wären wir schon unser ganzes Leben zusammen. Ich versuchte ... ich versuchte, mir zu sagen, daß das einfach ein paar hundert Milliarden Proteinbrocken und Viren waren, die mich irgendwie spiegelten, aber ich konnte es nicht. Sie war ein lebendes Wesen, ein lebendes, liebendes Wesen. Und sie gehörte mir ... und dann lächelte sie, ein wundervolles Lächeln mit einem verspielten Unterton. Vollkommene Gemeinsamkeit ... mein Gott, ich war im Himmel. Wenn ich nicht vor Staunen so benommen gewesen wäre, hätte ich die Umkreisung abgebrochen und wäre zu ihr runtergeflogen. Sie hat nicht gerufen oder mich irgendwie gelockt; es war nicht dieser Unsinn wie bei den Sirenen. Sie war einfach glücklich, daß ich da war ... und dann trug mich die Umlaufbahn wieder zur Küste. Sie hob den Kopf und schob ihr wehendes Haar zurück, um mir nachzusehen. Und dann, im letzten Augenblick, veränderte sich ihr Gesichtsausdruck. Es dauerte nur einen Moment — es war wie ein tödlicher Schnitt mit einer Rasierklinge: Im ersten Augenblick spürt man es gar nicht. Ein herzzerbrechender, trauriger Blick — Liebe und Verlust und Lebewohl. Wie ich schon sagte, es war im Nu vorbei, und dann war die Freude wieder da — und das liebliche Lächeln ... aber ich ... beinahe ...«

Er trank wieder, nahm noch einen tiefen Schluck.

»Ich mußte natürlich weg. Wenn ich die Automatik nicht eingeschaltet hätte, wäre ich nicht weggekommen. Ich hätte es nicht gekonnt. Ich hätte die Automatik fast wieder rausgenommen. Um im Himmel zu bleiben ... als ich das System verließ, spürte ich, wie die Freude starb; der Mist, den wir Leben nennen, war wieder da. Ich versuchte, mich daran zu klammern. Ich glaubte immer noch, ich könnte es spüren, als mir der Sauerstoff ausging ... als mein Erkundungsschiff anlegte und sie mich herausholten, kam mir die menschliche Luft wie Gift vor. Ich versuchte, Grober, den Expeditionsleiter, zu schlagen ... später erklärte ich ihm, daß ich nichts gefunden hätte.«

Er schwieg ein paar Minuten lang. Die Gefühle hatten anscheinend den Alkohol verbrannt, aber seine Augen blickten elend.

»Ich frage mich immer, ob das wohl überall passiert? Die Vorläufer, ein seltsames, lebloses Leben, das weiß, daß es vorübergehend und zum Untergang verurteilt ist, und das dennoch alles sieht, alles akzeptiert — und lacht? Das schönste im Universum, das im kosmischen Maßstab nur Sekunden existiert. Glauben Sie, das ist auch auf der Erde passiert? Ob es überall so ist, ehe die blutige Quälerei des Sauerstofflebens beginnt? ... Diese Freude ... und ich habe sie verlassen.«

Er wandte sich wieder direkt an mich.

»Verstehen Sie jetzt, warum ich keine Erkundungen mehr mache?«

»Damit Sie nicht noch einmal so etwas sehen?«

Er seufzte; ich sah, daß ich es doch nicht ganz verstanden hatte. Vielleicht konnte es auch niemand verstehen. »Das ist ein Grund, ja. Ich frage mich, ob es mehr davon gibt, und ich fürchte mich davor.« Erschöpfung und Alkohol übermannten ihn, sein Kopf sank auf die Fäuste. »Ich will es nicht wissen«, murmelte er. »Sollen die anderen verbrennen. Gott stehe ihnen bei ... Gott stehe ihnen bei ... ich will's nicht wissen ...«

Originaltitel: »Source of Innocent Merriment«

(erstmals erschienen in »Universe 10«,
hrsg. von Terry Carr, Doubleday 1980)

Aus dem Amerikanischen übersetzt von Jürgen Langowski

Aus dem Überall

Enggi war ein Knirps aus den kalten Tiefen des Weltraums und zum ersten Mal allein unterwegs. Seine Mitgrex wußten nicht, wo er sich aufhielt, nicht einmal, daß er sie verlassen hatte. Auch wenn Enggi ziemlich weit war für sein Alter, war er noch viel zu jung — Jahrtausende zu jung und völlig unvorbereitet —, um allein und auf eigene Faust durch die Milchstraße zu ziehen.

Enggi und seinesgleichen ähnelten nichts, was es auf der Erde gab; sie waren fast körperlose Wesen, aus den Energiewirbeln des fast leeren Raums und eisigen Strahlen hervorgegangen, wo sich in den komplexen molekularen Trümmern stellarer Katastrophen Leben entwickelt. Aber — genau wie auf der Erde — begegnet ein solcher Knirps, wie Enggi es war, der sich von den Seinen entfernt und allein loszieht, tödlichen Gefahren.

Zuerst war alles schrecklich aufregend.

Er war begeistert, als er auf richtigen Sternenbahnen dahingetragen wurde — war entzückt über den Strahlenbeschuß, den er bis dahin nur aus langweiligen Lehren kannte — all die kosmischen Wunder, die er deutlich wahrnahm und die früher nichts weiter gewesen waren als verschwommene Flecken, die er aus den Gaswolken seines Grex-Nestes heraus beobachtet hatte. Die Erschütterungen einer gewaltigen Explosion erfüllten ihn mit Furcht, aber auch mit dem triumphierenden Gefühl von Macht. Und bei all dem war niemand da, der ihn hätte herumschubsen können! Niemand, der nein sagen konnte!

In manchen älteren Sternensystemen fand er sogar die schwachen Spuren von einem fremden Grex und löschte sie dreist aus. Ja! Vielleicht würde Enggi künftig sogar ein eigenes Territorium für sich beanspruchen, wenn er erst mal groß genug war, um sich mit eventuellen früheren Besitzern, die vielleicht auftauchten, messen zu können.

Äußerst zufrieden mit sich und allem, was er zu Gesicht bekam, schlenderte Enggi das Druckgefälle eines großen galaktischen Arms hinauf, stellte sich immer mal wieder quer zur Strömung, um sich dann wieder einfach treiben zu lassen. Und nach einer Weile hatte er sich gründlich verlaufen.

Inzwischen hatte man entdeckt, daß er aus seinem Grex verschwunden war. Alarm, Suche, Bestätigung. Zwei Späher aus einem erfahrenen Untergrex machten sich auf den Weg, um Enggis kalte Spur zu verfolgen.

Aber sie waren nicht die einzigen.

Schon einige Sternenhaufen weiter zurück hatte sich, ohne daß Enggi etwas davon bemerkte, ein dritter Verfolger dicht an seine Fersen geheftet und schlich, knapp außerhalb seiner Reichweite, um ihn herum und konnte sein Glück kaum fassen.

Unter den irdischen Räubern gibt es keinen einzigen von solch passiver Mordlust und mit einer derart ausgeprägten, aber merkwürdig automatenhaften Bösartigkeit. Nennen wir ihn den Esser. Esser kommen selten vor, aber sie haben ein langes Leben. Normalerweise liegen sie irgendwo im dichten Gewirr der Gase versteckt und warten auf eine Gelegenheit, ihrer Beute in irgendeiner anderen unschuldigen Gestalt entgegenzutreten.

Der Esser, von dem hier die Rede ist, war sich sofort absolut sicher, daß es sich bei Enggi nicht etwa um eine Falle handelte, sondern daß er genauso war, wie er aussah: allein. Er hängte sich an die Fersen des unvorsichtigen kleinen Knirpses.

Die beiden Kundschafter, die Enggis Spur geduldig verfolgten, waren sich der Gefahr voll und ganz bewußt. Als sie schließlich zu der verlassenen Lagerstatt eines Essers gelangten, wußten sie, daß sie Enggi finden *mußten,* und zwar schnell. Aber nicht etwa aus Nächstenliebe gegenüber Enggi!

Denn was sie vorzufinden erwarteten, war kein toter oder teilweise verzehrter Enggi, sondern ein anscheinend intakter, völlig normaler, ihr fröhlicher kleiner Grexkumpel — der nichtsdestotrotz ausgelöscht werden mußte, und zwar von ihnen beiden, den Spähern.

Denn ein Esser greift sein Opfer nicht von außen her an. Statt dessen ermuntert er die Beute, mit ihm in Berührung zu treten, und läßt sich von ihr einverleiben. Dann beginnt er unerbittlich damit, seinen Gast von innen heraus zu verspeisen, stets darauf bedacht, jedenfalls so lange es sich machen läßt, lebenswichtige Strukturen durch seine eigene Körpermaterie zu ersetzen. So daß ein Überfall lange Zeit verborgen bleiben kann. Schließlich tritt das letzte Stadium der Agonie ein, bei dem genau dort, wo vorher das Opfer war, drei oder noch mehr kräftige junge Esser in Erscheinung treten — bereit und auch fähig, jede Beute in ihrer Reichweite anzugreifen. So daß es einem einzigen unverdächtigen Esser mit der Zeit gelingen kann, einen Grex fast völlig zu zerstören.

Enggis Rasse besaß keine Verteidigung gegen diesen Köder, es gab kein Anzeichen für die vollzogene Einnistung, keine Heilung und kein Mittel, einen einmal aufgenommenen Esser wieder auszustoßen oder herauszuschneiden. Folglich bestand die einzige Lösung darin, den Wirt eines Parasiten zu zerstören, egal, wie beliebt er im Grex auch sein mochte.

So daß die Späher, als sie die leere Lagerstatt des Essers entdeckten, sofort wußten, daß Enggi offensichtlich und zweifellos das künftige Opfer sein würde. Und Enggi, mit seiner Vitalität und seiner vielversprechenden Art, erfreute sich bei seinem Grex großer Beliebtheit. Traurigkeit erfüllte die Späher. Als sie ihm dahin folgten, was sein Schicksal zu sein schien, ging von ihnen eine merkwürdige, klagende Musik aus, bis hin ins Spektrum der Sterne.

Aber bevor Enggi auch nur von einem seiner Verfolger eingeholt wurde, ereignete sich ein Unglück völlig anderer Art.

Er trödelte gerade neugierig in einem kleinen System mit nur einer Sonne herum, als er sich von einer intensiven lokalen Feldkonfiguration ergriffen fühlte, der seiner Fliehkraft nicht gewachsen war. Viel zu spät fiel ihm ein, daß ihn einer seiner Lehrer vor den irregulären magnetischen Strömen, die bei ganz bestimmten Sternenarten entstehen können, gewarnt hatte. Im selben Augenblick, als er sich daran erinnerte, merkte er auch schon, daß er hilflos dahintaumelte, immer schneller und schneller, geradewegs auf die kleine gelbe Sonne zu, in deren Hitze er den Tod finden würde. Panik!

Warum, ach warum nur, hatte er nicht besser aufgepaßt? Da gab es doch etwas, was er tun müßte — aber was? Hatte es vielleicht etwas mit diesem Planeten zu tun?

Der Esser, der Enggis wilden Flug beobachtete, wußte genau, was zu tun wäre, und richtete sich darauf ein, ruhig dazusitzen und einfach zu warten. Er war nicht unzufrieden; die Beute würde verwirrt und leicht zu überwältigen sein, wenn sie aus der schützenden Stasis wieder auftauchte.

Aber was hätte geschehen müssen, geschah nicht, denn Enggi hatte sich nicht mehr rechtzeitig erinnert. Die eisigen äußeren Gaskugeln, auf denen er Zuflucht hätte suchen sollen, waren bereits vorbeigezischt. Vor ihm lagen nur noch die kleinen, tödlichen heißen inneren Trabanten. Der Esser folgte ihm irritiert.

Verzweifelt forschte Enggi, während er immer weiter fiel, in seiner Erinnerung. Irgend etwas — da war irgend etwas, das man noch versuchen könnte, *falls* er die axiale Topographie rechtzeitig wahrnahm, und *falls* auf dem Planeten irgend etwas vorhanden war, das sich als Leben bezeichnen ließ. Ja — das war's! Eine verzweifelte Notmaßnahme, seine letzte Hoffnung. Aber der erste der kleinen Planeten war bereits zu nah.

Fast wahnsinnig vor Entsetzen richtete er seine Sensoren auf den entferntesten, und fand sie im allerletzten Augenblick: die magnetische Konfiguration, die es ihm ermöglichte, seinen Fall von der Sonne abzulenken. Und ja — ja! Als er von der Schwerkraft des nächsten Planeten erfaßt wurde, fand er den Polarwirbel, von dem man ihm erzählt hatte. Kälte — lebensrettende Kälte müßte es dort geben. Die Kälte, die ihm vielleicht für ein Weilchen half.

Aber der Aufschlag würde schrecklich hart sein. Er würde sich furchtbar weh tun und lange Zeit brauchen, um sich davon zu erholen, falls er ihn überhaupt überlebte.

Wieder forschte er in seinem Gedächtnis. Was mußte er tun? Wenn er sich recht erinnerte, mußte er sich physisch abkapseln und gleichzeitig die lebenswichtigen Teile seiner Psyche abwerfen, in der Hoffnung, daß sie eine lebende Herberge fanden, die er nicht vergaß, bis sein Körper geheilt war. Aber wo? Was?

Er stürzte seiner Auslöschung entgegen, hatte keine Zeit mehr übrig. Verzweifelt warf er alles ab, was er zu fassen bekam — Willen, Gedanken, Liebe, technisches Wissen — alles, bis auf die bloße Identität. In seiner Panik vergaß er fast das wichtigste von allem — die *Richtungsgebung,* damit er sich eines Tages wieder einsammeln oder gefunden werden konnte. Da! Bereits in der Atmosphäre schwang er die Vektoren aus, sein bloßer Wille trat an die Stelle von Sachkenntnis.

Und dann blieb ihm nichts anderes zu tun, als sich qualvoll abzukapseln, den schrecklichen Aufprall seines physischen Ichs zwischen den eisigen Molekülen zu ertragen, zu spüren, wie er aufschlug und sich festklammerte. Und dann verschwanden Raum und Zeit und Sterne, und er konnte nur noch auf sein gutes Glück vertrauen.

Im selben Augenblick ereigneten sich in der menschlichen Welt drei Dinge.

In einem Büro in San Juan in Kalifornien verspürte eine Frau mittleren Alters plötzlich einen Ruck durch den ganzen Körper: nicht besonders stark, aber immerhin stark genug, daß ihr ein Blatt eines Datenausdrucks aus der Hand fiel und sie sich am Tisch festhalten mußte. Ihr Blick war starr auf die Fenster, die nach Norden führten, gerichtet.

Ein Migräneanfall, dachte sie zuerst; und dann, vielleicht das *Herz?* In Sekundenschnelle war alles wieder vorbei, und ihre Sekretärin hatte es nicht einmal bemerkt. Aber als sie zu ihrem Bürosessel ging, noch immer mit abwesendem Blick nach Norden starrend, beschloß sie, gewisse private Vorkehrungen, die Marrell Tech zugutekamen, zu beschleunigen.

Zu genau derselben Zeit merkte ein Mann in der Entbindungsstation eines nahegelegenen Krankenhauses, der ein riesiges Bündel welkender gelber Rosen umklammert hielt, wie er auf die Autobahn starrte und seine Augen irgendwelche merkwürdigen eidetischen Blitze aussandten ...: — oder hatte ihn jemand beim Namen gerufen? Er riß sich zusammen und dachte: Wahrscheinlich zuviel Coffein und Streß und zu wenig Schlaf.

Und dann ging eine Tür auf und eine Krankenschwester rief tatsächlich seinen Namen.

»Mr. Paul Marrell?« Hinter ihr schrie ein Baby.

Das dritte dieser drei kleinen Ereignisse hatte gerade eben in diesem Entbindungsraum stattgefunden.

Als der Doktor das Neugeborene an den Waden faßte, wand sich das kleine Mädchen mit derart ungewöhnlicher Kraft hin und her, daß er beide Hände zu Hilfe nehmen mußte, damit ihm die schlüpfrigen Beine nicht entglitten. Aber das kleine Mädchen wand und drehte sich noch einmal heftig, bis seine großen, vom Licht geblendeten Augen nach Norden starrten, während es seinen ersten Schrei ausstieß.

Von der Stunde an, in der seine junge Frau, unmittelbar nach der Geburt des Kindes, gestorben war, haßte Paul Marrell dieses Kind und machte vor niemandem einen Hehl daraus.

Der Blutklumpen hatte sich seinen tödlichen Weg zur Aorta seiner Frau gebahnt, aber langsam, so daß sie noch einmal in die großen blauen Augen ihrer Tochter sehen konnte.

»Wir werden sie Paula nennen. Hallo, Paula!«

Das Baby verrenkte den Kopf nach Norden, als würde es von etwas angezogen, und seine Mutter lachte bewundernd.

Aber dann erstarb das Lachen.

Zwei schreckliche Stunden später raste Paul Marrell über die San Fernando-Autobahn, für immer allein, mit einem Karton Jack Daniels auf dem Beifahrersitz. Er war neununddreißig, Flugzeugbauingenieur, und hatte mit ganzem Herzen den Aufbau einer eigenen Firma betrieben, bis er seiner großen Liebe begegnet war. Nun hatte er sie wieder verloren.

Nach ein paar Tagen holte die langjährige Sekretärin das Baby Paula nach Hause und besorgte ihm eine Säuglingsschwester. Mit Hilfe seiner Freunde versuchte sie Paul wieder aufzumuntern und allmählich seine Aufmerksamkeit, wenn nicht sein Herz, für die Firma Marells Technologies, die gut florierte, zurückgewinnen.

Die kleine Paula begann schon bald das gleiche zu tun, obgleich die Kinderschwester bald wieder kündigte. Die nächste, die Miss Emstead fand, blieb drei Monate, bevor sie ersetzt werden mußte. Das Haus war in einem chaotischen Zustand; Paul lud alle möglichen Leute zu Parties ein — Tankstellenwärter, verblassende Kinostars, Zahnärzte — und vergaß sie dann alle samt und sonders. Miss Emstead fand sie und kümmerte sich dann um sie. Als Paul sich wieder ein wenig erholt hatte, machte er es sich zur Gewohnheit, wahllos irgendwelche Frauen zu heiraten, um auch sie wieder zu vergessen, und wiederum kümmerte sich Miss Emstead um sie. Am Ende machte er Miss Emstead eines Abends über die Gegensprechanlage einen Heiratsantrag.

»Miss Emstead — Gloria — Liebling — du bist der einzige nette Mensch auf der Welt. Willst du mich heiraten?«

»Tut mir schrecklich leid, Mr. Marrell. Vielen Dank, aber Tim und ich sind seit über zehn Jahren verheiratet. Ich fühle mich wirklich geehrt, und es tut mir ja so leid. Aber Sie brauchen was Junges und Fröhliches und Süßes.«

»Alle sind gegen mich. Und jetzt auch Sie. Ach nein, lassen wir das. Wer ist eigentlich dieser Tim?«

»Tim Drever, Ihr Chefgraphiker. Ich dachte, das wüßten Sie. Sie haben uns so ein schönes Hochzeitsgeschenk gemacht.«

»Ach. Ich werde das Schwein gleich Montag früh rausschmeißen. Nein. Nicht doch. Geben Sie ihm eine Gehaltserhöhung. Geben Sie sich beiden eine Gehaltserhöhung. Und schicken Sie mir eine Fünftel Flasche eines Jack Daniels rauf und besorgen Sie mir für heute abend dieses rothaarige Mädchen — Sie wissen schon — die mit den Katzen.«

»Ja, Mr. Marrell. Aber was die Gehaltserhöhung betrifft — Sie haben uns doch erst im letzten Monat eine gegeben, und ich finde, die Barausgaben der Firma nehmen allmählich überhand. Wenn Sie unbedingt was tun wollen, dann hätten wir gern noch einen Aktienanteil. Ich schicke Ihnen die Jack Daniels sofort rauf, zur Abwechslung mal ein bißchen anders als sonst, vielleicht mit einem Imbiß und etwas schwarzen Kaffee und dem Vertragsentwurf der Putnam Airforce. Und Miss Fitz ist gerade in Honolulu, aber ich werde mich bemühen, Miss de Borch zu erreichen. Sie wissen schon, das Mädchen mit den schwarzen Haaren und der Boa Constructor. Vorige Woche schienen Sie sich in ihrer Gesellschaft recht wohl zu fühlen.«

Sie wollte gerade hinzufügen, daß Paulas neue Kinderschwester am Flughafen wartete, unterließ es dann aber. Paul hatte sich das Baby bis jetzt erst zweimal angesehen.

»Okay. Okay. Großartig. He, hören Sie!«

»Ja, Sir?«

»Ich hab das ernst gemeint, daß ich Sie heiraten will. Tim kann sich glücklich schätzen.«

»Ich danke Ihnen von ganzem Herzen, Mr. Marrell.«

Sie legte auf und verzog das Gesicht zu einem schiefen Lächeln. Sie war sich immer völlig sicher gewesen, daß Paul sich auch nicht im geringsten an einen ziemlich verwirrenden Abend vor langer Zeit erinnerte, an dem er und eine neue, sehr junge Stenotypistin bis in den frühen Morgen auf einem Bürosofa durchgearbeitet hatten.

Gloria Emstead hatte das natürlich nie jemandem gegenüber erwähnt, nicht einmal Tim wußte davon, aber sie hatte es nie ganz vergessen können. Sie hatte das Problem mit der ihr eigenen diskreten Tüchtigkeit behandelt und das, was aus dem Abend hervorgegangen war — eine junge Dame namens Girta Grier —, bei einer verwitweten Verwandten in San Francisco untergebracht, die sie liebevoll aufzog und von der Girta glaubte, daß sie ihre Mutter wäre. Girta kam auf der Wirtschaftsschule, die sie besuchte, ausgesprochen gut voran. Miss Emstead lächelte, stieß einen Seufzer aus und wandte sich wieder dem Flughafenproblem zu.

Es war seltsam mit Paulas Kinderschwestern. Obgleich das kleine Mädchen niedlich und brav war, blieben sie nie lange. Paula war sehr hübsch, zart, zerbrechlich, dunkelhaarig, und sie hatte noch immer dieselben großen blauen Augen, wie bei ihrer Geburt. Die Frauen, die zu den Parties kamen, verhätschelten sie. Aber da war etwas an diesem fragenden, starren Blick, das sie abschreckte. Anscheinend erging es den vielen Kinderschwestern und Au-pair-Mädchen, die Miss Emstead einstellte, nicht viel anders, auch der nicht, die von Paul einmal kurzfristig geheiratet wurde.

In dieser Zeit bekam er seine Tochter allerdings zum ersten Mal etwas häufiger zu Gesicht.

Es war in der Nacht, als es, zum erstenmal seit zwanzig Jahren, in San Juan schneite. Er und Frederika, die gegenwärtige Mrs. Marrell, kamen spät abends nach Hause, und sie ging gleich nach oben, um nach Paula zu sehen, und Paul blieb unten in den selten benutzten Räumem und wanderte auf und ab. Er bemerkte eine Terrassentür, die im Foyer offenstand. Als er sie zumachte, entdeckte er im hauchdünnen Schnee Fußabdrücke, die vom Haus fortführten. Er hatte als Kind oft im Wald gespielt und blieb automatisch stehen, um sie sich näher anzusehen; ein Paar spitzhackiger Frauenschuhe, frische Spuren von kleinen Sandalen und der schwache Abdruck winziger nackter Kinderfüße. Er erinnerte sich, daß Frederika Sandalen angehabt hatte. Sie war eines der Au-pair-Mädchen, die sich um Paula gekümmert hatte, bevor sie dazu übergegangen war, sich um Paul zu kümmern, eine große blonde Belgierin mit krausem Haar, die er für sanft und angenehm gehalten hatte, der er unbekannte Begabungen zugeschrieben hatte — letzteres völlig zu Recht.

Es war eine wunderbare Nacht, über der verrückten weißen Landschaft blinkten die Sterne und ein Halbmond am Himmel. Paul trat in den Garten, um den Spuren zu folgen.

Sie führten ihn über leere Beete und Rasenflächen geradewegs zu dem am Rand aufgeschütteten Erdwall, der zum Schutz des Hauses errichtet worden war. Von oben hörte er ein Gewirr hoher Stimmen, und weiter entfernt knurrte ein Hund, als würde er gewaltsam zurückgehalten. Plötzlich rief eine Kinderstimme laut: »Ich hasse dich. Ich hasse es dort.« Und danach ein scharfer harter Schlag, wie auf nacktes Fleisch, und danach Stille.

Paul kletterte den steilen Hang hinauf und fand dort seine Frau und die Kinderschwester, die neben einem kleinen Kind standen, das Paula sein mußte; sie hockte zusammengekauert am Boden, fast nackt, nur mit einem dünnen Nachthemd bekleidet.

»Was geht hier vor?«

»Sie hat Miss Trond angegriffen«, erklärte seine Frau aufgeregt.

»Sie schleicht sich immer mitten in der Nacht davon!« Miss Trond zog ihre Schwesterntracht glatt, sie hatte einen bemitleidenswert deutschen Akzent.

»Das ist wahr — das hat sie bei mir und den anderen Mädchen vor mir auch immer getan«, bestätigte Frederika. »Sie hat uns zu Tode erschreckt.«

Aber damit kam sie bei Paul nicht an, vor allem nicht, als Paula den Kopf hob und ihren Vater flehend anblickte, und auf ihrem Gesicht der deutliche Abdruck einer Hand zu erkennen war, sowie ein tiefer Kratzer von dem Ring. Und dahinter, im Schnee, der Abdruck des kleinen Kinderkörpers, auf dem Rücken liegend.

»Warum haben Sie sie geschlagen?« fragte er langsam. Das Kind schien plötzlich keineswegs mehr dasselbe Ungeheuer zu sein, das seine geliebte Frau auf dem Gewissen hatte. Eigentlich sah es überhaupt nicht wie ein Ungeheuer aus.

Die Frauen stotterten etwas von gefährlichen Hunden, und daß man nicht schlafen könne. Die großen Augen des Kindes ließen ihn keine Sekunde los.

Unsicher ging er zu Paula und streckte ihr seine Hand entgegen. Sie starrte ihn weiter an, dann ergriff sie seine Hand. Ihre Hand war kühl und winzig klein, wie von einem jungen Tier. Paul bückte sich und hob Paula hoch.

»Ihr könnt morgen zu Miss Emstead gehen und euch auszahlen lassen«, sagte Paul. Er nahm seine Tochter an die Hand und ging mit ihr die Böschung hinunter und weiter bis zu seiner früheren Junggesellenwohnung.

Paula war durchnäßt und zitterte am ganzen Körper, daher zog er ihr das dünne Hemd aus, trocknete sie ab und wickelte sie in seinen alten Kamelhaarmantel, dessen unteres Ende er durch die Kordel hochzog. Er kam keinen Augenblick auf die Idee, daß sich ein sechsjähriges Kind selbst anziehen könnte. Er hatte in seinem ganzen Leben noch nie ein kleines nacktes Mädchen gesehen, und der zarte Körper versetzte ihn in Verwirrung.

Sie hielt die ganze Zeit völlig still, bis er sie hochhob und auf die Liege im Umkleideraum legte.

»Alles in Ordnung, mein Kind?«

»Ja, Sir. Vielen Dank«, sagte sie höflich. Dann richtete sie sich plötzlich auf und sprudelte heraus: »Ach, Daddy, könntest du mir, bitte, helfen?«

»Helfen? Wie denn?«

»Ich möchte mir deine Bücher in der Bibliothek ansehen! Sie wollen sie mir aber nicht geben, sie geben mir immer nur solchen Quatsch zu lesen. Ich tu doch deinen Büchern nichts, das würde ich niemals tun.«

»Was willst du denn lesen?« fragte er völlig erstaunt.

»Über Arithmetik«, erklärte sie zu seinem Erstaunen. »Und über die Sterne. Astro-no-mie.«

»Natürlich kannst du das tun. Warum denn nicht? Du gehst einfach rein und nimmst dir, was du haben willst. Und du kannst bleiben, so lange du willst. Ich werde es Miss Emstead sagen. Sie soll dir was Leichtes, was für Anfänger, raussuchen.«

Als er merkte, wie ihre Freude in Besorgnis umschlug, fügte er schnell hinzu: »Natürlich nur, wenn du willst.«

Was hatte er da nur gezeugt? Jetzt erst, als er sie sich näher ansah, stellte er eine kleine Ähnlichkeit mit ihrer Mutter fest, aber sie erinnerte ihn irgendwie noch an jemand anders. Vielleicht an ihn selbst, als er noch ein Junge war?

»Was hast du eigentlich gemacht, da draußen?«

»Ich seh mir so gern die Sterne an. Aber ich kenne nur den Namen von einem Stern: Po-laris.« Beschämt senkte sie den Kopf. »Die sagen, das wäre un-natürlich.«

Ah! Jetzt fiel es ihm ein — sein kleiner Bruder Harry, der mit acht bei einem Autounfall ums Leben gekommen war. Sie war eine kleinere Ausgabe von Harry. Harry hatte auch immer in den Himmel gestarrt, wenn er sich recht erinnerte. Hatten ihm die Götter etwa seinen kleinen Bruder zurückgegeben, ohne daß er es bemerkt hatte?

»Nun, dagegen läßt sich nichts sagen. Das nächste Mal, wenn du rausgehen möchtest — mitten in der Nacht, egal wann —, dann rufst du einfach auf der Wache an, damit sie dir jemand schicken können. Das dauert keine fünf Minuten, bis einer da ist.«

Wieder der betrübte Ausdruck auf dem kleinen Gesicht.

»Was paßt dir denn daran nicht?«

»Ach, gar nichts ... es ist nur, daß ich lieber *allein* schaue.«

Genau wie Harry!

»Das läßt sich einrichten. Du sagst ihnen nur Bescheid, wenn du rausgehst, und wenn du wieder zurück bist, dann siehst du keine Menschenseele. Sonst fliegt er am nächsten Morgen raus.«

»Ohhh ... vielen Dank, Daddy! Ich meine, Sir. Vielen, vielen Dank.«

»Du kannst ruhig Daddy sagen. Woher hast du denn dieses ›Sir‹?«

»Das hast du doch gesagt, Sir. Ich meine, Daddy. Und du wolltest mich auch nie sehen.«

Er konnte sich absolut nicht mehr erinnern. »Also, das hab ich bestimmt nicht so gemeint. Ich muß wohl ... irgendwie verrückt gewesen sein. Aber das ist jetzt vorbei.«

Ihr Gesicht strahlte vor Freude. Und dann, ganz

plötzlich, wie bei einer Babypuppe, klappten die dichten dunklen Wimpern über ihre Augen, und sie war im Sitzen eingeschlafen und sank langsam nach hinten, in ein Kissen, das fast größer war als sie selbst. Er deckte sie zu und ging dann ins Bett, um über alles nachzudenken. Ihm fiel noch ein, daß er wegen Paulas Schulerziehung etwas unternehmen mußte — ein normaler Kindergarten kam offenbar nicht in Frage. Aber jetzt war er zu müde — es gelang ihm gerade noch, für Miss Emstead die Anweisung zu geben, einen guten Lehrer und eine neue Kinderschwester zu suchen und wieder einmal die Scheidungsanwälte in Gang zu setzen, dann schlief er auf der Stelle ein.

Alle diese Dinge wurden zuverlässig erledigt, und in den nächsten Wochen und Monaten gewöhnte sich Paul allmählich daran, seine kleine Tochter irgendwo in einer Ecke in der Bibliothek zusammengerollt sitzen oder liegen und alles mögliche — vom Fachblatt für Astronomie über mathematische Abhandlungen bis hin zu alten Science Fiction-Comics — verschlingen zu sehen. Oder er sah sie draußen auf dem Erdwall entlanggehen — oder vielmehr laufen. Sie war immer noch zu klein für ihr Alter, aber der Arzt meinte, sie wäre völlig gesund und für ihr Körpergewicht ganz schön stark. »Ein regelrechter Gibbon«, sagte er. »Nur viel hübscher.«

Seltsame Überlegungen gingen ihm durch den Kopf. Paula und ihre neue Kinderschwester gewöhnten sich daran, daß gelegentlich Lieferungen von *Chez Niçoise* eintrafen — riesige Platten mit allerlei köstlichen Leckereien — Filet Mignon, Austern, Hummern, die sie sich — vor allem Miss Timms — von ganzem Herzen schmecken ließen.

Und dann passierte die dumme Geschichte auf der Kinderparty. Sie fand nicht an Paulas Geburtstag statt, der nie erwähnt wurde, sondern an Pauls; eine etwas steife, rüpelhafte Gesellschaft fremder junger Menschen verschiedenen Alters, meist Zöglinge von Angestellten bei Marrell Tech, mit denen sich Paula anfreunden sollte. Paul kam, um sich umzusehen, und sogar er konnte die Gefühle seiner kleinen Tochter deuten, die entsetzt mitten in dem Tumult stand, wie erstarrt, und das Tortenmesser wie einen Dolch in der Hand hielt.

Miss Emstead redete beruhigend auf ihn ein. »Paula wird sich schon selbst Freunde suchen, Mr. Marrell. Nach und nach und unter Kindern, die ähnliche Interessen und Fähigkeiten besitzen. Wenn sie erst mal eine geeignete Schule besucht.« Und sie reichte ihm das Prospekt einer Schule für besonders begabte Kinder.

»Das ist viel zu weit entfernt. Suchen sie eine, bei der sie abends nach Hause kommen kann.«

Und selbstverständlich fand Miss Emstead eine passende Schule, allerdings war dazu zweimal täglich der Einsatz des Marell Tech-Firmenhubschraubers erforderlich.

Nach ungefähr einem Jahr sah sich Robby, der Hubschrauberpilot, genötigt, Paul davon zu unterrichten, daß seine Tochter kein gewöhnliches kleines Mädchen war.

»Ihre Tochter, Paula, die ist irgendwie anders als andere Mädchen. Auf die sollten Sie besser ein Auge haben, Sir. Die kennt jedes Flugmodell, das auf dem Markt ist, und sie hilft mir sogar bei den Startvorbereitungen. Letzte Woche hab ich den Motor zerlegt, und da ist sie gekommen und hat mir bis elf Uhr nachts geholfen. Das Kindermädchen ist fast ausgeflippt. Und die ganze Zeit liegt sie George in den Ohren, weil er sie im Jet mitnehmen soll. Und ich hab sie mal dabei erwischt, wie sie im Rumpf rumgekrochen ist. Ich glaube, sie könnte den Hubschrauber sogar selbst fliegen, wenn ich es ihr erlauben würde. Und wenn sie mit den Füßen bis runter käme«, fügte er grinsend hinzu.

»Hm.«

Das war ungefähr zu derselben Zeit, als die Schule ihn davon unterrichtete, daß sie mit Paula ein paar Extratests durchführen wollten. Angeblich hatte sie von ganz allein eine neue Klasse Differentialgleichungen entdeckt. Zuerst fürchtete Paul, ein kleines Gauss-Genie zum Kind zu haben.

Aber wie sich herausstellte, entsprach Paula nicht ganz diesem Kaliber; sondern war nur sehr aufgeweckt, äußerst motiviert und hatte eine sehr, sehr schnelle Auffassungsgabe. Im darauffolgenden Semester beschäftigte sie sich vorwiegend mit Computern und Elektronik. Einmal fand er sie damit beschäftigt, wie sie mit einem alten verbeulten Strommesser, den sie sich vom Elektriker besorgt hatte, die piezoelektrische Ausgabe eines alten Kristalls messen wollte; sie hatte sich eine eigene kleine Werkstatt eingerichtet, an die sich nach und nach ein ganzes Computersystem und ein Fotolabor anschlossen.

Aber davor war es ein Teleskop gewesen, und eine etwas pathetische Weihnachtsangelegenheit. Als sie in der Schule in die erste Klasse ging, hatte der Lehrer für Naturwissenschaften den Vorschlag gemacht, ihr zu Weihnachten ein Refraktor-Teleskop, möglichst mit einer kombinierten Kameraausrüstung, zu schenken. Als er Paula fragte, was sie sich wünschte, sah sie ihn erstaunt an. »Daddy — was ist das eigentlich — Weinachten?«

»Also ... das ist ... das ist ...«, begann er, und plötzlich wurde ihm klar, daß er ihr in den ganzen sechs oder sieben Jahren ihres Lebens nie etwas zu Weihnachten geschenkt hatte.

»Hat dir denn nie jemand was zu Weihnachten geschenkt?«

Sie schüttelte noch immer erstaunt den Kopf. »Das eine Jahr hat mich Miss Gibbs Karten machen lassen«, erinnerte sie sich dann. »Und Mrs. Finny hat mir ein Taschentuch gegeben und gesagt, daß ich auch jedem was geben muß. Aber ich hatte doch nichts. Und da hat sie mir gezeigt, wie man Papier ausschneidet, mit Bäumen und Rehen darauf, glaube ich. Und mit einem dicken Mann. Aber die sind nicht sehr schön geworden.«

Ihm fiel jetzt wieder dieses merkwürdig klebrige Ding ein, das er in einem Jahr zu Weihnachten zwischen seinen Karten gefunden hatte. Es war, wie sie selbst sagte, nicht sehr hübsch gewesen. Trotzdem war er schrecklich gerührt, und konnte nur stottern: »Das tut mir leid, mein Kind, das tut mir wirklich leid.« Und dann: »Wie ich hörte, wünschst du dir ein Teleskop.«

»Oh! Oh-h-h-h, Daddy. Ein richtiges Teleskop?« Ihre Freude war so ansteckend, daß ihm völlig entging, welch pathetische Ausmaße die ganze Angelegenheit annahm, während sie sich beide über die Wunder in *Edmund's Scientific Catalogue* hermachten, mit all seinen Köstlichkeiten und Extras — Größe des Spektrums und Brennweiten. Und dann fanden sie unterm Dach einen Raum für ein richtiges kleines Observatorium, so daß sich das Problem von Paulas Nachtwanderungen von selbst löste.

Aber er machte sich weiterhin Sorgen wegen ihrer zarten Gesundheit, bis Miss Emstead die Idee hatte, daß er mit ihr zum Zelten und zum Angeln in das nahegelegene Air Force-Reservat fahren sollte. Das erwies sich als glänzender Einfall, Paula war von der Wildnis begeistert, und er lernte ihre erstaunliche Koordinationsfähigkeit und Vitalität kennen. In der Freizeitkleidung sah sie viel natürlicher aus; und er begann sie mehr und mehr Pauly oder Paul zu nennen, und manchmal aus Versehen sogar Harry. Beim Angeln war sie nur mittelmäßig, aber seine alte zwölfkalibrige Flinte hatte es ihr angetan; sie nahm sie immer wieder auseinander, um sie neu zusammenzusetzen, und nicht lange und sie hatte ihr eigenes Gewehr, ein .475er mit abgesägtem Lauf und Zielfernrohr.

Es wunderte dann auch niemanden, als sie sich als ausgezeichnete Schützin entpuppte, und ein wenig verwirrt war Paul nur, als er ihr erst ein paar Nachhilfestunden über die Ethik des Jagens geben mußte. Aber schließlich war er in ihrem Alter auch ziemlich blutrünstig gewesen.

Merkwürdig, wie sehr sie beide die Kälte genossen, oder vielmehr die Erfahrung, den Wald immer weiter in Richtung Norden zu durchstreifen.

Er fuhr mit ihr zu dem großen Athabascar-Eisberg in der Nähe von Jasper, und sie verbrachten zwei glückliche, aufregende Stunden damit, in den Höhlen unterhalb der riesigen Zunge aus schmelzendem Eis herumzukriechen. Dunkelgrünes Licht fiel herein; die großen Eiseuter des Gletschers tropften von Jahrtausende altem Schmelzwasser, und unter den Eismassen strömte ein kalter, fauliger Atem, der Geruch von Leben, das vor tausend Jahren zerstört worden war, hervor und löste draußen am Sonnenlicht kleine Gewitter und Regenbogen aus. Ein Bergführer brachte sie schließlich wieder nach draußen.

Später studierte Paula ganze Stöße von Landkarten, und sie weideten sich an der Vorstellung von dem Spaß, den sie haben würden, wenn sie später einmal die Gelegenheit hätten, die Eisfelder Alaskas, hoch oben im Norden, zu besuchen.

»Bestimmt würde Miss Emstead auch gern mitkommen«, sagte Paula.

Paul stimmte ihr sofort zu — und keiner von beiden war sich des völlig absurden Gedankens bewußt, daß eine ältere Dame, die gewohnt war, eine sitzende Tätigkeit auszuüben, in leitender Position und mit angegriffener Gesundheit, ›gern‹ ihren Ehemann verlassen sollte, nur um sich den Gefahren und der Härte des Lebens in der Welt des ewigen Eises auszusetzen.

Diese Jahre, in denen er mit Paula zum Zelten fuhr, waren die glücklichsten seines Lebens; bestimmt waren es auch seine unschuldigsten.

Als Paula acht Jahre alt war, begann für sie eine neue Phase ihres Lebens. Aus einer Laune heraus erlaubte er ihr einmal, während einer kleinen Dinner-Party, die nicht lange dauerte, aufzubleiben, und hinterher fragte er sie, nur so zum Spaß, was sie von einem Mann hielte, den er für den Posten eines Abteilungsleiters in seiner neuen Firma für Luftfahrteinrichtungen vorgesehen hatte.

»Er wartet immer, bis man ihm sagt, was er tun soll. Er tut zwar so, als wäre das nicht der Fall, aber es ist trotzdem so.«

»Und woher willst du das wissen, Miss Paulie?«

»Ich habe ihn beobachtet, wie er mit Messer und Gabel umgeht. Und mit dem Wein. Er wußte nicht, ob er ihn mögen sollte oder nicht, bis er dein Gesicht gesehen hatte.«

»Hmm. Ich dachte, er hätte es gleich gesagt.«

»Nein. Zuerst hat er aufgepaßt, was du für ein Gesicht machst.«

»Ach so? Hmm.«

Von da an erlaubte er dem Kind, bei kleineren Zusammenkünften die Gastgeberin zu spielen, sowohl zu Haus als auch in Restaurants. Miss Emstead gab ihr nur ein paar Tips. Paula erwies sich als ein Musterbeispiel für frühreifen Takt, Schweigsamkeit und Charme. Sie war, wie es den Anschein hatte, an »ernsthaften« Leuten interessiert; sie beobachtete alles und war wie ein Gedächtnisspeicher. Das erwies sich für Paul als sehr nützlich; die Erwachsenen glaubten, in ihrer Gegenwart völlig frei sprechen zu können, und hielten sie für jünger, als sie in Wirklichkeit war.

Und auch bei seinen privaten Unterhaltungen war es Paul unmöglich, daran zu denken, wie kurz sie erst am Leben war. Sie interessierte sich so für seine Arbeit, vor allem für die technischen Dinge, aber auch für die geschäftliche Seite, die Verträge, die Probleme, die ein neues Luftfahrtunternehmen aufwarf. Mit zehn bat sie ihn um die Entwicklungsgeschichte von Marrell Technologies, und dann verschlang sie die Unterlagen, die er ihr brachte, geradezu. Ihm wurde bewußt, wie er sie als

Höhrrohr benutzte und mit ihr über Menschen und Projekte sprach, als wäre sie erwachsen.

An einem Wochenende, als Paul in Chicacgo war, bekam seine Tochter eines Nachmittags unerwarteten Besuch. Es war Miss Emstead, die eine Aktentasche unter dem Arm trug. Zwei Augenpaare, das eine groß und blau, das andere haselnußbraun und alt und gütig, begegneten sich in wortloser gegenseitiger Prüfung und Anerkennung. Zwischen den beiden hatte immer eine unausgesprochene Geistesverwandtschaft und Zuneigung geherrscht. Aber diese Zusammenkunft fand auf einer anderen Ebene statt.

Miss Emstead hielt sich gar nicht erst mit Floskeln wie »Meine Liebe« oder »Du bist aber groß geworden« auf. (Paula war kaum gewachsen.) Sie sagte sofort und direkt:

»Du hast einen großen Einfluß auf deinen Vater, und zwar in Dingen, für die sich ein junges Mädchen gewöhnlich nicht interessiert.«

Paula nickte nur.

»Wir in der Firma, wir Älteren, hätten nie gedacht, daß Paul Marrell einmal ein Kind haben würde, das das Unternehmen nach ihm weiterführt. Aber ich glaube allmählich, daß dein Interesse ernsthaft und von Dauer ist. Habe ich recht?«

Wieder nickte Paula nur zustimmend.

»Gut. Das ist gut. Natürlich ist damit zu rechnen, daß du deine Meinung später einmal änderst, wenn junge Männer und anderes in dein Leben treten. Was meinst du?«

»Ich weiß nicht«, sagte das Kind vorsichtig mit seiner weichen Stimme. »Die Menschen — erwachsene Frauen — kommen mir manchmal schon komisch vor, jedenfalls manche von ihnen. Aber ich glaube nicht, daß ich mich sehr ändern würde.«

»Es besteht auch gar kein Grund, warum du das tun solltest«, sagte Miss Emstead herzlich. »Eine ganze Reihe erwachsener Frauen kümmern sich ernsthaft um geschäftliche Dinge, auch wenn sie eine Familie haben.«

»Wie Mrs. Plum.«

»Ja. Eine ganze Reihe von uns. Und das bringt mich gleich zum nächsten Punkt. Viele von uns Älteren haben ihr ganzes Leben in Marrell Tech investiert. Die Firma ist alles, was wir haben, sie ist unsere einzige Sicherheit für unser Alter. Verzeih mir, bitte, aber du bist noch sehr jung, obgleich dir dein Verstand weit voraus ist. Ich wünsche mir, daß du dir nur einen kleinen Augenblick lang die Zeit nimmst, um — nun, um das gewissermaßen zu würdigen. Versuch dich einmal in unsere Lage zu versetzen. Mach dir einmal klar, daß — bitte, verzeih mir noch einmal — Marrell T. für uns keineswegs nur ein Hobby ist, oder etwas, wofür wir uns vorübergehend begeistert haben. Sondern es bedeutet für uns Jahre und Jahre und Jahre harter Arbeit, und daß wir alles haben, was wir haben, in schlechte und gute Zeiten teilen müssen, damit wir in unserem Alter eine Sicherheit haben. Versuch es bitte, nur einen Augenblick lang, ja?«

Braune Augen sahen Paula stechend an.

Blaue Augen erwiderten den Blick. Sie blinzelten nur einmal, ganz kurz, zu der Aktentasche unter Miss Emsteads Arm.

»Ich glaube, ich verstehe«, sagte Paula vorsichtig. »Ich ... ich habe nicht das Gefühl, daß es sich um eine Spielerei handelt, Miss Emstead.«

»Ja. Und weiter brauchst du nichts zu tun, weißt du. Obgleich du noch jung genug bist, um völlig neu anzufangen, bedeutet Marrell Technologies auch für dich Sicherheit, jedenfalls jetzt und in nächster Zukunft. Wenn Marrell Tech plötzlich aufhören würde zu existieren, würde dein ganzes Leben durcheinandergeraten.«

Paulas Lippen preßten sich aufeinander. Sie nickte.

Miss Emstead sah sie noch einmal mit einem langen Blick an, dann lächelte sie und entspannte sich.

»Gut, Paula. Und ich finde, du solltest ruhig versuchen, mich Gloria zu nennen, wenn du magst. Ich hab dir etwas mitgebracht, weil ich gehofft hatte, daß du es ernst meinst. Du erinnerst dich doch an die Firmengeschichte, die wir dir geschickt haben, die auf dem glänzenden Papier?«

»O ja«, sagte das Kind höflich. »Vielen Dank.« Aber sie rümpfte dabei die kleine Nase.

»Genau«, sagte die ältere Frau mit einem Lächeln. »Und da habe ich mir gedacht, daß es, falls ich finden würde, was ich hoffte, endlich an der Zeit wäre, dir die wahre Entwicklungsgeschichte zugänglich zu machen. Daher habe ich hier einen kurzen Bericht zusammengestellt, nur für dich allein. Bestimmt macht es dir nichts aus, wenn ich so lange hierbleibe, bis du ihn gelesen hast, damit ich ihn gleich nachher wieder zurück in den Safe legen kann. Wie ich hörte, sollst du ja ein tolles Gedächtnis haben. Aber wenn du später noch hineinsehen möchtest, kannst du es mir jederzeit sagen, und dann lasse ich ihn dir durch einen Boten schicken, der ihn wieder mit zurückbringt. Du verstehst doch, nicht wahr?«

»O ja, Miss — Gloria. Das kann ich gut verstehen, und ich bin Ihnen wirklich sehr dankbar. Hier im Haus gibt es nicht viel ... na ja, keine Sicherheit. Die Leute glauben alle, daß sie einfach hier reinspazieren könnten.«

»Ja. Und sie könnten dir beim Lesen über die Schulter sehen oder es dir sogar wegnehmen. Siehst du, manches von dem, was hier drinsteht, kennt nicht einmal dein Vater. Verstehst du, was ich meine, wenn ich sage, daß wir alle gemeinsam beschlossen haben, die geschäftlichen Dinge etwas von ihm fernzuhalten? Vielleicht ist dein Vater nicht direkt ein technisches Genie, aber bestimmt so was Ähnliches, glaube ich. Und wir wollten nicht denselben Fehler machen wie andere Firmen — aus einem guten Wissenschaftler einen mittelmäßigen Geschäftsmann zu machen.«

»Ich glaube, das kann ich verstehen. Das ist genau dasselbe wie mit Mr. Endicott, als sie ihn zum Schuldirektor gemacht haben und er nicht mehr unterrichten konnte. Weil er jetzt nur noch ein Verwalter ist.«

»Genau. Also gut, hier ist der Bericht. Ich könnte mir denken, daß du die nächste Stunde allein sein willst, stimmt's?«

Das kleine Mädchen griff nach den Schreibmaschinenseiten wie ein normales Kind nach einem Bonbon.

»Wir gehen rauf in meine Dunkelkammer!« sagte sie und sprang aus dem großen Sessel, und benahm sich zum ersten Mal so, wie es für ihr wirkliches Alter angebracht schien.

»Gut.«

Und so begann das seltsame Bündnis, das dazu führte, daß die riesige Firma Marrell Technologies im wesentlichen von einer älteren Frau und einem zehnjährigen Kind geleitet wurde. Und ein sorgloser Ingenieur füllte die Safes mit Proben seiner besten Arbeit.

Die geistige Verwandtschaft oder das gegenseitige Einfühlungsvermögen zwischen drei derart verschiedenen Charakteren war in der Tat recht ungewöhnlich; manchmal schienen überhaupt keine Worte mehr nötig. Tim Drever, Glorias Ehemann, der eine gewisse Unbestimmtheit, sowie die absolute Schärfe besaß, die bei Künstlern häufig anzutreffen ist, sah dabei genau zu. Er spürte, daß ihn das seltsame Bündnis nicht bedrohte, und hielt sich weiterhin im Hintergrund.

Aber nicht einmal er hätte ahnen können, daß diese Gemeinsamkeit in Wirklichkeit Fragmente eines einziges Geists darstellten — und daß der Körper, zu dem dieser Geist gehörte, eingefroren dalag, 2000 Meilen entfernt im Eis der Nordmeere, in molekularer Starre, und von Menschen und Menschlichkeit nicht das geringste wußte. Alles, was Enggi, oder was von ihm übrig war, wußte, war, daß seine Heilung voranging —

und daß ihn irgendeine schwache, etwas unangenehme Störung gelegentlich von unten her bedrohte.

Stille Tage, wenn die Stürme und alle Mühsal angesichts des Winters für kurze Zeit vergehen und sich die Eisvögel friedlich in ihr Nest kauern.

Sie nahmen auch kein Ende, jedenfalls nicht an der Oberfläche, als Paula ihren Vater im Alter von elf Jahren sexuell verführte.

Es geschah auf völlig normale Weise, wie diese Dinge nun einmal geschehen, auf einer ihrer Campingfahrten.

Natürlich hatte es auch davor schon intime Situationen im Freien gegeben — wie bei einem Vater mit seinem Sohn, wenn sie nackt zusammen gebadet hatten. Er hatte sie gepflegt, als sie die Ruhr hatte, und sie hatte ihm den verstauchten Knöchel massiert und später seine verkrampften Rückenmuskeln. Die kleinen Hände glitten schnell und kräftig über seinen Körper. Ein- oder zweimal hatte er festgestellt, wie es ihn erregte, aber er hatte den Gedanken weit von sich gewiesen. Sie sah noch immer so geschlechtslos aus wie ein Aal.

In jener Nacht ging über dem offenen Zelt ein Regenguß nieder, der ihren Schlafsack durchweichte. (Paula schlief gern im Eingang, weil sie von dort aus die Sterne sehen konnte.) Wie Paul es schon vor langer Zeit einmal getan hatte, rieb er sie trocken, und dann nahm er den kleinen kalten Körper in die Arme und mit in seinen Schlafsack, und so schliefen sie.

Aber als die graue Morgendämmerung heraufzog, wachte er auf und merkte, wie sie neugierig seine Geschlechtsteile berührte — so zart, so sanft, es war wie in einem Traum, und flüsterte: »Oh, Daddy, ich hab dich ja so lieb.« Erst als es viel mehr als ein Traum geworden war, erst als es erstickte Schreie und zuckende Bewegungen gegeben hatte und ihm das verwirrte, nur teilweise Eindringen Erleichterung verschafft hatte, wurde ihm bewußt, was passiert war.

Aber sie war für ihn da, starke, kleine Arme hielten

ihn fest, wollten ihn besänftigen, ihn wiegen. »Das ist doch nichts Schlimmes, Daddy. Wir haben uns doch so lieb. Das ist wirklich nicht schlimm.« Und erzählte ihm, daß sie darüber schon gelesen hatte, daß solche Dinge öfters passierten, daß sie sein kleines Mädchen war, und warum sollte es dann falsch sein, so etwas zu tun?

Und dann, ganz nüchtern: »Daddy — ich muß diese Dinge doch lernen, nicht wahr? Und ich hab doch sonst niemand, überhaupt niemand. Du bist mein Lehrer, das bist du doch immer gewesen.«

Er kam gar nicht dazu, alles richtig zu begreifen, da war sie schon aufgesprungen und forderte ihn zu einem Wettlauf bis hinunter zum See auf. Der Regen hatte aufgehört; sie frühstückten gemütlich und machten Jagd auf Wachteln, und damit hielt er das Thema für abgeschlossen.

In der darauffolgenden Nacht kroch sie in ihr eigenes wieder getrocknetes Bett. Aber im Morgengrauen kam sie wieder in seinen Schlafsack, als wäre es ihr gutes Recht, und diesmal beglückte sie ihn richtig, sie berührte ihn und stellte ihm Fragen: »Wie fühlt sich das an?« und kicherte und war ganz quirlig, bis es Tag wurde, völlig unschuldig und selig in ihrer neu entdeckten Sinnlichkeit, so daß er all seine Schuldgefühle verlor.

Und dann war da auch immer dieses, wie sie sagte, merkwürdige Gefühl der Zusammengehörigkeit, wenn sie sich vereinten, daß zwei Teile, die getrennt worden waren, jetzt wieder eins wurden. Er versuchte es mit Rationalismus; woher wollte er wissen, was recht war?

Und schließlich war es doch nicht so, als hätte es etwas Derartiges noch nie gegeben, sagte er sich. Ein oder zwei von den neuen Büchern, die im Haus herumlagen, schienen diese These zu bestätigen, als er sie sich näher ansah.

Und so begann eine letzte herrliche Zeit offener Kameradschaft und versteckter Freuden. Paula wuchs ein Stückchen, und ihr Körper wurde etwas runder, aber aus Gründen des Takts versteckte sie ihn unter Jungenkleidern oder kindlichen Röcken. Zu Hause hatte sich nichts geändert; Paula spielte ihre Rolle als Gastgeberin seiner Parties nur noch gewinnender und reizender. Die Parties selbst hatten längst einen anderen Charakter angenommen; an Stelle der zusammengewürfelten Gästeschar kamen jetzt hart arbeitende Politiker, Techniker und Wissenschaftler, immer mit einem oder ein paar hübschen Mädchen für Paul; aber Paula, die keine Eifersucht zu kennen schien, kümmerte sich genauso eifrig um die Frauen wie um die Männer. Sie entwickelte große Geschicklichkeit darin, Leute, die nützlich sein konnten, aufzuspüren und zu betören, vor allem, wenn es um das neue Luftfahrtprojekt ging. Sie machte auch Vorschläge zur finanziellen Unterstützung gewisser hoffnungsvoller Politiker, von denen sich schon einige für Marrell Tech als ausgesprochen nützlich erwiesen hatten.

Paul gab ihr manchmal aus Spaß Belohnungen für ihre Hilfe. Ihre ehrliche Freude an knisternden neuen Tausend-Dollar-Noten amüsierte ihn, und da von allen Seiten reichlich Geld hereinströmte, konnte er es sich leisten. Marrell Tech übernahm ein paar kleinere Firmen, die um ihre Existenz kämpften; und Paul verließ sich immer mehr auf Paula, die sein zweites Gedächtnis wurde, und einmal auf einer Party, hielt sie ihn tatsächlich davon ab, sich selbst zu überbieten.

So verging das letzte stille Jahr der Eisvögel. Ihr sexueller Kontakt beschränkte sich, aufgrund einer schweigenden Übereinkunft, auf die Campingfahrten. Eine Zeitlang ging alles gut. Aber Paula hatte die Dinge unterschätzt; sie machte sich keine rechte Vorstellung von dem Aufruhr, den sie ausgelöst hatte. Der arme betörte Mann entwickelte eine unnatürliche Leidenschaft für die freie Natur und verfiel in die Gewohnheit, Paula bei jedem Wetter und unter jedem Vorwand nach draußen zu zerren.

Vielleicht war es reiner Zufall, daß Miss Emstead genau zu diesem Zeitpunkt eine ihrer seltenen Warnungen von sich gab.

»Paula, du darfst nie vergessen, daß es da draußen eine ganze Reihe kluger Köpfe gibt, und die wenigsten von ihnen meinen es gut mit dir. Es gibt noch andere Leute, die genau so intelligent sind wie du — ich gehöre nicht zu ihnen, aber es gibt sie. Manche sind vielleicht sogar noch klüger. Ganz egal, wie gut die Dinge zu laufen scheinen — es ist immer nützlich, sich ein paar Sorgen zuviel zu machen.«

Und sie erzählte Paula die Geschichte von dem Mann, der Stanley Steamers verkauft hatte. Der Stanley war eines der ersten Dampfautos, aber er wog viele Tonnen und war höllisch schwer zu fahren. In jenen Tagen bestanden die Autostraßen oft nur aus zwei tiefen Furchen. Als dieser Mann also in den Westen zog und seine Autos verkaufte, sagte er immer zu seinen Kunden: »Wenn Ihnen ein anderes Auto entgegenkommt, machen Sie sich bloß nicht die Mühe, aus der Furche rauszufahren, um ihn vorbeizulassen. Fahren Sie einfach weiter. Dieses Auto ist ein Monstrum; und wenn der andere Fahrer merkt, daß Sie nicht auf die Seite fahren, dann wird er mit seinem eigenen Wagen ausweichen und Sie vorbeilassen.«

Das war ein guter Rat und er funktionierte auch, bis zu dem Tag, an dem ein Stanley Steamer-Fahrer einem anderen Stanley Steamer-Fahrer begegnete.

Paula war das in ihrem ganzen kurzen Leben noch nie passiert — und wenn, dann hatte sie ihn jedenfalls nicht erkannt. Weil er ein Teil ihrer selbst gewesen war.

Ob es sich nun um eine tatsächliche, unwahrscheinliche Unachtsamkeit handelte, oder um den Ärger darüber, daß sie zum ersten Mal bei einem Test zwischen ihrer Macht und ihrem Charme versagt hatte, oder ob sie die Dinge einfach falsch einschätzte, aus reiner Ignoranz heraus — denn schließlich war sie ja noch ein

Kind, und konnte nicht wissen, wie schwer Sitten und Gebräuche wiegen —, außerdem war alles schon so lange so gut gegangen, daß sie vielleicht wirklich nicht wissen konnte, was es zu bedeuten hatte, juristisch ziemlich minderwertig zu sein, so weit das die, sagen wir ruhig, Kontrolle über ihr Erbe betraf; nichts destoweniger: ob nun aus frecher Selbstüberschätzung oder aus einem Irrtum heraus — jedenfalls saß Paula eines Abends auf einer Party allein mit Nicky Benson zusammen.

Nicky Benson war ein noch jüngerer Mann von großem physischen und geistigen Charme. Es wäre möglich, daß Paula vielleicht vorübergehend vergessen hatte, daß Nicky Benson ein gläubiger Mormone und seine Frau Joan ebenfalls eine fanatische Anhängerin der Mormonen war. Aber es ist kaum anzunehmen, daß sie noch dazu vergessen haben könnte, daß Nicky gleichzeitig in leitender Position bei Nippon/Sterling angestellt war, Marrell Techs einziger ernsthafter Konkurrent in mehreren Bereichen.

Nicht zu übersehen war jedoch, daß Nicky, nachdem er zwanzig Minuten mit Paula allein verbracht hatte, mit vor Zorn gerötetem Gesicht unter seinen buttergelben Haaren abrupt die Party verließ. Die Einzelheiten erzählte er nur seiner Frau, der nichts Besseres einfiel, als sie in den CBS-Nachrichten verbreiten zu lassen. Zwei volle Tage lang, während Paul in Chicago weilte, geisterte der Ausspruch »Daddy zeigt mir, wie« kreuz und quer durch die gesamte Geschäftswelt und alle Gesellschaftsschichten und nahm bei jedem Weitererzählen immer kräftigere Farben und immer spezielleren Charakter an. Am Abend des zweiten Tags sprachen drei Angestellte des Hauspersonals gemeinsam ihre Kündigung aus, und Robby, der Hubschrauberpilot, legte ebenfalls seine Arbeit nieder. Das Telefon blieb unnatürlich still.

Paula verbrachte eine zunehmend trübselige und schreckensreiche Nacht; sie war, wie schon erwähnt, sehr schnell, wenn es darum ging, einen Gedanken weiterzuführen. Sie mag ein ganzes Stück erwachsener geworden sein.

Um drei Uhr früh beging sie eine der unbestreitbar ehrbaren Handlungen ihres kurzen Daseins. Sie rief bei Gloria Emstead an. Passenderweise tobten über San Juan gerade heftige Gewitter, und die Luft war voller Elektrizität.

»Hier ist Paula. Verkaufen Sie Ihre gesamten Marrell-Aktien!«

»Ich habe deine Stimme erkannt, Paula.« Miss Emstead hörte sich überhaupt nicht verschlafen an. »Würdest du, bitte, noch einmal wiederholen, was du gerade gesagt hast?«

»Ich sagte ...« — die junge Stimme zitterte, hatte sich dann aber wieder unter Kontrolle — »verkaufen Sie Ihre gesamten Anteile an Marrell Tech! Und auch die von Ihrem Mann. Und sagen Sie es auch G-George Henry und den andern. Sie wissen schon. Tun Sie's sofort, gleich morgen früh!« Die letzten Worte kamen schwankend und gingen fast im Tosen des Gewitters unter.

»Paula. Das werde ich dir nie vergessen, meine Liebe. Um die Wahrheit zu sagen, haben wir bereits verkauft; wir haben es nach und nach getan, damit man es nicht merkte. Aber das werde ich nie vergessen, daß du heute nacht angerufen hast.«

»Oh«, sagte Paula erschöpft. Und dann fragte sie mit kindlicher Stimme: »Wann haben Sie denn verkauft, Gl — Miss Emstead?«

»Wir haben schon vor einem Jahr damit begonnen. Und jetzt versuch, dich ein bißchen auszuruhen. Heb alles Bargeld, das du kriegen kannst, gleich morgen früh ab und steck es weg. Und merk dir diesen Namen — das ist eine Anwaltskanzlei — Armistead, Levy & South. Er gehört dazu, er ist ...« — ein Blitz schlug in die Leitung. »Und jetzt — mach's gut, Paula. Halt die Ohren steif, nichts dauert ...«

Die Leitung war unterbrochen.

Am nächsten Morgen um neun sprang Paul aus dem Marrell Jet und hatte nichts anderes im Kopf als eine Fahrt in die Wildnis des Great Slave Lake. Zu seinem Empfang waren George Henry, ganz grün im Gesicht, und zwei äußerst höfliche Polizeibeamte, mit einem Haftbefehl, gekommen.

Das ganze nächste Jahr war höchst unerfreulich.

Paul wurde schon bald gegen eine Bürgschaft auf freien Fuß gesetzt, aber es war ihm untersagt, sich mit seiner Tochter in Verbindung zu setzen. Darüber wachte außerdem eine stets gegenwärtige Polizistin. Paula bemühte sich, sie um den Finger zu wickeln, aber die Katastrophe schien ihrem berühmten Charme geschadet zu haben; fast hatte es den Anschein, als hätte der ganze Streß dazu beigetragen, sie in die Kindheit zurückzuversetzen, die sie vorher nie gekannt hatte. Die Aufseherinnen Haggerty, Kelly oder Wyskof zerkauten schmatzend Paulas Likörschokolade, wie zufällig jene beiseite schiebend, die nach einem kurzen Aufenthalt in Paulas Labor einen etwas merkwürdigen Geschmack aufwiesen, und wachten schlaflos über Paula. Paula improvisierte eine ganze Reihe Museumsbesuche, bei denen sie drei quälende Stunden lang still dastand und sich den Anschein gab, in das eher abgeschmackte Tableaux vom Leben der Pueblo-Indianer vertieft zu sein; die Polizeifrauen standen ungerührt daneben. Paula verbrachte ganze Tage im Planetarium; die Aufseherinnen ebenfalls.

Die einzigen Nachrichten, die sie erreichten, waren unerfreulich. Paul hatte damit begonnen, unmäßig zu trinken. Und dann hatte Gloria Emstead einen Herzanfall, und als sie aus dem Krankenhaus entlassen wurde, untersagte man ihr jede geschäftliche Betätigung.

Der Prozeß war eine einzige Katastrophe. Irgendeine Stelle schien Druck auszuüben, so daß, trotz aller Proteste seitens der Marrells, die Gerichtsverhandlung im Beisein der Öffentlichkeit stattfand.

Paula konnte auch nicht verhindern, daß Mr. Northrup, der Leiter der Rechtsabteilung von Marrell Tech, darauf bestand, Paul persönlich zu verteidigen — mit wenig mehr als dem metaphysischen Glauben an die Unschuld seines Klienten. Er schien der Überzeugung zu sein, daß er den Leuten seinen Chef nur vorzuführen brauchte, und schon würde jedermann — wie durch eine Offenbarung — erkennen, wie absurd die zur Debatte stehende Anschuldigung war. Er hatte in seinem ganzen Leben noch nie etwas von *Lolita* gehört und ließ den Ausdruck ›Nympchen‹, den der Ankläger in seiner Eröffnungsrede gleich dreimal anbrachte, unwidersprochen.

Aber was noch schlimmer war: Er ließ Paula in ihrem Matrosenschulkleid auftreten, mit weißem Kragen und Stulpen, in dem sie geradezu zum Anbeißen aussah. Richter Dyson, der *Lolita* mit großer Gründlichkeit gelesen hatte, brauchte nur einen einzigen Blick auf sie zu werfen, um Mitleid mit Paul zu haben, der in seinem schrecklichen grauen Geschäftsanzug, in den Northrup ihn gesteckt hatte, ziemlich ausgemergelt und heruntergekommen aussah.

Während der ersten Unterbrechung schlenderte die Assistentin des Anklägers mit zusammengekniffenen Augen an Paula vorbei, die sich Mühe gab, gelassen dazusitzen. Als die Verhandlung fortgesetzt wurde, änderte Baylor, der die Anklage vertrat, unerwartet die Reihenfolge seiner Zeugen. Der letzte Zeuge war ein abstoßender Gutachter, der sich lang und breit über die Zusammensetzung der Flecken in Pauls Schlafsack ausließ (an die Paula in jener letzten Nacht nicht mehr hatte herankommen können; immerhin hatte sie daran gedacht, ein paar von ihren Kleidern wegzuwerfen), und danach rief er noch einmal ihre Erzieherin in den Zeugenstand. Miss Briggs gehörte zu denjenigen, die an jenem letzten Nachmittag gekündigt hatten.

ANKLÄGER BAYLOR: »Miss Briggs, ich möchte Sie gern nach dem Kleid fragen, das die Tochter Ihres früheren Arbeitgebers jetzt anhat. Sie können es doch deutlich sehen, nicht wahr?« *(Allgemeines Verrenken von Hälsen.)* »Ist das eins ihrer normalen Schulkleider?«

MISS BRIGGS: »Ja, Sir.«

BAYLOR: »Und sehe ich richtig, wenn ich sage, daß es kürzer gemacht worden ist?«

MISS BRIGGS: »O ja, Sir. Miss Paula ist sehr klein.«

BAYLOR: »Ich verstehe. Der Rock wurde gekürzt, und vielleicht wurde es auch an den Hüften und um die Taille ein wenig enger gemacht, damit es besser paßte?« *(Vielsagende Gesten.)*

RICHTER DYSON: »Ich verstehe nicht, wo diese Fragen hinführen sollen?«

BAYLOR: »Euer Ehren, es geht mir darum, zu zeigen, daß es offenbar üblich war, die Kleider dieses Kindes umzuändern, damit sie ungewöhnlich eng wurden und verführerisch wirkten, wie Euer Ehren sich vielleicht selbst überzeugen können.«

RICHTER (mit abwesender Miene): »Abgelehnt.«

An diesem Punkt ergriff Paula selbst das Wort. Ihre junge Stimme klang so hell und klar und entrüstet, daß Dyson seinen Hammer in der Luft schweben ließ, während sie ihre Worte heraussprudelte: »Ich bin *nicht* verführerisch — ich bin nur peinlich berührt! Ich bin ein Stück gewachsen, während ich auf die Verhandlung gewartet habe, und ich habe niemanden, der mir meine Kleider näht!«

Das hätte vielleicht einleuchtend geklungen.

Aber Paul wählte ausgerechnet diesen Augenblick, um zusammenzuklappen, und in den nächsten drei Minuten herrschte im Gerichtssaal ein Chaos von Blitzlichtern, umgeworfenen Stühlen und dazwischen Northrup, der schrie und schnatterte, und Baylor, der zurückschrie, und der Hammer des Richters, der vergeblich auf- und niedersauste — und das alles genau zur richtigen Zeit für die Abendausgabe der Zeitungen und die Nachrichten im Fernsehen, an einem sonst ereignislosen Tag.

Die Schlagzeilen reichten von dem verhältnismäßig gesitteten MARRELL TECH-CHEF GIBT INZEST ZU, über das farbige MARRELL GESTEHT, ZEHNJÄHRIGE TOCHTER VERFÜHRT ZU HABEN, bis hin zu »GOTT STEH MIR BEI, ABER ICH KANN DIE FINGER NICHT VON IHR LASSEN«, RUFT PAPA, »ICH WÜNSCHTE, ICH WÄRE TOT!«

Und als Paula zu ihm laufen wollte, um ihn zu trösten, war das ein gefundenes Fressen für die Fotografen: Paula eilt zum Vater, der sie verführt hat — Paula Marrell kämpft mit der Polizei, um den Vater nach seinem Geständnis zu trösten — Paula stürzt sich trotz Polizei in Papas Arme — mit voller Sicht auf ihr knappes weißes Kleinmädchen-Unterhöschen, als sie, allzu fachmännisch, mit einer Hand durch das Gitter griff, hinter dem der Angeklagte saß.

Sie hatte das dumme Kleid vergessen, sonst hätte die klassische Jagd durch den Gerichtssaal bestimmt länger gedauert, als sie es tat. Ein Foto von Paula, wie sie zwischen den Beinen eines dicken Polizisten hindurchkriecht, wurde zum Sammelobjekt.

Der Rest der Verhandlung war nur noch eine Farce.

Der arme Northrup zog sich ›aus Gründen der Gesundheit‹ zurück, und seinen Junior-Anwälten gelang es, ein medizinisch-psychiatrisches Gutachten einzubringen, auf Grund dessen eins der neuen und kontroversen ›psychotherapeutischen‹ Urteile für Paul heraussprang.

Was Paula betraf, so schien sie einen klaren Kopf zu bewahren. Die explosive Szene im Gerichtssaal hatte vielleicht eine reinigende Wirkung. Ebenso lehrreich war für sie die Tatsache, daß Nicky Bensons Name wähgend des ganzen Spektakels nicht ein einziges Mal genannt wurde. (Nur eine einzige — unterdrückte — Reporterin brachte ›James N. Benson-Flitch, Kläger‹ mit dem Nicky Benson, der gerade bei Nippon/Sterling Karriere gemacht hatte, in Verbindung.) Paula beschloß, nie wieder allein und offen gegen die Welt anzutreten.

Und als sich der Staub dann wieder gelegt hatte, hätten die Dinge nicht schlimmer sein können. Paul war außer Reichweite, mußte in einer Institution in Tehatchapi mit geringen Sicherheitsvorrichtungen Gott weiß was alles über sich ergehen lassen. Miss Emstead befand sich auf dem Wege der Besserung, durfte aber weiterhin pro Woche nur eine einzige geschäftliche Unterhaltung führen. Paula selbst stand unter Gerichtsschutz, unter der Aufsicht von Fremden; sie besuchte die Public School 215 in San Juan und hatte außerdem noch Privatunterricht. Die Marrell Tech-Aktien hatten einen absoluten Tiefstand erreicht, und die Firma selbst — unter der etwas wackligen Leitung des alten George Henry — hielt sich nur noch mit Pauls im voraus angefertigten und in Reserve gehaltenen Plänen und Erfindungen über Wasser.

Paula machte nüchtern Bestandsaufnahme und erinnerte sich, reichlich spät, an einen ganz bestimmten, nicht aufgegriffenen Rat. Aber wie das Unbekannte finden?

Ihre ›besondere Note‹ kehrte zurück. Die tägliche Aufseherin wurde ein wenig entspannter, half bei den diversen Museumslisten. Paula bestach einen Fahrer und nahm schriftlichen Kontakt mit George Henry auf, aber der war in der zentralen Angelegenheit nicht gerade eine große Hilfe. Und so suchte sie, als sie sich für ›den Einkauf von Mädchenkram‹ eine Stunde freimachen konnte, weiter.

Die Sekretärinnen bei Armistead, Levy & South hatten sich schon an Termine mit einer gewissen ›Miss Smith‹ gewöhnt. Daß ›Miss Smith‹ ein kleines Mädchen war, dessen Füße beim Sitzen nicht einmal bis auf den Boden reichten, daran konnten sie sich allerdings nicht so leicht gewöhnen. Ebenso wie Mr. Armistead nicht gerade daran gewöhnt war, Mitteilungen in Empfang zu nehmen, die aus einem zerknitterten Tausend-Dollar-Schein bestanden, der an einer einfachen Karte befestigt war, auf der der allseits bekannte Name eines Kindes stand.

»Ich möchte, daß Sie meinen Daddy rausholen. Ich bin überzeugt, daß er keine gerechte Verhandlung gekriegt hat, und er wird in der Firma gebraucht.«

Armistead räusperte sich und wandte sich würdevoll an Paula, die nachdenklich die tausend Dollar nahm, und es noch mal probierte. Ihr wurde klar, daß sie sich nicht richtig erinnert hatte; Miss Emstead hatte gesagt, er wäre ›bei der Firma‹ — folglich handelte es sich nicht um einen ihrer Seniorchefs.

Bei einem der erlaubten Besuche bei Gloria, erfuhr sie den richtigen Namen, und nach zwei weiteren Anläufen gelang es ihr endlich, ihre Beute im Fahrstuhl zu stellen.

»Sind Sie Ellis Donohue?« Und sie reichte ihm die Mitteilung.

Der kleine, aber ungewöhnlich gut aussehende, gepflegte junge Rechtsanwalt faltete die Mitteilung langsam auseinander und betrachtete sie auf eine Weise, die erkennen ließ, daß er durch ihre früheren Anrufe von ihr wußte. Die Art und Weise, wie er nach dem Schein griff, ließ sie aufatmen; nicht direkt wie der Griff eines Ertrinkenden, aber gar nicht so viel anders. Seine Augen sahen Paula mit einem Ausdruck an, der die Würde des Gesetzes mit dem Aktivismus eines Mannes verband, dessen Geliebte fünfzehn Kreditkarten besaß.

»Ich schätze, da ließe sich was mit einem Verfahrensfehler machen. Zum Beispiel scheint sein Anwalt nie einen Wechsel des Gerichtsorts in Betracht gezogen zu haben. Und da wären auch noch einige andere Aspekte.«

Sie verabredeten sich im Café des Museums, und dann beeilte sich Paula, um schnell noch ein paar Dinge für den ›Mädchenkram‹ zusammenzuraffen, wegen dem sie angeblich unterwegs war.

Als sie sich das nächste Mal trafen, hatte sie eine Liste mit Fragen, die erstens mit ›freier Zugang zu meinem Rechtsanwalt‹ überschrieben war, und zweitens mit ›Zugang zu meiner Bank‹.

»Ich bin mir ziemlich sicher, daß wir das schnell durchkriegen«, sagte Ellis zu ihr. »Aber ... bin ich denn dein Rechtsanwalt?«

Als Antwort darauf holte sie einen zerknitterten rosa Kleenex-Karton hervor. Unter dem obersten Kleenex-Tuch lag ein Bündel knisternder neuer Geldscheine. Aus Taschentüchern baute sie ein kleines Zelt, und dann teilte sie die Geldscheine fein säuberlich in zwei Hälften. Ellis Donohue mußte sich zurückhalten, damit ihm seine hübschen Augen nicht aus den Höhlen sprangen, und gab bei fünfzehn das Mitzählen auf.

»Bestimmt sind Sie mir nicht böse deswegen, Mr. Donohue. Sehen Sie, ich bin noch ziemlich jung, und man hat mir schon ganz übel mitgespielt. Ich hab das mal in einer Geschichte gelesen, und dadurch bin ich auf die Idee gekommen.« Sie händigte ihm das eine Bündel mit den Dollarhälften aus, die sie vorher in einem weiteren unbeschädigten Geldschein eingewickelt hatte.

»Ja, natürlich.«

»Ach, da ist ja meine Polizistin!« Sie winkte kindlich mit der Hand und rutschte von ihrem Stuhl, während sie die andere Hälfte der Scheine wieder in den Kleenex-Karton packte. »Mrs. Meyers, ich möchte Ihnen gern Mr. Donohue vorstellen. Er hat mir von dem armen Mr. Northrup erzählt.« Sie zog ein Kleenex-Tuch aus dem Karton (was Ellis in Schrecken versetzte) und putzte sich die Nase. »Vielleicht findet Mr. Donohue einen neuen Rechtsanwalt für Daddy.«

An diesem Abend blieb Paula, wie so oft, lange in ihrem Observatorium und starrte irgendwie abwesend in die vertrauten Wunder am Himmel. Sie hatte erwartet, mehr Befriedigung zu empfinden. Gewiß, alles Menschenmögliche war getan, oder wurde getan. Aber da war noch ein Druck, ein Gefühl von Unbehaglichkeit, das sie nicht los wurde. Fast so, als würde irgendeine lautlose Stimme nach ihr rufen, ihren Namen rufen. Immer wieder und wieder glitt ihr Blick hinauf und nach Norden, aber sie sah nichts.

Paula seufzte und räumte das Teleskop zur Seite.

Dann ging sie hinaus aufs Dach, legte den kleinen Umhang, den sie um die Schultern hatte, ab und setzte sich hin und starrte mit einem Ausdruck, der so undurchdringlich wie intensiv war, hinauf in den Himmel. Erstaunen — Verlangen — ein leichtes Lächeln — eine Verhärtung im Ausdruck des kleinen Mädchens. Schließlich fielen ihr die Augenlider zu, und sie atmete tief und heftig, ihr Körper zitterte, bis sie den Umhang wieder aufnahm und ins Haus ging. Bei genauerer Betrachtung hätte man bemerkt, daß der Dachziegel, auf dem sie gesessen hatte, ein ganz klein wenig abgetragen war.

Die Tränen, die auf dieser Mauerkappe vergossen worden waren, hinterließen natürlich keine Spuren.

In der darauffolgenden Woche ging alles wie gewünscht voran, angespornt von dem Inhalt des rosa Kleenex-Kartons. Die Seniorchefs von Armitstead gaben Donohue grünes Licht, und er stürzte sich in die Arbeit: Berufung einlegen, Verfahrensfehler, Wechsel des Gerichtsorts in das Hinterland eines angrenzenden Bundesstaats, wo das Vergehen angeblich stattgefunden haben sollte, und eine rasche und unter Ausschluß der Öffentlichkeit stattfindende Anhörung, bei der Paul und Paula ganz normale Straßenkleidung trugen.

Nicky Benson schien keinen Appetit auf noch mehr Blut zu haben, vor allem wohl deshalb, weil ein Teil davon sein eigenes hätte sein können, und zwei weitere der ursprünglichen Kläger ließen sich nicht mehr auftreiben. Nach vier Monaten wurde die ganze Angelegenheit von den Gerichten abgeschlossen und zu den

Akten gelegt, und Paul war wieder zu Hause, ein freier und praktisch unschuldiger Mann.

In der Zwischenzeit hatte Marrell Tech ein ansehnliches PR-Budget angehäuft, und seine Presseagenten konnten einen großen Teil der Öffentlichkeit davon überzeugen, daß ein völlig belangloser Vorfall, mehr die blühende Phantasie eines überarbeiteten Mannes als die Realität, von skrupellosen Konkurrenten aufgegriffen und gegen Paul verwendet worden war. Paula selbst zeigte sich der Öffentlichkeit mit einer ganzen Kompanie kräftiger amerikanischer College-Boys.

Als Paul nach Hause kam, hielt sich Paula zurück und bemühte sich nur, Paul mit entschieden geschlechtsloser Zuneigung zu besänftigen, was ihm, zusammen mit seinem nunmehr persönlichen Haß auf Nippon/Sterling, dazu verhalf, ganz schnell wieder gesund zu werden.

Und auch hier hatte das Schicksal eine hilfreiche Hand im Spiel: Noch bevor Pauls Abneigung gegen Nicky Benson und seine Frau eine ungesunde Schärfe annehmen konnte, wurde das Mormonenpaar von einem entsetzlichen Unglück heimgesucht. Als sie durch ein Gebiet, in dem Aufruhr herrschte, fuhren, wurde ihr Auto gepackt und umgekippt. Die Abwehrmechanismen gingen nicht in die Brüche, aber ein Kanister, in dem sich eine Abwehrflüssigkeit befand, die von Nicky gerade einem Test unterzogen wurde, trug Löcher davon, als der Wagen wieder aufgerichtet wurde, und eine kleine Menge davon ergoß sich über Nicky und Joan. Der Test funktionierte nur zu gut. Man hoffte nun, daß die beiden wenigstens wieder einen kleinen Teil ihres Augenlichts zurückgewinnen würden, aber alle sonstigen Verletzungen überschritten die kühnsten Möglichkeiten der plastischen Chirurgie.

Ellis Donohue traf Paula, als sie gerade davon las.

»Ihr Glückstag«, sagte sie zu ihm. »Das war ein Job, den ich für Sie aufgehoben habe.«

Der junge Rechtsanwalt stieß ein Lachen aus, und dann betrachtete er sich seine kleine Klientin plötzlich aus der Nähe. Ernst erwiderte sie seinen stechenden Blick, sah, wie er blaß wurde, während ihm das Lachen in der Kehle erstarb. Es war nur ein kurzer Augenblick gewesen, aber sie fand es eine faszinierende Gelegenheit, abzumessen, wieviel Kraft sie aufbringen konnte — wenn sie wollte, was im Augenblick jedoch nicht der Fall war. Nur — die Nicky Bensons dieser Welt würden ihre gelben Haare nie wieder durch Paulas Abwehrmechanismen zurückgewinnen.

»Ich zeig das lieber gleich meinem Daddy. Er wird bestimmt Blumen schicken wollen. Vielleicht irgendeine Art, die besonders stark riecht?«

Ellis stolperte davon und gab sich Mühe, gesetzt auszusehen.

Aber als Paula ihren Vater aufsuchte, sprachen sie nicht über die Bensons. Er machte einen ganz ungewöhnlich trübsinnigen Eindruck; er ging auf und ab, unterbrach sich mitten im Satz, um auf die Autobahn zu starren, goß sich einen Jack Daniels ein und schob ihn dann, ohne ihn angerührt zu haben, wieder weg. Letzteres weckte in ihr die Überzeugung, daß er nicht nur an den Folgen von Tehatchapi litt. Vielleicht machte er sich Sorgen, daß seiner geliebten Firma nicht wieder gutzumachender Schaden zugefügt worden war? Früher schien er sich nie um das öffentliche Image gekümmert zu haben, allerdings hatte es ein derartiges Problem auch noch nie gegeben. Bestimmt würde es gut sein, noch mehr PR-Arbeit zu leisten.

Dennoch hatte Paula das merkwürdige Gefühl, daß sie mit all dem nicht den Kern der Sache traf. Er benahm sich ganz genau so, wie sie sich selbst fühlte. Aber was war dann der Kern der Sache? Sie hatte keine Ahnung.

In diesem Augenblick betrat Girta Grier, Pauls neue junge Assistentin, das Zimmer, um Paul daran zu erinnern, daß heute der Nachmittag war, an dem er und Paula immer Gloria Emstead besuchten.

»Gut — ja. Ein bißchen frische Luft wird uns gut tun. Gute kalte Nordluft.«

»Fühlst du das auch, Daddy?« fragte ihn Paula im Auto.

»Was soll ich fühlen?«

»Daß wir so etwas brauchen — ein bißchen Nordluft.«

Anstatt zu antworten, sah er sie nur an, und sie kannten beide die Antwort darauf.

»Irgendwas verfolgt uns«, murmelte Paul schließlich. »Ich meine, mehr als dieser ganze Mist. Das ist jetzt aus und vorbei. Aber es ist — es ist wie irgend etwas, das wir *tun* sollten.«

»Ja.« Und Paula hatte eine ihrer merkwürdigen Inspirationen, die keinen logischen Sinn zu ergeben schienen: »Wir werden Gloria fragen. Ich glaube nicht, daß es sie zu sehr aufregt. Vielleicht weiß sie, was es ist.«

»Gut. Ich weiß nicht, wieso, aber das scheint eine gute Idee zu sein, mein Kind.«

Als sie ankamen, war Gloria von ihrer Liege aufgestanden und wanderte mit zittrigen Beinen durchs Zimmer. Sie war ganz atemlos und lachte entschuldigend, als sie ihr beim Hinlegen halfen.

»Ich bin einfach noch nicht fit genug für sowas.«

»Aber Sie haben doch nichts zu tun. Machen Sie es sich doch nicht so schwer!«

»Wirklich? Hab ich nichts zu tun?«

»Gloria, was meinen Sie? Ist es das, was ich glaube?«

Es stellte sich bald heraus, daß sie ebenfalls an dem unerklärlichen Unbehagen litt; diesem Unbekannten, das immer dringender getan zu werden verlangte.

Aber was? Sie konnten es nicht mit Worten definieren, nur mit halben Sätzen und im gemeinsamen Schweigen diskutieren.

In das Schweigen hinein erzählte Paula plötzlich, wie

sie und Paul einmal von einem Gletscher fasziniert gewesen waren und wie sie sich vorgenommen hatten, einmal das Eisland im Norden zu erleben.

»Wir haben sogar daran gedacht, daß Sie vielleicht gern mitkämen. Natürlich ist das eine verrückte Idee.«

»Nein«, sagte Gloria mit ruhiger Stimme. »Das ist überhaupt nicht verrückt. Natürlich kann ich nicht jetzt sofort mitkommen. Aber — seht mal, hier!« Sie griff nach einer zusammengefalteten Zeitschrift, die hinter ihr lag, und reichte sie Paula. Darin war ein Bericht über eine Reihe von Erdbeben in der Gegend von McKinley Range, nördlich von Fairbanks, durch die mehrere Gletscher zum Meer geschoben wurden. Ein Foto von einer von Eis umgebenen Bucht mit den Konturen großer Eisberge, die sich spalteten und kalbten, zog Paulas Augen wie ein Magnet an. Als sie es Paul reichte, merkte sie, wie ihr Herz klopfte.

»Was ... was haben wir damit zu tun?« fragte Gloria Emstead, nur halb im Spaß, und wartete neugierig auf ihre Reaktion.

Sie wußten es nicht. Wer konnte es wissen?

Aber plötzlich nahm eine Idee in Paulas Kopf Gestalt an, so intensiv, daß es ihr vorkam, als wäre in ihrem Innern eine helle Lampe angeknipst worden.

»Gloria — Daddy — hört zu! Wir wollen dahin fahren, ja? In Los Angeles herrscht schon überall Dürre, an der ganzen Küste entlang, dabei hat der Sommer doch gerade erst begonnen. Der Colorado River ist nur noch ein Rinnsal, die Leute fangen schon an, sich wegen des Wassers gegenseitig umzubringen. Trinkwasser! Jeder will es haben, jeder braucht es. Und Marrell Tech braucht eine gute Publicity. Es ist doch seit Jahren die Rede davon, Eisberge von da oben hierherzubringen — warum tun *wir* es nicht? Dadurch bekämen wir genügend Wasser — für Jahre. Mal angenommen, wir könnten einen von diesen ganz großen Eisbergen festmachen und ihn bis hier runter bringen und ihn direkt vor der

Küste verankern, so daß man eine Leitung rauslegen könnte? Und mal angenommen, wir würden das umsonst tun, jedenfalls den ersten, als ›Geschenk von Marrell Tech‹ — in Großbuchstaben!«

»Hmm«, machte Paul. Aber Gloria Emsteads Augen funkelten, als sie die beiden nacheinander ansah. Paula nahm an, daß ihr der Gedanke nicht neu war.

»... Ströme. Und die *California* kommt irgendwo ab Portland zum Einsatz. Das ginge«, murmelte Paul. Er hatte einen seiner zerknitterten Briefumschläge aus der Tasche gezogen und kritzelte darauf herum. »Tiefe des Schelfs? Diese Dinger benötigen Kanäle ... Berge im Meer? Wie kriegt man das in den Griff, sturmsicher? Damit er nicht verloren geht. Dampfer mieten, Schlepper. Ob man ihn mit einem Hubschrauber umkippen kann? Experten — wir brauchen Experten. Georgie Warner, um ihn reinzuholen ... und wahrscheinlich kommen dann wieder irgendwelche verdammten Schreibtischhengste und sagen: Nicht möglich. Rechtsanwälte. Ich schätze, das wird das Schlimmste sein ...«

Dann wurde darüber kein weiteres Wort verloren. Von dem Augenblick an, an dem der Gedanke ausgesprochen war, war es eine abgemachte Sache: Marrell Tech würde jeden Pfennig, der aufgebracht werden konnte, darauf verwenden, jede Vorrichtung, die gebraucht wurde, zu besorgen oder neu erfinden, um diesen Eisberg nach Süden zu schaffen.

Nur ein einziges Mal sagte Paul wie nebenbei zu Gloria Emstead: »Also, ich schätze, jetzt kriegen wir unseren Gletscher am Ende doch noch alle zu sehen. Wenn Mohammed nicht zum Berg kommen kann ...!«

Sie strahlte über das ganze Gesicht.

Und keiner von ihnen fragte jemals warum? Sie handelten einfach.

Hätte man sie gefragt, dann hätten sie erklärt, daß Marrell Tech einem von der Dürre heimgesuchten Staat helfen wollte und daß man diese Initiative ergriff, weil sich hier vielleicht ein völlig neues technisches Gebiet eröffnete.

Man holte den Rat von Experten ein und untersuchte die Durchführbarkeit — nicht in ledergebundenen Mappen, sondern es waren Skizzen, in ganzen Nächten angefertigt, auf Pauls zerknitterten Briefumschlägen. Inzwischen hatte Marrell Tech auf Jackson Promontory ein kleines Arbeitscamp errichtet, ganz in der Nähe einiger wahrscheinlich kalbender Eisberge, und es wurden Versuche mit Schlepptechniken und Tauen durchgeführt. Eis wirft die verschiedensten Probleme auf: Wie hoch liegt die Toleranzgrenze unter Druck? Wie groß ist die Rutschgefahr? Paul beschäftigte sich bald nur noch mit dem, was er am besten konnte und am liebsten tat — Probleme lösen, Neues erfinden, auf einem unbekannten Gebiet improvisieren. Paula und Gloria holten genügend Daten aus ihm heraus, um künftige Patentansprüche zu sichern, obgleich auch das irgendwie gar nicht so wichtig schien.

Wie Paul vorausgesagt hatte, waren die rechtlichen Hindernisse am größten. Inzwischen hatten auch verschiedene ökologische Gruppen ihre Aspekte in das Projekt eingebracht. Aber als die grausame Dürre immer schlimmer wurde und das Getreide und die Toiletten austrockneten, wurde die Werbung immer stärker. Und Ellis Donohue, der jetzt eine stattliche Anzahl Mitarbeiter besaß, war habgierig genug, um sich in alle möglichen Büros — die der Meereskommission, der Marine, der Küstenwache und einem halben Dutzend anderer Organisationen — hetzen zu lassen.

Die letzte Sackgasse schien erreicht, als man ihnen untersagte, einen Eisberg durch die Schiffahrtswege zu schleppen. Auch diese Hürde wurde genommen — mit Hilfe einiger diskreter Spenden an gewisse politische Aktionskomitees im geheimen, und nach außen hin, indem man den Eisberg zum Schiff deklarierte. Als ein geeigneter Eisberg ausgewählt war und darauf zwei

Düsenmotoren installiert waren, die zumindest in der Theorie fähig sein sollten, seine Richtung zu ändern, war den Papieren, durch die er zur *U.S.S. Marrell Tech* unter der Flagge von Panama wurde, Genüge getan.

Die Auswahl des Eisbergs ging in zwei Schritten vor sich. Paul und Paula entdeckten, als sie zum ersten Mal das obere Schelfgebiet überflogen, im selben Augenblick einen riesigen, schneebedeckten, mit Kratern übersäten Koloß, frisch geteilt und inmitten von niedrigerem Eis, glitzernd an der Sonne. Sie brauchten sich gar nicht erst gegenseitig darauf aufmerksam zu machen; es war, als hätte sich plötzlich in ihren Köpfen ein Vektor entzündet. Es wurden Fotos geschossen und eiligst an Gloria geschickt, die ganz genauso reagierte wie sie.

Aber die Techniker hatten sich bereits auf andere, kleinere Eisberge fixiert, die weiter entfernt vom ostwestlich verlaufenden Alaska-Strom lagen. Paul überstimmte sie einfach. Als wollte er sich dafür erkenntlich zeigen, bewegte sich der große Eisberg bald in bessere, nicht so überfüllte Gewässer. Wie sich zeigte, besaß er auch eine günstige Breite und verhältnismäßig flache Unterwasserformen. Dadurch würde sich auch die Krateröffnung verändern und die Entnahme des Schmelzwassers erleichtern. Endlich war der Tag gekommen, an dem sich die ersten Taue spannten. Sirenen heulten, Feuerwerkskörper stiegen in die Luft und erhoben sich über dem Jackson-Lager, das schon fast eine kleine Stadt war, und der riesige weiße Koloß begann fast unmerklich seinen Kurs zu ändern und, ach, so behutsam, seine zweitausend Meilen lange Reise nach Süden anzutreten. Man hoffte, ihn in weniger als drei Monaten in Los Angeles abliefern zu können, um den Labor Day herum. Es waren schon Bagger am Werk, die in sicherer Entfernung von den Ölbohrern vor Catalina eine Wiege für ihn aushoben. Als die Reise der *U.S.S. Marrell Tech* Wirklichkeit wurde, gelangten die Ereignisse und Aufregungen, die damit verbunden waren, mehr und mehr in die Nachrichten, vor allem als das Schiff in seinen ersten Sturm geriet und ihn ohne Bruch überstand. Aber vom wichtigsten Ereignis überhaupt wurde nur flüchtig Notiz genommen.

Als sich der Eisberg in Gang setzte, erzeugte der Sog, der durch die Bewegung seines großen, unregelmäßigen Volumens unter Wasser hervorgerufen wurde, eine ganze Flotte kleiner Trümmer und Berge, die hinter ihm herschwammen. Sie schmolzen allmählich oder blieben zurück, bis nur noch einer, der größte, übrig war — ein ansehnlicher kleiner Eisberg, der ihnen beharrlich folgte. Es wurde beraten, ob man ihn in die Luft sprengen sollte, aber da schließlich auch er Wasser bedeutete, und da man im Augenblick nicht irgendwelche unnötigen Risiken eingehen wollte, wurde die Entscheidung hinausgeschoben. Ein Schlepperboot befestigte ein paar Greifhaken an ihm, und so gab es weiter keine Schwierigkeiten.

Als man ihn Paula von der Luft aus zeigte, zogen sich ihre Augenbrauen zusammen. »Das Ding gefällt mir nicht. Es sieht ... schmutzig aus.«

Der Pilot lachte.

»Das meine ich im Ernst. Ich wünschte, wir könnten es wenigstens röntgen oder sonstwie untersuchen; vielleicht steckt da irgendwas drin.«

»Ach, er wird bestimmt bald verschwinden.«

Aber er verschwand nicht. Bis zu diesem Augenblick agierte die entflohene Beute, tief innen, eingebettet in Stase, in sich zurückgezogen, wie ein Tropismus. Das menschliche Auge sah nur, daß der harmlose kleine Eisberg in der Strömung gefangen zu sein und ständig in fast gleichmäßiger Entfernung zu folgen schien.

Während er weitergezogen wurde, völlig ahnungslos gegenüber irgendwelchen Gefahren oder Menschlichkeiten oder den Bedeutungen und Gründen, die ihn vorwärtsbewegten, oder die er selbst in Gang setzte, hörte der hilflose kleine Enggi nie auf, den unirdischen

Ruf nach seiner Erscheinung auszusenden. Nur die zunehmende Wärme in seiner Umgebung bereitete ihm einiges Unbehagen, das nur noch von dem befriedigenden Gefühl des langsamen, langsamen Wiedersammelns übertroffen wurde. Eine Zeitlang hatte er einen kleinen Hoffnungsschimmer gespürt, als näherten sich ihm Teile seines fehlenden Ichs. Aber im großen und ganzen war die Situation unvollkommen; irgendein wichtiger Aspekt, oder mehrere wichtige Aspekte, fehlten noch immer. Ihm war nur geholfen, wenn alles, was zu ihm gehörte, wieder zurückkam.

In der menschlichen Welt verursachte ein anderes Ereignis sogar noch weniger Aufmerksamkeit: Eines Morgens wurde das von Smog durchzogene Sonnenlicht der kalifornischen Küste kurz von zwei dünnen Substanzen verdunkelt, die hoch, hoch oben vorüberzogen. Die sichtbaren Bahnen von Gaswolken in einer orbitalen Höhe mögen vielleicht den einen oder anderen Astronomen in Erstaunen versetzt haben. Das Phänomen bewegte sich in östlicher Richtung und verschwand dann, und niemand konnte beobachten, wie es in einem Gebiet, 20000 Meilen von der Erde entfernt, vorübergehend Stellung bezog, um auf den Augenblick zu warten, an dem das kleine fremde Wesen auftauchen und seinem Schicksal begegnen würde.

Inzwischen setzte die Marrell Tech-Flotte ihren Weg fort, für astrale Sinne bedeutungslos, aber für die Menschen in dem betroffenen Teil der Erde immer erregender. Sie überquerte schwerfällig den Alaskastrom und gewann an Tempo, als sie in die südlich verlaufende Strömung in Richtung Kalifornien gelangte. Die Fischer von Queen Charlotte Island sichteten sie — einen wandernden Berg aus glitzerndem Schnee, hinter dem neblige Rauchschwaden aufstiegen. Seattle und Portland schickten Abordnungen aufs Meer, um die Flotte vorüberziehen zu sehen. Es war ein großes Ereignis, als sie schließlich die kalifornischen Gewässer erreichte, und

San Francisco forderte, vor allen andern Städten, plötzlich einen eigenen Eisberg, für sich ganz allein.

Im Landesinnern hielt die Dürre an, und bald waren Witze über Eisberg-Kidnapping im Umlauf, die die Küstenwache in Alarm versetzten. Natürlich ließe sich für einen gestohlenen Eisberg nicht gut ein Versteck finden, aber jemand könnte versuchen, ihn von seiner Route abzulenken oder ihn an einer felsigen Küste zum Stranden zu bringen, wo er schwerlich von Nutzen war. Die Begleiteskorte wurde verdoppelt. Aber dann wurde das Eisberg-Fieber immer größer, und Menschen strömten herbei und wollten die Flotte begleiten — im Kajak und in Segelyachten, und die Sicherheitsmaßnahmen wurden immer mehr und mehr verstärkt. Ein Wahnsinniger stürzte beinahe mit dem Hubschrauber ab und ein anderer, noch wahnsinnigerer, stieß mit seinem Flugzeug im Sturzflug darauf nieder, so daß der Eisberg auch von oben, von der Luft aus, ständig bewacht werden mußte. Marrell Tech mußte tief in die Tasche greifen, um all die Versicherungen zu zahlen; man konnte es sich nicht leisten, den Eisberg jetzt noch zu verlieren, wenn das Ganze nicht mit einer finanziellen Katastrophe enden sollte.

Aber das Ziel war fast in Sichtweite, und gerade als das totale Chaos auszubrechen drohte, lösten sich alle Probleme wie von selbst. Die Geschwindigkeitsverringerung, die Abschwächung der enormen Triebkraft, mußte bereits hoch im Norden, weit vom Ziel entfernt, eingeleitet werden, ganz in der Nähe von San José. Und als der große Eisberg an Geschwindigkeit verlor, wurde der Nebel, den er erzeugte und der ihn auf dem ganzen Weg begleitet hatte, immer dichter und hüllte ihn bald völlig ein, und je mehr die Fahrt sich verlangsamte, um so dichter wurde der Nebel. Diesen Vorteil machte man sich zunutze und stoppte die Fahrt des Eisbergs noch weiter ab, bis an den Tagen, an denen es windstill war, von dem ganzen Unternehmen nichts weiter übrig blieb als eine riesige glitzernde sich langsam vorwärtsschiebende Nebelbank, über der gelegentlich Regenbogen aufzogen und aus der manchmal ein glitzernder Eisturm aufragte.

Der Nebel selbst warf natürlich seine eigenen Probleme auf, die sich aber unter Kontrolle bringen ließen, und kaum mehr als ein Dutzend Dummköpfe mußten von ihrem Unterfangen, das unsichtbare Ziel zu erreichen, abgehalten oder aus brenzligen Situationen gerettet werden. Die einzig ernsthafte Verletzung trug ein waghalsiger Drachenflieger davon, der sich auf dem kleinen herrenlosen Eisberg, der noch immer im Sog der Marrell Tech folgte und keinerlei Schwierigkeiten bereitete, beide Beine brach.

»Zwei zum selben Preis«, meinte der Schlepperkapitän grinsend.

Aber Paula wurde blaß, als sie erfuhr, daß der kleine Eisberg noch immer nicht verschwunden war.

Sie und Paul und sogar Miss Emstead hatten dem Schlepperkapitän viel Scherereien gemacht, weil sie andauernd hinausfliegen und auf dem großen Eisberg landen wollten. Er hatte seine ganze Autorität aufbieten müssen, und Glorias nicht zu übersehenden gebrechlichen körperlichen Zustand, sowie den vom Himmel geschickten Nebel, um sie davon abzuhalten, bis der Eisberg ›geborgen‹ war und nicht mehr unter seinem Kommando stand. Das war seit einer Woche der Fall.

Inzwischen hatte sich Gloria so weit erholt, daß sie dem Büro wieder Besuche abstatten konnte, um die Kandidatinnen, die dafür in Frage kamen, einmal an ihre Stelle zu treten, einzuarbeiten. Girta Grier war eine von ihnen; die ›Mutter‹ der jungen Absolventin der Wirtschaftsschule war erst kürzlich gestorben, und fast gegen ihr besseres Wissen hatte Gloria ihr angeboten, bei Marrell Tech zu arbeiten. Das Mädchen bewährte sich ausgezeichnet, und Gloria bemühte sich, ihr gegenüber unparteiisch zu sein und die wachsende, natürliche Zuneigung zwischen ihnen zu unterdrücken. Girta sah Gloria überhaupt nicht ähnlich, aber ein Künstler hätte vielleicht zwischen Girta und Paula gewisse gemeinsame Merkmale festgestellt, wenn man davon absah, daß Paula viel kleiner war und eine viel intensivere Ausstrahlung besaß.

Miss Emstead mußte mit einigem Unbehagen feststellen, daß sich zwischen Girta und Paul ebenfalls eine natürliche starke gegenseitige Anziehung zu entwickeln schien, die das ältere Büropersonal wärmstens begrüßte. Aber sie sah die Dinge philosophisch: Wenn ein Mann von der Gesellschaft aus dem Bett der einen Tochter gezerrt wurde, nur um in das einer anderen gestoßen zu werden — stand es dann ihr, Gloria, zu, dem Schicksal zu trotzen? Also begnügte sie sich damit, dafür Sorge zu tragen, daß Girta Marrell Tech so fest wie möglich in den Griff bekam.

Und so begab es sich, daß an dem großen Tag, an dem der gewaltige Eisberg schließlich vor Catalina ›vor Anker‹ ging und einen phantastischen Anblick bot, eine inoffizielle Empfangsparty, zu der auch Girta Grier und Tim Drever gehörten, mit dem Hubschrauber hinübergeflogen wurde und auf ihm landete.

Als sie sich näherten, fielen alle vor Staunen in Schweigen. Dort unten lag er nun also! Glitzernd im Nebel, mit einem Regenbogen am Rand, und dann riß ein Windstoß den Nebelvorhang auf, legte zur Seeseite eine kleine Stelle zum Landen frei, dicht am Krater.

Tief in diesem Krater rührte sich ein Wesen, so fremdartig, daß es für Menschen völlig unvorstellbar war, und lockerte seine eiserstarrte Abkapselung. Diese Bewegung machte sich in der Materie darüber kaum bemerkbar; Enggis Körpersubstanz war nur lose mit den molekularen Gittern des Eises verflochten. Was er spürte, war wenig mehr als eine große Freude. Seine verzweifelte Hoffnung hatte Gestalt angenommen, seine Stunde der Rückkehr zum Leben war gekommen.

Als der Hubschrauber neben den Eisklippen niederging, riefen Girta und Tim Drever gleichzeitig: »Gott, ist der groß!« »Ich dachte, es wäre nur ein kleiner Hügel«, fügte Girta hinzu, »ein etwas größerer Eiswürfel!«

»Das ist ja eine richtige Landschaft«, sagte Tim. Die Marrells und Gloria schwiegen, während ihnen der Pilot hinaushalf. Der Hubschrauber war auf einer großen Matte aus Maschendraht gelandet, die auf einem trokkenen Platz an einem abschüssigen Hang, der rings um den Berg verlief, ausgelegt war. Unter ihnen, weiter draußen am Meer, stapften Männer durch die Untiefen und sicherten die Schleppseile. Außerhalb ihrer Sichtweite, hinter den blauweißen Klippen, waren die beiden Motoren befestigt, und auf dem sogenannten ›Heck‹ des Eisbergs flatterte eine Fahne mit dem Marrell Tech-Emblem. Über ihren Köpfen dröhnte ein weiterer Hubschrauber, der an den der Küste gegenüberliegenden Klippen eine große Marrell Tech-Reklame anbringen sollte. Der Eisberg wies keine permanenten Strukturen auf, es gab nur einen schmalen Pfad, der zur Kraterspitze führte. Da es sich hier um ein potentielles Trinkwasserreservoir handelte, war der gesamte Verkehr auf das von Wellen überflutete Schelf rings um den Berg reduziert worden. Der Schmelzprozeß hatte bislang wenig angerichtet, nur die Wasserstandsmarke ein Stückchen heraufgesetzt; nach unten ragte der große Eiskörper bis tief ins Meer.

Zu Tims und Girtas Erstaunen kletterten Paula, Paul und Gloria bereits hurtig den steilen Weg zur Spitze hinauf. Paul hatte einen Arm um Glorias Taille gelegt; sie kamen ziemlich schnell voran.

»Paß auf, daß du dich nicht übernimmst, Liebling!« rief Tim. Von oben blies ihm ein kalter, feuchter Wind ins Gesicht. Er und Girta folgten den andern in einem gemächlicheren Tempo.

»Unsere Eisbergfanatiker«, bemerkte Girta und lächelte.

Tim verzog das Gesicht. »Ich bin froh, wenn sie wieder heil von dem Ding runter sind. Warum müssen sie unbedingt da raufklettern?«

»Ich kann es auch nicht verstehen«, sagte Girta nachdenklich, als sie ihre erste Rast einlegten. Der Hang war sehr steil. Einen Augenblick lang riß der Nebel auf, und sie konnten über das Wasser sehen. »Sehen Sie, da unten ist der andere, der kleine Eisberg, der ihm auf dem ganzen Weg gefolgt ist.«

Der herrenlose Eisberg lag ein paar hundert Meter entfernt angeseilt und glitzerte an der Sonne.

»Der sieht wirklich ziemlich schmutzig aus, da muß ich Paula recht geben.«

»Wahrscheinlich nur eine Lage alter vulkanischer Asche«, sagte Tim zu ihr. »Was schreien die denn alle so, da hinten?«

Der Mann auf dem Schelf rief den anderen, die hinter den Klippen nicht zu sehen waren, etwas zu. Auch der Hubschrauberpilot watete gerade durch das Wasser zu ihnen.

Inzwischen waren die drei vor ihnen an einem Punkt angelangt, von dem aus sie in den großen, flachen, unregelmäßig geformten Krater sehen konnten.

»Schaut mal, da!« rief Paula. »Da kommt eine — eine Wolke!«

Enggis Körper reflektierte nur wenig sichtbares Licht oder Hitze und war im Vergleich zum Krater selbst auch nicht gerade groß. Als sich Teile von ihm aus ihrer eisigen Matrix lösten, nahmen die Menschen nur etwas wahr, das wie eine besonders dichte und abgegrenzte weiße Kumuluswolke in Walgröße aussah. Allerdings gab er ein ansehnliches Spektrum an UV- und Mikrowellen ab; die Verwirrung unter den Arbeitern wurde ausgelöst, weil ein großer Teil der elektronischen Ausrüstung überladen wurde und zusammenbrach, als Enggi in ihre Reichweite geriet.

Die kleine Wolke zog auf und nieder und schaukelte

hin und her, ein herrliches weißes Prisma in der Sonne. Und während sie näherkam, bewegten sich die drei Menschen, ohne es zu merken, immer weiter auf den Kraterrand zu, um ihr zu begegnen.

Sie waren nur von einem ganz allgemeinen frohen Gefühl erfüllt — dem Gefühl von Richtigkeit, Wärme, Willkommen vielleicht. Und zwei von ihnen könnten einen kurzen, sanften Ruck der Vereinigung gespürt haben, aber nichts Greifbares. Es läßt sich nicht in Worten ausdrücken, was für ein Gefühl es ist, wenn ein Teil eines Aspekts oder einer Persönlichkeit — ein Bruchteil dessen, was eine Gesamtheit, eine Person dargestellt hat — plötzlich entweicht. Es stellt sich keine ›Leere‹ ein, denn was vielleicht als leer empfunden werden könnte, ist einfach nicht mehr vorhanden. Das einzige ›Gefühl‹, das bei den drei Menschen zurückblieb, war eine Art Freude, als Enggis Freude über die Wiederfindung seines Ichs die momentane Verbindung übersprang und die zurückgelassene Matrix, die ihn beherbergt hatte, erfüllte. Weder Paul noch Gloria trugen Verletzungen davon oder nahmen sonstwie Schaden; schließlich waren sie gesund und bereits erwachsen, als sie von Enggis letzter verzweifelter Transmission ereilt worden waren.

Aber Paula — Paula, die doch gerade erst geboren war ...

Paul und Gloria kniffen die Augen zusammen, um ein vorübergehendes Gefühl der Desorientierung zu überwinden; als sie sich umdrehten, sahen sie, daß das Mädchen ein wenig auf die Seite gegangen und auf den Vorsprung des Kraters hinausgetreten war, so daß die merkwürdige, schneeige Erscheinung sie fast zu berühren und zum Strahlen zu bringen schien. Sie stieß einen durchdringenden lautlosen Schrei aus, und dann schien sie um ihre Zurückgewinnung oder Selbsterhaltung zu kämpfen; ihre kleinen Arme schlangen sich fest um den eigenen Körper. Dann warf sie den Kopf zurück und kreischte und schrie fast befehlend: »Nimm mich auch! Nimm mich mit!«

In diesem Augenblick fand Paul seine Stimme wieder, wenn es auch nur ein Krächzen war: »Nein! Nein, Paulie!«

Aber im selben Augenblick geschah etwas anderes. Wie von einem unsichtbaren Band mit einem Ruck fortgezogen, wich die herrliche Erscheinung, die über dem Mädchen hing, sichtlich vor ihm zurück, wandte sich von ihm ab und lenkte seine gesamte Energie so unmittelbar von ihm fort, daß sich alle nach ihm umdrehten.

Und da sahen sie es.

Über der Spitze des kleinen, herrenlosen Eisbergs stieg eine neblige graue Erscheinung auf, schlängelte sich geradezu heraus. Eine Art Tentakel streckte sich ihnen entgegen und *erblühte* an seine Spitzen zu etwas fast Sichtbarem und absolut Faszinierendem — eine große, rauchige Blume, mit Sternen geschmückt, so eindringlich und strahlend blau wie der Sommerhimmel.

Das war es, was Enggi gespürt hatte und von dem er sich jetzt so stark angezogen fühlte, mit jeder Faser seiner unschuldigen Neugier. Was ... was war das für ein wundersames neues Ding? Unfertig und unbedacht, wie er war, mußte er es einfach tun, er mußte näher heran!

Aber Paula, die einen so großen Teil seines Seins in sich geborgen hatte — und noch immer barg —, war weder unbedacht noch naiv. Mit ihrer ganzen menschlichen/unmenschlichen Seele mißtraute sie diesem leuchtenden Köder, fürchtete sich vor ihm. Ein ähnliches Blau hatte sie früher schon einmal gesehen, und zwar in Nikky Bensons Augen. Mit aller Kraft zwang sie die weißgraue Erscheinung, die irgendwie zur Hälfte sie selbst war, davor zurückzuweichen, sich in acht zu nehmen, sich abzuwenden.

»Nein! Nein! Nein!« rief sie und schleuderte Enggi die ganze Kraft ihres Willens entgegen.

Und tatsächlich spürte sie, wie seine Faszination nachließ, wie er seine Aufmerksamkeit wieder ihr zuwandte.

Aber der Esser brachte seine Verlockungen noch intensiver zur Geltung, ließ die ›Blütenblätter‹ mit noch helleren, blaueren Sternen erstrahlen. Für das nur unvollkommene menschliche Auge war es ein phantastisches, verführerisches Bild, wie ein Blick in die Unendlichkeit. Enggis Sinne wurden davon überwältigt. Er konnte sich nicht dagegen wehren, gab ihm nach und wich, sich sträubend, davor zurück.

»Nein!« rief Paula. Sie besaß keine Waffe, nur ihren bloßen Willen, aber dieser Wille gehörte zur Hälfte ihm, und sie setzte alles daran, sich mit ihm zu verbinden, ihn zu bezwingen. »Komm zurück! Dreh dich um!«

In diesem Augenblick erreichten Tim und Gloria, die gleich nach Paulas ersten Schreien das Eis hinaufgestürmt waren, die Bergspitze. Sie sahen das Mädchen, das hoch aufgerichtet am äußersten Rand des Kraters stand, halb eingehüllt in ein großes, fremdes weißes Etwas, das vor Leben pulsierte.

Noch während sie wie erstarrt dastanden, kippte Paulas Kopf nach hinten, die Augen blicklos nach oben gerichtet, als sendete oder empfinge sie irgendein Signal aus dem leeren Himmel.

Dann stieß sie einen Schrei aus, schriller und stärker, als ihr zarter Körper fähig schien: »Bring uns fort! Schnell!«

— und etwas, das aussah wie ein Pfeil oder ein Nabel aus Diamantenfeuer schoß zwischen ihr und dem fremden Ding hin und her. Das Weiß hüllte sie ein und erstreckte sich dann in den Himmel. Und Girta und Tim behaupteten hinterher, einen Augenblick lang die Konturen eines nackten Mädchens gesehen zu haben, unerträglich hell, eingehüllt in das glitzernde Weiß.

Dann schoß es davon, beschleunigte sich immer mehr, steil nach oben, in den leeren Himmel über ihnen, schrumpfte zu einem Nadelkopf zusammen — und war verschwunden, bevor sie wieder atmen konnte.

Und hinter ihm, aus dem kleinen Eisberg heraus, stieß ein rauchiges Etwas in den Himmel, schmucklos und grau, wie ein großer Tintenfisch auf der Verfolgungsjagd.

Aber ein Esser war für die Geschwindigkeit, die Enggi bei einer offenen Jagd vorlegte, keine Konkurrenz, auch wenn bei diesem speziellen der Hunger und die Frustration so stark waren, daß er es immerhin versuchte. Er war so versessen auf Enggi, daß er zu spät dessen Beschützer bemerkte, die schon mit ihrer voll entwikkelten Energie auf ihn warteten.

Der Blitz in 21000 Meilen Höhe, den das zur Folge hatte, veranlaßte die Astronomen mehrerer Länder, nach einem Satelliten zu fahnden, der explodiert sein könnte.

Aber auf der Spitze des Eisbergs vor der kalifornischen Küste waren die Augen aller auf das gerichtet, was einmal ein lebendiges Mädchen gewesen war und das jetzt wie ein leerer Handschuh auf dem leeren Kraterrand lag. Lange bevor Paul und die andern angekommen waren, konnten sie spüren, daß alles Leben aus ihm gewichen war. Paul hielt den toten Körper, wie gelähmt, ungläubig und sinnlos nach einer Ambulanz rufend.

Als der Hubschrauberpilot endlich all seinen Mut zusammennahm und auf die Rufe seines Arbeitgebers reagierte — unten am Wasser hatte es einige ziemlich enervierende Phänomene gegeben —, sah er Paul und Girta, die sich vor Kummer um Paulas schlaffen Körper in den Armen hielten, während Tim Drever die völlig erschöpfte Gloria tröstete.

Von da an nahmen die Angelegenheiten auf der Erde ihren rein menschlichen Verlauf.

Die Ereignisse um den Besuch der Marrells auf dem Eisberg und der traurige Verlust Paulas wurden offiziell einem Unfall beim vorzeitigen Auslösen von Feuerwerkskörpern zugeschrieben, die für den Abend vorbereitet gewesen waren. Die elektrischen Störungen hatten aufgehört und kehrten auch nicht zurück. Und das ganze Unternehmen endete schließlich mit einem großen Gewinn für Marrell Technologies, einem glücklichen, hohen Alter für Gloria und Tim, der befriedigenden, wenn auch irgendwie nicht ganz regulären, glücklichen Vereinigung von Girta und Paul und einer merklichen, wenn auch nur vorübergehenden Verbesserung der Wasserversorgung im Küstenbereich Kaliforniens.

An anderer Stelle in Raum und Zeit waren Enggi und die beiden Späher auf ihrer Reise nach Hause.

Eine Zeitlang fuhr Enggi schweigend dahin, bis er glaubte, die ärgerlichen und ernüchternden Lehren, die ihm erteilt worden waren, gut verdaut zu haben. Beim nächsten Mal, als sie von der Route abwichen, um einen eruptiven Komplex zu umgehen, sagte er mit zurückhaltendem Respekt: »Ich hab noch was gelernt.«

»Sei still, nichtsnutziger Bengel«, fuhr ihn der eine der Späher an. »Du hast schon genug Ärger gemacht.«

»Laß doch«, mischte sich der andere ein. »Dieser kleine Knirps, wie sträflich er sich auch benommen hat — immerhin hat er einen Esser aus nächster Nähe erledigt, ohne darüber Bescheid zu wissen, und noch dazu überlebt. Schon möglich, daß er irgendwas gefunden hat. Was ist es denn, Enggi?«

»Es ist das ... das Leben auf diesen komischen kleinen Satelliten. Meine Substanz hat in ihrem Geist gelebt und ihre Gedanken gedacht. Ich weiß nicht einmal jetzt genau, ob ich völlig ich selbst bin. Da ist irgendwie ein Teil von mir, der noch nie was von einem Esser gehört hatte, und trotzdem hat er ihn sofort erkannt und gewußt, daß er böse ist, und hat mich dazu gebracht, zu fliehen.«

»Na, und!« erwiderte der erste Späher. »Zweifellos fühlte es sich einfach nicht verführt.«

»Er hat es gefühlt«, sagte Enggi dickköpfig. »Er hat es ganz stark gefühlt. Das weiß ich. Aber das meine ich gar nicht. Was ich meine, ist, daß ihr Leben so ganz anders ist als unsers. Ich glaube«, und er machte eine bezeichnende Bewegung, »daß ich mein Lebenswerk gefunden habe. Natürlich erst, wenn ich meinen Pflichten gegenüber dem Grex nachgekommen bin«, fügte er hastig hinzu.

»Was soll das heißen, dein Lebenswerk? Was willst du denn tun?« fragte der erste Späher.

»Und diese ganze Materie ist so schrecklich kurzlebig«, bemerkte der andere Späher nachdenklich. »Fast nur ein Hauch.«

Über eine lange Strecke schwieg Enggi. In ihm lebte der Teil eines menschlichen Geists, der von einer hoffnungslosen Sehnsucht nach den Sternen gequält worden war. Jetzt besaß er die Sterne — ihre Schönheiten und zahllosen Schauspiele waren überall, so greifbar nah wie Kieselsteine unter den Füßen dieser Wesen auf dem fernen Erdball. Und paradoxerweise wurde nun in demselben Teil von ihm eine Sehnsucht wach, ein schattenhaftes Verlangen nach den weichen Farben organischer Verschlingungen, nach Wachstum und greifbaren Winden und blauen Himmeln und stürzenden Gewässern — das Leben des Mikrokosmos, das er so geliebt hatte. Trotz ihres sonderbaren Fiebers und der Kompliziertheit, so intensiv für sie und so bedeutungslos für Enggis Art, doch nicht mehr bedeutungslos für ihn.

»Ich weiß es nicht genau«, gab er ehrlich zu. »Aber ich glaube, daß dort etwas existiert, das von Wert ist. Vielleicht gibt es das auch auf anderen Satelliten. Wenn wir es fertig brächten, uns für kurze Zeit auszutauschen, ohne das Entsetzen und die Verzweiflung, wenn wir andere Arten kennenlernen und erleben könnten und von ihnen lernen könnten, was wichtig ist. Es könnte doch sein, daß manches von ihrem Wissen auch für uns gilt. Zum Beispiel, das mit dem Esser, daß sie von ihm wußten, ohne ihn vorher zu kennen. Ja, sie leben nur kurz, aber ihre Gedanken sind reich. Vielleicht zwingt ihr kurzes Leben sie dazu, schnell zu lernen, und dann über das hinauszudringen, was sie gelernt haben. Das könnte von Nutzen sein für uns. Und dann noch was Komisches, was mit der Zeit zu tun hat — es schien gar nicht so kurze Zeit, die ich in ihren Körpern verbrachte. Wäre es vielleicht möglich, daß Zeit nicht überall gleich ist?«

»Jungchen, dein Erlebnis hat dich durcheinander gebracht.«

»Vielleicht«, sagte Enggi. »Aber ich kann mich jetzt nicht mehr damit zufrieden geben, einfach wie vorher weiterzumachen. Ich glaube, ich muß diese Dinge genau studieren.«

»Es hat schon mal jemanden gegeben, der solche Gedanken hatte«, erinnerte sich der erste Späher.

»Wo ist er? Ich will ihn suchen und von ihm lernen!«

»Das geht nicht. Er wurde von einem Neutronentrichter geschluckt. Von *denen* hast du wohl auch noch nichts gehört, was?« fragte der Späher mit dem Zeichen grimmiger Belustigung.

Aber Enggi sagte: »Wie schade! Aber sagt mal, warum lernen wir eigentlich so langsam! Der Geist, zu dem ich gehört habe, hätte all das und Esser und noch viel mehr an einem einzigen Morg ... in einem kurzen Zyklus aufgenommen.«

»Das ist eben unsere Art, unsere eigene Art.«

»Trotzdem weiß ich genau, daß ich es tue. Vielleicht mache ich mich irgendwann, in einem Zyklus, wieder auf den Weg und kehre noch mal zu dieser Welt zurück, von der ich gerade komme, und dann versuche ich, für ein Weilchen ein paar Teile auszutauschen. Wenn es mir gelingt, mit einem dieser Sternensüchtigen Kontakt aufzunehmen, dann läßt sich bestimmt was machen. Da bin ich ganz sicher. Ich hab doch das Verlangen von denen deutlich *gefühlt*. Und die helfen mir vielleicht, noch weitere zu finden.«

Die Späher setzten die Reise fort; aber der eine von ihnen, der so zornig gewesen war, machte plötzlich ein archaisches Zeichen, als hätten Enggis Gedanken ihn tief beeindruckt.

»Viel Glück dabei ... Aber jetzt müssen wir machen, daß wir weiterkommen.«

Aus dem Amerikanischen übersetzt von Charlotte Winheller

Mit zarten irren Händen

Carol Page oder CP, wie sie meist genannt wurde, war Expertin darin, nicht geliebt zu werden.

Sie war ein süßes kleines Mädchen, rothaarig und sommersprossig, aber ihr Gesicht wurde von einer gewaltigen, fleischigen und dicken Nase entstellt.

Eine Schwester im staatlichen Kinderheim erklärte ihr, daß ein Medizinstudent sie bei der Geburt, während der die Mutter gestorben war, zerquetscht hatte. Das Ergebnis war eine wahrhaft schreckliche Knolle, deren große Löcher auf gleicher Höhe mit den schräg stehenden Augen waren. Ständig waren Haare und Schleim zu sehen. Die anderen Kinder nannten sie Schweineschnauze.

Als sie älter wurde, hieß sie nur noch CP, und noch später, als ihr Ehrgeiz bekannt war, nannten die Raumfahrer sie Cold Pig*, manchmal sogar in ihrer Anwesenheit.

Wäre CP als Erbin eines Weltmanagers geboren worden, dann hätten ein paar Skalpellschnitte diese Schnauze in eine niedliche Stupsnase zurückverwandelt; ihre Augen wären geblieben, wie die Natur sie angelegt hatte, nämlich aufreizend schräg stehende grüne Sterne, und ihre Lippen hätten sich in köstlichen Kurven geschwungen. Außerdem wäre ihre Haut zartrosa gewesen, wie Sahne und Rosenblüten, statt knallrot durch die lästige Arbeit im Armenhaus, und ihre schlanken Finger wären anmutig geblieben. Das Fehlen dieser Vorzüge brachte die Welt um ein Mädchen von köstlicher, schalkhafter Schönheit — aber die Welt er-

* Cold Pig: Wörtl. kaltes Schwein, auch kalte Dusche. — *Anm. d. Übers.*

holte sich mühsam von so vielen schrecklichen Verlusten, daß der Kummer eines einzelnen Menschen kaum zählte.

CP konnte sich glücklich schätzen, daß sie überhaupt noch lebte.

Mit fünfzehn bekam ihre Mutter einen Manager als Chef, der auf Jungfrauen scharf war. Sie wurde nach einer unerwarteten Störung seines Terminplans schwanger. Er mochte das Kind, und als er sah, wie sehr sie sich auf ihr Baby freute, und wie sehr sie die Zukunft fürchtete, die sie sonst erwartet hätte, machte er sich die Mühe, für sie ein Bett im staatlichen Krankenhaus zu besorgen. Dort starb sie zwar, aber ihr Kind, CP, erhielt die Aufenthaltsgenehmigung für die staatliche Enklave übertragen.

Diese Enklave war einer jener wenigen stadtähnlichen Komplexe auf sauberem Boden, wo es noch eine Art Mittelklasseleben im alten Stil gab. Diese Gegend brachte geschickte Arbeiter und selten einmal auch einen fähigen Manager hervor. CPs Grundbedürfnisse wurden hier befriedigt, und schließlich kam sie in die Waisenschule der Enklave, wo sie ihren Namen Schweineschnauze abbekam.

Hier entwickelte CP zwei Eigenarten; die erste war allen bekannt, die zweite blieb ihr streng gehütetes Geheimnis.

Allen war bekannt, daß sie eine ausdauernde, kluge Arbeiterin war — unermüdlich und unbeirrbar. Wann immer ihr etwas unterkam, stürzte sie sich darauf, erledigte es und hielt nach einer neuen Aufgabe Ausschau. Es wurde rasch klar, worauf sie abzielte. In einer Schule, in der das nackte Überleben schon eine Leistung war, fühlte sie sich zu Unmöglichem berufen: zur Raumakademie.

Sie strebte dieses Ziel ganz einfach durch harte Arbeit an und wurde natürlich durch niemanden abgelenkt, der etwa eine engere Beziehung zu einer Schweineschnauze anstrebte. Was sie für nützlich hielt, lernte sie schnell und gründlich. Sie wühlte sich von Differentialen bis zur Vektorenrechnung durch die Mathematik, sie kämpfte mit Metallurgie, Elektronik und Computertechnik jeder Art und Unart. Die Astronomie war eine Offenbarung. Da sie realistisch war, vernachlässigte sie auch die niedrigeren Tätigkeiten nicht: Entrosten, Ernährung und besonders Kochen im Raum, Kinderpflege, Massage, die siebenundzwanzig wichtigsten Techniken zur sexuellen Erregung, die Reparatur aller gängigen Apparate, Wäschewaschen im Weltraum. Sie belegte Raummedizin im Nebenfach. Und immer interessierte sie sich für Maschinen, Maschinen, immer mehr Maschinen, und für alles, was sie über Orbitalflug und Schubmanöver finden konnte. Die dürftige Waisenrente sparte sie auf, bis sie auf dem Flugfeld der Enklave die ersten Flugstunden nehmen konnte.

Und sie schaffte ihn — den unglaublichen Quantensprung zum Eingangstraining für Raumfahrer. Ein Mathematiker, der noch nie eine Frau berührt hatte, brachte ihren Namen ins Spiel, ein staatlicher Prüfer, der seinen Durchschnitt heben wollte, war hilfreich. Außerdem waren Hilfskräfte für das wichtige Bergbauprojekt im Asteroidengürtel immer knapp. Aber im Grunde brachte sie ihr eigener, unstillbarer Hunger nach den Sternen nach oben.

Natürlich, viele Leute wollten in den Raum gehen; unter anderem hielt man das Leben eines Raumfahrers für traumhaft. Und die Leute himmelten die Sterne an, wann immer sie zu sehen waren. CPs Sehnsucht war nicht ungewöhnlich; nur die Intensität war es. Sie sprach kaum darüber — sie sprach grundsätzlich nicht viel —, denn sie hatte erfahren, daß ihre Gefährten glaubten, sie machte Witze: ›Schweineschnauze fliegt zu den Sternen‹. Aber einer von ihnen hatte auch gesagt: »Besser sie ist dort als hier.«

Bei der Grundausbildung wiederholte sich diese Geschichte; sie arbeitete verbissen wie zuvor. Und ihre nächsten kleinen Ersparnisse steckte sie in eine Operation — nicht für die Nase, wie es jedes normale Mädchen getan hätte, sondern für die erforderliche Sterilisation, die jede Anwärterin selbst bezahlen mußte. (Männliche Raumarbeiter konnten sich sterilisieren lassen, mußten aber nicht.)

Und auch diese Ausbildung schaffte sie relativ leicht. Mit neunzehn war sie geprüfte Raumarbeiterin. Sie war bereit für eine Anstellung im Weltraum. Und dabei half seltsamerweise ihr schreckliches Aussehen. Beim Bewerbungsgespräch hatte sie besonders nach den Forschungsfernflügen gefragt.

»Herr im Himmel«, sagte der junge Mitarbeiter des Einstellungsbüros später zu seinem Vorgesetzten. »Man stelle sich vor, ein Jahr mit so einem Gesicht eingesperrt zu sein! Ich würde sagen, wir stecken sie ganz hinten in die Abwasseraufbereitung.«

»Junge, du bist ein Trottel. Warum wurde der letzte Titan-Flug abgebrochen? Warum gab es bei den letzten sechs Troja-Missionen drei sogenannte Unfälle mit Todesfolge? Warum ›vergessen‹ die Computer bei so vielen Langstreckenflügen Teile des Logbuches? Wir haben die ganzen mineralogischen Analysen der vielversprechenden Klumpen jenseits des Gürtels verloren. Wenn du dich erinnerst, wir wissen immer noch nicht, woher wir Cäsium bekommen sollen. Warum, Junge?«

Der junge Personalsachbearbeiter kam sofort zu sich.

»Ah ... Spannungen unter den Mitarbeitern, Sir. Streß, Auseinandersetzungen, das ist unvermeidlich, wenn Menschen so lange so eng beisammen hocken. Die Bauingenieure arbeiten an Kapseln mit privaten Räumen, und ich glaube, sie haben da einige ...«

»Und in diese Kisten willst du nun eine nur halbwegs gut aussehende Frau stecken, Junge? Wir wissen, daß Männer besser arbeiten, wenn eine Frau in der Nähe ist; nicht nur aus physiologischen Gründen, sondern auch, weil sie gern jemand um sich haben, der unter ihnen steht und keine Konkurrenz ist und eine Art Mutterfigur sein kann. Was wir *nicht* brauchen, ist eine Frau, wegen der die Männer sich streiten. Wir haben auf den Stationen und den R & R-Depots eine Menge gutaussehender Frauen, und die Männer träumen von ihnen und arbeiten und wollen bald zu ihnen zurück. Aber bei einem Langzeitflug brauchen wir, was Sexualität angeht, eine Art menschliche Mülltonne. Diese — wie heißt sie noch? Diese Carol Page paßt wie die Faust aufs Auge, und außerdem hat sie eine gute Ausbildung, wenn das überhaupt was bedeutet. Du redest davon, ein Jahr mit ›diesem Gesicht‹ zu verbringen — aber kannst du dir eine Crew vorstellen, egal, wie blind oder verrückt sie auch ist, die ihretwegen einen Konkurrenzkampf austrägt?«

»Ich verstehe, was Sie meinen, Sir. Ich habe mich geirrt. Danke, Sir.«

»Okay, vergiß es! Mensch, wenn sie sich gut macht, könnte sie ein guter Fang sein.«

Und so kam es, daß CP in den Raum flog, mit einer Klausel in ihrem Vertrag, der ihr einen Langstreckenflug zusicherte.

Bei ihrem ersten Flug — es ging um die Untersuchung eines neuen Asteroiden, der anscheinend von jenseits des Pluto stammte — erwies sich, daß der Personalchef recht hatte. Sie putzte und brachte Müll weg, hielt die Kapsel in Ordnung und in Schuß und schaffte es, das Essen schmackhafter zuzubereiten, als es die Männer für möglich gehalten hatten. Sie half bei unangenehmen Arbeiten, und sie pflegte zwei Männer mit Raumdurchfall und massierte einem den Schmerz aus dem verrenkten Rückgrat. Sie war verschwiegen und erfüllte ihre sexuellen Pflichten als ›menschlicher Mülleimer‹ kompetent, wenn sie es auch nicht vermochte, wirkliches Begehren zu entfachen. (Nach dieser Fahrt begann man sie Cold Pig zu nennen.) Sie provozierte keine persönlichen Spannungen; zwei der Crewmitglieder vergaßen sogar, sich von ihr zu verabschieden, obwohl sie ihr im Bericht ein hervorragendes Zeugnis ausstellten.

Nach einigen Wiederholungen dieser Leistungen begannen die Planungschefs sie wirklich als Gewinn zu betrachten, wie der Personalchef vorausgesagt hatte. Die Crews lieben sie nicht gerade und stöhnten laut, wenn Cold Pig auf ihrem Personalplan auftauchte, aber in Wirklichkeit hatten sie ganz und gar keine Einwände. Missionen mit Cold Pig verliefen bekanntermaßen problemlos und angenehm. Und sie konnte in Notfällen auf einem halben Dutzend Posten einspringen. Wenn Cold Pig an Bord war, gab es keine Katastrophen. Insgeheim wurde Cold Pig als Glücksschwein betrachtet. Sie erlangte in der wachsenden Raumfahrergemeinde einiges Ansehen.

Nur nicht bei Captain Bob Meich, auf dessen Schiff *Calgary* ihre Geschichte beginnt. Captain Bob Meich verabscheute sie und verachtete sie aus einem Grund, der für sie selbst das Kostbarste war, was sie besaß.

Unter den zahlreichen Vertragsklauseln, die sie unterschrieben hatte, gab es zwei ungewöhnliche Paragraphen, die den Lohn ihrer Mühen darstellten: Cold Pig war, praktisch als einzige unter mehreren tausend Frauen im Weltraum, zum Alleinflug berechtigt.

Sie hatte bei der Vertragsunterzeichnung auf Einfügung dieser Klausel bestanden und die entsprechenden Zeugnisse vorgelegt. Die Behörden hatten keine Einwände erhoben; die Arbeit im Raum schließt auch unendlich langweilige Versorgungsflüge ein, und es gab einige Frauen auf den Stationen, die gelegentlich aushelfen durften. Auch hier war das Aussehen Cold Pigs hilfreich; nach ihr würde sich niemand umdrehen. Aber Cold Pig wollte mehr.

Einmal im Raum, machte sie sich daran, ein Alleinflugzertifikat für alles zu bekommen, was Schubdüsen hatte. Zwischen ihren Aufträgen sammelte sie Flugstunden. Sie flog alles und überall, selbst wenn sie drei Monate in schlechter Luft verbringen mußte, um mit einem Wrack, dessen Lufterneuerung nur mit gutem Zureden den Flug überstand, einen Felsklotz von hier nach da zu schaffen. Ihre Bereitschaft, auch die schlimmsten Flugaufträge zu übernehmen, zeichneten sich auch hier als Gewinn aus.

Die Belohnung kam schließlich, als ein nagelneues Kurzstreckenschiff von einem Felsen getroffen wurde. Cold Pig rettete nicht nur einige Menschenleben, sondern flog das neue Modell allein nach Hause und dockte wie ein Profi an. Der verletzte Captain, den sie gerettet hatte, half ihr gern, die zweite Klausel, die wichtigere, in ihrem Vertrag festgeschrieben zu bekommen. Es wurde in aller Form vereinbart, daß sie einspringen und allein fliegen durfte, falls bei einer Mission mit mehreren Erkundungsschiffen ein Pilot ausfallen sollte. Dies wurde darauf ausgeweitet, daß sie sogar das Mutterschiff allein zurückfliegen durfte, falls alle anderen Crewmitglieder ausfallen sollten.

So kam es, daß Cold Pig eines Tages mit Captain Bob Meich auf der *Calgary* aneinandergeriet. Das Schiff war auf einem Langstreckenflug zum Uranus, und vier der fünf Scoutschiffe des Mutterschiffes waren unterwegs. Don Lamb, der fünfte und letzte Pilot, lag mit gebrochener Hüfte in seiner Koje, und sein Scoutschiff baumelte im Hangar.

»Solange ich atme, wird keine Frau von meinem Schiff starten«, sagte Meich tonlos. »Es ist mir völlig egal, was in deinem Vertrag steht. Wenn du willst, kannst du zu Hause Krach schlagen. Oder du kannst einen kleinen Unfall haben und im Müllschacht verschwinden. Ich bin der Kapitän, und hier passiert, was ich will.«

»Aber Sir, die Daten, die Dons Schiff einholen sollte, waren wichtig ...«

Er starrte sie kalt an; nicht bei Verstand, sah sie. Sie selbst auch nicht, aber das wußte sie nicht.

»Ich zeig dir ein für alle Mal, was wichtig ist. Komm mit, *Schwein!*« Er spuckte den Namen aus.

Sie folgte ihm durch den Tunnel zu den Scoutschiffen. Der Hangar war bis auf ein Schiff leer. Der Kapitän öffnete die Luke von Dons Scoutschiff und kletterte in die kleine Kapsel. Die künstliche Schwerkraft, durch die Rotation der *Calgary* erzeugt, wirkte hier draußen besonders stark; sie konnte ihn grunzen hören.

»Paß auf!« Er zog die Schlüssel aus der Konsole und steckte sie in die Tasche. Dann riß er die schwere Brechstange aus der Halterung und knallte sie wild immer wieder vor den Computer des Kleinraumschiffs. Cold Pig keuchte.

Er kroch heraus.

»Zieh die Hose aus!«

Er vögelte sie auf dem kalten Stahlgitter neben den Trümmern ihrer Hoffnungen, er nahm sie rücksichtslos und brutal und drückte ihr die Hose aufs häßliche Gesicht, daß sie fast erstickte.

Irgendwann erregte etwas Hartes in ihrer Hemdtasche seine Aufmerksamkeit — ihr Notizbuch. Er riß es heraus, kniete sich mit seinem ganzen Gewicht auf ihre Schultern und blätterte es durch.

»Was, zum Teufel, ist das? *Gedichte?*« Er las mit theatralisch zorniger Stimme im Falsett: »*Mit zarten, irren Händen gegen die verhaßten Gitter* — uaah!« Er warf das kleine Buch mit einer ungestümen Bewegung zum Müllschacht. Es schlitterte über das Gitter, Seiten rissen heraus.

Cold Pig, schmerzhaft am Boden festgenagelt, drehte sich herum und sah ihm nach. Sie schrie unwillkürlich.

Meichs Sexualität war außergewöhnlich; einige Male hatte er versagt, und jedesmal hatte er sie vor den Kopf geschlagen oder eine neue Entwürdigung erfunden; aber nun grinste er triumphierend. Er wußte nicht, daß er damit sein Schicksal besiegelt hatte. Er riß ihren Kopf zu sich her und ejakulierte endlich.

»Soviel zu dir und der Fliegerei, Schwein. Vergiß das nie! Und jetzt mach mein Abendessen!«

Er war müde und in sich gekehrt; er schlug noch einmal auf ihr bedecktes Gesicht ein und verließ sie. Cold Pig war dankbar für die Decke; sie hatte bisher im Weltraum noch nie geweint — sie hatte seit Jahren überhaupt nicht mehr geweint. Noch bevor sie sich anzog, rettete sie das kleine Notizbuch und steckte es in eine andere Tasche.

»Schwein!« Vielleicht befürchtete er einen Augenblick, daß er sie getötet hatte. »Mach das Essen!«

»Ja, Sir.«

Völlig außer sich lächelte sie — ein doppelt schrecklicher Ausdruck in ihrem blutigen Gesicht —, und führte seinen Befehl aus, reibungslos und effizient wie immer. Don war inzwischen auch wach und sah sie neugierig an. Sie erklärte nichts, sondern fragte nur, was er essen wollte.

Das Essen, das sie zubereitete, schmeckte besonders gut; sie benutzte einige ihrer sorgsam gehüteten Gewürze, um den Geschmack einer ebenso gehüteten weiteren Zutat zu verdecken — obwohl sie aus der medizinischen Ausbildung wußte, daß sie geschmacklos war.

Die Tatsache, daß sie verrückt war, kam in ihrer Wahl zum Ausdruck. Sie hätte andere Möglichkeiten gehabt; sie hätte ein Mahl servieren können, von dem Don und der Kapitän nie wieder aufgewacht wären. Don gab sie tatsächlich sofort eine tödliche Dosis, denn er war immer einigermaßen anständig zu ihr gewesen. Aber für den Captain hatte sie einen anderen, und wie sich herausstellte, erheblich grausameren Plan. Cold Pig war ein Mensch, und er sollte es *merken.*

Er aß mit gesundem Appetit. Jeder andere Mensch wäre vielleicht durch ihre Liebenswürdigkeit mißtrauisch geworden, denn sie machte das Essen, das er am liebsten mochte. Oder durch ihre ergebene, freundliche Art. Aber für Bob Meich bestätigte ihr Verhalten nur die Wahrheit, die sein Vater ihn gelehrt hatte, nämlich daß eine Frau ab und zu mal eine Tracht Prügel braucht, damit sie weiß, wer der Herr im Hause ist. Er sagte mit schwerer Stimme etwas in dieser Art zu Don, der in der benachbarten Koje lag; er erwartete keine Antwort und bekam auch keine.

Don war jung, grübelte der Kapitän. Viel zu weich. Er sprach noch von seiner Mutter. Wenn es Don besser ging, würde er ihm einiges über den Umgang mit Frauen erzählen.

Im Augenblick war ihm der köstliche Nachtisch, den CP serviert hatte, aber wichtiger. Mit einem Gefühl für die Ironie der Situation stellte sie ihm die Flasche mit seinem ›Schlaftrunk‹ in Reichweite auf den Tisch. Sie war jetzt ungeduldig, es gab so viel zu tun. Beim Warten mußte sie seine außergewöhnliche physische Vitalität bewundern. Eine Dosis, die jeden anderen auf der Stelle flachgelegt hätte, brauchte bei ihm einige Minuten, bis sie wirkte. Sie machte sich schon Sorgen, daß er Don nebenan hyperventilieren hörte, aber ließ sich nichts anmerken. Schließlich starrte Meich ins Leere, richtete den Blick auf sie und rief: »Wa ...« und erhob sich halb, bevor er zusammensank.

Sie hätte gewarnt sein sollen.

Aber er *war* tief bewußtlos — sie schnippte mit den Fingern an seinen Ohren und streute Salz in sein Auge, um ganz sicherzugehen. Sie konnte sich an die Arbeit machen.

Zuerst wollte sie nach Don sehen. Sie hatte noch genug von der Substanz, die sie ihm gegeben hatte, und sie wollte sehen, wie sie gewirkt hatte.

Don war lang von seiner Liege gerutscht, und die letzten Krämpfe zuckten durch seine Beine. Sein Gesicht war nicht besonders verzerrt, nur schweißbedeckt, und aus dem Mund rann Blut. Er hatte sich die Zunge fast ganz durchgebissen. Sie hörte keinen Herzschlag mehr, nur noch die letzten Schauer eines sterbenden Körpers. Gegen ihren Willen wischte sie ihm das Gesicht ab und drückte ihm die Augen zu. Sie legte ihm einen Moment die Hand auf das weiche braune Haar. Schließlich war er anständig zu ihr gewesen.

Dann machte sie sich an die Arbeit, und sie arbeitete schwer und schnell. Zwei Skalpelle wurden stumpf dabei — diese Anzüge und die Luftschläuche waren zäh —, und sie mußte auf Zangen und andere Werkzeuge zurückgreifen, ehe sie zufrieden war. Dann riß sie alles heraus, was nicht niet- und nagelfest war. Sie stellte einige Alarmkreise ab, um zu verhindern, daß vorzeitig die Hölle losging. Irgendwann erschrak sie, als Meich vom Stuhl rutschte und schwer unter den Tisch fiel.

Auch einer der Luftkanister, die sie herausriß, rollte unter den Tisch. Das abgeschnittene Ende des Schlauches wackelte wie ein Hundeschwanz. Sie bemerkte es nur am Rande, denn sie war damit beschäftigt, schwere Vakuumsiegel zu lösen.

Der Hauptluftdruckalarm in der Pilotenkanzel war sehr laut. Bob Meich erwachte.

Er rollte sich zuckend herum und zog sich am Stuhl hoch, warf Stuhl und Tisch um und hob mühsam die Augenlider.

Was er sah, hätte wahrscheinlich einen schwächeren Mann gelähmt. Es war, als wäre ein Tornado am Werk — Papiere, Kleider, Gegenstände aller Art und Größe flogen wild durcheinander und schossen durch die halb geöffnete Hauptschleuse.

Die Schleuse öffnete sich weiter. Und dann sah er Cold Pig im Raumanzug den großen, runden Schleusenverschluß weiter aufdrehen und in aller Ruhe arretieren. Überall im Schiff heulten und schrillten Alarmsignale, während aus den Räumen die Luft entwich und der Druck sank. Es war ein Chaos. Dann ließen die Geräusche nach, denn es gab keine Luft mehr, die sie leiten konnte. Das letzte noch hörbare Geräusch war ein leichtes Quietschen aus Dons Scoutschiff. Dann war es still.

CP hatte sich gefragt, ob Meich zuerst zu seinem Anzug stürzen würde, oder ob er zur Schleuse und zu ihr käme.

Seine Reflexe hatten ihn, in der Luftleere schon keuchend, zum Anzug gebracht, der hinter ihm an der Wand hing; der Anzug stand aufrecht, als wollte er gleich losfliegen. Ein schwerer Stiefel war schon fortgerollt und durch die Schleuse verschwunden — es spielte keine Rolle, denn der Helm war noch da, und überall auf der *Calgary* waren Notanzüge verteilt; ein Grund dafür, daß CP so lange gebraucht hatte.

Er war halb im Anzug und taumelte gegen die Wand, als er die Schnitte sah. Er grunzte — oder vielleicht brüllte er auch, die Luft war inzwischen zu dünn, um Geräusche zu leiten —, und fiel, den Helm umklammernd, auf die Knie. Aber er konnte ihn nicht aufsetzen — seine sterbenden Augen waren immer noch scharf genug, um die sauber durchtrennten Luftschläuche zu sehen. Der Helm konnte ihm nicht helfen, er war mit nichts verbunden.

Er öffnete und schloß den Mund, vielleicht brüllte er Flüche, er stürzte auf den Boden und würgte im fast luftleeren Raum. Schließlich rollte er wieder unter den Tisch. Mit einer kräftigen, rosa angelaufenen Hand packte er im Fallen das Bein des umgestürzten Tisches, um gegen den Sog zu kämpfen, der ihn zur Schleuse ziehen wollte. Er hielt sich dort fest, bis die letzten Kräfte abebbten und CP sicher war, daß er nicht mehr lebte. Sie konnte ihn nicht ganz sehen, und sie wollte ihn auch nicht berühren und sich vergewissern, aber er bewegte sich nicht mehr. Ohne Luft konnte ein Mensch nicht leben, nicht einmal ein Meich, sagte sie sich.

In ihrer blinden Wut war sie etwas enttäuscht, weil er den nutzlosen Helm nicht aufgesetzt hatte. Außerdem wäre es ihr lieber gewesen, sie hätte nie dieses Gesicht gesehen.

Der Sturm ließ nach, der Sog in der Schleuse war fast verschwunden. CP wartete ungeduldig, bis die VAKUUM-Lampe auf der Konsole anging; es war Zeit, sich an die Arbeit zu machen. Don sollte als erster verschwinden.

Vor der Luke war ein flackerndes, huschendes graues Licht — die Sterne, die durch die Drehung der *Calgary* ständig vorüberzogen. Nur nach vorn und nach hinten konnte man relativ gut sehen. Vor ihr lagen ruhigere Sterne, das wußte sie — sie wagte es natürlich nicht, sich hinauszulehnen und nachzusehen —, und hinter ihr lag die große, vom Sternenlicht trüb beleuchtete Scheibe des Uranus, an einer Seite von einer Flammenkrone überstrahlt. Sie umkreisten den Planeten mit dem Bug nach außen, um alles beobachten zu können, was dort unten vor sich ging. Durch einen Zufall — sie hatte nicht die Geduld gehabt, auch dies einzuplanen — trat die *Calgary* gerade in den Teil ihrer Kreisbahn ein, in dem die Sonne und die Welt der Menschen fast in gerader Linie hinter dem Planeten lagen.

Gut. Sie hakte ein Sicherheitsnetz in die offene Schleuse und ging, vorsichtig etwa übriggebliebenen Lufttaschen ausweichend, in die Kammer, in der Don lag.

Sie hatte zwei Raketentriebwerke vorbereitet, um die Leichen so schnell wie möglich aus der Kreisbahn und zum Uranus hinunter zu schicken. Natürlich würde es keinen Science Fiction-Unfug über makabre Dinge geben, die um die *Calgary* kreisten; und ganz gewiß nicht, wenn sie erst unterwegs nach draußen in die Freiheit war — wie sie sich danach sehnte, endlich zu starten! Aber sie wollte auf jeden Fall vermeiden, daß die Leichen zufällig entdeckt wurden. Natürlich wäre es ein Zufall von eins zu einer Million, aber solche Zufälle passieren. CP wußte das. Die Position der *Calgary* verlockte dazu, die Leichen direkt zum Uranus zu schicken, aber sie mußte dafür sorgen, daß sie nicht beschleunigt, sondern abgebremst wurden.

Sie dachte über die Anordnung nach, während sie sich über Don beugte. Die Spritze, die sie für den Fall vorbereitet hatte, daß Meich sie angriff, hatte sie noch im Handschuh versteckt. Sie durfte nicht vergessen, sie an einen sicheren Ort zu legen.

Als sie sich zu einem Schließfach bückte, berührte sie jemand von hinten.

Angst. *Was …?*

Ein Arm legte sich fest um ihren Hals.

Als der Arm vor ihrem Gesicht herunterkam, konnte sie einen Moment lang Muskeln und unverkennbar rosafarbene, haarlose Haut sehen.

Ein Toter war hinter ihr her. Meich war aus dem Tod zurückgekehrt, um sie zu töten — er war gerade dabei.

Meich hätte sie tatsächlich am liebsten mit bloßen Händen erwürgt. Aber er war behindert. Mit einer Hand drückte er sich den abgeschnittenen Schlauch eines Lufttanks vor den Mund. Und es ist im Vakuum nicht leicht, einen Körper in einem stabilen Druckanzug zu schlagen, ganz zu schweigen davon, einen Hals zu würgen, der von einem massiven Helm geschützt wird. Deshalb begnügte er sich zunächst damit, ihre Luftschläuche herauszureißen. Er wollte sie sich vornehmen, wenn sie schwächer wurde, und sie sollte lange genug leben, um seine Wut zu spüren.

Der erste Ansturm warf sie fast von den Beinen, aber er hatte sie mit einem Bein eingeklemmt und hielt sie fest.

Cold Pig war so entsetzt, daß sie den Kopf verlor. Der Adrenalinstoß lähmte beinahe ihr Herz.

Alles außer ihren Reflexen war verloren. Die Hand mit der Spritze kam, durch die Todesangst genau gezielt und hart, herum, und die Nadel, die er nicht gesehen hatte, fuhr tief in seinen Körper, und gegen alle Wahrscheinlichkeit verbog sie sich nicht und brach nicht, sie traf auf keinen Knochen und kein Plastik, sondern ging durch den Anzug, den er übergestreift hatte, durch die Außenhülle, durch die Haut und innere Organe, und dann fanden CPs unbeholfene, durch die Handschuhe behinderten Finger den Abzug, und ihre verängstigten Muskeln entwickelten unglaubliche Kräfte. Die Ladung schoß direkt in Leber und Magen und drang bis in die Wand seiner Nierenvene vor. Der Stich war so sauber, daß Meich ihn vielleicht gar nicht mehr fühlte. Er wußte nicht, daß er in wenigen Sekunden wirklich und endgültig tot sein würde — aber die Sekunden dehnten sich.

Er hatte ihre Luftschläuche abgerissen, und sie hatte nun, bis auf die winzige Menge, die im Helm und im Anzug war, keine Luft mehr. Er klammerte sich mit Armen und Beinen an sie. Sie begann zu würgen, während sie sich in seinem verzweifelten Griff wand. Sie geriet in Panik und konnte nicht verstehen, was geschah. Die Wucht ihres Gegenschlages hatte sie herumgewirbelt; sie wand sich verzweifelt und sah schließlich den Lufttank, den er festhielt, und das Schlauchende, aus dem er atmete.

Es dauerte kostbare Augenblicke, bis sie begriffen hatte, daß sie ihren Gesichtsschutz öffnen mußte, um den Luftschlauch an ihren Mund zu bekommen.

Irgendwie schaffte sie es zwischen seinen hämmernden Schlägen und seinen suchenden Armen, die Scheibe hochzuklappen. Sterbendes Mädchen kämpft mit sterbendem Mann um den Luftschlauch. Sie konnte seine Finger nicht losreißen, obwohl sie ihm einen Knochen brach. Aber die tödliche Spritze tat ihre Wirkung — schließlich knallte sie ihm ihren Helm vor den Kopf und konnte die Luft einatmen, die aus seinem Schlauch zischte.

In einem letzten, haßerfüllten Aufbäumen versuchte er, den Lufttank wegzuschleudern, damit sie ihn beide nicht erreichen konnten. Aber der Tank prallte vor ihren Körper, und sie hielt ihn fest.

Und dann war es vorbei, endlich war es wirklich vorbei. Meich lag grotesk zusammengesunken vor ihren Füßen, gegen Dons Koje gelehnt.

Es dauerte unendlich lange, bis sie zu zittern aufhörte. Sie übergab sich zweimal und besudelte sich, aber da das Schlauchende freiblieb, atmete sie nichts ein. Sie starrte und starrte, ob sich einer der beiden zweimal gestorbenen Männer noch einmal rührte. Nur die Furcht, daß die unkontrolliert ausströmende Luft, die kostbare Luft, ausgehen könnte, brachte sie wieder zu Sinnen.

Ihre Finger waren fast überfordert, als sie die Schläuche wieder einsetzte und den beschädigten durch einen neuen ersetzte. Sie wischte ihre Sichtscheibe ab und schloß den Helm. Sie mußte eine Weile in ihrem Erbrochenen leben und arbeiten, aber das fand sie angemessen.

Und sie hatte noch so viel im Vakuum zu tun, ehe sie die *Calgary* wieder verschließen konnte. Es wurde jetzt sehr kalt.

Sie hatte eine Nachricht abzuschicken, und sie wollte alle Erinnerungen an die Männer beseitigen, bevor sie wieder den Druck aufbaute, denn sie wollte später den Abfallschacht so wenig wie möglich benutzen. Die Leichen waren zuerst an der Reihe, gleich jetzt.

Diesmal war es keine Frage, ob Don den Anfang machte; sie legte ihre zitternden Hände um Meichs Fußgelenke und zerrte ihn zur Schleuse und zur Schubrakete. Sie konnte sich gerade noch beherrschen, hinauszusehen und sich zu vergewissern, ob er auch wirklich davonschoß und nicht etwa irgendwo an der *Calgary* hängenblieb, um zu ihr zurückzukommen. Aber sie erlaubte sich, zum hinteren Bullauge zu gehen und zuzusehen, wie sein Triebwerk zwischen den tanzenden Sternen verblaßte.

Dann kam Don. Und danach alles, was nicht niet-

und nagelfest war. Sie leerte Fächer, warf sogar Briefe und private Dinge hinaus, die Mädchenfotos von den Wänden, sogar den Wachplan. Alles, alles flog hinaus und umkreiste die *Calgary* — aber nicht sehr lange.

Schließlich entriegelte sie die kalte Hauptschleuse und schloß sie wieder.

Sie konnte nicht warten, bis der Druck wieder aufgebaut war. Sie mußte sich ihren Herzenswunsch erfüllen. Sie machte sich nicht einmal die Mühe, sich zu setzen, sondern ging einfach die Bedienungshandlungen für eine Notzündung durch. Die *Calgary* war in einer ausgezeichneten Position. Sie schob den Hauptschubhebel herum.

Langsam, mit beständig wachsender, unerschöpflicher Kraft, verließ die *Calgary* den Orbit und nahm Fahrt auf, fort vom Uranus und der Sonne hinter ihm, fort von der Menschheit, hinaus in den leeren Raum und zu den unerreichbaren Sternen.

Und nun die Botschaft.

Sie aktivierte den Hochleistungssender und verband ihn mit ihrem Helmmikrophon. Und dann hatte CP den ersten und zugleich letzten literarischen, dramatischen Auftritt ihres Lebens. Immerhin war sie ein Mensch.

Zuerst gab sie die Rufsignale für die vier Scoutschiffe der *Calgary* ein, dazu einen allgemeinen Alarm. Dann keuchte sie überzeugend: »... an alle Scouts, kehrt nicht zur *Calgary* zurück, wiederhole, nicht zur ... *Calgary* zurückkehren ... hier ist ... nichts mehr ... fliegt zur ... *Churchill.* Halt, vielleicht ist die *Calhoun* näher ... wiederhole, *Calgary* ... ist nicht mehr auf Position ... versucht nicht zurückzukehren ... verletzt, will versuchen, das Log zurückzuschicken ... soviel Blut ... Grund: Captain Meich tot, Selbstmord ... Schußverletzung ... Lieutenant ... Donald Lamb ebenfalls tot durch Schußverletzung ... zugefügt von Captain Meich ... beide Leichen im Raum verloren ... Captain Meich erschoß Don und ... öffnete Hauptschleuse ... nahm Dons Leiche und ... schoß sich selbst in den Bauch bevor er ... hinausging ... Grund: Captain Meich sagte, wir hätten an einer unsichtbaren Spionagestation angelegt ... Don wollte ihn aufhalten ... öffne die Schleuse, sagte er.« Sie sprach jetzt leiser und schneller, aber die Worte waren so klar, so klar: »Er sagte, Don wäre ein Alien und erschoß ihn, hatte die Waffe seit drei Tagen bei sich, schlief damit ... kalt, überall Blut ... mußte mich ausziehen und hat mich an Kombüsentür gebunden ... Don gab mir Helm und Lufttank, aber ich habe ... Schußverletzungen ... seit gestern ... fürchte, die *Calgary* ist verloren, Captain Meich hat Fluchtkurs gesetzt, Computer zerstört ... kalt ... Sendung beendet ... werde versuchen ...« und dann, sehr leise: »Wiederhole, nicht herkommen ...«

Noch ein paar gequälte Geräusche, und dann zog sie den Stecker ab, ließ den Sender aber eingeschaltet. Er wurde durch Stimmen aktiviert und würde keine Energie verschwenden, aber sie mußte vorsichtig sein und sich leise bewegen, besonders, wenn die Luft wieder da war.

Dann ging sie durch das Schiff und versiegelte alles bis auf einen kleinen Lebensraum für sie, um Luft zu sparen. Schließlich stellte sie die Luftzufuhr an, um den Druck wiederaufzubauen.

Als nächstes zog sie auf eine realistische, ungeschickte Weise die Logcassette heraus und zerriß das Band an der Stelle, an der ihr Streit mit Meich begann. Es sah aus, als hätte sie das Gerät versehentlich zerstört. Um noch glaubwürdiger zu scheinen — sie würden es überprüfen, allerdings —, riß sie sich eine der Platzwunden wieder auf, die Meichs Schläge ihr zugefügt hatten, und ließ ihr frisches Blut auf Cassette und Gehäuse fallen. Das Gehäuse steckte sie in einen Auswurfschacht, wo es, wenn es aktiviert war, ein eigenes kleines Triebwerk zünden und Kurs zur Basis aufnehmen würde. Sie feuerte das Gerät ab.

Die Daten von der Forschungsmission der *Calgary* würden eines Tages oder Jahres irgendwo in der Nähe der Basis ankommen und sich mit einem Piepsen melden. Das, dachte sie, war sie der Welt der Menschen immerhin schuldig. Genau das, aber kein bißchen mehr.

Der Luftdruck stieg langsam. Keine Lecks, aber es war noch zu früh, um den Anzug abzulegen. Sie überprüfte die Scanner und vergewisserte sich, daß Uranus und Sol im Heck immer kleiner wurden. Sie stellte Dauerschub für eine Stunde ein. Wenn der Brennstoff überhaupt so lange reichte.

Dann setzte sie sich einfach in den Copilotensessel, lehnte sich in ihrem besudelten Helm und dem unbequemen Anzug zurück und gestattete sich, bewußtlos zu werden. Wenn sie erwachte, würde sie weit genug entfernt sein, um den Sender abzuschalten.

Sie war zum Reich unterwegs. Und der Name des Reiches, das wußte sie genau, war Tod.

Als sie wieder zu sich kam, war das Haupttriebwerk still. War der Brennstoff ausgegangen? Nein, abgeschaltet, sah sie, als sie die Konsole überprüfte; es war noch etwas Energie da. Ihre Augen, ihre Nase und ihre Lippen waren verkrustet, fast verschlossen. Der Luftdruck war normal.

Dankbar öffnete sie die Sichtscheibe und entriegelte den schweren Helm, der sie vor Meich gerettet hatte. Denk nicht mehr dran, sagte sie sich. Nie wieder. Nie wieder will ich unter einem Menschen leiden. Denk an die Tatsache, daß du Wasser verloren hast, daß du hungrig und schmutzig bist.

Sie schluckte abwechselnd Saft und Wasser und überprüfte ihre Position. Sie war anscheinend sehr, sehr lange bewußtlos gewesen, denn sie hatte die Umlaufbahn des Neptun schon hinter sich, und sie beschleunigte immer noch leicht. Sie hätte sich den Hauptschub aufsparen sollen, bis sie sich aus der Anziehungskraft der Sonne befreit hatte, aber nun war sie froh, daß sie es nicht getan hatte. Sie zog den Anzug aus und wusch sich mit einem Minimum an Wasser. Sie hatte noch viel aufzuräumen, aber zuerst mußte sie eine Bestandsaufnahme ihrer Vorräte machen, was im Grunde bedeutete, ihre Lebenserwartung zu berechnen.

Sie hatte schon vor längerer Zeit überschlagen, daß die Spanne irgendwo zwischen hundert und hundertfünfzig Erdentagen lag.

Das Essen war kein Problem. Die dehydrierten Vorräte hätten für sie selbst und sechs Männer für ein Jahr gereicht.

Mit dem Wasser war es schwieriger. Aber die Rückgewinnungsanlage war nagelneu und funktionierte gut, und die Tanks waren voll. Sie würde für den Rest ihres Lebens H_2O trinken, das schon unzählige Male durch ihre Nieren und ihre Blase geflossen war, dachte sie. Aber bei den Menschen der Erde erregte ein solcher Gedanke schon lange keinen Abscheu mehr. Sie hatte nur ein paarmal in ihrem Leben nicht wiederaufbereitetes Wasser getrunken; es war aus einer Entsalzungsanlage gekommen. Der Import von Eisasteroiden zur Erde gehörte zu den Routineaufgaben der Raumbasis.

Die *Calgary* besaß sogar einen kleinen Vorrat an Frischwasser, den sie vielleicht ohne großen Luftverlust erreichen konnte. Sie hatten einen sauberen Eisblock gefunden und außen an der Hülle befestigt.

Sie sah sich um und überprüfte die Hauptkonsole, an der sie noch nie hatte sitzen dürfen. Die Berechnung des Sauerstoffvorrates schob sie noch auf. Plötzlich erregte ein seltsames Glitzern ihre Aufmerksamkeit. Sie stand auf und betrachtete das Ding, das in die Decke eingelassen war. Eine getarnte Linse!

Sie war auf eines der vielen, versteckten Augen und Ohren gestoßen, die es auf allen Schiffen gab. Sie schob einen Schraubenzieher in die Fassung, und irgendwo begann eine Bandmaschine zu surren. Das Ding hatte natürlich die wahren Ereignisse auf der *Calgary* aufgezeichnet, und die Fischaugen-Linse war so ausgerichtet, daß ihr augenblicklicher Kurs und ihre Position abzulesen waren.

Aus früheren Erzählungen und Erklärungen auf der Basis wußte sie, daß das Ding im Augenblick nicht sendete. Man hatte ihr anvertraut, daß diese Augen und Ohren die wichtigsten Daten in komprimierter Form in längeren, zufällig gewählten Intervallen sendeten. Die detaillierte Auswertung konnte warten, bis die *Calgary* wieder in menschlichen Händen war.

Und dazu mußten sie sie erst fangen. Sie lächelte grimmig mit aufgesprungenen Lippen.

Aber hatte das Ding Daten ausgestrahlt, während sie bewußtlos gewesen war? Oder sogar davor? Sie konnte es nicht wissen. Wenn ja, dann war ihre Lügengeschichte nur ein Detail im Katalog ihrer sonstigen Verbrechen. Wenn nein, um so besser.

Wie konnte sie es desaktivieren, ohne die Wände aufzureißen oder eine Notsendung auszulösen? Das hatten vor ihr sicher schon andere versucht. Sie mußte gut nachdenken und ihre ersten Impulse unterdrücken.

Fürs erste überklebte sie die Linse. Dann dachte sie einen Augenblick nach und suchte weiter. Da sie jetzt wußte, wonach sie suchen mußte, fand sie die Reserveeinheit oder vielleicht sogar die Haupteinheit, denn sie war sorgfältiger versteckt. Sie überklebte auch diese Linse und dachte zu spät daran, daß möglicherweise genau das der Auslöser für eine Sendung war. Nun, dann war es zu spät. Zumindest fühlte sie sich jetzt nicht mehr beobachtet. Es war ein neues Gefühl. Die Leute nahmen es für selbstverständlich, ständig überwacht zu werden. Vorlaute Kollegen rissen Witze über die Berge nie ausgewerteter Daten, die irgendwo und irgendwie gelagert wurden. Vielleicht füllten sie schon einen ausgehöhlten Asteroiden.

Sie sank auf der bequemen Pilotencouch zusammen.

Wenn es noch eine dritte Einheit gab, hatte sie eben Pech gehabt.

Nun der Sauerstoff.

Selbst bevor sie eine ganze Schiffsladung in den Weltraum entlassen hatte, war die Situation nicht sehr gut gewesen. Das biologische Regenerationssystem war alt und hing davon ab, daß es von draußen Sonnenlicht bekam. Das schwache Licht in der Nähe des Uranus hatte bei weitem nicht ausgereicht; einige biologische Komponenten waren eingegangen, und der Regenerator war fast unbrauchbar.

Sie hatten dies vor dem ... Ereignis genau gewußt. Sie hatten geplant, die Zeit im Planetenschatten zu verkürzen, indem sie auf einen Orbit in der Nähe des Äquators gingen und möglichst viel Licht einfingen; die Rotationsachse des Planeten lag fast parallel zur Ekliptik. Und die *Calhoun* war unterwegs zu einem Rendezvous mit ihnen, um Sauerstoff und Regeneratorkomponenten zu übergeben. Den Eisblock hätten sie, wenn auch nicht mehr effizient, in Sauerstoff aufspalten können. Keine Krise, aber relativ ungemütliche Aussichten.

Nun bekam sie Angst bei dem Gedanken, was wohl das absolute Vakuum mit dem System angerichtet hatte. Sie mußte sich überwinden, um nachzusehen. Es gab Schäden — einige Tabletts hatten braune Ränder. Aber es war nicht alles verloren, wie sie befürchtet hatte. Wenn sie die Notlampen einschaltete, konnten die Pflanzen einen Teil ihres CO_2 verarbeiten. Sie zählte zweimal die Sauerstofftanks und überprüfte den hochkomprimierten Schiffsvorrat.

Die Antwort entsprach ziemlich exakt ihrer Schätzung — Sauerstoff für maximal 140 Tage. Zehn Wochen. Wahrscheinlich würde sie die CO_2-Zunahme schon vorher benommen machen, wenn sie keine Hilfe bekam.

Zuerst mußte sie alle möglichen Lichtquellen auf die richtige Wellenlänge für die Tanks einstellen. Sie suchte

Filter und Stromkabel heraus und baute überall, wo sie es entbehren konnte, die Lampen aus, bis sie die Tabletts möglichst gut ausgeleuchtet hatte. Sie fand sogar ein Paket mit wahrscheinlich schon lange toten Kultur-›Samen‹ und pflanzte zwei tote Tabletts neu an.

Sie brauchte Stunden dazu, vielleicht Tage; sie beachtete die Zeit nicht, sondern hielt nur inne, um zu essen oder zu trinken, wenn sie unbedingt mußte. Die Tabletts waren groß und schwer, und sie war müde. Aber sie fühlte nichts als Freude — Freude an ihrer absoluten Freiheit. Zum erstenmal seit Jahren war sie allein und ohne Kontrolle. Aber da war noch mehr: zum erstenmal im Leben war sie wirklich und für immer frei, niemand außer sich selbst Rechenschaft schuldig. Allein und *frei* zwischen ihren geliebten Sternen.

Als sie fertig war, viel zu müde, um sich selbst und die *Calgary* aufzuräumen, taumelte sie nach einem kalten Mahl auf die Pilotencouch zurück und aß und starrte zu den Sternen hinaus, die durch die stabilisierte Kamera zu sehen waren.

Es reichte nicht. Sie wollte alles. Sie brauchte sich nicht vor dem physischen Verfall unter Schwerelosigkeit zu fürchten.

Sie schlief im Pilotensessel ein und plante im Einschlafen.

Während der nächsten beiden Erdentage säuberte sie das Schiff in jeder Minute, die ihr ihre Hauptaufgabe ließ: Sie mußte die Rotation stoppen, die der *Calgary* ihre ›Schwerkraft‹ gab. Sie benutzte dazu so wenig Energie wie möglich und ließ jeden Schubstoß seine volle Wirkung entfalten, ehe sie den nächsten auslöste.

Die Sterne draußen verwandelten sich von einem flimmernden grauen Wirbel in Streifen, die immer kürzer wurden, sich beruhigten und schließlich als Lichtpunkte in der ewigen Nacht stehenblieben.

Ihre Justierungen waren sehr genau. Am Ende mußte sie kaum noch bremsen. Die hellen Flecken und

Streifen schrumpften und wurden heller, bis sie mit einem wahrnehmbaren Ruck stehenblieben. Sterne in allen Farben und Helligkeiten, dunkle und helle Wolken, Galaxien — unendlich weit hintereinander gestaffelt, ein prächtiges Universum.

CP wanderte durchs Schiff und öffnete jedes Bullauge, das sie finden konnte. Die *Calgary* hatte viele, denn ursprünglich war sie Fährschiff zum Mars gewesen, früher, als es den Menschen noch wichtig gewesen war, mit eigenen Augen nach draußen zu sehen. Die *Calgary* hatte sogar Stummelflügel, die seit wer weiß wie langer Zeit nicht mehr benutzt worden waren.

Sie mußte wieder aufräumen, als die Schwerkraft nachließ und die Gegenstände schwebten. Aber CP hielt an jedem Bullauge inne und ergötzte sich schweigend an den Wundern und der Schönheit. Ihr eigenes, elendes Spiegelbild im Vitrex machte ihr Sorgen; bald hatte sie auch die letzten Lichter abgeschaltet, so daß die *Calgary* ein dunkler, nur von Sternen erleuchteter Raum in der ewigen Nacht war.

Vor der *Calgary* lag im Grunde nichts. Sie flog zum galaktischen Norden, wo es nur wenig, weit voneinander entfernte Sterne gab. Nicht einmal kosmischer Staub war in Reichweite eines Menschenlebens. Das machte ihr keine Sorgen. Sie schaltete die Scanner im Bug aus und betrachtete freudig die reicheren, wundervollen Sternenfelder zu beiden Seiten.

Auch die Schwerelosigkeit machte ihr keine Probleme. Sie war eine jener wenigen Menschen, die ein Leben in Schwerelosigkeit ausgesprochen angenehm fanden. Die lästige Neigung geöffneter Werkzeugkisten, sich selbst auszupacken, amüsierte sie eher. Und die *Calgary* hatte zahlreiche pfiffige Hilfen für das Leben bei Nullschwerkraft. Während CPs Körper heilte, war sie glücklich, von jedem Druck frei zu sein.

Sie war sehr dankbar für die Bequemlichkeit des großen Mutterschiffes. Sie hatte nie die Absicht gehabt, es zu stehlen. Ein Scoutschiff, das Meich ihr vorenthalten hatte, hätte ihr völlig gereicht. Diese Reise hinter dem Uranus war die weiteste Entfernung, in die man sie hätte freiwillig gehen lassen. Als Don sich die Hüfte gebrochen hatte, hatte sie noch an ihr Glück geglaubt. Sie hatte sich schon Gedanken gemacht, wie sie den letzten Piloten außer Gefecht setzen könnte, damit man ihr sein Scoutschiff gab, wie es ihr Vertrag vorsah. Die kleinen Kapseln waren nicht gerade bequem, kaum mehr als Tanks mit einem Triebwerk, aber ihre reichlichen Brennstoffvorräte hätten sie weit hinausgetragen, und niemand hätte sie verfolgen können.

Raus, das war ihre ganze Sehnsucht. Für immer raus, raus aus der Reichweite der Menschen — ob sie überleben würde und das Glück hatte, einen ›schlafenden Kometen‹ zu entdecken, der sie mit Höchstgeschwindigkeit aus der Welt der Menschen trug? Hinaus in die Freiheit, in Freiheit sterben. Der Tod würde bald kommen, aber ihr Körper würde in alle Ewigkeit frei fliegen. Niemand würde sie verfolgen, niemand würde sie berühren, kein Mensch jedenfalls.

Hinaus, um zwischen den Sternen zu sterben. Das war ihr großer Traum, für den sie gearbeitet und ganz rational alle Mühen auf sich genommen hatte.

Nein, nicht ganz rational.

CP war nicht immer rational. Oder besser, sie war im Grunde nie ›rational‹. Da war immer noch die Sache, die sie kurz das ›Reich‹ nannte.

Es wurde schon erwähnt, daß CP noch ein großes Geheimnis hatte. Die Tatsache, daß sie plante, ein Schiff zu stehlen und in den Tod zu fliegen, hielt sie natürlich geheim. Aber dies war nicht ihr großes Geheimnis, und es war nicht einmal einzigartig. Ab und zu hatten vor ihr schon andere unter den Belastungen der Menschenwelt durchgedreht und waren zu einem Todesflug ins Nichts aufgebrochen. Man sprach selten und sehr verächtlich über solche Verluste von wertvollen Geräten, und die Ereignisse wurden auf Fehler in den endlosen, strengen Auswahltests der Manager geschoben. Aber dies war nicht ihr Geheimnis.

Das ›Reich‹ war es. Das Reich der Schweine.

Das Reich war alles und nichts. Im Grunde war es nur eine Geschichte, eine Stimme, die ständig in ihrem Kopf sprach. Es hatte vor wer weiß wie langer Zeit angefangen und seitdem nicht mehr aufgehört. Es erklärte die unmenschliche Klarheit ihres Verhaltens, ihre unerschütterliche Leidensfähigkeit unter unerträglichen Bedingungen. Es war eine Geisteskrankheit, die sie mit überlegener Kompetenz und Rationalität weiterfunktionieren ließ, und in der niemand eine Geisteskrankheit vermutete.

Nicht einmal die Psychologen bei der Einstellung mit ihren Wahrheitsdrogen und ihren Hypnosetechniken und den geheimen ständigen Aufzeichnungen jeder privaten, durch Drogen entspannten Stunde des letzten Monats, nicht einmal die kunstfertig aufgeführten Glückwunschszenen, die so manchen verschlossenen Lippen im letzten Augenblick ein Geheimnis entlockt hatten; nichts von alledem hatte CPs Schweigen brechen können. Ihr Geheimnis lebte unbeobachtet weiter, und es gab für keinen anderen Menschen einen Hinweis.

Irgendwann in ihrer Jugend hatte sie die Chance ergriffen, einige nicht allgemein anerkannte Zweige der Psychologie zu studieren. Sie wollte wissen, ob die Stimme in ihrem Kopf bedeutete, daß sie verrückt war, wenn sie das vor sich selbst auch nicht zugeben konnte. Wahrscheinlich war es so, räumte sie unbewußt ein, und vergrub ihr Geheimnis nur noch tiefer. Wie üblich lernte sie in der kurzen Zeit intensiv und effizient, und dieses Wissen half ihr später, Angriffe auf ihr Bewußtsein abzuwehren und jene zufriedenzustellen, die ihr Schicksal in der Hand hatten.

Die Geschichte hatte sehr früh angefangen.

Man hatte ihr immer wieder gesagt, daß sie aussähe wie ein Schwein. Eines Tages bekamen die Kinder eine großartige Einladung — sie durften den städtischen Zoo besuchen. Dort sah CP richtige Schweine; es waren ein großer Eber und eine Sau. Sie verschlang die Worte auf der Erklärungstafel. Sie erfuhr, wie intelligent Schweine waren — und von Natur aus auch sauber. Und irgendwie begann in ihrem kleinen Kopf die Geschichte vom Reich der Schweine.

Das Reich war sehr weit entfernt, vielleicht sogar jenseits von Chicago. Zuerst sahen alle Bewohner des Reiches aus wie sie selbst, und das Leben war einfach prima. Jede Nacht, egal, wie erschöpft sie war, verbrachte Schweineschnauze ein paar Augenblicke in diesem Reich. Es dauerte Monate solcher Augenblicke, bis ein Aspekt oder ein Ereignis zu ihrer Zufriedenheit entwikkelt war.

In der Geschichte bezeichnete sie sich selbst immer als Schweinefrau. Irgendwann, sehr früh schon, veränderte sich die Geschichte ein wenig. Sie hatte sich chirurgisch umwandeln lassen, um vorübergehend unter den Schweinen zu leben.

Und dann, eines Tages, hörte sie von den Sternen. Mitten im Klassenzimmer fuhr eine Art lautloser Ruck durch ihre Welt, und das Reich verschwand für immer von der Erde. Vielleicht begann gleichzeitig auch die Stimme; sie dachte nicht weiter darüber nach. Sie konnte nicht weiter nachdenken, denn sie mußte dem Unterricht folgen.

Aber in dieser Nacht ließ die Aufregung keine Müdigkeit aufkommen. Sie dachte an das Reich zwischen den Sternen. Es war relativ still im Schlafsaal; sie erinnerte sich, daß ein Stern oder etwas anderes sehr, sehr leise »Ja« gesagt hatte.

Dann schlief sie ein.

Der Sprung in die Sterne gab dem Aussehen des Reiches eine neue Dimension. Sie beschäftigte sich eifrig mit Umstellungen und komponierte neue, köstliche Geschichten über das Leben und die Freuden, zu denen sie später einmal zurückkehren würde.

In einer anderen stillen Nacht sagte die Stimme etwas lauter: »Komm!«

Sie nahm derartige Ereignisse ruhig, aber glücklich hin. Natürlich würde sie kommen. Aber irgendwie wußte sie auch damals schon, daß ihre Rückkehr zugleich ihren Tod bedeutete. Das störte sie nicht; das war in der Welt der Schweineschnauze nichts Ungewöhnliches.

Die Geschichte wurde bald sehr kompliziert, sie entwickelte Nebenstränge und gab sie wieder auf und veränderte sich im Laufe der Jahre gewaltig.

Recht früh machten die Leute im Reich den Sprung von wirklichen Schweinen zu einem unscharfen Abklatsch von Menschen — aber in ihrem Gefühl waren sie immer völlig real. In einer Phase existierten die beiden Geschlechter nicht mehr. Etwa zu dieser Zeit veränderte sich auch ihr unerklärliches Exil zu einem aufregenden Spionageauftrag: In Wirklichkeit waren die Schweine auf der Erde manchmal gescheiterte Spione oder Menschen, die von einer Macht bestraft worden waren. In einer Episode rettete die Schweinefrau sie und half ihnen, ihre früheren Gestalten zurückzubekommen. Das Wort ›Schwein‹ nahm auch eine Nebenbedeutung an, die sie allerdings nicht häufig benutzte: ›Große Wesen‹. Einer der Hauptstränge der Geschichte, der in den Vordergrund rückte, als sie älter wurde, trug den Titel: ›Die Abenteuer (oder Berichte) der Schweinefrau auf Terra.‹

All diese komplizierten Aktivitäten blieben tief, aber sehr geschäftig in CPs Kopf verborgen, ohne dabei ihre Ausbildung und ihre Arbeit zu beeinträchtigen.

Ein typischer Tagebucheintrag aus der Zeit ihrer Raumausbildung könnte als Beleg dienen. Zu dieser Zeit war sie keine Spionin mehr, sondern eine gestrandete, schiffbrüchige Reisende, die — erfolgreich — versuchte, eine Möglichkeit zur Heimkehr zu finden.

Heute hielt es die Schweinefrau für angebracht, zweimal die Beine zu öffnen, um die harten, fleischlichen Auswüchse zweier männlicher Wesen aufzunehmen. Ein Mensch forderte sie auf, dabei ihr Gesicht zu bedecken. Deshalb improvisierte sie aus ihrer Unterwäsche eine Maske (siehe Anmerkung über menschliche Kleidung). Der Mensch schien zufrieden. Das ist wichtig, weil er nach der Rückkehr von diesem Flug zur Personalstelle versetzt werden soll, wo er ihr helfen kann, die Bedienung weiterer Menschenschiffe zu erlernen. Die Schweinefrau nahm sich auch vor, diese Technik zu verbessern, indem sie eine echte Maske anfertigt — oder noch besser, mehrere Masken verschiedener Art —, sobald sie das Material dazu bekommen kann. Wie werden ihre Freunde im Reich sich darüber lustig machen, daß manche armen Menschen den Anblick ihres schönen Schweinegesichts nicht ertragen können, ohne die Erektionsfähigkeit ihres absurden Organs zu verlieren! Aber so amüsant dies auch ist, die Schweinefrau muß um jeden Preis zum Reich zurückkehren, bevor ihre Informationen veraltet sind.

So sprach in jeder Nacht die wirkliche, lautlose Stimme der Schweinefrau — manchmal, wenn es ihr schlecht ging, in jeder Stunde — in den dunklen Räumen unter ihrem leuchtend roten Haar.

Oder war es etwa ihre eigene Stimme?

Meistens ja. Mit ihrer Hilfe verdrehte sie die fast unerträglichen Erniedrigungen und Schmerzen in ›komische Geschichten‹.

Aber es gab noch eine andere wahre Stimme. Die wichtigere Stimme.

Sie sprach nicht immer mit Worten. Zuerst und auch später ›sprach‹ sie meist wie ein Gefühl, ähnlich dem Eindruck, wenn jemand aufmerksam zuhört und leise und wortreich gerade außer Hörweite antwortet.

Aber die Stimme vermischte sich in den Anfangsjahren immer mehr mit ihrer eigenen, während sie sich das Leben und die Ereignisse im Reich der Schweine zusammenkomponierte. Manchmal durchbrach die Stimme ein geistiges Schweigen, aber was sie sagte, war nicht immer völlig klar. Ab und zu war sie völlig verständlich; zum Beispiel hatte sie ihr während der unzähligen akademischen Prüfungen viermal die richtige Antwort verraten.

Da CP die Antworten natürlich selbst wußte, sie waren nur in ihrer Müdigkeit untergegangen, gewann sie unterbewußt neue Sicherheit. Es war ein Beweis dafür, daß die Stimme kein Wahnsinn war, sondern nur das, was ein Buch eine ›Projektion‹ ihrer eigenen Erinnerungen genannt hatte, die von draußen zu kommen schien.

Solche Projektionen, lernte sie, waren nicht ungewöhnlich, besonders nicht unter Streß. Und in Träumen.

Und was die Tatsache anging, daß die Stimme ihr neue Ideen und komplizierte Details über das Reich eingab, so las sie, daß schöpferische Menschen — Künstler und Autoren — häufig ihre Inspirationen auf eine äußere Quelle wie ihre ›Muse‹ projizieren.

CP war überhaupt nicht kreativ, ein persönlicher Mangel, der bei ihr als Nicht-Managerin für wertvoll und sogar wichtig gehalten wurde. Ihre geheime Geschichte vom Reich und die Stimme waren anscheinend eine Art rudimentäre Kreativität, die zum Glück im Geheimen zum Ausdruck kam.

Sie versuchte, sich an die richtigen Antworten für alle Kreativitätstests zu erinnern und verschloß ihr Geheimnis in sich.

Die Stimme gab ihr nur selten völlig neue Informationen. Einige wenige Male schien es, sie wollte sie in das Reich ziehen, um ihr etwas zu zeigen — sie wußte nicht, was, nur daß dazu ein sichtbarer Eindruck von Blau oder Lavendel gehörte, und einmal, sehr klar, eine graue Hand. Sie machte etwas mit einem Gewebe ... aber es war bedeutungslos.

Nicht bedeutungslos dagegen war eine unbeschreibliche, persönliche ›Mitteilung‹. Die Stimme *kannte* sie. Und ab und zu wiederholte sie: »Komm!«

Zweimal sagte sie sehr deutlich: »Ich warte.«

Sie war sicher, daß es dabei um den Raum ging. Nun, ihr einziger Wunsch war, in den Raum zu gehen. Wieder eine Projektion, nichts, was sie beunruhigen mußte.

»Ich will. Ich will. Ich will. Ich will ... Die Schweinefrau wird zu den Sternen fahren«, erklärte sie der Stimme. »Die Schweinefrau wird zwischen den Sternen enden. Sehr bald. Sehr bald.«

Nun, als sie sich für ihre letzten Tage auf der *Calgary* einrichtete, komponierte sie — oder die Stimme — wie üblich einen knappen Bericht von allen Ereignissen. Aber er war in völlig neue Begriffe gefaßt. Die harten Untertöne ihrer unaussprechlichen Trauer waren verschwunden, die knappen Beschreibungen des Unerträglichen. Sie sprach immer noch als ›die Schweinefrau‹ — aber diese Frau hatte endlich ihre Freiheit und ihr Glück gefunden, ihren Weg zu den Sternen. Einen Weg, der sie zum Reich zurückgeführt hätte, wenn ihr Menschenleben lange genug gedauert hätte. Ihr Leben war nicht lang genug. Aber sie wollte wenigstens in Freiheit und auf dem Weg nach Hause sterben.

Als sie dies dachte, fiel ihr ein, daß ihr zufällig gewählter Kurs vielleicht nicht ganz richtig war. Vielleicht wurde es ihr sogar mitgeteilt. Während ihr schon halb bewußt war, daß sie nun völlig dem Wahnsinn nachgab, suchte sie sorgfältig den Sektor vor dem Bug ab. Er war natürlich leer, abgesehen von den wenigen, weit entfernten Sternen. Und ja — die Stimme hatte recht — sie war nicht auf dem richtigen Kurs. Sie mußte eine Winzigkeit korrigieren. Das war wichtig.

Auf Kurs *wohin?*

Zum erstenmal stand sie vor ihrem nackten Wahnsinn. Welcher richtige Kurs, unterwegs wohin? Ins Nichts — ins eiskalte Vakuum, in die Leere und in den Tod. Treibstoff verschwenden, um einer irrsinnigen Täuschung zu folgen? Einer Täuschung, die, wie sie genau wußte, aus einem ganz menschlichen Bedürfnis nach Geborgenheit entstanden war, aus Zurückweisung und Schmerz?

Aber wenn vor ihr nichts lag, dann spielte doch auch der Treibstoffverbrauch keine Rolle mehr.

Langsam, beinahe amüsiert über sich selbst, gab sie nach. Sie spielte mit den Schlüsseln für die Antriebsdüsen und sah immer wieder zum Bildschirm. Wohin? Wohin soll ich kommen? Zeig es mir. Sie schloß die Augen bis auf einen winzigen Schlitz und fühlte in sich hinein. *Wohin? Wohin?*

Und wie im Traum, aber völlig klar, kam die Antwort: Dort. *Dort!*

Unsinn, sagte sie sich wütend und hätte sich fast abgewandt.

Aber der Vektor stand beharrlich und deutlich vor ihrem inneren Auge. Sie schaltete die höchste Vergrößerung ein und suchte alle Wellenlängen nach Strahlung ab. Dort war absolut nichts.

»Komm!« seufzte die Stimme in ihrem Kopf. »Komm! Ich habe so lange gewartet.«

»Der Tod ruft«, murmelte sie heiser. Aber die Wahrheit war, daß sie keine Ruhe finden würde, solange sie die *Calgary* nicht in diese Richtung drehte.

Vorsichtig und zögernd machte sie sich an die Kurskorrektur ins Nichts. Sie schaltete die Triebwerke ein. Es war nur ein kurzer Schub, sie hatte wie gewöhnlich sehr genau gerechnet. Die *Calgary* zitterte kaum wahrnehmbar, die Sterne krochen eine Winzigkeit zur Seite, dann stabilisierte sich das Schiff, ohne daß sie abbremsen mußte, und der Kurs wies direkt — *dorthin.*

Und das Reich starb.

Zum erstenmal, seit sie sich erinnern konnte, verstummte die Geschichte, die Stimme, die meist ein Gefühl war, in ihrem Kopf. Was war mit ihr geschehen? Was hatte sie zum Schweigen gebracht? Erschrocken und doch irgendwie ergeben sah sie sich um. Nichts hatte sich verändert. Sie war einfach weg. Es gab kein Reich, niemand, dem sie ›berichten‹ mußte, niemand. Sie war allein. Oder ... oder doch nicht? Es spielte keine Rolle. Es war gut so. War sie nicht in gewisser Weise auch von der Stimme herumkommandiert worden? Nun war sie wirklich frei, und niemand konnte ihr etwas befehlen.

Sie kehrte zu ihrer stillen Routine zurück, starrte hinaus, beobachtete, benutzte das Teleskop und Analysatoren, um interessante Objekte zu untersuchen. Das Auge gefiel ihr von allen am besten. Sie fand in einem entlegenen Fach ein altes aber noch brauchbares, computerverstärktes Teleskop. Das Gerät war seit Jahren nicht mehr benutzt worden, denn niemand hatte Lust oder Zeit gehabt, sich Dinge anzusehen, die er sowieso nicht erreichen konnte. Zu ihrer Freude funktionierte der Apparat nach einigen kleineren Einstellungen. Sie brütete über Sternkarten, identifizierte Sternbilder und prägte sie sich ein. Auf eine seltsame Art war diese Beschäftigung über ihre persönliche Faszination hinaus nützlich.

Wenn sie alle Bullaugen benutzte, hatte sie ein Blickfeld von 360° und konnte das Universum in jeder Richtung untersuchen. Sie überprüfte, zumindest flüchtig, alle sichtbaren Sterne. Ein Gefühl, fast wie die altvertraute Stimme in ihrem Kopf, ermutigte sie. Gewohnheit, dachte sie. Ich projiziere meine eigene Freude auf mich selbst zurück.

Die Tage dehnten sich zu Wochen — sie achtete kaum auf die Zeit —, und sie empfand nur Beruhigung. Kleine Ereignisse: Eins der Pflanzentabletts, die sie angesetzt hatte, ging auf, das zweite blieb tot. Sie kratzte die letzten Samen zusammen und versuchte es noch einmal. Und sie bastelte eine Vorrichtung, eine Röhre, die von ihrem gewohnten Sitzplatz aus ihren Atem direkt zu den Tabletts brachte, die inzwischen schon unter CO_2-Mangel litten. Die später zu erwartende Gaszunahme und der Verfall würden schnell kommen; sie installierte ein Meßgerät und schloß einen Alarmgeber an.

Seltsamerweise machte ihr die Aussicht, einfach an Sauerstoffmangel zu sterben, weniger Sorgen als die Gefahr, von ihren eigenen Abfällen vergiftet zu werden. Das war Unfug, weil ihr Wissen über Physiologie ihr sagte, daß ihr eigenes Kohlendioxid sie viel früher umbringen würde.

Trotz ihrer Behaglichkeit gab sie sich alle Mühe, so sparsam wie möglich zu sein. Es gab nur sehr wenig Möglichkeiten; vor allem ging es darum, den Abfallschacht möglichst wenig zu benutzen, denn dabei ging jedesmal Luft verloren. Selbst als sie einen ganzen Stapel zuvor übersehener Besitztümer der toten Männer zusammengetragen hatte — darunter auch Erinnerungen an Meich —, gestattete sie sich nicht den Luxus, sie einfach hinauszuwerfen.

Abgesehen von ihrer Arbeit mit den Sternkarten und dem Genuß einer Ruhe, die sie nie gekannt hatte, beschäftigte sie sich mit dem Wiederfinden und Aufschreiben von Worten, die ihr einst weise, treffend oder schön erschienen waren: Sprichwörter, Knittelverse, Gedichte, ein paar kurze Beschreibungen von Phänomenen auf der alten Erde, die noch niemand, den sie kannte, mit eigenen Augen gesehen hatte — einen klaren Sonnenaufgang, einen Wasserfall — die Namen einiger weniger Menschen, vor allem Frauen, die sie respektiert hatte. Mit Mühe stellte sie sogar einen kurzen Bericht über ein erschreckendes Ereignis zusammen — eine Sonnenfinsternis, die sie und die anderen Kinder hatten im Freien beobachten dürfen.

Sie grübelte ohne Eile über praktische Dinge, zum

Beispiel, ob der Sauerstoff, den sie aus dem Eisklumpen draußen gewinnen konnte, die Menge wieder aufwog, die sie verlor, wenn sie hinausging. Stille ... ein gesegnetes Leben.

Aber eines Tages kam eine Störung. Der einsam arbeitende Scanner im Bug begann zu piepsen. Zweifellos ein Gerätefehler; sie wollte den Apparat abschalten. Dann hielt sie inne. Vielleicht ein Signal für einen näherkommenden Felsbrocken; so wollte sie nicht sterben. Sie aktivierte einen zweiten Scanner. Zu ihrer Überraschung bestätigte er die Messung. Einen Augenblick lang packte sie die nackte Angst — ob die Menschen sie irgendwie verfolgt hatten?

Sie schaltete noch einige Geräte ein, um sich zu vergewissern — und dann war sie so erstaunt, daß sie mit eigenen Augen hinausblickte, um die Teleskope einzustellen. Kein Fels, keine Rakete. Nicht klein, sondern riesig; vor und ein Stück über ihr trieb etwas in der Größe einer Welt — nein, beinahe wie eine Sonne. Trübes Lavendel, es glühte und hatte Ringe.

Sie erschrak noch einmal, als ihr einfiel, daß sie womöglich im Kreis geflogen und zur Sonne zurückgekehrt war. Aber nein; die Scanner sagten ihr, daß der Körper vor ihr nicht zum Sonnensystem gehörte. Er war riesig, entnahm sie den Anzeigen, aber er hatte keine große Masse. Die Schwerkraft auf der Oberfläche war knapp unter jener der Erde. Der Körper leuchtete schwach aus sich selbst heraus — ein wundervoller, rosiger Ton, für den sie keinen Namen hatte.

Und er war stark radioaktiv.

Betrachtete sie einen toten oder sterbenden Stern? Vielleicht; aber dieser Körper paßte zu nichts, was sie über den Tod von Sternen gelernt hatte. Vielleicht kein toter Stern, sonden knapp unterhalb der Grenze der Selbstzündung? Ein Stern, der langsam geboren wurde? Oder einer, der so bleiben mußte, der nie geboren werden würde?

Ohne groß darüber nachzudenken, hatte sie automatisch den Schub eingeschaltet und eine Kurskorrektur eingegeben, die sie direkt zu diesem Körper bringen würde. Genauso automatisch bemerkte sie, daß der Brennstoffvorrat der *Calgary* so weit geschrumpft war, daß sie kaum noch genug Energie hatte, um ihre inzwischen gewaltige Geschwindigkeit abzubremsen und das Schiff in eine halbwegs vernünftige Umlaufbahn zu bringen. Sie zündete die Schubdüsen.

Was tat sie? Plante sie unbewußt, zu sterben, indem sie auf dieses schweigende Geheimnis prallte? Oder wollte sie, wenn es eine Atmosphäre hatte, in der Reibungswärme beim Absturz gebraten werden? Das war nicht der stille Tod, den sie beabsichtigt hatte, der Tod zwischen den ewigen Sternen.

Aber sie mußte näher heran. Sie mußte heran und es sehen, sie mußte es in einem engen Orbit umkreisen, und wenn sie dabei verglühte.

Sie verlor jedes Zeitgefühl, als das Geheimnis vor den Bullaugen mit erschreckender Geschwindigkeit größer wurde und sich von einem trüben, fernen Punkt zu einer Scheibe entwickelte, die immer näher und immer größer vor die Bullaugen rückte. Sie stellte immer wieder den Gegenschub ein und versuchte, die *Calgary* mit der Kraft ihrer Gedanken abzubremsen, als könnte ihr bloßer Wille die Gesetze der Physik beeinflussen.

Schließlich kam der Augenblick, als sie gegenüber der gewaltigen Oberfläche praktisch auf dem Kopf stand. Sie verwendete abermals eine winzige Menge der kostbaren Energie, um die Ausrichtung der *Calgary* nach und nach zu verändern. Einem plötzlichen Impuls folgend, zog sie den Schutzanzug an, ließ aber die Gesichtsplatte auf und schnallte sich auf dem Pilotensitz an. Es war völlig sinnlos, denn sie konnte nichts gegen die gewaltige Fallbeschleunigung tun. Dennoch ging sie hin und wieder auf Gegenschub und versuchte, die Schubstöße genau zu dosieren. Sie widerstand der Versuchung, den ganzen unersetzlichen Brennstoff auf einmal durch die Düsen zu jagen. Sie wand sich in den Gurten und wollte die *Calgary* mit lautem Flehen dazu bringen, langsamer zu werden — langsamer — langsamer ...

Und das Glück oder etwas, das eigentlich nicht existieren durfte, war auf ihrer Seite. Sie bewegte sich immer noch hoffnungslos schnell, aber die *Calgary* schien mehr Geschwindigkeit verloren zu haben, als die Computerberechnungen für möglich gehalten hatten. Das Ding mußte kaputt sein; sie übernahm selbst die Kontrolle und erreichte gegen alle Wahrscheinlichkeit mit knapper Not eine Art Orbit, der über dem Äquator zu verlaufen schien.

Sie konnte jetzt die Oberfläche sehen — eine glatte, weich glühende und gewellte Decke, die sich schnell bewegte. Die Sensoren sagten ihr, daß es Wolken waren. Zweihundert Kilometer darunter lag der solide Kern, der teilweise flüssig zu sein schien. CP erwartete höchstens Stickstoff und Methan, aber sie blickte kurz zum Spektroskop — und beugte sich hastig vor, um die Reserveinstrumente einzuschalten.

Die Anzeigen waren dieselben!

Diese Wolkendecke bestand aus Sauerstoff und Wasserstoff — Wasserdampf. Und die Atmosphäre darunter bestand aus Stickstoff mit 25 Prozent Sauerstoff. Es war eine erdähnliche Atmosphäre.

Sie machte rasch die Tests für verschiedene Gifte; es gab keine. Es war eine präindustrielle Vorkriegsatmosphäre, wie CP sie auf der Erde noch nie geatmet hatte!

Abgesehen natürlich von der schrecklichen Radioaktivität, die anscheinend vom Boden stammte. Sie oder ein anderes Erdenwesen würde dort rasch sterben. Auf dieser Welt zu wandeln und ihre süße Luft zu atmen, bedeutete den Tod. Innerhalb weniger Tage, vielleicht schon nach Stunden.

Ihre Umlaufbahn führte sie noch näher heran. Die

sichtbaren Wolken waren jetzt nur noch ein paar tausend Kilometer unter ihr. Bald würde sie auf die oberen Atmosphäreschichten treffen — sie würde aufprallen wie ein Stein, der flach übers Wasser geworfen wird, und vielleicht würde die *Calgary* zerbrechen, ehe sie in Flammen aufging. Die alten Leitwerke des Schiffs, für die Marsatmosphäre entworfen, waren schon lange verrostet. Langsamer, langsamer, flehte sie und gab ein letztes Mal vollen Schub. Vor ihrem inneren Auge entstand ein lebhaftes Bild ihres Untergangs, der bei dieser Geschwindigkeit unausweichlich war. Sie hatte nur noch wenige Augenblicke zu leben — aber sie war zufrieden, frei zu sein und diese wundervolle Welt gefunden zu haben.

Viel zu spät fiel ihr ein, daß Dons Kapsel noch mit dem Mutterschiff verbunden war. Sie pumpte den Treibstoff der Kapsel in zwei Bremsdüsen der *Calgary* zurück, die vom Reaktor unabhängig waren. Langsam, langsam! befahl sie lautlos und löste den Schubstoß aus.

Der kleine Gegenschub schien sie etwas abzubremsen. Sie achtete nicht mehr auf die Instrumente, die nur ihren Tod voraussagten, sondern beobachtete die Wolken, die unter ihr aufrissen. *Langsamer, langsamer!* Sie warf sich so heftig zurück, daß der Ruck schmerzte, und bildete sich ein, die tödlichen Wolken rasten eine Winzigkeit langsamer vorbei. Die Atmosphäre, die sie töten würde, reichte natürlich weit über die Wolken hinaus. Sie war bereits eingetaucht, und der Molekülzähler färbte sich rot.

Und dann, als sie bemerkte, daß sie über ›Land‹ war, schien die *Calgary* tatsächlich unverkennbar abzubremsen. Die Wolken drunten verwandelten sich von einem gestaltlosen Strom zu unterscheidbaren, hellen und dunklen Umrissen. Sie war natürlich immer noch viel zu schnell; aber es war, als glitte sie im Gegensinn durch den Zug eines unsichtbaren Feldes. Vielleicht eine Auswirkung der dichteren Moleküle um sie her? Aber die *Calgary* heizte sich nicht auf. Da war eine völlig unbekannte Energie am Werk. Was auch immer es war, sie brauchte mehr davon. Langsamer, viel langsamer, dachte sie verzweifelt.

Und die *Calgary* wurde langsamer.

Welches Geheimnis half ihr, die Geschwindigkeit abzubremsen? Es mußte physikalisch erklärbar sein. Aber CP, die mit einem Teil ihres Bewußtseins wußte, daß sie durchgedreht war, gab sich der Überzeugung hin, daß dies kein unpersönliches ›Feld‹ war. Sie *wußte,* daß es auf irgendeine Art mit ihrer Not verbunden war und damit, daß sie so intensiv an ihr Bedürfnis dachte und es ›ausstrahlte‹. Verrückt war sie. Aber etwas half ihr, langsamer zu werden.

Vielleicht bin ich schon tot, dachte sie. Oder sie würde, mit Drogen betäubt und gefesselt, im Gefängnis der Raumbasis erwachen. Was machte das schon? Sie hatte die Machtsphäre ihres Reiches erreicht und wurde endlich gerettet.

Immer wieder ›zeigte‹ sie dem Unbekannten ihre Bedürfnisse, ihre Verletzlichkeit, den nahenden schrecklichen Aufschlag, während sie die letzten Reserven aus dem fast leeren Reaktor holte; er schien sich in der Ruhezeit ein wenig erholt zu haben.

Und die *Calgary* wurde langsamer, immer langsamer, als flöge sie durch unsichtbare, kalte Melasse — so daß sie mit kaum mehr als Schallgeschwindigkeit in die dichteren Schichten der Atmosphäre eintauchte. Ein Wunder. Es gab keinen erschütternden Aufprall, nur einige lose Gegenstände klapperten, und kaum Hitzeentwicklung. Und dann flogen die ersten Ausläufer der Wolken an den Fenstern vorbei.

Es war so schön, daß sie laut lachen mußte — das lavendelblaue Strömen vor der sternenübersäten Nacht. Einen Augenblick lang suchte sie den Schatten der *Calgary,* aber dann hielt sie sich zurück und lachte wieder;

diese Welt hatte keine Sonne, es konnte hier keine Schatten vom Himmel geben — das ganze Licht kam von unten, von drinnen.

Und dann war sie in Wolken gehüllt und hatte nur noch ihre Instrumente. Die *Calgary* schoß hinab, und ihr schiefer Orbit verwandelte sich in einen Absturz. Ihr fiel ein, daß ihr jetzt die Stummelflügel helfen konnten. Würden sie sich ausfahren lassen, und, wenn ja, würden sie der Belastung standhalten? Sie dachte an ein anderes Leben, in dem ein verrückter Captain unbedingt die *Calgary* von außen untersuchen wollte, sogar die alten, nie benutzten Flügel, weil er meinte, sie müßten nachgesehen werden, damit sie richtig funktionierten. Seltsam.

Sie aktivierte die Servomotoren und zog mit aller Kraft an der Handsteuerung. Es stöhnte und knirschte — und die Deltaflügel kamen aus den Schlitzen und entfalteten sich in der fremden Luft. Die *Calgary* wurde wieder etwas langsamer und begann zu rollen. CP dankte dem Schicksal, daß sie sich auf dem Platz angeschnallt hatte, von dem aus sie die alten Flugkontrollen erreichen konnte. Nun zahlten sich ihre Flugstunden auf der Erde aus; bald hatte sie die *Calgary* unter Kontrolle und glitt steil nach unten. Die Flügel vibrierten heftig, aber sie hielten selbst bei dieser hohen Geschwindigkeit.

Hinunter, hinunter durch zweihundert Kilometer dikke, heller werdende Wolken. Bis sie schließlich durch die unterste Schicht brach und — ja, es war ein Ozean, den sie sah. Der Ozean glänzte. Sie blickte nach oben und sah die Wolkendecke, dunkelblau und kryptongrün beleuchtet.

Im nächsten Augenblick war sie über Land, viel zu hoch, um etwas anderes außer leuchtenden Farbflecken zu erkennen. Glühendes Orange, rauchiges Türkis, strahlendes Beige und Rot, reiche purpurne Schattierungen und Umrisse hier und dort; eine abwechslungsreiche Landschaft, schreckliche Illusionen von Besiedlung. Über ihr reflektierte die dichte Wolkendecke das vielfältige Strahlen wie ein gewaltiges Buntglasfenster.

Dann begann wieder das Meer, diesmal viel näher. Sie konnte eine blaßgrün leuchtende, V-förmige Bucht einer kleinen Insel erkennen. Die Oberfläche schien, von langen, glatten Wellen abgesehen, sehr ruhig. Weitere Inseln tauchten auf — eine ganze Inselgruppe? Nein, Moment, *bewegte* sich da etwas? Unmöglich. Sie strengte die Augen an — und plötzlich gab es keinen Zweifel mehr. Zwanzig oder dreißig Dinge bewegten sich in diesem V, jedes seiner eigenen Richtung folgend.

Leben.

Leben! Mythische Tiere wie Wale? Oder war es ein warmer, flacher, tümpelähnlicher Ozean, in dem sich gewaltige Tiere aalten? Tiere wie die ausgestorbenen Saurier der Erde? Oder — sie wagte gar nicht, daran zu denken — oder waren es etwa Schiffe? Wie auch immer, Minuten vor ihrem Tod hatte sie das erste außerirdische Leben gefunden, das je ein Mensch gesehen hatte — auf einem dunklen Körper, der beinahe eine Sonne geworden wäre.

Sie betete laut, langsam genug zu werden, um dieses Wunder genauer zu betrachten. Sie betete zu der unbekannten Macht, die ihr geholfen hatte, und schickte ihr verzweifelte, grelle Bilder von Trümmern, Explosion und Tod, sie sandte ihre Angst vor dem kommenden Aufprall — so würde es kommen, wenn die *Calgary* nicht langsamer würde und wohlbehalten landete. Sie hatte für einen Augenblick das Gefühl, diese Macht wehrte sich, sei vielleicht müde — aber der Wunsch, mehr über dieses Wunder zu erfahren, trieb ihr jede Hemmung aus. Sie flehte mit aller Kraft, weiter abgebremst zu werden.

Und zögernd, aber rechtzeitig, kam die Reaktion. Einmal war die Bremsung so abrupt, daß der Gleitflug der *Calgary* fast instabil wurde. Sie fiel wie ein Stein, bis

CP das Schiff mit einem letzten Schubstoß wieder ausrichtete. Sie versuchte, genaue Bilder ihrer Bedürfnisse zu schicken. Sie waren beinahe unerfüllbar — die *Calgary* brauchte eine Art kahlen, ebenen Landeplatz, groß genug, um ihre Geschwindigkeit abzufangen. Wenn sie nur diese Wunder sehen durfte! Egal, wie verletzt sie war, sie wollte nur mit diesen Wundern vor Augen sterben.

Vor ihr lag nichts als der Tod, aber CP war begeistert wie noch nie in ihrem Leben.

Sie ließ die Kontrollen für einen Augenblick los und breitete die Arme aus. »Ich nenne dich den Planeten der Schweinefrau!« sagte sie zu Auln. (Auln? Woher kam dieser Name?) Aber nein, sie stürzte nicht auf den Satelliten einer Sonne. »Ich nenne dich die Dunkle Sonne der Schweinefrau!«

Das paßte, dachte sie wehmütig, als sie die Kontrollen wieder übernahm. All die langweiligen Flugstunden auf der Erde machten sich jetzt bezahlt. Sie lenkte das klobige alte Schiff über das bleiche Feuer des uferlosen Meeres. Sie war inzwischen zu tief, um hinter den weit entfernten Horizont zu sehen und Land zu suchen. Sie konnte nur noch geradeaus fliegen und der Krümmung des Planeten folgen, bis sie den Kontinent erreichte, an den sie sich erinnerte.

Heftige Winde warfen sie hin und her, drückten sie manchmal so tief, daß die *Calgary* beinahe die Wellenkämme streifte — und einmal wäre sie beinahe kopfüber hineingetaucht, als sie eine seltsame Lebensform mit dunklem Körper in den Wellen spielen sah. Sie ignorierte resolut alle Wunder und konzentrierte sich darauf, in der Luft zu bleiben und über diese Welt zu fliegen, die aus Feuer zu bestehen schien. Der Horizont war so seltsam hoch. Diese Welt war gewaltig.

Und dann tauchte vor ihr am Horizont eine Linie aus hellerem Feuer aus, fast über ihr. Das Ufer! Aber von einem Wald bewachsen, erkannte sie jetzt. Diese strahlenden Umrisse waren eine massive Wand aus Bäumen — und sie raste einem tödlichen Aufprall entgegen. Sie malte sich hektisch aus, was sie brauchte — und dann sah sie, daß der Wald nicht massiv war, sondern eine große Öffnung besaß, eine Art Bucht, die sich vor ihr ausbreitete. Sie lenkte die *Calgary* mitten hinein; sie konnte jetzt sehen, daß es kein breiter Fluß war, sondern ein relativ schmaler Wasserlauf, sumpfig und fast ohne Bäume. Perfekt. Aber er kam so schnell heran, viel zu schnell — wenn sie nur Gegenwind hätte! Sie war inzwischen zu allem bereit und war kaum noch verwundert, sondern nur dankbar, als plötzlich Wind von der Küste her aufkam und sie weiter abbremste.

Sie hielt auf die Öffnung zu, wo die Bäume am dünnsten standen. Dann prallte der Bauch der *Calgary* auf schlammiges Marschland, das Metall kreischte laut, das Schiff drehte sich zweimal um sich selbst, CP wurde in den Gurten herumgeworfen, der Rumpf wühlte sich trudelnd und spritzend durch den Schlamm und verlor einen Flügel. Und schließlich, kaum zu glauben, hörte die Bewegung auf.

CP sah sich benommen in der Kabine um. Keine Wände geborsten, kein Glas zertrümmert, der Luftdruck blieb konstant. Die Kabine schien intakt. Intakt. Sie war sicher gelandet! Und von ein paar Prellungen abgesehen, sogar unverletzt.

Die Druckveränderung hatte ihre Ohren betäubt. Als sie wieder hören konnte, bemerkte sie nur das Knacken des abkühlenden Metalls und das Knistern eines kleinen Feuers hinter den Düsen, das bald erlosch. Kein Zischen von entweichender Luft. Aber die Stille draußen hatte die unverkennbare Dichte und Resonanz, die ihr verriet, daß die *Calgary* nicht mehr im Vakuum war, sondern in einer Atmosphäre.

Fast bewußtlos vor Schwäche wischte CP das Kondenswasser von ihrer Sichtscheibe und spähte hinaus. Es war verwirrend — eine Welt wie ein Farbnegativ, alles Licht kam von unten, seltsam gefärbte Schatten drobèn. Wunderschön. Nur Bäume und Büsche waren in ihrer Umgebung, eine Wildnis; CP hatte noch nie so viele Bäume auf einmal gesehen. Und sie wußte, daß sie sich bis zum Horizont erstreckten. Dahinter konnte sie gerade noch das helle Funkeln von fließendem Wasser erkennen, von *freiem* Wasser, wahrscheinlich sogar Süßwasser.

Ein Paradies — abgesehen nur von der tödlichen Radioaktivität, die ihre Instrumente wild ausschlagen ließ. Ein Paradies, aber nicht für sie.

Dennoch waren ihre Gebete erhört worden. Sie sah eine neue Welt. Sie konnte sie berühren, wenn sie wollte. Ein tiefes, umfassendes Glücksgefühl, das sie kaum begreifen konnte, erfüllte sie. Ihre Lippen zitterten unter einem beständigen Lächeln, das sie noch nie gefühlt hatte. Aber sie konnte die Augen nicht mehr offenhalten. Sie wußte, daß der Sinkflug der *Calgary* einige Stunden gedauert hatte; aber ihr war nicht klar, daß er sich über drei volle Erdentage erstreckt hatte.

Als sie, schief in den Gurten hängend, das Bewußtsein verlor, stieß irgendwo draußen ein Lebewesen einen unirdischen, hallenden Ruf aus, laut genug, um bis in die versiegelte Kabine vorzudringen.

Ihr letzter Gedanke war, daß sie, wenn sie je wieder erwachte, wahrscheinlich gefesselt im Gefängnis der Raumbasis sitzen würde.

Sie wachte unter Schmerzen und durstig auf, aber die wundervolle, fremde Welt war immer noch vor den Bullaugen. Und der Luftdruck war konstant geblieben! Die lebenswichtigen Schleusen waren intakt — noch ein Wunder.

Die *Calgary* lag, mit etwas abgekippter Nase, schräg auf dem abgebrochenen Stummelflügel, und der Boden war um 40 Grad geneigt. Als CP die Gurte löste und vom Sitz glitt, erkannte sie, wie gut das war; vom großen Fenster neben ihrem Sessel aus konnte sie direkt den Boden sehen, und von einem Ende des Bugfensters auch. Das gegenüberliegende Bullauge zeigte ihr nur Baumwipfel. Sie stand neugierig davor und betrachtete die seltsamen Formen, die sich durch das von unten kommende Licht gebildet hatten. Es schien zwei Haupttypen zu geben, eine Sorte mit fleischigen Blättern, und einen großen, baumähnlichen Farn, aber es gab auch auffällige Spielarten.

Wie groß war der luftgefüllte Lebensraum, den sie noch hatte? Der ganze Unterbau war zerstört, auch der Hangar und das letzte Scoutschiff und alle draußen befestigten Gegenstände — auch der Eisklumpen. Aber sie hatte noch die Pilotenkanzel und das Beobachtungsdeck, und die Tür zur Kombüse war aufgesprungen, ohne ein Leck zu verursachen. Also konnte sie sich waschen und ihre Abfälle beseitigen, und sogar die Tür ihres elenden kleinen Verschlages war in Ordnung — keine Lecks.

Sie nahm dankbar den schweren Helm ab und schüttelte ihr flammend rotes Haar. Ihre letzten Tage würden nicht nur äußerst interessant, sondern auch sehr bequem sein!

Auch ihr Wasservorrat war in Ordnung, das hatte sie sofort überprüft, als sie ihren brennenden Durst löschte. Sie mußte sparsam sein, aber sie hatte genug, um die etwa zwanzig Tage zu überstehen, die der Sauerstoff noch ausreichte. Der Sauerstoffmangel würde ihr den Tod bringen, wie sie schon beim Start gewußt hatte.

Als sie sich ans Fenster setzte und eine Lebensmittelpackung öffnete, erregte eine Bewegung ihre Aufmerksamkeit. Die *Calgary* hatte eine lange Schneise durch die Büsche des Sumpfes gepflügt und lag jetzt etwas gedreht, so daß sie zum hohen, grünen Glanz des Meeres zurückblicken konnte.

Nun bewegte sich etwas, das sie für Vegetation gehalten hatte, es bewegte sich noch einmal und verwandelte sich in ein langes, flauschiges, blasses Tier. Es kletterte aus einer Astgabel in einem Baum, wo es vielleicht die Nacht verbracht hatte, herunter zur Schneise. Ob es die *Calgary* beobachtet hatte, erschreckt vom lauten Eindringen des Schiffes? Trotz der Entfernung konnte sie sehen, daß es sehr große Augen hatte. Sie standen weit auseinander und glänzten im reflektierten Licht unter der schmalen, weißen Stirn. Der Kopf erinnerte an eine Ziege oder ein Schaf; CP hatte einmal lebendige Ziegen im Zoo gesehen. Es blickte eindeutig zu ihr herüber. Sie hielt den Atem an.

Als es näherkam, konnte sie erkennen, daß die Flanken in Falten herunterhingen, und eine halb vergessene Erinnerung an ein Bilderbuch regte sich. Auf der Erde hatte es einmal ›fliegende‹ Eichhörnchen und andere Gleittiere gegeben. Vielleicht war dieses Wesen eine Art Riesenform und benutzte die Hautlappen, um zwischen den Bäumen zu gleiten?

Es hockte sich unter dem Baum einen Moment lang auf die Hacken und starrte sie an. *Bitte, hab keine Angst,* dachte sie in seine Richtung. Sie wagte nicht einmal, den Mund zu schließen, in den sie gerade den ersten Bissen ihres Frühstücks hatte schieben wollen. Das Geschöpf schien nicht beunruhigt. Es streckte sich auf eine lächerlich menschliche Weise und setzte die kurzen Vorderglieder auf den Boden. Es hatte einen kurzen, kräftigen, nach oben stehenden Schwanz.

Jetzt erinnerte CP sich an ein Bild, das dem Tier am ehesten zu entsprechen schien — ein Känguruh. Wie bei einem Känguruh lag der Hintern des Tieres höher als die Schultern, wenn es auf allen vieren hockte, denn es hatte sehr lange, kräftige Hinterbeine; und der Hals war nach oben gekrümmt, damit der längliche Kopf nach vorn gerichtet werden konnte. Nur der Schwanz war viel kleiner und kürzer als auf dem Bild, an das sie sich erinnerte.

Zu ihrer Freude begann es ruhig zu laufen oder halb zu hüpfen und kam direkt auf die *Calgary* zu. Als es näher heran war, konnte sie den Pelz deutlich erkennen.

Es war kein Pelz.

Es war keine nackte Haut und kein Fell.

Es war — unverkennbar, ja — und CPs Kopf schien zu explodieren; es war *Stoff*.

Als es noch näher kam, konnte sie sehen, daß um den Hals und den Nacken ein Band lief, das bestickt sein mußte. Es war mit Knoten und kleinen leuchtenden Steinen oder Muscheln durchsetzt.

Sie starrte das Wesen an, unfähig, die Bedeutung des Gesehenen zu verstehen.

Eine Welt, die nicht nur Leben trug, sondern sogar intelligentes Leben.

Es war einfach zuviel.

Und doch — war sie wirklich so überrascht? Das Gefühl, daß etwas ... oder jemand ... sie ›gehört‹ und ihr bei der Landung geholfen hatte, war so stark gewesen ... sah sie nun den, der ihr ...

Unmöglich. Sie konnte nicht weiterdenken, nur starren.

Das Wesen, nein, die *Person,* erwiderte gelassen ihren Blick und richtete sich wieder auf. Mit zarten, spatelähnlichen Fingern löste es den Halsverschluß seines Mantels — CP konnte deutlich die Daumen sehen — und zog ihn aus und enthüllte den Pelz, der cremeweiß und kurz war. Es faltete den Mantel rasch zusammen und schlang ihn sich um den Körper. Dann ließ es sich wieder auf alle viere fallen und kam weiter heran.

Aber es kam nicht zum Fenster, sondern umrundete die *Calgary* auf dem höher gelegenen Gelände. Als es vorbeikam, richtete es eines seiner großen Ohren auf sie, und CP hatte einen undeutlichen, flüchtigen Eindruck von anderen — von sehr verschiedenartigen anderen Wesen —, die irgendwo in der Nähe warteten und zu denen dieses hier wollte. Der Eindruck verschwand so schnell wieder, daß sie entschied, sie hätte es sich nur eingebildet. Ihr Besucher verschwand aus dem Sichtfeld ihres Bullauges im unzerstörten Wald vor der *Calgary.*

Sie kletterte rasch zum Seitenfenster, aber das Wesen war schon zwischen den Bäumen verschwunden. Vielleicht kam etwas oder jemand aus dieser Richtung zu ihr? Sie machte es sich vor der Scheibe bequem und begann endlich, den Konzentratriegel zu essen, während sie die Umgebung aufnahm. Sie saß jetzt über dem abgebrochenen Stummelflügel. Die *Calgary* lag vor einem trockenen Hügel, der eine gute Ausgangsposition darstellte, um sich dem Schiff zu nähern. Langsam, um niemand zu beunruhigen, fuhr sie die Mikrophone aus und prüfte sie. Sie funktionierten! Eine Welt voller Rascheln, leisem Zwitschern und Krächzen oder Grunzen erfüllte die Kanzel.

Sie dachte einen Augenblick lang nach und prüfte auch die Lautsprecher und fuhr sie aus, damit ihre Stimme draußen zu hören war.

Im Wald hinter dem Hügel krachte und knisterte es plötzlich. Sie beobachtete die Stelle und sah einen fernen Baumwipfel heftig schwanken und umkippen. Bald folgte der nächste, etwas näher, und dann zitterte ein kleinerer Baum und verschwand. Ein großer Pflanzenfresser?

Aber als die Geräusche näher kamen, schien es, als wären sie künstlich. Vielleicht wurde ein Weg oder eine Zufahrt zur *Calgary* angelegt. Was würde erscheinen? Ein außerirdischer Bulldozer? Eine Sturmramme? Ein Panzerfahrzeug, das sie und die *Calgary* in Stücke schießen würde?

Aber sie wartete ohne Angst, sie war nur glücklich und fasziniert. Diese Welt fühlte sich nicht feindselig an. Und hatten sie ihr nicht geholfen und ihr das Leben gerettet? Die *Calgary* hatte einige Verteidigungseinrichtungen, hauptsächlich Schußwaffen, die in früheren

Jahrzehnten gelegentlich benutzt worden waren, um Felsen aufzusprengen; aber ihr kam nicht in den Sinn, die Waffen einzusetzen. Die Lebewesen hier hatten sie gerettet und sie hatte sie mit einem großen Schiffswrack konfrontiert. Selbst wenn sie wünschten, sie gleich wieder loszuwerden, sie würde akzeptieren, was kam.

Und plötzlich war es da — anders, als sie erwartet hatte, daß sie es zuerst nicht verstand. Eine, nein — zwei riesige, plumpe Gestalten drängten sich durch die Bäume. Ihre Flanken und die Oberseiten schienen hart, sie hörte das Krachen, wenn sie gegen die Stämme drückten. Oh, es waren riesige Schildkröten! Sie hatte einmal eine winzige Schildkröte gesehen, die aber viel platter gewesen war. Oder waren diese Panzer wie die Kleider ihres ersten Besuchers künstliche Gebilde? Nein, dachte sie. Die Glieder und Hälse schienen natürlich mit der Hülle verwachsen. Ob man hier trainierte Tiere statt toter Maschinen einsetzte?

Während sie fasziniert zusah, bog einer der beiden polternd in eine dichte Baumgruppe ab und knickte die Bäume wie Streichhölzer. Dann machte er kehrt, richtete sich auf und begann, die Bäume zu zerbrechen und die Stücke aufzustapeln. Der zweite verhielt sich, ein Stück entfernt, genauso. Dann überholte er den ersten und nahm sich einen gewaltigen Baum vor, der im Weg stand. Auch dieser Baum wurde umgelegt und zerkleinert. Sie erkannte, wie groß die Wesen waren; ihre Rükken waren höher als der Kopf, und ihre Schubkraft mußte viele Tonnen betragen.

Als sie das Ergebnis ihrer Arbeit sah, erkannte sie, daß es keine Tiere sein konnten. Sie räumten nicht nur einen Weg frei; sie schufen Ordnung. Hinter ihnen erstreckte sich eine saubere, ordentlich geschlagene Schneise ohne die auf der Erde übliche Zerstörung am Rand. Sie erstreckte sich weit in die Ferne; CP konnte etwa einen Kilometer überblicken.

Als die Wesen sich aufrichteten und sich wieder fallenließen, um zu schieben, wurde CP klar, daß sie dem ersten entfernt ähnlich waren. Auch diese hatten höhere Hinterläufe, nur viel größer und hinter den Panzern verborgen; und die gleichen kürzeren Vorderläufe, die bei ihnen sehr kräftig ausgebildet waren. Wenn sie die langen, muskulösen Hälse hochreckten, sah man ihren Ursprung in den vorderen Öffnungen der Panzer. Die erhobenen Köpfe erinnerten irgendwie an den Kopf des ersten Wesens. Nein, es waren keine Reptilien, nicht mit diesen hochstehenden ›Ohren‹, den hohen Stirnknochen und den Augen, die durch Lider geschützt werden konnten.

Als sie näherkamen, schnell aber gründlich arbeitend, sah sie, daß ihre Panzer Schmuck trugen. In die Ornamente waren selbstleuchtende Steine eingearbeitet, und der hell strahlende untere Teil der Panzer war mit Schriftzügen bemalt. Seitlich an den Panzern hingen Bänder oder Werkzeugtaschen. Logisch, dachte sie; damit haben sie die Vorderbeine zum Laufen frei. Und schließlich, als der erste sich erhob, um einen Baumfarn zu packen, kam das Bizarrste von allem — sie konnte deutlich erkennen, daß er dicke, geschmückte Arbeitshandschuhe trug. Bei dieser Wahrnehmung drehten ihre überreizten Nerven vollends durch — sie ließ fast den Kaffee-Ersatz aus den zitternden Fingern fallen und begann haltlos zu kichern. Sie lachte hemmungslos und laut, und die Lautsprecher übertrugen ihr Gelächter in den Sumpf. Peinlich berührt dachte sie, wie unangemessen das war — die erste menschliche Stimme, die je auf dieser Welt zu hören war, gab keine feierliche Ansprache von sich, sondern Gelächter. Sie konnte nicht anders. Sie hatte in ihrem Leben kaum gelacht, und niemand hatte ihr gesagt, daß es ein schönes Geräusch war.

Sie bekam sich schnell wieder unter Kontrolle und wischte sich die Augen aus. Die schildkrötenähnlichen

Arbeiter hatten ihre Bäume fallengelassen und waren nähergekommen, um die Quelle der Geräusche zu untersuchen. Sie hoffte, sie hatten ihr Gelächter nicht abstoßend oder unangenehm empfunden.

»Entschuldigt«, sagte sie durch die Lautsprecher.

Irgendwo entstand ein Gefühl, daß es ganz in Ordnung wäre; eine der Schildkröten machte eindeutig einen Versuch, ihr Gelächter zu imitieren. Dann gingen sie, jetzt fast vor dem Schiff, wieder an die Arbeit.

Als sie wieder klar sehen konnte, erkannte sie in der Ferne sechs oder sieben weitere Gestalten, die auf dem Weg, den die Schildkröten gebahnt hatten, zu ihr kamen.

Schließlich erinnerte sie sich an das Fernglas. Sie schaute mit höchster Vergrößerung hinaus. Das Glas war natürlich für den Gebrauch im freien Raum entworfen und bot nur ein winziges Sichtfeld. Sie hatte Mühe zu zählen, wie viele Wesen da zu ihr kamen.

Vier — nein, drei von ihnen ähnelten dem ersten Besucher, den sie an seinem helleren Fell und am zusammengelegten Mantel wiedererkannte. Diese Methode, Dinge zu transportieren, schien sehr verbreitet zu sein. Die anderen beiden känguruhähnlichen Wesen waren von etwas anderer Gestalt — die Köpfe waren anders geformt, vielleicht hatten sie sogar ein zusätzliches Paar Vorderglieder — aber CP war zu beschäftigt damit, die ganze Gruppe zu überblicken, um einen von ihnen genauer zu betrachten.

Eine weitere Schildkröte mit reich geschmücktem Panzer war bei ihnen. CP sah auf den ersten Blick, daß das Wesen sehr alt war. Es war sogar noch größer und hatte andere Augen als die ›Waldarbeiter‹; sie waren gewaltig und strahlten hell unter schweren Lidern. Tatsächlich fielen bei allen in der Gruppe die Augen als erstes auf — große Augen, so hell und spiegelnd, daß manche von selbst zu leuchten schienen. Sie bemerkte, daß sie alle, während sie näherkamen, sich beständig und vorsichtig umsahen, aber dennoch hauptsächlich zur *Calgary* blickten — fast wie eine Gruppe näherkommender Stirnlampen.

An das gepanzerte Wesen gelehnt, kam eine kleine Gestalt heran, die so dicht in rote Stoffschleier gehüllt war, daß CP den Körper, abgesehen von den großen Augen in einem Gesicht, das viel kürzer und stumpfer war als das des ersten Besuchers, kaum erkennen konnte. Auch sein Fell war bleich. CP hatte den Eindruck, daß dieses Wesen — nein, diese *Person* — irgendwie krank oder schwach war, vielleicht auch sehr alt. Er oder sie schritt aufrecht und stützte sich die meiste Zeit auf die große ›Schildkröte‹; nur hin und wieder ließ es sich fallen und lief auf allen vieren. Seine langsamen Bewegungen schienen allen anderen die Geschwindigkeit vorzugeben.

Eine zweite verschleierte Gestalt, der ersten ähnlich, nur größer und in blaue Schleier gehüllt, kam mit kräftigeren Bewegungen hinterher. Die Beine warfen oft die Schleier hoch, und CP konnte deutlich zwei Paar ›Vorderarme‹ erkennen; die unteren schienen zum Gehen benutzt zu werden. Der Oberkörper war aufrecht, so daß das Wesen beim Gehen an ein Geschöpf erinnerte, das CP einmal als Kind auf einem Bild gesehen hatte — ein Wesen, das halb Pferd und halb Mensch war. Aber das Gesicht war nicht das eines Pferdes und auch nicht das eines Menschen — die Züge waren so knorrig, daß nur die großen Augen und vier große gefiederte Ausläufer, vielleicht Ohren oder andere Sinnesorgane, eindeutig identifiziert werden konnten.

Zwei weitere Gestalten in grauen Pelzen bildeten den Schluß. Eine von ihnen erregte CPs Aufmerksamkeit, indem sie vom Weg abwich und sich einer Wasserlache näherte. Das Wesen trank mit zusammengelegten Händen, die es vor eine Art Schnabel hielt. Sie vermutete, daß es ein Wasserwesen war. Die Gefährten warteten, bis es fertig war. Hinter seinen Schultern waren zwei hart aussehende Erhebungen, die zurückgebildete Flügel sein mochten.

Die Gruppe war inzwischen ziemlich nahe herangekommen; CP hatte das Fernglas weggelegt. Als sie die baumfällenden Schildkröten überholten, hielten die Person, die sie für den Schildkrötenältesten hielt, und sein Begleiter an, und die anderen warteten in der Nähe.

Es gab einen kurzen Austausch, der aus knappen, als Sprache erkennbaren Äußerungen bestand, unterbrochen von seltsamen, bedeutungsvollen Pausen. CP konnte nicht sagen, wem welche Stimme gehörte; nur eine klang melodiös, aber keine war ausgesprochen unangenehm. Sie wirkten auch nicht angespannt, erregt oder feindselig. Sie begann zu vermuten, dieser Besuch sei auf eine verrückte Weise eine Routinesache, und die Straße sei ganz bewußt angelegt worden, vielleicht von Geschöpfen, die in der Nähe wohnten.

War es denn möglich, daß diese Leute an die Landung fremder Raumschiffe *gewöhnt* waren? Aber nein; die Gruppe schien nicht mit einem Schiff wie der *Calgary* vertraut zu sein.

Als erstes umrundeten sie gemächlich das Schiff. CP sah, daß, während sie geschafen hatte, die Umgebung aufgeräumt worden war. Sie betrachteten alle Einzelheiten. CP folgte ihnen drinnen. Als die Besucher sie selbst und den heil gebliebenen Flügel sehen konnten, hob sie die Hand und zog gleichzeitig an den Leitwerkskontrollen.

Die Wesen erschraken und fuhren zurück.

CP war inzwischen sicher, daß zumindest einige telepathische Fähigkeiten hatten. Sie sendete ihnen mit aller Kraft freundschaftliche Gefühle, und dann Bilder von sich selbst an den Kontrollen. Die Känguruh-Typen schienen bereitwillig zu reagieren, ebenso der ›Schildkrötenälteste‹. Sie kamen näher und beäugten sie gründlich. CP sprang herum und bewegte alles, was nur wackeln wollte, während sie gleichzeitig die Namen der Dinge und ihre Funktion durch die Lautsprecher rief. Der kleine, rot verschleierte Alien schien sich besonders für ihre Stimme zu interessieren; er versuchte oft, ihre Worte zu wiederholen.

Sie zögerten nicht, alles zu berühren; die beweglichen kletterten über die beschädigte *Calgary* und blickten abwechselnd in die Bullaugen.

Einige Male mußte CP sich zurückhalten, um sie nicht vor den heißen Düsen oder den Trümmern der Reaktorkammer zu warnen. Es war schwer, sich vorzustellen, daß die Reststrahlung des Schiffes nichts war, verglichen mit der harten Strahlung des Planeten selbst, in der diese Wesen sich entwickelt hatten und lebten.

Der kleine, rot verschleierte Alien humpelte oder hoppelte zum ausgefahrenen Lautsprecher und legte eine zerbrechliche, bleiche, anscheinend deformierte Hand darauf. Im gleichen Augenblick entstand in CPs Bewußtsein ein sehr klares Bild; sie schloß die Augen, um sich darauf zu konzentrieren, und ›sah‹ sich selbst mit öffnendem und schließendem Mund. Das Bild begann zu flackern. Der Alien hatte die Verbindung zwischen ihrer Stimme und dem Lautsprecher hergestellt. Aber wie sollte sie mit geistigen Bildern ein »Ja« übermitteln? Sie nickte heftig — zweifellos hier eine bedeutungslose Geste —, und sagte laut: »Ja! Ja. Äh — hallo!« Sie deutete auf ihren Mund und auf den Lautsprecher.

Der kleine Alien machte ein komisches Geräusch; war es ein Lachen? Im nächsten Augenblick berührte er das Mikrophon, und CP bekam ein neues Bild — ein verblüffend scharfes Bild des Mikrophons, gefolgt von einer unbeschreiblichen Leere. Als wäre eine geistige Blende heruntergegangen. Dann kam wieder das Bild des Mikrophons und wieder die Blende — und wieder das Bild; immer schneller und schneller wechselten diese beiden Eindrücke sich ab und flackerten mit einer Geschwindigkeit, die sie schwindlig machte.

Aber sie verstand — so klar wie mit einer menschlichen Stimme sagte der Alien: »Und was ist das?«

So wurden also Fragen gestellt!

Wie sollte sie antworten? Sie versuchte alles, was sie konnte, sie deutete auf den Alien, auf ihre Ohren (die zweifellos für die Aliens keine Ohren waren), sagte mehrmals »Hallo« wie ein Papagei, während sie versuchte, dem Alien ein Bild seines sprechenden Mundes zu übermitteln. Sie hatte hinter den roten Schleiern keinen Mund gesehen, also stellte sie sich einen anderen vor.

Etwas wirkte — der kleine Alien brachte eifrig sein Gesicht vor das Mikrophon und pustete CP beinahe aus dem Sessel, als er hineinbrüllte: »HARRO! HARRO! HA!«

CP freute sich wie ein Kind. Sie und der Alien tauschten über Lautsprecher und Mikrophon noch einige »Hallos« beziehungsweise »Harros« aus.

Aber kurz danach erhob sich eine neue Frage. Sie empfing ein stärker werdendes Bild — als würde es von mehreren Wesen gleichzeitig gesendet —, das sie selbst zeigte, wie sie aus der *Calgary* kam und sich unter ihnen bewegte. Nachdem sie ein paar Minuten lang nicht reagiert hatte, veränderte sich das Bild langsam und zeigte die Aliens mit ihr zusammen in der *Calgary*. Wieder flackerten die beiden Bilder immer schneller, bis sie nur noch blitzten. Aber die Bedeutung war klar — »Kommst du raus, oder sollen wir reinkommen?«

Es erforderte einige Mühe, hinauszusenden, daß es unmöglich war. Sie konzentrierte sich auf Bilder, wie die Schleuse aufging und Luft hereinkam, wie sie umstürzte, wie die Strahlung (sie hoffte, daß sie es richtig übermittelte) aus dem Boden kam. Plötzlich, bei diesen letzten Bildern, schien der Schildkrötenälteste zu verstehen. Er kam vor und legte eine schwere Pfote auf die *Calgary*, und dann machte er eine fließende Bewegung, die CP als Verneinung interpretierte. Natürlich — die

Calgary war als einziger Gegenstand in dieser Welt praktisch überhaupt nicht radioaktiv.

An diesem Punkt schienen sie genug zu haben, oder sie wurden müde; auf sehr menschliche Weise zogen sie sich zurück und setzten sich am Rand der Lichtung, auf der die Baumfäller arbeiteten, in einer Gruppe zusammen und packten Eßbares aus. CP starrte begierig hinaus und wünschte, sie könnte es sehen und schmecken. Soweit sie sehen konnte, aßen die meisten mit mehr oder weniger menschenähnlichem Mund, aber die verschleierten Wesen schoben das Essen unter den Halsschleiern ein.

Dann schien der kleine, rotgekleidete Alien ihr Starren zu bemerken, und CP hatte plötzlich starke, fremde Eindrücke auf der Zunge und in der Nase — es war nicht gut und nicht schlecht, einfach unbekannt —, es mußte das Aroma ihres Essens sein. Sie lachte wieder und sendete mutig ein schwaches Abbild der Brote mit Käse und Erdnußbutter zurück, die sie aß.

Die Rast war bald vorbei. Nun kamen der große, blaugekleidete Alien und die Känguruhtypen ans Fenster. Der Verschleierte sah CP direkt an und machte drehende Bewegungen mit der Hand. CP verstand; nun war es an ihr, sich inspizieren zu lassen. Gehorsam drehte sie sich um, streckte einen Arm aus, öffnete den Mund, um ihre Zähne zu zeigen, und wackelte mit den Fingern.

Dann hob der Verschleierte den obersten Arm, löste einen Verschluß und ließ langsam einen Schleier fallen. Die Bedeutung war klar: sie sollte sich ausziehen. CP dachte für einen Augenblick an ihre häßlichen Begegnungen mit Meich, an die unzähligen Erniedrigungen, die sie erlitten hatte. Sie zögerte. Aber die Augen des Alien sahen sie drängend an, und er schien freundlich. Als CP sich nicht bewegte, zog der große Alien einen weiteren Schleier ab und zeigte ihr seinen nackten, pelzlosen Bauch und die Hüften. Sie empfing ein starkes, beruhigendes Gefühl — natürlich, für diese Wesen war ihr Körper so neutral wie eine Molluske oder eine Landkarte. Sie öffnete ihren Anzug und trat heraus und streifte die Unterwäsche ab. Zur gleichen Zeit entfernte der Alien, wie um sie zu ermutigen, auch seine restliche Kleidung. CP bemerkte, daß sich die anderen in seiner Gruppe taktvoll abgewendet hatten.

CP staunte — im Schritt, wo bei den Menschen Sexual- und Ausscheidungsorgane waren, hatte der Alien nichts als glatte Muskeln. Aber der Brustbereich war so kompliziert wie eine Gruppe von Meereswesen: Klappen und Lippen, unidentifizierbare feuchte Lappen und Vorsprünge — eindeutig seine Geschlechtsteile. CP hatte keine Ahnung, von welchem Geschlecht er war — wenn überhaupt.

Um sich nicht in wissenschaftlicher Nüchternheit übertreffen zu lassen, zeigte CP sich nackt von allen Seiten und versuchte, Bilder von der menschlichen Fortpflanzung zu übermitteln. Sie bekam keine Antwort — oder eher, nichts, was sie interpretieren konnte. Sie und der Alien unterschieden sich in diesem Punkt anscheinend so stark, daß die Eindrücke nicht zu übermitteln waren. Nur die Ausscheidung schien einigermaßen ähnlich und verständlich.

Schließlich gab der Alien auf und zog seine Schleier wieder an, während er CP bedeutete, es ihm gleichzutun.

Dann sammelte sich die ganze Gruppe vor ihrem Fenster, und CP staunte. Sofort bekam sie ein starkes Gedankenbild, das ihr laut wie ein Schrei sagte: »Geh weg!«

Das Bild zeigte die *Calgary,* die sich durch die Luft entfernte und in Spiralen höherflog. Der Unterton war nicht feindselig oder drohend, sondern ganz nüchtern. Wenn sie hier nicht leben konnte, mußte sie fortgehen.

»Aber ich kann nicht!«

Sie deutete verzweifelt auf den zerstörten Flügel und sendete Bilder der leeren Treibstofftanks.

Das Gegenbild zeigte die *Calgary,* die buchstäblich vom Boden gehoben und aus der Atmosphäre geschleudert wurde. Meinten sie die gleiche ›geistige‹ Kraft, die sie vor der Landung abgebremst hatte?

»Nein — nein! Das würde nicht funktionieren!« Sie schickte Bilder von der *Calgary,* die, im Raum freigegeben, zu ihnen zurückstürzte.

Aber der Gegengedanke kam immer wieder. »Geh weg!« — und dann wiederholten sich die Bilder.

CP hatte eine Idee. Aber wie sollte sie in dieser unveränderlichen Welt Zeit andeuten? Oh, mit einem Stundenglas! Sie sammelte eine Handvoll Krümel zusammen, Glassplitter und andere kleine Überbleibsel, und ließ sie langsam und bedächtig von einer Hand in die andere rieseln. Sie hielt die Finger hoch und zählte etwa ein Dutzend ab und spielte vor, wie sie in schlechter Luft würgte, wie sie zusammenbrach und starb. Als Nachgedanke versuchte sie, noch ein Gefühl der Zufriedenheit und Freude zu schicken.

Der Schildkrötenälteste verstand als erster und schien die anderen aufzuklären.

Sie würde hier nicht lange leben.

Darauf folgte ein kurzer Austausch zwischen den Aliens. Dann kam einer nach dem anderen zum Fenster, hob die Hände und sah herein, schien etwas Ernstes zu sagen und zog sich zurück. Sie war nicht einmal sicher, ob sie überhaupt etwas empfing. Der Schildkrötenälteste kam zuletzt, stemmte die gewaltigen Hände schwer an das Glas und starrte herein. CP war sicher, daß er ihr etwas mitteilte, aber sie fand keinen Namen dafür.

Dann wandten sich alle um und gingen oder schlenderten oder hoppelten fort, wie sie gekommen waren, und nahmen den ›Wächter‹ mit. Die ›Waldarbeiter‹ folgten ihnen. CP starrte ihnen überrascht nach.

Sie waren einfach gegangen und überließen sie allein dem Tod. Was aber hätte sie erwarten können?

Aber seltsam — sie waren zum Beispiel nicht auf die Sterne neugierig und nicht auf die Erde.

Und was war es gewesen, das sie ihr als letztes hatten sagen wollen? Natürlich — »Lebewohl«.

»Lebt wohl«, sagte CP leise durch den Lautsprecher in die fremde Luft.

Dann begann eine sehr einsame Zeit. Sie wartete darauf, in der Schönheit dieses Sumpfes zu sterben. CP begann sich zu wünschen, sie hätte eine bessere Aussicht. Sie beschloß, bald schon, bevor die Luft verbraucht war, hinauszugehen und auf eine Art Aussichtspunkt zu klettern, bevor sie starb.

Einem Impuls folgend, stellte sie die Erdzeituhr, die beim Aufprall stehengeblieben war, auf Batteriebetrieb um. Sie, die für immer von der Erde geflohen war, spürte nun dennoch die Sehnsucht, in der Zeit der Erde zu sterben. Soviel Nostalgie war ihr geblieben. Das und ihr kleines Buch mit Gedichten.

Sie hatte den Schaden, den der Captain verursacht hatte, schon lange repariert. Es war nur eine Seite verloren. Sie versuchte, das Gedicht aus dem Gedächtnis zu rekonstruieren:

Zarte irre Hände rütteln am verhaßten Gitter;
auch hier sind Blumen, die sich um die Stäbe ranken.
Wie bloßes dünnes Stroh umgeben sie den Käfig,
sein enges Universum, auf das die Welt so düster starrt.
So eng und so bedauernswert, oh …
doch weiß die Welt, was seine Träume offenbaren —
Bilder, die berauschend sind wie Wein
und seine Einsamkeit den Sternen ebenbürtig werden lassen.
Oh, armer, armer Bruder, mögen jene dich bedauern,
ich aber sehne mich nach der Verheißung deiner müden Augen:
des Narren Königreich, weit entfernt von ihrem eitlen Leben.

Oh, teurer noch als todgeweihte Frühlingsblumen
sind mir deine mondgeküßten Rosen.
Besser noch als Liebe oder Schlaf scheint mir
*die sternbekränzte Einsamkeit, in der du dich verlierst.**

Sie hatte manches verdreht, aber die wichtigsten Zeilen wußte sie noch. Sie hatten sie während all ihrer Jahre hinter den verhaßten Gitterstäben begleitet. Nun, sie hatte die Sterne gesehen, und jetzt hatte sie die mondgeküßten Rosen und das Königreich des Narren. Sie würde gleich die Schleuse öffnen und hinausgehen, um es in Besitz zu nehmen ...

Es war spät am sechsten Tag der vielleicht fünfzehn, die ihr noch blieben, als ein neuer Besucher kam. Sie beobachtete den Pfad schon lange nicht mehr, doch nun spürte sie, wie etwas an ihrer Aufmerksamkeit zerrte. Zuerst sah sie nichts, und sie wollte sich schon wieder abwenden. Doch dann erkannte sie in der Ferne eine einzelne, seltsame Gestalt. Schnell, das Fernglas. Das Wesen entpuppte sich als Alien, der dem ersten Besucher ähnlich sah, aber er war rot und — ja, er trug einen viel kleineren Alien auf den Schultern oder wurde von ihm geritten. Und sie sah, daß der kleinere Alien keine Beine und nur ganz winzige Arme hatte. Sie hatte den starken Eindruck von Müdigkeit, von einem fernen Ziel, das erreicht werden mußte. Sie waren, dachte sie, von sehr weit her gekommen.

Dann verstand sie: Diese Welt war riesig, und sie wußte nichts über ihre Transportmittel, falls es überhaupt welche gab. Vielleicht mußten alle, die die *Calgary* sehen wollten, zu Fuß laufen, selbst von der anderen Seite des Planeten aus?

Sie beobachtete die beiden und wagte kaum zu blinzeln. Sie kamen müde näher, bis sie mit bloßem Auge gut zu erkennen waren. Der größere hob den Kopf und

* Nach Ernest Dowson, *To One in Bedlam.*

bemerkte sie. Sie war auf das Gefühl, das sie durchfuhr, nicht vorbereitet — wie ein freudiger Begrüßungsruf.

Daß sie noch lebte! Hatte dieser Alien Angst gehabt, er würde zu spät kommen, sie wäre schon gestorben, bevor er oder sie hier eintraf? Das mußte es sein.

Als der Alien näherkam, bemerkte sie etwas Seltsames an seinem Kopf — wo die anderen hochstehende ›Ohren‹ oder fühlerähnliche ›Antennen‹ hatten, besaß dieser große, dreieckige, samtige Klappen, die ihm fast über die Augen fielen. Wo hatte sie das schon einmal gesehen? Oh, Gott — das Lachen tat beinahe weh. Sie erkannte diese Ohren — diese großen, faltigen, dreieckigen Lappen, diese Schweineohren! Und die Schnauze des Alien war lang und stumpf wie ihre.

Ihr lieben Sterne, welch ein kosmischer Witz!

Der übrige Körper des Alien sah überhaupt nicht nach Schwein aus, sondern schien vom langen Wandern und dem Gewicht seines Gefährten erschöpft und ausgezehrt. Er war dünner gebaut als der erste Besucher, sein Pelz war staubig und rot, und er trug eine dünne Weste über der Brust. Der Knoten, mit dem sie auf dem Rücken zusammengebunden war, gab dem Reiter einen Halt. Und er hatte sich einen Mantel um die Hüften gewunden. Seine Augen waren nicht außergewöhnlich groß, eher wie blasse Menschenaugen ohne sichtbares Weiß. Wenn er hoppelte oder auf allen vieren ging wie jetzt, waren seine Schultern tiefer als der Rumpf, und der Stummelschwanz stand steil nach oben, vielleicht vor Aufregung.

Während er näherkam, wanderte sein Blick über das Schiffswrack, und Bilder von einer Nacht voller Sterne füllten CPs Kopf, hin und wieder abgelöst von einer Ansicht der Lavendelwolken droben, den 200 Kilometer dicken Wolken, die ihr bei der Landung die Sicht versperrt hatten. Dann kamen wieder Bilder von den Sternen — die Sterne, die sie selbst aus hundert verschiedenen Blickwinkeln gesehen hatte.

Sie empfing eine gewisse Neugierde.

Als das Wesen oder die Person langsam rechts neben die *Calgary* kam, erhob es sich so weit wie möglich, ohne den Reiter abzuwerfen, und legte erst eine, dann die andere Hand auf den abgebrochenen Flügel des Schiffes. Nun war sie sicher.

Es war Verehrung. Sehnsucht nach den Sternen erfüllte seine Seele, Sehnsucht nach den Sternen, die ihm ewig von den dichten, undurchdringlichen Wolken verhüllt wurden. So klar wie mit Worten sagte die Geste: »Dies — dies ist von den Sternen gekommen!«

Als er den Blick hob und sie betrachtete, schien er die Lippen zu schürzen wie ein Kind, das ein schwieriges Wort aussprechen will. Sie wußte nicht, was es bedeuten sollte, bis sie ein Bild empfing, das wohl sie selbst, wenn auch stark übertrieben zwischen den Sternen darstellte; und sie verstand aus ihren eigenen Erfahrungen.

»Du — du bist ein intelligenter Alien und bist *von den Sternen gekommen!* Da hinten, hinter unserem undurchdringlichen Himmel, gibt es Leben!«

Es war fast, als betete er die *Calgary* und sie an — nein, es war nur so, daß sie und das Schiff die kostbarsten, aufregendsten Dinge in seinem Leben waren. Vielleicht hatte er als einziger seiner Art darauf bestanden, daß es jenseits des Himmels anderes Leben geben müßte. Und hatte nun den Beweis für die Richtigkeit seiner Annahme gefunden. Sie war einmal einem menschlichen Astronomen begegnet, der sich wahrscheinlich ähnlich gefühlt hätte.

Der Alien war inzwischen auf den Stummelflügel geklettert, um hereinzulugen, und schob die wundervollen Ohren zurück, um besser sehen zu können. Aus der Nähe besehen war seine Schnauze kompliziert gebaut und von einem weichen Fell überzogen. Während er die Kabine und sie musterte, kletterte sein kleiner Gefährte auf den Flügel herunter und zog sich flink mit seinen winzigen Armen herum. Sie sah, daß er einen großen, dicken, wahrscheinlich teilweise als Greifarm dienenden Schwanz hatte, der ihm wohl half, die fehlenden Beine zu ersetzen. Die nackte Haut war schorfig und faltig; CP begriff, daß er sehr alt war. Er schien sich für die Länge, die Breite und die Gesamtgröße der *Calgary* zu interessieren.

Aber der Kopf des größeren Alien sank herunter; er war völlig erschöpft. Sie sah seine Augenlider fallen, dann riß er sie wieder auf, und abermals schlossen sie sich. Er sank in die unbequeme Ecke zwischen dem Stummelflügel und dem Fenster, und blickte, ohne den Mantel auszuziehen, zu ihr auf, so lange er bei Bewußtsein bleiben konnte. CP fürchtete einen Augenblick lang, er wäre krank oder läge im Sterben, aber sie empfing ein schwaches Bild von ihm, wie er erfrischt wieder aufwachte.

Sie wünschte, sie könnte ihm wenigstens den Mantel abnehmen, um seinen Kopf weich zu lagern. Einen Augenblick später schleppte sich der kleine alte Alien herüber und tat genau das, als hätte er sie ›gehört‹.

Dann richtete er seine hellen Augen auf sie, die viel weniger müde waren als die seines Freundes. Er wollte ihr anscheinend etwas mitteilen; Bilder von ihr selbst, von ihren Händen, als sie die *Calgary* herunterbrachte, drangen in ihr Bewußtsein. Was sollte das bedeuten?

Fast verzweifelt zog sich das kleine Geschöpf zu den Resten der Schubdüsen am Flügelansatz; er zeigte ihr eine seltsame Kombination kindlicher Beweglichkeit und hohen Alters. Er klopfte auf die Düse, deutete zuerst auf sie und dann auf sich selbst. Es war das erstemal, daß sie jemand mit einem Arm auf etwas deuten sah.

Wieder kamen Bilder von der sinkenden *Calgary*. Sie war verblüfft. Als das alte Wesen ihr Erstaunen spürte, nahm es einen kräftigen Zweig, der auf dem Flügel lag, hob ihn hoch und ließ ihn fallen.

Der Zweig fiel schnell — aber dann wurde er langsamer, langsamer, und blieb in der Luft stehen, bevor er den Boden berührte. Und dann kehrte er seine Bewegungsrichtung um und stieg langsam auf, der Hand des Alien entgegen.

CPs Augen schmerzten fast, so starrte sie. Sie mußte sich zwingen, zu blinzeln. Was sie da gesehen hatte, war das Bewegen von Gegenständen durch den Willen — Telekinese!

Die Vorführung schien den Alien ermüdet zu haben, aber er sah sie gespannt an und hob eine Hand. Es war eine fast menschliche Geste, als wollte er sagen: »Paß auf!«

CP ›paßte auf‹. Der Alien zog sein kleines, faltiges Gesicht zusammen und schloß die Augen.

Und die *Calgary* bewegte sich. Sie machte einen kleinen, erschreckenden Sprung.

Die Ursache war auf keinen Fall eine zufällige Verlagerung des Schiffes — der Satz war groß genug gewesen, daß der Schlamm unter den zerbeulten Außenwänden schmatzte.

Sie mußte es glauben.

So unglaublich es schien, dieses winzige alte Wesen besaß die Kraft, die den Flug der *Calgary* verlangsamt hatte, bis das Schiff sicher gelandet war. Irgendwie hatte es über die vielen tausend Kilometer zum schweren, rasenden Schiff hinausgegriffen und es abgebremst.

Und ihr das Leben gerettet.

Sie wußte nicht, wie sie sich bedanken sollte, nicht einmal, wie sie ihre Dankbarkeit zeigen konnte. Sie konnte nur den Kopf neigen und »Danke, oh, danke« durch den Lautsprecher stammeln. Schließlich kniete sie sogar auf dem geneigten Deck, aber sie war nicht zufrieden.

Das kleine alte Wesen wich vor dem Lautsprecher zurück, doch es schien zu begreifen, daß sie verstanden hatte. Es keuchte vor Erschöpfung. Aber nach ein paar

Augenblicken Ruhe tat es etwas Neues. Es näherte sich dem Lautsprecher, deutete auf sich selbst und sagte laut: »Tadak«.

Glücklicherweise sprach er laut genug, daß das Wort vom Mikrophon aufgefangen wurde.

»Tadak«, sagte er noch einmal und deutete nachdrücklich auf sich.

Sein Name, der erste, den sie hier hörte!

»Tadak. Hallo, Tadak!« sagte sie sofort. Aber er schien wieder verzweifelt. Natürlich; sie deutete auf sich selbst. »Ce Pe.«

Er imitierte sie ungeschickt, zu schwach. Sie war abgelenkt, aber die Sehnsucht, ihm ihre Dankbarkeit zu zeigen, brachte sie auf eine Idee. Sie würde dabei ein paar Liter Luft verlieren; sie machte sich Vorwürfe, weil sie überhaupt daran dachte. War das zuviel als Gegenleistung für ihr Leben?

Sie winkte Tadak und zeigte ihm ihren kostbarsten Besitz, das goldene Flugabzeichen, das an ihren Kragen gesteckt war. Tadak sah genau zu, als sie ihm zeigte, wie es mit einer Nadel befestigt wurde.

Dann kroch sie unter die Konsole, schraubte den Deckel von einer alten Versorgungsleitung und klopfte laut an die nach draußen führende Röhre, um seine Aufmerksamkeit zu erregen. Als sie seine Schritte hörte, legte sie die Nadel in die Öffnung und verschloß sie wieder. Es folgte ein ziemlich mühevoller Austausch; diese Welt — oder Tadak — schien mit Schraubverschlüssen nicht vertraut zu sein. Schließlich hörte sie ein schreckliches knirschendes Geräusch und vermutete, daß Tadak den äußeren Verschluß mit seiner Telekinese einfach abgerissen hatte.

Tadak kroch erschöpft in ihr Blickfeld zurück. Er keuchte und hielt das kleine Schmuckstück andächtig in den alten, knorrigen Fingern. Er drückte es erst an seine Brust, dann hielt er es sich über das aufwärtsgewandte Gesicht, als bewunderte er es. Als er mit seinen hellen

Augen wieder CP ansah, empfing sie einen Eindruck von Freude und — ja, Bosheit! Das alte Gesicht legte sich in Falten.

Und die *Calgary* machte wieder einen Satz, höher als vorher. Sie kam mit einem Ruck herunter, der CP etwas nervös machte.

Der schlafende Alien vor ihrem Fenster grunzte empört.

Aber Tadak war jetzt wirklich müde. Er schien seine ganze verbliebene Kraft zu brauchen, um zu seinem Freund zu hoppeln und sich ebenfalls niederzulegen. Eine winzige Hand winkte kurz in ihre Richtung und sank herunter. CP beobachtete ihre beiden schlafenden neuen Freunde.

Sie wurde auch müde. Es mußte eine Welt sein, in der es die Gefahren der Erde nicht gab; die Bewohner hatten anscheinend keine Angst, ungeschützt im Freien zu liegen. Als Tadak ruhig schlief, sah sie, wie alt und zerbrechlich er war.

Ihr Blick wanderte zu seinem Kopf und den weichen, faltigen ›Ohren‹ des größeren Alien. In ihrem ganzen Traumleben im Reich der Schweine hatte sie sich nie vorgestellt, daß ein Schweinekopf so schön und würdevoll sein könnte. Er trug eine glänzende Metallkette mit einer Art Medaillon um den Hals. Und sein Poncho war wundervoll bestickt. Anscheinend gehörten ihre seltsamen neuen Besucher nicht zu den Armen, falls es hier überhaupt welche gab. Während sie über sie nachdachte, schlief sie ein und träumte von Sternen, und in die Träume mischte sich ihre alte Geschichte von der sicheren Ankunft in der Heimat, im Reich.

Sie wurden geweckt, als neue Besucher eintrafen.

Als CP zu sich kam, füllten die Neuankömmlinge schon die Lichtung und standen schweigend um die *Calgary*. Ein lauter Ton, der durch das offene Mikrophon hereinkam, weckte sie, und sie sah zwei seltsame, gelb gekleidete, rundliche Gestalten am Fenster, die zu ihr hereinlugten. Hinter ihnen sah sie die dunklen oder hellen Gestalten weiterer Aliens.

Sie reagierte automatisch und erschreckt und tauchte unter die Konsole. Polizei? Armee? Feinde?

Aber als sie vorsichtig hinausspähte, war sie beruhigt.

Ihre beiden neuen ›Freunde‹ begrüßten die Neuankömmlinge ruhig, sogar freudig. Während der Alien mit den Schlappohren die Arme hob und die neuen Besucher begrüßte, indem er ihre Handflächen berührte, kletterte Tadak auf den Panzer einer großen Schildkröte und wurde um die *Calgary* getragen, um die anderen mit seinen Handflächen zu begrüßen. CP bemerkte, daß die Begrüßungen unterschiedlich intensiv und lange ausfielen, ähnlich wie man einen alten Freund anders empfängt als einen flüchtigen Bekannten. Sie sah auch, daß die meisten Neuankömmlinge müde schienen wie nach einer Reise; nur wenige wirkten ausgeruht. Es war schwer, sie zu zählen, aber sie schätzte, daß es etwa dreißig waren. Und sie bemerkte etwas Neues — überall erklangen gedämpfte Stimmen. Anscheinend sprachen viele dieser neuen Aliens mit ihren Stimmen. War sie bisher nur Spezialisten begegnet, die sich mit Gedanken verständigen konnten?

Als die Aliens sahen, daß sie erwacht war, erhoben sich aufgeregte Stimmen, und sie sammelten sich vor ihrem Fenster und setzten sich. Es waren eindeutig keine müßigen Touristen; es sollte eine Art Beratung werden. Vielleicht ein Ultimatum oder ein Plan, um sie vom Planeten zu vertreiben?

CP erfrischte sich Gesicht und Hände. Dann zog sie sich in die Toilette zurück. Als sie hinter sich die Tür schloß, empfing sie eine starke Woge allgemeiner Enttäuschung. Sie grinste in sich hinein; ihre irdischen Gewohnheiten würde sie vielleicht später einmal aufgeben. Vielleicht.

Sie nahm sich einen Frühstücksriegel und eine selbst

wärmende Kaffeeportion und kam zum Fenster zurück. Ihre beiden neuen Bekannten hatten sich direkt davor postiert. Anscheinend sollten sie als Übersetzer oder Wächter fungieren. Nun gut, dachte sie, dann wollen wir mal sehen.

Ein wirklich seltsam aussehender, großer Alien kam näher und hob die Handflächen zu einer formellen Begrüßung. Er war dunkelgelb, orangefarben und blau gekleidet, hatte ein faltiges Gesicht und große Hörner. Und er schielte. Sein Körper war eine derart verwirrende Kombination von schneckenähnlichen Membranen und Hinterbeinen, daß es ihr nicht gelang, die Körperteile von seinen komplizierten Kleidern und Mitbringseln zu untersuchen. Er war einer der reisemüden Aliens — CP empfing den halb formulierten Gedanken, daß die anderen auf ihn als Sprecher oder Anführer gewartet hätten.

Offenbar konnte er mit Gedanken sprechen; vielleicht half ihm einer der beiden auf dem Flügel. In ihrem Bewußtsein entstand ein verwaschenes Bild; sie schloß die Augen und konzentrierte sich und ›sah‹ sich selbst in der *Calgary*. Sie — ja sie ging von Bullauge zu Bullauge und suchte den ganzen Himmel ab. Das war die lange Endphase ohne die Stimme gewesen, nachdem das Reich verschwunden war, als sie sich damit zufriedengegeben hatte, das sichtbare Universum gründlich zu studieren. Das Bild wechselte zu ihren Sternkarten.

Sie begriff und zog die Karten aus ihrem Fach.

Der Eindruck aufgeregter Freude, den sie daraufhin empfing, war unverkennbar. Unverkennbar war nun auch ein seltsamer ›Unterton‹ in den Botschaften, besonders von dem Wesen mit den Antennen. Wie alte Bekannte!

Während Tadak und sein großer Freund ihr bei der Übermittlung der Begründung dafür halfen, daß sie die Karten nicht herausreichen konnte — bald würde es aber möglich sein —, durchsuchte sie ihre Erinnerung nach diesem ›Unterton‹ und hatte ihn bald gefunden.

Es waren diese Aliens gewesen, zu denen sie all die Tage nach der Kursänderung gesendet hatte. Sie hatten wohl zu schwach gesendet, um ihr direkt zu antworten, aber sie hatte sich immerhin nicht mehr einsam gefühlt, sondern »auf dem richtigen Weg«. Wer waren sie nur?

Oh! Während sie nachdachte, entstand ein neues, sehr eindrückliches Phänomen: Um jeden neuen Kopf auf der Lichtung lag ein kleiner Heiligenschein aus Sternen. Manche Sterne waren winzige schwebende, leuchtende Nadelspitzen, andere waren ausgewachsene, strahlende kleine Kreise. Dann verblaßten sie wieder.

Die Astronomen dieser Welt waren zu ihr gekommen.

Aber wie konnte diese sonnenlose Welt, in der es sicher keine Raumfahrt gab, ›Astronomen‹ haben? Wie hatten sie überhaupt die Sterne finden können — es sei denn, die Wolken zogen sich hin und wieder zurück. In diesem Punkt irrte sie sich, aber das entdeckte sie erst später, irgendwann während der erschöpfendsten zwanzig Stunden ihres Lebens.

Sie wollten einfach alles wissen.

Jeder hatte eine ganz besonders wichtige Frage, und nacheinander liefen, krabbelten oder hoppelten sie zum Schiff, um sie zu stellen. Aber zuerst stellte der Sprecher mit den Antennen eine so umfassende Frage, daß viele andere Fragen überflüssig wurden.

Vor ihrem inneren Auge entstand ein Bild der Sterne, Sterne aller Arten, die sie ihnen unbewußt von der *Calgary* aus gezeigt hatte, jeder klar und strahlend, bevor er mit dem Hintergrund verschmolz.

Dann kam eine erschreckende Leere. Dann waren die Sterne wieder da, dann wieder die Leere. Schneller und immer schneller wechselten die Bilder, und die Frage war klar:

»Was sind die Sterne?«

Junge.

Sie mußte, ohne Worte zu verwenden, das Universum einer Gesellschaft erklären, deren Konzepte und Maßeinheiten — Entfernungen, Bewegungen, Kräfte und Materie und Wärme — sie nicht kannte.

Als sie fertig war, entstand ein großes Durcheinander, aber sie glaubte, daß sie ihre Sache gut gemacht hatte. Es war immerhin ihr liebstes Studiengebiet, wenn sie auch Amateurin war.

Sie hatte zuerst versucht, einen Eindruck von Energien und Entfernungen zu übermitteln. Sie stellte sich diese Welt — Auln — von oben vor. Wie in einem alten Lehrfilm stieg sie höher, bis Auln nur noch ein lavendelfarbener Punkt vor den Sternen war. Dann zog sie einen näheren Stern zum Vergleich heran und zeigte das wilde Atomfeuer auf seiner Oberfläche und verglich es mit den kälteren Prozessen auf Auln. Sie baute aus einer Gaswolke einen Stern auf, ließ ihn im Zeitraffer sein Leben durchlaufen, von einem Roten Riesen zur Nova, baute aus seinen Überresten einen neuen, stärker leuchtenden auf und erschuf seine Planeten. Sie brachte das Leben auf dem Planeten in Gang und sendete flüchtige Eindrücke von der Erde — richtige Astronomen hatten nicht viel Interesse daran —, und ließ den Stern wieder zurückweichen, um die Milchstraße und die Galaxien dahinter zu zeigen. Dabei versuchte sie, einen Eindruck vom expandierenden Universum zu übermitteln.

Dann hielt sie erschöpft inne.

Während sie ruhte und etwas aß, schickte ihr jemand die Antwort auf ihre Frage: Woher wußten sie von den Sternen.

Sie erhielt ein neuartiges Bild — es war gerahmt! Vielfach gerahmt sogar, ein Rahmen im anderen. Das Bild selbst war unscharf; das einzig Scharfe war eine Ansicht von Metalltrümmern, die wirr über einen tiefen Einschnitt im Boden verteilt waren. Die meisten Trümmer waren hellgrün beschmiert, und in der Mitte war eine Kugel oder ein Zylinder — nein, ein Kopf, aber kein Menschenkopf. Hatten diese Aliens wirklich die Raumfahrt versucht?

Nein. Das gerahmte Bild wechselte zu einem Feuerball, der durch die Wolken herabkam, dann wieder zu dem grün verschmierten Kopf. So zerstört er auch war, er schien völlig anders als alle, die sie auf Auln gesehen hatte. Zur weiteren Erklärung bückte sich der rote, schlappohrige Alien und wickelte eine Binde von seinem Bein, unter der ein abheilender Schnitt zum Vorschein kam. Das Blut war rot wie ihres.

Also war hier ein anderer, ein *richtiger* Alien abgestürzt! Und zwar vor langer Zeit. Die Rahmen und die Unschärfe sollten andeuten, daß sich seitdem viel verändert hatte. Aber dieser Alien aus dem Weltraum war offensichtlich tot. Wie also —

Ein Kopf, ähnlich den Wasserwesen mit den Schnäbeln, drängte ins Bild. Großäugig, irgendwie eigenartig. Er legte den Kopf gegen den Kopf des toten Astronauten. Und das Bild löste sich auf zu schwachen Ansichten der Sterne, wie man sie vom Weltraum aus sieht, und dem näherkommenden Abbild von Auln.

Also hatten sie schon vor Generationen aus dem Gehirn eines toten Astronauten erfahren, daß es Sterne gab.

Sie war so befremdet, daß sie kaum auf eine andere, eindeutig aktuellere Bilderfolge achtete, bis eine Bewegung wie ein Flügelschlag ihre Aufmerksamkeit erregte. Sie schloß gerade noch rechtzeitig die Augen, um ein vogelähnliches Wesen zu sehen, das verzweifelt hochflatterte — anscheinend wurde es getrieben oder gehoben, höher, als die Flügel es tragen konnten, höher, als es atmen konnte. Das Bild veränderte sich. Auf dem Boden blickte ein telepathischer Alien durch die Augen des sterbenden Vogels und sah seltsame Abbilder einer dunkler und dünner werdenden Wolke. Kurz bevor die

Augen des Vogels starben, öffnete sich droben ein Spalt; einen Augenblick war Schwärze zu sehen, die von zwei Sternen erhellt wurde.

Ein lebendes Teleskop! Aber der ›Unterton‹, der diese Sequenz begleitete, sprach von Trauer oder Mißbilligung. CP dachte, daß diese rücksichtslose Technik vielleicht nur selten und widerstrebend benutzt wurde. Gewiß war sie nicht sehr nützlich; sie reichte gerade aus, um zu bestätigen, daß die Sterne wirklich da waren.

Die folgenden Stunden vergingen mit dem Senden und Empfangen von Fragen und Antworten. Es mußten bildliche Ausdrücke für kaum mittelbare Dinge gefunden werden, es durfte nichts Wichtiges vergessen werden, sie wollte alles mitteilen, was sie über das Universum wußte. Aber die Bilder verschwammen in der Erinnerung, und im Nachhinein wußte sie nur noch zwei Dinge.

Das eine war, daß sie einige der prächtigen Farbfotos von Sternen und Galaxien auspackte, die Don Lamb gesammelt hatte, und sie von innen vor die Luke hielt. Es war eine Sensation; die Aliens warfen fast die *Calgary* um.

Das zweite war eine nachdrückliche Warnung vor dem Schicksal dieser Welt, wenn sie von Erdenmenschen oder einer anderen aggressiven Art gefunden wurde.

Darauf ernüchterten ihre Besucher, und sie spürte, daß ihnen dieser Gedanke ganz und gar nicht neu war. Sie sendete alles, was sie über menschliche Angriffe aus dem Raum wußte, über Robotwaffen, über Luft-Boden-Raketen, und sie schienen aufmerksam zu lauschen. Sie machte sich Sorgen, aber sie hatte alles getan, was sie vermochte. Diese telekinetische, gedankenlesende, vielleicht sogar gedankenverwirrende Art mußte doch fähig sein, eine passende Verteidigung aufzubauen ... sie hoffte es sehr.

Und schließlich, nachdem sie mehr als einen Erdentag nicht geschlafen hatte, gingen die Besucher so abrupt, wie sie gekommen waren. Jeder verabschiedete sich formell mit erhobenen Handflächen. Auch Tadak ging; er ritt auf dem Panzer eines starken, jungen Aliens. Aber zu ihrer Erleichterung und Freude blieb sein größerer, schlappohriger Freund da. Sie mochte sich kaum eingestehen, wie begierig sie ihn beobachtet hatte, um seine Absichten zu erraten. Es schien irgendwie besonders wichtig für sie zu sein.

Als sie die Straße hinaufgingen und CP ihre fremdartigen, etwas schrillen Stimmen verklingen hörte, bemerkte sie, wie einer oder zwei in der Nähe des Schiffes auf einen Seitenweg abbogen und hinter einer Erhebung verschwanden. Bevor sie die Gruppe verließen, hielten alle an, und Kleider, Pakete oder Vorräte wurden übergeben. Vielleicht mußten sie in eine andere Richtung zu einem weit entfernten Ziel.

Als alle fort waren und die Straße verlassen lag, kam der Alien, den sie zögernd als Freund zu bezeichnen begann, zum Stummelflügel vor ihrem Fenster. Er sah sie mit dem gleichen Blick an, mit dem er sie ganz am Anfang betrachtet hatte. Aber nun sah er ihr nur in die Augen, lange, tief und forschend. Eigenartige Bilder, anscheinend zufällige Erinnerungen kamen zu ihr: der Schlafsaal der Schule, die Straßen der Enklave. Ihr erster eigener Schreibtisch. Und in den Bildern war immer eine Gestalt, die sie widerstrebend erkannte: sie selbst.

Sie begann zu zittern.

Es waren ... es waren keine Erinnerungen.

Weitere Bilder aus der Vergangenheit. Und dazwischen immer wieder eine glänzende, rotgoldene Kappe — war das ihr Haar?

Niemand außer ihr selbst kannte diese Bilder der Vergangenheit.

Niemand außer einem einzigen anderen.

War er — sah sie endlich den, der — war dieser Alien

die Stimme, die ihr Leben lang zu ihr ›gesprochen‹ hatte?

Sie zitterte heftig, verlor die Kontrolle.

Dann richtete sich ihr ›Freund‹ auf und drückte beide Hände flach gegen die Scheibe.

Ein kalter Blitz fuhr ihr ins Herz.

Sie wollte sich sagen, daß er es nur tat, um sie durch die Luke besser zu sehen. Aber das konnte nicht sein, erkannte sie sofort; so hell war das Licht nicht, und das Vitrex spiegelte nicht.

Es mußte — oh, bitte, nein, es darf nicht so sein wie bei allen anderen, nicht dieser formelle Abschied. Nicht von dem, der ihr Leben in Händen hielt, der immer bei ihr gewesen war, in allen dunklen Nächten, in allem Schmerz. Der, der ihr gesagt hatte: »Komm!«

Sie empfing ein drängendes Bild von sich selbst, wie sie die Hände von innen an die Scheibe hielt. Sie sollte reagieren.

Oh, bitte, flehte sie ins Leere, sage nicht auch du Lebewohl ... nicht du, meine Stimme ... laß mich nicht allein sterben. Der Kummer war stärker als ihre Mauern, und dicke Tränen traten in ihre Augen. Um sich abzulenken dachte sie daran, für wie unhöflich die anderen sie gehalten hatten, weil sie nicht antwortete.

Aber der hier bestand darauf. Offenbar empfand er soviel für sie, daß es ihm wichtig war. Nun, sie würde es gleich tun, wenn sie sich besser unter Kontrolle hatte.

Der Flügel zitterte. Wie ein Mensch, aber mit weitaus größerer Kraft, stampfte der Alien auf. Vielleicht wollte er rasch den anderen nachgehen? Er stampfte noch einmal, noch fester, und klatschte beide Hände gegen die Scheibe und schickte ihr ein Bild, wie sie die Hände, den seinen gegenüber, auf ihre Seite des Vitrex legte.

Also gut. Lebewohl!

Blind vor Tränen stand sie auf und drückte die Hände flach ans Fenster, den roten Flecken genau gegenüber.

Der Alien machte ein verzweifeltes Geräusch und bewegte die Hände, bis sie die ihren genau deckten.

Und etwas begann zu fließen. Es war, als würde das Vitrex heiß, oder nicht heiß, sondern geladen. Fast lebendig. CP zitterte so heftig, daß ihre Hände abrutschten; als der Alien wieder aufstampfte, legte sie sie an die richtige Stelle zurück. Der ›Strom‹ begann wieder und brachte eine Flut von Gefühlen, Bildern, wortlosem Wissen, sie wußte nicht was, und alles drang durch ihre übereinanderliegenden Hände zu ihr.

Der Alien fing ihren Blick ein und sah sie an und brachte langsam die Hände näher an seinen Kopf. Sie folgte ihm ungeschickt.

Die Gefühle wurden stärker, überwältigend. Sie sank auf die Knie, der Alien folgte ihr, immer noch die Hände vor ihre haltend, durch fünf Zentimeter dickes, hartes Vitrex getrennt. Sie konnte die Hände nicht wegnehmen, selbst wenn sie es gewollt hätte.

Aber sie wollte ums Leben nicht den Kontakt unterbrechen. Sie lernte — sie verstand, es war unglaublich — daß ihr Leben lang ...

Plötzlich kam ein lautes, volles Geräusch aus dem Lautsprecher: die Stimme des Alien.

Er mußte es wiederholen, damit sie es verstand.

»Ca-rol.«

Ihr Name. Niemand kannte ihn hier.

»Ca-rol ... eh ... du ... isch ...«

Unverkennbar, wenn auch etwas verfremdet — es war die Stimme.

Der Alien brauchte jetzt nicht mehr zu erklären, daß die Geste kein Lebewohl war, sondern eine Botschaft.

Aber das war noch nicht alles. Ironischerweise hatte keiner von ihnen ein Wort dafür, denn es war ein Wort, das CP noch nie benutzt hatte. Eine Weile schien es wichtig, dieses Wort zu finden. Sie machten einen Umweg, streiften ihre Gefühle für die Sterne und für eine Ratte, die sie kurze Zeit einmal als Streicheltier gehalten hatte. Das Erkennen, das Dämmern erschreckte CP so sehr, daß ihre Zähne klapperten. Aber der Alien hielt sie fest und ließ die Bilder weiter strömen, weil es ihm wichtig war. Und am Ende mußte sie alles erfahren.

Sie mußte erfahren, daß sie — Carol-Page-Schweineschnauze — ihr Leben lang bei Tag und Nacht von einer Liebe eingehüllt gewesen war. Von der Liebe eines Alien, der einen anderen kleinen Alien irgendwo zwischen den Sternen liebte.

Sie war nie wirklich allein gewesen.

Sie, Carol-Page-Schweineschnauze war die Geliebte — schon immer.

Genau wie dieser rosige, pelzige Alien mit den glühenden Augen der ihre war, wenn sie auch das Wort noch nie benutzt hatte. Die Liebe ihres Lebens.

Wenn sich zwei lange getrennte Liebende, die von ihrer Liebe selbst noch nichts wissen, endlich begegnen und sich ihre Liebe offenbaren, ist es immer dasselbe. Auch wenn eine Vitrexscheibe sie trennt.

Lange, sprachlose, aber erfüllte Momente, das Wunder fühlen, daß du mich auch liebst ... daß du da bist, daß Du + Ich = Eins. Ihr Geliebter zeigte ihr seine Welt Auln, er zeigte ihr die Seher, die lange Ausbildung zum Sternenrufer. Der Alien war noch jung, erfuhr sie. Er war auf seiner ersten Sternensuche gewesen, als er Kontakt mit ihr bekam, Sie wollte alles wissen, sie konnte von den Bildern nicht genug bekommen, wollte selbst die Alltagsdinge aus dem Leben ihres Geliebten erfahren. Das ihre war ihm, der Stimme, natürlich bekannt.

Als die Strömung zwischen ihnen stärker wurde, stellte sie sich den Alien immer mehr als männliches Wesen vor. Wie sie selbst hatte der Alien, so erfuhr sie von ihm, nie ein Kind gehabt. Und jetzt gab es außer ihm keine anderen ›Männer‹ in CPs Universum mehr.

Zweimal berührte sie die Gewalt, durch die sie hergekommen war, und jedesmal verstärkte sich das Strömen, bis es fast schmerzhaft wurde. So stark, so stark unterstützte und beruhigte er sie!

Sie suchten ungestüm nach Möglichkeiten, in engeren Kontakt zu kommen und drückten sich schließlich mit dem ganzen Körper an das Vitrex. Sie konnten es nicht einmal ertragen, den Kontakt zu unterbrechen, um zu essen. Am Rande dachte CP, daß dies wohl der Grund für ein leichtes Schwächegefühl war.

Dann kam der Tag, als ihr Zeitmesser nachdrücklich schellte und sie darauf aufmerksam machte, daß die rote Markierung überschritten war. Die Übelkeit, die sie ignoriert hatte, war sehr real.

Die Luft der *Calgary* war verbraucht.

Es war Zeit hinauszugehen — zu ihm. Sie erklärte, was er bereits wußte, und empfing seine Zustimmung.

Als die große Schleuse aufging, war die Luft, die hereinströmte, unglaublich süß und frisch — Frühlingsluft, wie CP sie noch nie geatmet hatte. Der Gestank der *Calgary* stand wie Nebel in der Schleuse. Das erste, was sie dahinter sah, war seine Hand, zu ihr ausgestreckt. Er führte sie heraus in einen anderen Tod.

Und wieder, wenn zwei Liebende endlich in körperlichen Kontakt kommen, ist es immer dasselbe. Aber diese beiden waren dennoch getrennt; nicht durch eine Mauer, sondern durch die Gefangenschaft in völlig verschiedenen Körpern mit völlig unterschiedlichen Bedürfnissen.

Unnötig, ihre Bemühungen während dieser ersten Stunden zu beschreiben. Es soll genügen zu sagen, daß sie zweierlei lernten. Zuerst einmal befreiendes Gelächter und dann das, was auch alle Liebenden auf der Erde schnell herausfinden, nämlich daß *nichts* ausreicht.

Sie schoben es auf ihre biologischen Unterschiede, aber sie vermuteten die Wahrheit. Wo Liebe stark und verzehrend und schweigend ist, kann nur das Unmögliche, die absolute Verschmelzung, das Feuer löschen.

Auf dieser Welt war eine so tiefe Vereinigung kaum weniger unmöglich als auf der Erde. Am Ende fanden sie den physischen Kontakt, Handfläche auf Handfläche, am tiefsten und stärksten, und beschränkten sich darauf.

Äußere Ereignisse gab es kaum, aber sie waren dennoch die wichtigsten im Universum. Während sie sich noch wundervoll wohl fühlte, führte er sie bergan auf eine kleine Lichtung, von der aus sie das Land überblikken konnten. Sie sah die prächtigen, selbstleuchtenden Farben von Aulns Kulturland, die Wildnis und die Flüsse und in der Ferne eine kleine Stadt, die sich im Himmel darüber spiegelte. Dahinter lag das strahlende Meer, von dem eine sanfte Brise herüberwehte. In der Ferne spielten seltsame Seewesen. Ihr Geliebter lockte einige von Aulns ›Vögeln‹ und andere seltsame und faszinierende Tiere an.

Einmal dachte sie wehmütig an ihre Nase, und er erklärte ihr in Bildern, daß auch seine Hängeohren als tragisches Schicksal betrachtet wurden. Selbst auf dieser Welt, wo sich die Wesen so stark unterschieden, daß sie kaum der gleichen Art anzugehören schienen, hatten durch Zufall die meisten aufrecht stehende Ohren oder Sinnesorgane. Sein runder Kopf war praktisch das einzige Merkmal, das alle als mehr oder weniger häßlich betrachteten. Auf diese Enthüllung folgte eine lange Zeit voller zärtlicher Beruhigungen.

CP wurde rasch schwächer, aber sie empfand keine Schmerzen; vielleicht fehlten sie ganz oder waren überdeckt. Ihre bloße bleiche Haut begann am zweiten Tag zu brennen und Blasen auszubilden, obwohl sie sich aus dem Stoff seines Mantels einen Baldachin gemacht hatte. Auch die Verbrennungen schmerzten kaum. Später, als sie ihn zusammenzucken sah, begann sie den Grund zu ahnen. Sie fochten einen Willenskampf aus, aber sie hatte gegen seinen trainierten Geist keine Chance.

Am dritten Tag fiel ihr wundervolles Haar büschelweise aus. Er sammelte es Strähne um Strähne, glättete es und hob es auf.

An diesem Tag kam sie auf die Idee, ihre Namen in einen Stein zu kratzen. Sie konnte es kaum ertragen, als er sie verließ, um einen zu holen. Erstaunt und entzückt bemerkte sie, daß sie seinen Namen nicht wußte — Cavaná. Sie sprach ihn aus, sang ihn, flüsterte ihn tausendmal und flocht ihn in ihre Erinnerungen ein. Schließlich kratzte sie mit seiner Hilfe *Cavaná* und *Carol* in den Stein und versuchte, noch einige Linien zu ziehen, aber sie war zu schwach. Er ließ sie nie wieder allein.

Inzwischen lagen sie Hand in Hand an einem weichen Baumstamm. Ihre Hände waren wie verwachsen.

Eines der letzten Dinge, die sie bemerkte, war die flauschige, moosartige Ranke, die den Stamm so bequem machte. Er zeigte ihr die Zukunft der Pflanze.

Die Quelle war geflossen, seit die Seher das letzte Mal dort gewesen waren. Zwei Bauern aus Pyenro verwandten nun einen Teil ihrer Bürgerpflichten darauf, die Ranken vom fremden Himmelsgefährt zu entfernen. Sie berichteten von zwei neuen Jungen und einer möglichen Tierkrankheit, auf welche die Seher achten sollten.

Ihre Aufgabe innerhalb des jetzt geöffneten Himmelskastens beschäftigte die Seher eine Weile. Die alte Andoul paßte natürlich nicht hinein. Während die anderen drinnen beschäftigt waren, unterhielt sie sich mühevoll mit Worten mit den drei Himmelsbesessenen, die hiergeblieben waren. Sie hatten sich diskret außer Sichtweite von Cavaná und dem Alien gehalten. Der offene Himmelskasten hatte ihnen viele interessante Dinge enthüllt, unter anderem auch ein Buch mit ganz außergewöhnlichen, biegsamen, dauerhaften Bildern von Dingen, die ›Sterne‹ genannt wurden. Sie baten Andoul und Askelon, einen neuen jungen Seher, sie zu untersuchen. Sie taten es. Die Bilder zeigten nichts Bekanntes; sie waren schwarz und hatten helle Punkte, die sich seltsam bewegten.

Die Farmer hatten für Andoul den Weg auf den Gipfel verbreitert. Als unten alles fertig war, kamen die Seher herauf. Es war steil. Das deformierte Kind Mir-Mir, das so jung war, daß es noch nicht einmal sein Geschlecht gewählt hatte, mußte auf Andouls Rücken klettern. Es zog die roten Schleier an sich und beschwerte sich laut: »Wenn du noch mehr Juwelen annimmst, *Saro* Andoul, dann finde ich überhaupt keinen Sitzplatz mehr. Ich glaube, du machst das absichtlich.«

»Benimm dich, Kind!« mahnte Andoul. »Und wenn du noch mehr ißt, dann wird dich niemand mehr tragen können ... Ah! Ich *sehe!*« Sie blieben stehen, und Mir-Mir glitt herunter.

Sie hatten eine hübsche kleine Lichtung in der Nähe des Gipfels erreicht. Ein länglicher Hügel, von Ranken grün überwuchert, lag mit einem Ende auf einem grüngekleideten Baum.

Als sie genauer hinsahen, konnten sie erkennen, daß es sogar zwei Gestalten waren, eng umschlungen am Ende des Stamms, und kleinere Hügel zeigten die Lage ihrer Arme.

Xerona und Ekstá kamen näher, hockten sich hin und legten ihre Schwimmhände vorsichtig auf das, was zwei eng beisammenliegende, von Ranken überwachsene Köpfe sein konnten.

Dann berührten sie beide einen der Körper, und Xerona schickte allen Anwesenden ein Bild.

»Cavaná«, sagte Mir-Mir laut. Andoul grunzte mißbilligend, einmal weil Mir-Mir laut gesprochen hatte, und zweitens, weil das Kind auf dumme Gedanken kam. Ferdil, eine schweigsame, hart arbeitende Seherin, die Cavaná ähnelte, war tatsächlich Cavanás Cousine.

»Dort, die größeren Beine«, sagte Mir-Mir trotzig. »Arme Cavaná, so häßlich. Aber sie hat im Himmel gelebt.«

Die beiden Seher mit den Schnäbeln deuteten auf die andere Gestalt und übermittelten ein umrißhaftes Bild der Fremden mit der orangefarbenen Mähne. Sie schwiegen einen Augenblick lang und verfeinerten und ergänzten das Bild. Schließlich seufzte Askelon.

»Ich habe einen Fehler gemacht«, klagte er laut. »Es lag in meiner Verantwortung.« Er sendete kurze Bilder von sich selbst bei der Untersuchung der nackten Fremden, dann von sich selbst, wie er mit hängenden Schultern dastand. Scham.

Die alte Andoul korrigierte sanft das Bild, bis die Hände gehoben waren. »Wir müssen alle einmal anfangen«, sagte sie laut. »Niemand von uns hielt es für besonders wichtig. Vielleicht ist es das auch nicht. Allerdings ...« Sie sprang in die Erinnerungen zurück und zeigte die Fremde vor einem Farbhintergrund, der eine Abkürzung für ›Wesen mit vielleicht großer Seele‹ war. Dann sprang sie zu skizzenhaften Bildern von vielen anderen rothaarigen Aliens zurück, die mit phantastischen Himmelskästen und Flammenexplosionen zu ihnen herunterkamen.

Die anderen Seher seufzten. Askelons Stimmung besserte sich etwas. Ferdil und ihre beiden Freunde traten vor die Füße der Toten und blickten zur überwachsenen Cavaná hinab, die mit ihrer fremden Geliebten im Tod vereint war. Als Ferdil das letzte formelle Lebewohl vollzog, folgten ihr die anderen nach einer höflichen Pause.

Unterdessen hatten Xerona und Ekstá hart gearbeitet und die Köpfe nacheinander an die Köpfe der beiden Toten gelegt. Schließlich richteten sie sich mit sachlichem Ausdruck wieder auf.

»Nichts, was für andere von Interesse wäre«, erklärte Ekstá. »Cavaná ... hat zuviel vom Schmerz der Fremden aufgenommen.«

Xerona versuchte, seine Tränen zu verbergen, aber ein indigofarbener Tropfen lief über seine Kehlklappen.

»Ah, schaut!« Askelon, der sich genau umgesehen hatte, um seine Schuld wettzumachen, hatte einen seltsam geformten Stein gefunden. Er hob ihn auf und säuberte ihn und zeigte den anderen die flache Seite, auf der Kratzer oder eine Inschrift waren.

»Eine fremde Handschrift!« rief Mir-Mir und hoppelte hinüber.

»Ferdil!«

Ferdil und ihre Gefährten *sahen* den Stein. Nach einer bestätigenden Mitteilung an die alte Andoul zog sie einen kleinen Behälter aus der Gürteltasche, steckte einen Strohhalm hinein und blies geschickt eine Wolke aus moosfressenden Bakterien über den Stein. Dann setzte sie ihn über den Köpfen der Liebenden auf den Baumstamm.

Unerwartet sprach Ferdil laut.

»Ich kannte Cavaná gut, wir waren schon früher Freunde, bevor... sie hatte gerade erst ihr Geschlecht gewählt, als sie den Kontakt herstellte ... ihre Liebe war tief, unveränderlich, unauslöschlich. Fast eine Krankheit. Aber sie hat uns viel geschenkt. Und noch etwas — wir wissen nun, daß ihr Austausch real war. Viele haben es bezweifelt. Aber die, die sie rief, hat sie wirklich gehört, hat geantwortet und ist unter vielen Mühen gekommen.«

Die anderen schwiegen und räumten ihr das Recht ein, wichtige Dinge laut auszusprechen.

Um sie lag Auln in seiner Schönheit unter der ewigen, zart gefärbten Wolkendecke, die ihr Himmel war. Die Ebene, die sie überblicken konnten, erstreckte sich weit und leuchtend bis zum Horizont. Nichts hatte sich je verändert, nichts würde sich verändern. Kein Tageslicht, kein Dunkel der Nacht, kein Sommer, kein Herbst und kein Winter würde kommen. Nur ihre eigenen Werke, wie die *sumlac*-Felder, veränderten die Farbspiegelungen in den Wolken. Aus großen Entfernungen kamen Leute, um diese Veränderungen beim Pflanzen und bei der Ernte zu beobachten, und zu ihrem Vergnügen synchronisierten viele Farmer ihre Arbeit. Nun trug der Himmel rosafarbene Bänder, die entstanden, weil das Wasser gleichzeitig in viele *millin*-Kanäle geleitet wurde.

Es war typisch für das Kind Mir-Mir, daß es das Schweigen brach, als sie hinuntergingen.

»Ich will mich verändern und ein Sternenrufer werden!«

»Oh, Kind, du weißt nicht, was du da sagst!« rief Askelon unwillkürlich. »Sieh dir nur das Leben an, das die Rufer führen — sie müssen alles aufgeben, um zu suchen und zu suchen ... — und wenn sie finden und sich konzentrieren, dann sind sie — nun ...« Er hielt inne und deutete zu den beiden Toten.

»Verdammt!« beendete Mir-Mir melodramatisch den Satz.

Nun kamen von allen Seiten Sendungen von so vielen Sehern, daß die Eindrücke miteinander verschmolzen. Aber es wurde deutlich, daß sie ihm abraten wollten. Es waren entsetzte Bilder vom engen Gefängnis, in das sich ein hingebungsvoller Sternenrufer freiwillig begab, was nicht zu Mir-Mirs Launenhaftigkeit paßte.

»Nein, ich meine es ernst«, sagte Mir-Mir sachlich. »Ich werde wohl kein sehr guter Seher. Aber ich habe da so ein Gefühl ...« Mir-Mir hob den Kopf und blickte gebannt in den Himmel, stolperte und wäre fast gestürzt. »Nicht erst seit jetzt. Schon vorher. Ich hab nichts gesagt, aber ich glaube, ich ... ich glaube, ich bin zu dieser Liebe fähig.« Die anderen waren stehengeblieben und warteten auf das Kind, das sich mit zierlichen Händen die schmerzenden, verdrehten kleinen Beine rieb.

Die alte Andoul sprach laut und überraschte alle.

»Ich habe es auch gespürt. Vor langer Zeit einmal ... eine Andeutung von Liebe. Die Liebe für alles, was fremd ist. Für die Sterne. Aber ich glaube, bei mir war es zu allgemein. Wer rufen will, muß sich konzentrieren und alles verlieren, um vielleicht eines zu gewinnen ... außerdem waren wir früher noch nicht sicher, ob es die Sterne wirklich gab, oder ob es doch nur Einbildung war. Denke genau darüber nach, bis du ganz sicher bist, Kind. Im Augenblick brauchen wir keine neuen Rufer. Übrigens, wir müssen so langsam weiter.«

»Ja«, sagte Ekstá ernst und trottete entschlossen weiter. Er sendete heftige Bilder von den Sitzungen, die jetzt in Amberamou abgehalten wurden; es ging um die fliegende Herde, keine Kleinigkeit. Als er Mir-Mir überholte, sagte er nicht unfreundlich: »Bei Auln, Kind, laut genug bist du!«

Kurz darauf war der Weg verlassen; der Hügel und die zerstörte *Calgary* blieben schweigend zurück.

Droben im Himmel strömten lachsfarbene Flüsse durch den Himmel, als die großen Kanäle der Farmen gefüllt wurden. Das rosafarbene Licht berührte den Stein, in den menschliche Worte gekratzt waren, die unvollendet abbrachen:

CAVANÁ + CAROL
AN LIEBE UND SAUERSTO

Mir-Mir blieb bei seinem Vorsatz. Einige Zeit später sah irgendwo ein Mensch oder ein anderes Wesen sehnsüchtig zu den Sternen auf und glaubte, daß er eine Stimme hörte ...